L'Age du capitaine

DU MÊME AUTEUR

Échec et maths
Seuil, 1973
et « Points Sciences », 1977

Fabrice
ou l'école des mathématiques
Seuil, 1977
et « Points sciences », 1994

Dictionnaire de mathématiques élémentaires
Seuil, 1992, nouvelle édition 1995

C'est à dire
en mathématiques ou ailleurs
Seuil, 1993

Comptes pour petits et grands
Pour un apprentissage du nombre et de la numération,
fondé sur la langue et le sens
Magnard, 1997 et 2003

Double jeux
Fantaisie sur des mots mathématiques par 40 auteurs
Sous la direction de Stella Baruk
Seuil, 2000

Si 7 = 0
Quelles mathématiques pour l'école ?
Odile Jacob, 2004

Naître en français
Gallimard, coll. « Haute enfance », 2006

Dico de mathématiques
Collège et CM2
Seuil, 2008

Stella Baruk

L'Age
du capitaine

De l'erreur
en mathématiques

Éditions du Seuil

En couverture
Photo Robert Doisneau, archives Rapho

ISBN 978-2-02-018301-7
(ISBN 2-02-008639-5, 1ʳᵉ publication)

© Éditions du Seuil, mars 1985

Le Code de la propriété intellectuelle interdit les copies ou reproductions destinées à une utilisation collective. Toute représentation ou reproduction intégrale ou partielle faite par quelque procédé que ce soit, sans le consentement de l'auteur ou de ses ayants cause, est illicite et constitue une contrefaçon sanctionnée par les articles L. 335-2 et suivants du Code de la propriété intellectuelle.

Avant-propos

Peut-être sera-t-il possible d'écrire quelque jour un livre « non violent » sur l'enseignement des mathématiques, un livre qui, à partir de l'adéquation constatable entre les intentions affichées d'instances officielles et la réalité des faits, traiterait placidement de quelque question d'école ou concernant l'école.

Pour l'instant, un tel livre ne me paraît guère possible à concevoir, la violence sévissant partout, encore et toujours en classe de mathématiques. Cette violence, c'est celle qui court, qui sourd dans les manuels et les cahiers, qui s'étale sur les tableaux noirs, qui éclate sur les copies barrées de rouge ; c'est celle qui est la matière même des jugements portés sur des centaines de milliers d'enfants parfaitement aptes à « faire des mathématiques » et injustement accusés d'en être incapables ; c'est celle enfin dont les effets se feront sentir à longueur de vie durant, vies hypothéquées par l'échec en maths, personnalités marquées sinon mutilées par cet échec qui n'est pas le leur.

Car il n'est pas le leur. Les preuves, pour moi, sont aujourd'hui surabondantes : c'est l'enseignement qui est inapte à transmettre un savoir, quels que soient sa forme et son contenu. Elles sont d'abord incarnées en tous ceux que, depuis plus de vingt ans, je « répare », pour qu'apparaisse à eux-mêmes et aux autres qu'ils n'étaient affligés d'aucune infirmité, qu'ils peuvent faire et font des mathématiques, et même que, bien souvent, ils sont « doués » pour cela. Mais elles sont aussi susceptibles d'être argumentées à partir d'une analyse qui depuis *Échec et Maths* en 1973, et se poursuivant avec *Fabrice ou l'école des mathématiques* en 1977, tente de savoir ce qu'il en est de la réalité, ici et maintenant, de l'activité mathématique d'un sujet.

Cette réalité est aujourd'hui encore à peu près unanimement ignorée. Les justifications meurtrières de la psychologie, les promesses toujours reconduites de la démagogie, le poids écrasant des idéologies contradictoires — utilitaristes ou élitistes —

empêchent que se fasse entendre d'une quelconque façon le sujet, et avec lui ce qui pourrait se dire de *vrai* de la problématique extrêmement complexe dont il est l'enjeu : problématique mettant en jeu la spécificité d'un savoir, la conception que l'on en a et son appareil de transmission.

Pour l'instant, il est un enjeu perdu d'avance. Car bien qu'il y ait des lieux où l'on travaille sur l'enseignement des mathématiques, des lieux de « recherche », sauf exceptions rarissimes, il manque à tout ce travail, à toute cette recherche, l'essentiel : ils ne feront pas entendre un mot de mathématiques de plus à qui ne les entend pas.

Ce livre, résultat d'un long travail de réflexion sur une longue pratique, est donc aussi un livre de combat ; mais peut-être est-ce la même chose. Car c'est pour vouloir combattre la pseudo-fatalité de l'échec que j'ai été amenée à des interrogations de tous ordres, et pour tenter d'y répondre, à un travail qui ne se serait sans doute pas imposé autrement.

Non seulement il n'existe pas de fatalité de l'échec, mais il faut le combattre sans merci. Et puisque les institutions font la preuve de leur incapacité à y parvenir, il reste les personnes. C'est encore à elles que ce livre s'adresse, espérant leur apporter des éléments de réflexion et de pratique dont je souhaite qu'ils permettent d'améliorer ou d'adoucir en quelque lieu que ce soit le sort de l'enfant livré aux mathématiques.

NB : Les exemples mathématiques d'un niveau de troisième ou plus sont imprimés en petits caractères et peuvent être sautés sans inconvénient majeur pour la compréhension du texte.

INTRODUCTION

De quelques effets de la pratique ordinaire et scolaire des mathématiques

> « Se bien porter, voilà qui vaut le mieux ; en second lieu, c'est d'être beau ; en troisième lieu, de devenir riche sans recourir à des moyens malhonnêtes... »
> Chanson de table chantée à des banquets et citée par Platon dans le *Gorgias*.

Je ne sais si vous vous êtes déjà, quelque jour, fait dire, suggérer, ou péremptoirement assener par quelque ami(e), quelque proche ou quelque inconnu, qu'après tout il valait mieux être riche, beau et bien-portant que pauvre, laid et malade. En fait, cette sentence qu'on pourrait croire frappée au coin de quelque monument de cynisme contemporain, pour avoir traversé l'histoire à l'ordre des facteurs près, a pris valeur d'apophtegme. Voilà au moins vingt-cinq siècles que cela se dit, sinon se sait, qu'il vaut mieux faire envie que pitié, et pour les détails, voir l'exergue ci-dessus.

Pourquoi se disent les évidences, quand elles se disent ? Peut-être parce que précisément elles n'apparaissent pas unanimement comme telles. C'est en effet, par exemple, compter sans la *liberté* que peuvent s'octroyer les sujets de *préférer* être pauvres, laids ou malades ; ou bien, au contraire, sans l'aliénation dans laquelle ils pourraient être, à ne même pas pouvoir *imaginer* ce que c'est qu'être riche, ou beau, ou bien-portant, ou les trois à la fois. De toute façon, selon l'idée qu'on se fait du libre arbitre, de la société, de Dieu ou de la psychanalyse, et qu'on catégorise donc, en gros, les sujets en névrosés ou en victimes, il faut croire que c'est depuis bien longtemps que se reproduit l'occasion de raviver le pouvoir persuasif, devenu minime, de la susdite maxime.

Pour ma part, je connais depuis plus de vingt ans un lieu et des situations où le statut de telles évidences est fortement ébranlé. Ce lieu, qui se veut par excellence celui précisément de l'évidence, l'évidence royale, impérieuse et impériale des raisons de la raison, est celui des mathématiques, et ces situations sont celles dans lesquelles se trouvent, de la maternelle à la terminale, les enfants et les adolescents à qui on les enseigne.

C'est en effet avec une sorte de stupéfaction incrédule que je me suis un jour, il y a bien longtemps de cela, et pour la première fois, entendue dire à cet élève à qui le temps passé depuis n'a laissé, effaçant nom et visage, que sa fonction malheureusement invariante de sujet souffrant par et pour les mathématiques : « Alors, tu ne crois pas qu'il vaut mieux comprendre ce que tu fais, et y trouver du plaisir, que de ne rien comprendre et de souffrir ? »

Si depuis, les années passant, mais les situations se répétant, distance est prise avec cette question qui a plutôt aujourd'hui le statut d'une affirmation gentiment ironique au goût un peu âcre d'humour noir, en revanche l'incrédulité persiste d'avoir à en faire constater le bien-fondé : sinon dans l'explicite de la formulation — que tous ne sont pas, en situation, à même de supporter —, du moins dans la lecture des faits. Arriver par une pratique effective des mathématiques à la conclusion qu'en mathématiques, *il y a* à comprendre, qu'il vaut mieux comprendre, et que même, en lieu et place de la souffrance et de l'angoisse qui consistent à jouer sa carrière scolaire et donc sa vie en aveugle et sourd forcé au parcours du combattant, il peut y avoir, en plus de la bonne ou meilleure note possible à obtenir, du bonheur « gratuit », de la jouissance à comprendre.

Cette conclusion, bien évidemment, ne peut être celle d'un discours, aussi raffiné et circonstancié soit-il, tenu *sur* les mathématiques, et *sur* les possibilités supposées du sujet à pouvoir en « faire ». L'échec en maths, puisque c'est encore de lui qu'il s'agit, quand il a été sanctionné par des instances présumées compétentes, confirmé d'année en année par des professeurs

Introduction

différents mais indifférents aux effets ravageurs, dévastateurs, produits par les jugements même modérés portés par mathématiques interposées sur des intelligences, l'échec, donc, et ses séquelles — sentiment d'impuissance, d'incapacité, inhibitions, etc. —, résiste à tous les discours, si bien intentionnés soient-ils, à tous les traitements psy, depuis le face-à-face avec le thérapeute improvisé ou professionnel, jusqu'à la longue traversée d'une analyse. Tout peut s'arranger, mais pas « ça ».

Peut-on, en effet, se remettre d'avoir été, des années durant, traité, soi-même, ou ce qu'on a produit, ce qui est identique, de minable, idiot, paresseux, ridicule, de nul, nulle, nuls en maths sans que quelque chose d'essentiel, de fondamental dans le sentiment et l'idée que l'on a de soi ne soit — parfois irrémédiablement — atteint ?

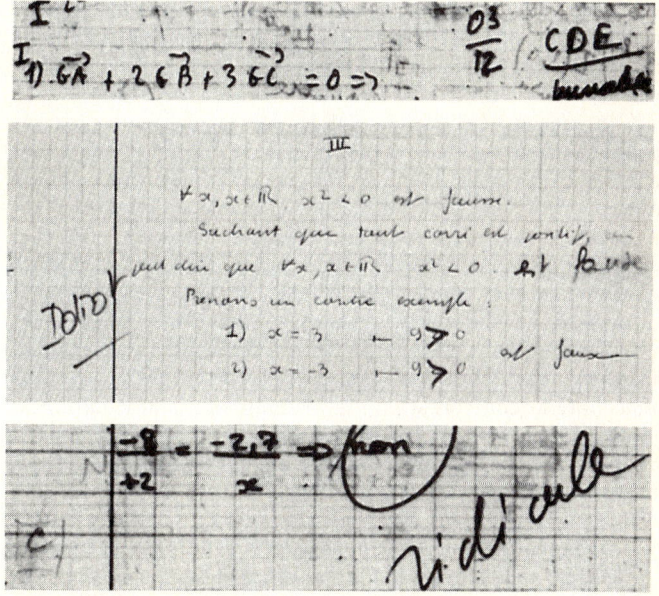

Tous ceux qui l'ont subie par eux-mêmes ou à travers des proches *savent* que cette imputation de nullité en maths est quelque chose de l'ordre d'une marque indélébile, poinçonnée à vie sur les sujets. Et les dégâts produits par cet estampillage sont, en général, irréparables.

Pour pouvoir les réparer, en effet, il faudrait que quelque chose ou quelqu'un puisse *prouver* que la marque est fausse — car elle *est* fausse — avant qu'elle ne devienne vraie. Le moyen que cela se produise, une fois que, hors scolarité, les mathématiques — tant mieux et tant pis — ont disparu du champ des activités requises ou souhaitées ? Pour quelques-uns qui, contraints par la nécessité, sont forcés une fois adultes de « s'y mettre », et qui, ô miracle, y parviennent — et voilà, tout bascule, il n'y avait ni prédestination ni surdétermination —, sait-on le nombre écrasant de tous ceux qui, plus *jamais*, ne sauront ce qu'il en est, pour de vrai, de cette nullité supposée avec laquelle ils composeront comme ils pourront dans l'idée qu'ils se font d'eux-mêmes, mais bien sûr comme si elle était effective, puisque seront absentes de leur vie toutes les preuves possibles de son inexistence ? Rien ne la prouvera jamais, rien, ni exercice de l'intelligence « ailleurs », ni réussite, ni succès ultérieurs.

Tant que la sélection est fondée sur la réussite en maths, l'échec a l'avantage de se conforter et de se justifier par ses effets d'après coup ; mais même du temps où l'on pouvait « réussir dans la vie » sans mathématiques, et même si ce temps revenait, n'y pouvoir rien comprendre jamais constituait, constitue et constituera une blessure, parfois cicatrisable, mais toujours douloureuse et en tout cas inoubliable. Il nous « reste » aujourd'hui assez de « littéraires » vivants, et vivant bien, à des places importantes, voire essentielles, et qui ont connu une scolarité mathématique désastreuse, pour que l'on ait encore des témoins de ce que la confrontation malheureuse aux mathématiques, même quand elle est d'ordre privé, laisse des traces indélébiles : vingt, trente ans plus tard, les blessures sont réactivables, réactivées à la moindre occasion. Quelque chose d'une inquiétude, d'un vacillement dans le rapport que l'on a à sa propre intelligence réapparaît brutalement, alors que d'ordinaire ce quelque chose a été soit refoulé, soit dialectisé, aménagé, « folklorisé ».

Sauf quand, pour des raisons particulières dues à l'histoire douloureuse de tel ou tel sujet, il se fait de cet échec en mathématiques le noyau d'un échec tout court, noyau dur, irréductible donc à toute psychothérapie, toute psychanalyse. J'ai reçu

VALÉRIE

Zéro en math

QUELQUES *jours avant la mort de Prévert, on apprenait qu'une petite fille de Toulon s'était jetée par la fenêtre de son C.E.S. parce qu'elle avait eu zéro en mathématiques. Justement pas à la manière de Prévert, c'est-à-dire avec la liberté d'un oiseau, ni comme dans certains de ses collages où l'on voit des robes de dentelle qui ressemblent à des parachutes, ni comme dans les fables de Lewis Carroll où l'on triche avec la pesanteur. La petite fille n'était pas Alice et son collège sûrement pas le pays des merveilles.*

Valérie avait sagement attendu la fin d'un cours. Puis, tandis que ses camarades descendaient à l'étage au-dessous, elle était restée seule dans la salle de classe, s'y était enfermée, avait ouvert la fenêtre et sauté. Heureusement, il y avait de l'herbe. Valérie s'est fracturé les côtes, mais elle n'est pas morte. Elle avait pourtant choisi une chute dans le vide de 7 mètres. Ce qui n'était pas une plaisanterie.

*Pourquoi ce saut ? Elle a répondu que ce zéro était le plus «*mauvaise note*» de la classe et qu'elle avait peur d'«*être grondée*». Elle devait ê t r e vraiment profondément désespérée. Parce qu'on lui avait appris depuis longtemps qu'à l'école les solutions erronées des problèmes ne sont pas justes et que les défaillances d'orthographe sont des fautes. Être toujours ainsi entre la faute et le juste n'est pas sans angoisse. Et comme il y a aussi l'angoisse des punitions, celle des réprobations et des sarcasmes, celle d'être dernier ou dernière, celles d'avoir toujours quelque chose à rattraper, à corriger, à gagner ou à perdre, cela fait beaucoup de poids sur la poitrine. Valérie a ce moment-là avait douze ans. Mais avait-elle plus de soucis que les adultes dans ce monde réputé si «*permissif*» ? Au point d'ouvrir la fenêtre et de l'enjamber ? Malgré les oiseaux, malgré l'herbe et malgré Prévert ?*

RAYMOND JEAN

ainsi des adultes qui n'étaient là que pour combattre ce sentiment d'échec qui aurait persisté tant qu'ils ne seraient pas arrivés à bout « techniquement » de quelques-uns de ces concepts ou de ces problèmes sur lesquels ils avaient inutilement, tragiquement peiné, adolescents. Et l'équation du second degré ? Et une dérivée ? Et la géométrie dans l'espace ? Figurez-vous que même une règle de trois... Incontestablement, dans ces cas-là, seule la pratique effective peut arriver à bout de ce qui s'est constitué en sentiment d'incapacité absolue.

Que dire alors aujourd'hui des cas — l'écrasante majorité de la population scolaire — où l'échec n'est pas d'ordre privé, mais public ? Sont atteintes de plein fouet en chaque élève la personne individuelle et la personne sociale à venir. J'ose à peine dire ici les tragédies que je côtoie tous les jours, tant cela pourrait paraître incroyable, indécent, démesuré, et pourtant il faut le savoir : ce fait divers, relaté par Raymond Jean dans *le Monde* (du 2 mai 1977), n'est que l'expression extrême de situations dramatiques que vivent des centaines de milliers d'élèves, et, à travers eux, leurs familles.

Or, « l'enfant qui échoue en maths est un enfant à qui on fait échec ». Ceci, je le disais dans *Échec et Maths*, où je crois avoir montré comment ce même enfant qui partout « ailleurs » fait preuve de sens, de sensibilité, de sensualité, au bout de quelques années d'école, et *a fortiori* de lycée, en est réduit à être privé « en mathématiques » de l'usage de ses sens, et de celui du sens : il devient ainsi ce que j'ai appelé un *automathe*. Ce néologisme obtenu par ce qu'en linguistique on appelle un métaplasme — changement d'un signifiant par addition ou suppression d'une lettre ou d'un phonème —, et qui veut donc dire « automate *en* mathématiques », est depuis, comme on le verra plus loin, passé dans le langage courant de l'enseignement mathématique. Le mot est venu souvent révéler et presque toujours désigner le commun des élèves de classes de maths.

Or, cet automathe est entièrement l'œuvre de la pédagogie. Reprenant et résumant la thèse précédente et y apportant de nouveaux étais, je confirmais dans *Fabrice ou l'école des mathématiques* : « L'échec en maths n'est pas l'échec de l'enfant, mais celui de l'enseignement ; l'échec de l'enseignement n'est pas celui des enseignants, mais celui de l'Enseignement mythique, mystificateur, théorisé depuis un espace vide d'enfants vrais par des instances au pouvoir, hélas, trop réel. »

Je crois donc avoir pour ma part démontré en quelque six cents pages que le nul en maths supposé est entièrement produit par l'enseignement qu'il subit. Cette démonstration peut se reproduire — et se reproduit — *in vivo* quotidiennement en la personne de chacun de tous ces élèves réputés inaptes et qui se révèlent, au bout d'un laps de temps plus ou moins long, parfaitement capables de résoudre exercices et problèmes, et même parfois — ô dérision du système d'évaluation actuel — particulièrement aptes en raison de leurs goûts et de leur histoire, aptes à en appréhender les concepts, à en goûter l'écriture et les figures, à en épouser la tournure d'esprit.

Les choses sont donc claires, sinon simples : l'enseignement est actuellement inapte à transmettre un savoir que les élèves, eux, sont parfaitement aptes à recevoir. Ce n'est pas par hasard que l'Association des professeurs de mathématiques a consacré ses journées nationales en 1983 à Lille à « lutter contre l'échec en mathématiques ». L'échec est là, massif, incontournable, non réductible à des programmes, des contenus, de l'ancien ou du moderne.

On voit alors la perversion qui consiste à s'acharner à vou-

Introduction

loir faire de ce savoir, pour l'instant intransmissible, l'essentiel de ce qu'il est exigé de subir et de réussir dans l'instruction obligatoire. On voit l'injustice qui consiste à attribuer la faillite de l'entreprise à ceux qui, non seulement n'en sont nullement responsables, mais de plus sont dans l'incapacité absolue de se défendre de ce dont ils sont accusés.

Vouloir diminuer la pression qu'exercent les mathématiques sur la scolarité et donc sur le destin de chaque enfant (déclaration de M. Savary du 17 février 1984) paraît donc être le fait d'un minimum de réalisme, celui qui, prenant en compte le nombre et l'ampleur des dégâts, chercherait à les limiter. Mais il ne les supprimerait pas pour autant, et n'y aurait-il qu'un élève par classe que continuerait à écraser la machine mathématique dont rien ne vient pour l'instant diminuer le pouvoir meurtrier, ce serait une injustice intolérable. Or, il y en aura certainement beaucoup plus que cela.

Pour l'instant, ils sont légion à être écrasés, déchiquetés par la machine. Un seul mot caractérise ce qui se passe autour des mathématiques, et qui continuera de se passer tant qu'on n'y verra pas plus clair dans ce qu'elles *sont*, tant par elles-mêmes que pour ce qu'elles sont susceptibles d'apporter à ceux à qui on les enseigne, et puis, et surtout, tant qu'on ne saura pratiquement rien de la *façon* dont « fonctionne » le psychisme d'un sujet qui y est confronté. Ce mot, c'est démesure. Importance, pour l'instant, démesurée de la place qui leur est accordée dans l'enseignement, échec démesuré de cet enseignement en nombre et en durée, dégâts démesurés sur les sujets qui en sont atteints, et de toute façon prétention démesurée des mathématiques à vouloir « former » les esprits.

Prétention particulièrement démesurée aujourd'hui, où la faillite du système est patente. Sans doute la question de la formation des esprits peut-elle se poser de façon pertinente quand il s'agit d'une vraie pratique des mathématiques par des sujets — on me pardonnera ces lapalissades tristes — qui comprennent ce qu'ils font. Mais là ?

Eh bien, si vous ne le saviez pas déjà, voyez, interrogez autour de vous. L'écrasante majorité des élèves n'y comprend rien, rien, rien. Et là, les choses se donnent diversement : depuis ceux qui pensent qu'ils sont incapables de comprendre jusqu'à ceux qui pensent qu'il n'y a rien à comprendre, et dont on comprend que tout ce qu'ils attendent des « explications » qu'on pourrait leur donner c'est de savoir comment fonctionne cette absence de sens. Les mathématiques ? Des leçons à apprendre par cœur, des formules à apprendre, à appliquer, à recopier, des définitions à savoir, « CN pour faire des maths » (CN : condition nécessaire).

> *Formule de résolution de l'équation du 2nd degré à copier 20 fois et à faire signer par les parents.*

> *Déf. de ln : ... et justifier son sens de variation*
> *Apprenez mieux les définitions !*
> *c'est une C. N. pour faire des maths.*

A première vue, on est tout de même amené à penser que, pour exercer l'intelligence, il y a peut-être mieux. Mais en y regardant de plus près, pour rendre stupide — adjectif que j'utilise provisoirement en attendant de pouvoir l'affiner — je ne sais pas s'il y a pire. Peut-être pensiez-vous naïvement qu'à faire des mathématiques, à l'école ou au lycée, on s'entraînait au raisonnement, à la rigueur, à la logique... Quelle erreur ! Figurez-vous, et ce n'est pas moi, fort heureusement, qui raconte cela, mais Lucienne Félix [1][1], que lorsque cette élève de quatrième trouve $x = 32$, x représentant le nombre de pattes d'un mouton, « à ma réaction étonnée, elle me répondit : "Oh, mademoiselle, en mathématiques..." ». Et cet enfant qui affirme « qu'une porte mesure 9 m, qu'une femme mesure 4,50 m, malgré le fait qu'il peut indiquer la longueur d'un mètre et d'un décimètre [2] », ce n'est pas moi qui en témoigne, pas plus que

---

1. Les chiffres entre crochets renvoient aux références bibliographiques, p. 351.

Introduction

de toutes les « aberrations » lues et entendues tous les jours, aussitôt que le mot *mathématiques* apparaît sur une feuille de copie ou dans l'emploi du temps.

Le « en mathématiques, vous savez », je l'ai si souvent entendu, dans de si étranges circonstances, qu'il a bien fallu que je prenne en compte l'incroyable, l'inimaginable réalité : c'est « en » mathématiques que 2 peut être égal à 6, et pas ailleurs, c'est « en » mathématiques qu'on peut vous proposer « posons $4 = 7$ » ; et pas ailleurs.

Cette histoire, que j'ai beaucoup racontée parce qu'elle n'en finit pas de se reproduire, est en ceci exemplaire.

Les fractions ont traditionnellement représenté un cauchemar pour les élèves, mais j'imagine qu'elles le sont aussi pour les professeurs impuissants depuis des décennies à empêcher, entre autres, la fameuse simplification de $\dfrac{a+b}{a+c}$ en $\dfrac{b}{c}$, aussi courante qu'abusive. Les réactions vont de l'apparente placidité d'un « faux », à la faux d'un trait rouge — ligne muette bien plus dangereuse par son silence méprisant que les exclamations savantes — « Oh, ce n'est pas un PGCD ? »

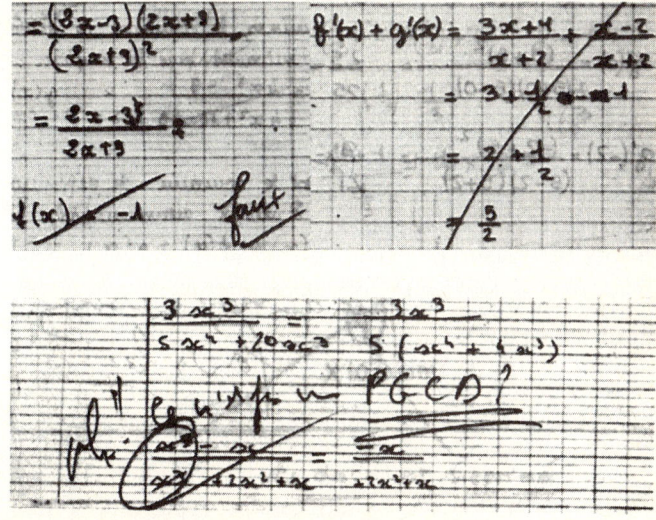

Donc, pour tenter de faire sentir l'illégitimité de cette simplification, et avant même d'en expliciter les raisons — telles que «a n'est pas un facteur commun, etc.», phrase qu'«ils» peuvent bien avoir entendue cent fois, apprise par cœur ou recopiée mille fois, et qui n'en sera pas dissuasive pour autant —, et pour préparer le terrain qui pourrait les recevoir, je propose :

«Est-ce que tu peux simplifier $\frac{a+b}{a+c}$? Oui. Alors vas-y. Ça fait... — b sur c $\left(\frac{b}{c}\right)$. — Tu es sûr? — Ah ben oui... — Bien. Si ce que tu dis est vrai... — Mais... c'est comme ça qu'on fait en classe... — D'accord. D'accord. Si donc ce que tu dis est vrai, ça devrait l'être pour toutes les valeurs de a, b, c... — ... — Que représentent les lettres? — Ben... c'est des lettres. — Mais qu'est-ce qu'elles représentent?... — Je sais pas... 3, 4... — C'est ça, elles représentent des nombres. Si tu veux, on va remplacer a, b, c par des nombres et voir si ça marche. Alors (et j'écris de part et d'autre de l'"'égalité'" supposée, tout en parlant) on pourrait, par exemple, remplacer a par 4, b par 6 et c par 1. D'accord?

$$\frac{a+b}{a+c} = \frac{b}{c}$$

$$2 = \frac{10}{5} = \frac{4+6}{4+1} = \frac{6}{1} = 6$$

— Oui. — Si ce que tu dis est vrai $4 + 6$ sur $4 + 1$ devrait donc être égal à 6 sur 1, c'est ça? — Oui. — Mais par ailleurs, $4 + 6$, ça fait bien 10? — Oui. — Et $4 + 1 = 5$? — Oui. — Et 10 divisé par 5? — Ça fait 2. — Mais en regardant de l'autre côté du signe égal, on a bien 6 divisé par 1? — Oui. — Qui fait... — 6. — Alors, si on en croit la suite d'égalités qui est écrite ici, on trouve que $2 = 6$.» La fin de ma phrase est dite sur un ton un peu ironique, destiné à faire sentir l'«énormité» de ce qu'on trouve. Mais l'énormité est ailleurs : car ce que je me suis entendue répondre un nombre de fois qui ne peut être qu'impressionnant, vu la «normalité» si je peux dire absolue de ceux qui répondaient, c'est : «Et alors?»

«Comment "et alors?" Ça ne te dérange pas qu'on trouve $2 = 6$? — Non. (Variante : ici quelques-uns apportent des "jus-

Introduction

tifications'', du genre : vous posez bien $a = b$.) — Mais enfin, si tu connaissais deux enfants dont l'un aurait deux ans et l'autre six ans, tu pourrais dire qu'ils ont le même âge? — Ah ben non... — Et alors, comment tu peux accepter ici que 2 soit égal à 6? — Ben... en mathématiques, c'est pas pareil. »

Voilà l'énorme prodige. En mathématiques, c'est pas pareil. C'est là que 2 peut être égal à 6. Ou qu'on vous propose de « poser 4 égal à 7 » parce qu'on a trouvé que x devait être simultanément égal à l'un *et* et à l'autre pour satisfaire non aux conditions de l'énoncé, mais à celles que son traitement a surajoutées.

En mathématiques, et avec mes élèves, je suis allée d'étonnement en étonnement. Les prodiges se sont accumulés, au point que maintenant, *mathématiques* est un mot qui alternativement désigne pour moi deux univers distincts : celui qu'il désignait habituellement, et celui, parallèle, qu'il représente pour les élèves, et qui n'a pas grand-chose à voir avec le premier.

Entre autres exemples — nous en verrons à foison —, cette histoire que, dans mes conférences, je soumets sous forme de question aux professeurs de mathématiques, et qui n'est pas si extraordinaire que ça puisque la réponse a quelquefois été trouvée. Dans l'inépuisable réservoir d'automathismes que représente, dès la quatrième-troisième, la recherche du domaine de définition d'une fonction, et alors que, pour précisément déjouer l'automathisme en question, j'ai l'habitude de donner cet exemple, ou un analogue :

$$f : \mathbb{R} \to \mathbb{R}$$
$$x \to f(x) = x - 3.$$

J'obtiens un jour cette perle :

$$\mathcal{D}_f = \mathbb{R} - \{1\}$$

Ce à quoi je m'attendais évidemment, c'était $\mathcal{D}_f = \mathbb{R} - \{3\}$, automathisme archicommun du « il ne faut pas que ce soit égal à zéro » (voir *Échec et Maths*, p. 171). Mais là, je n'ai pas compris pourquoi ce 1 était indésirable. Heureusement l'élève était là, en chair et en os, et nul n'était besoin de faire des hypothèses. Le « raisonnement » est donc le suivant : $x - 3$, c'est comme $x - 3$ sur 1 ? Oui ($x - 3 = \frac{x - 3}{1}$).

Alors comme il ne faut pas que le dénominateur s'annule, 1 doit être exclu du domaine de définition.

Voilà. Il ne faut pas que 1 soit égal à 0. Non parce que l'affirmation de cette égalité pourrait être préjudiciable à la validité du contexte, mais parce que ce sont des choses qui pourraient bien arriver, par inadvertance, dans ce monde mouvant où tout est possible et où tout varie, pour peu qu'on ait le dos tourné...

Or, quelle que soit la longue pratique que l'on a des enfants répondant « n'importe quoi » à partir d'énoncés d'exercices ou de problèmes, pratique qui permet, à force, de ne pas être étonné face à des « aberrations » telles que « posons 4 = 7 » ou « 1 ne doit pas être nul », on est quand même un peu saisi quand on finit par percevoir, les années passant et les élèves défilant, l'essence de la distinction qu'« ils » font, implicitement ou explicitement, entre ce qui *est* mathématiques et ce qui ne l'est pas. En mathématiques, le plus trivial concret — ou voulu comme tel — comme la plus solide abstraction ont le même statut : celui d'une irréalité ou d'une sur-réalité qui sont celles d'un pays de rêve — ou de cauchemar, comme on voudra —, où les moutons peuvent avoir 32 pattes, les femmes mesurer 4,50 m, où 2 peut être égal à 6, où il faut empêcher 1 d'être égal à zéro, et dont on se demande comment les portes de 9 m tiennent encore sur leurs gonds, quelles sont ces mystérieuses allées sans retour au détour desquelles on rencontre petit *a* et petit *b* dont les liens de parenté passionneraient les ethnologues : du fait que petit *a* est la mère de petit *b*, mais que petit *b* ne peut être la mère de petit *a*, la relation *est* réflexive, ce qui fait que petit *a* et petit *b* peuvent être leur propre mère.

> alors !! *Il est une relation reflexive car a est la mère de b mais b ne peut pas être la mère de a il y a une allée mais pas de retour*

En fait, en ce lieu extravagant, le comportement de l'automathe, tel qu'il apparaît aujourd'hui, est révélateur d'un aspect plus qu'insolite de la démesure dont je parlais plus haut, et qui est tout simplement celui-ci : alors que, paraît-il, les mathématiques sont le comble du sens, pour des centaines de milliers de sujets qui les pratiquent quotidiennement et des années durant, elles sont l'exercice, obligatoire, d'une activité complètement dénuée de sens.

Car il ne faut pas faire bon marché des exemples dont je fais état, sous prétexte qu'ils peuvent paraître eux-mêmes atteints de démesure, en genre et en nombre. C'est pratiquement avec *tous* les élèves qui ont affaire aux fractions, et ce à n'importe quel niveau, qu'il y a un moment où l'on est amené à assumer les conséquences de la simplification de $\frac{a+b}{a+c}$ en $\frac{b}{c}$: si le geste de la simplification ne s'effectue pas comme un réflexe, l'entretien permet de repérer qu'il existe à l'état de *tentation*, à laquelle je propose toujours, évidemment, de céder, « pour voir ». Eh bien, si la plupart des élèves sont dérangés par la conclusion $2 = 6$, suffisamment pour convenir qu'« il y a quelque chose qui ne va pas » et qu'il faut donc reconsidérer le processus qui a produit cette égalité fausse, on ne peut pas ne pas constater que c'est forcés et contraints. Ce que révèlent donc les autres, ceux qui vont jusqu'au bout de leur erreur en commentant « $2 = 6$ et alors », c'est ce qu'ils ressentent *tous*, avec plus ou moins de force : c'est qu'ils en ont vu d'autres. Ils ont vu, entendu, ressenti, *fait* suffisamment de choses contradictoires et incohérentes en mathématiques pour que l'existence d'*une* contradiction explicitée ne soit un *scandale logique* pour *personne*.

L'impossibilité de produire pour la masse des élèves un scandale logique est en elle-même un scandale pédagogique. Et on peut s'indigner, en effet, que tout élève, fût-il le dernier des « cancres », ne sache pas, pour avoir tâté des mathématiques, fût-ce pour un temps limité, qu'elles se caractérisaient par leur intolérance absolue de la contradiction.

Mais que pourraient donc connaître les élèves de la dialectique vrai-faux puisque, le faux étant voué aux gémonies et ceux qui l'ont produit avec, ils sont donc condamnés à vivre dans le vrai, comme on pourrait être condamné à vivre sans répit dans une lumière éclatante, et promis donc tôt ou tard à une inévitable cécité. Qu'est-ce que l'affreux, l'idiot, le minable peuvent bien savoir de la contradiction puisqu'on ne leur a jamais fait l'honneur de prendre leur production en considération pour la mener à *ce* terme qu'est la contradiction, une contradiction qu'ils auraient pu ainsi éprouver par eux-mêmes pour y avoir engagé quelque chose d'eux-mêmes, et ce dans une discussion mathématique et — néanmoins — courtoise?

Pas de scandale logique donc parce que la plus pauvre des logiques — qui est celle des mathématiques classiques — a besoin de *deux valeurs*. Avec une seule, elle s'effondre, et le discours tenu à partir d'elle seule tombe dans l'indifférencié, donc dans l'indifférence.

Cette indifférence à la contradiction est déjà bien accablante pour le système qui l'a produite. Mais que dire alors quand, parce qu'on est « en mathématiques », toute référence à une quelconque logique, fût-elle celle du discours ordinaire, disparaît?

Voici d'abord le récit d'une spectaculaire manifestation de cette disparition.

PREMIÈRE PARTIE

De l'erreur

1. De quelques erreurs peu banales

1 Des petits enseignés.
2 ... aux enseignants.
3 ... pour qui les mathématiques ont-elles du sens ?

1
> « L'un des plus grands avantages des théories mathématiques et le plus propre à établir leur certitude consiste à lier ensemble des phénomènes qui semblent disparates en déterminant leurs rapports mutuels non par des considérations vagues et conjecturales mais par de rigoureux calculs. »
> P.S. de Laplace.

Un jour de l'année 1980 s'est produit le petit événement suivant. Parmi les membres d'une équipe de professeurs de l'IREM (Institut de recherche sur l'enseignement des mathématiques) de Grenoble, chargée de travailler sur l'enseignement élémentaire, quelqu'un a eu l'idée de proposer à des enfants de CE1 et CE2 le problème suivant :

« Sur un bateau, il y a 26 moutons et 10 chèvres. Quel est l'âge du capitaine ? »

Eh bien, sur les 97 élèves interrogés, 76 ont donné la réponse en combinant les nombres de l'énoncé [3].

Voilà. Vous avez bien lu. Des enfants qui sont comme vous et moi, c'est-à-dire comme ceux que nous avons été ou comme ceux qui sont les nôtres, des petits Français du dernier quart du XXe siècle qui ne sont ni en IMP ni en IMPP, ni en hôpital de jour, ni en hôpital psychiatrique, des enfants donc, « normaux », et destinés à devenir les citoyens de l'an 2000, pour obtenir l'âge du capitaine ont accouplé des moutons et des chèvres.

La tératologie en mathématiques, ce n'est pas bien nouveau. Tous les enseignants sont payés pour savoir que c'est quotidiennement qu'on ajoute, soustrait, multiplie ou divise des objets dont la signification, à l'évidence, est volatilisée par ces combinaisons contre leur nature. Qui n'a vu, pour s'être « frotté » à des « explications » de problèmes, des mètres carrés se faire multiplier par des mètres cubes ?... Ah non ? Alors il faut que je divise... ; des kilogrammes s'ajouter à des litres... Ah non ? Alors il faut soustraire... Cette angoisse que l'on pourrait ressentir à voir des enfants « normaux » avoir des comportements d'« anormaux » est aménagée, puis évacuée par les adultes : quand les enfants finissent par avoir avec plus ou moins de bonheur une scolarité dite à peu près normale elle aussi, les mètres cubes multipliés par des mètres carrés sont versés au compte du folklore enfantin. Quand ils n'y parviennent pas, les adultes de bon gré ou à regret accomplissent leur métier d'adultes, ils jugent, ils jaugent, ils tranchent, ils décident : on n'est pas doué pour les sciences exactes, on est distrait, étourdi ou paresseux, ou redoublera, on sera dirigé par ici, non par là... Et les adultes *peuvent* décider, trancher, diriger parce qu'ils sont pour ce faire, pensent-ils, confortablement assis sur des mètres carrés de sens, parce qu'ils peuvent pour ce faire se mouvoir, imaginent-ils, dans des mètres cubes de sens. Le sens est là, espace tangible et rassurant, et on peut toujours espérer qu'avec des exhortations à travailler, de la patience, des qualités de bon pédagogue et de la conscience professionnelle on finira par y faire accéder tous ceux qui le *méritent*. Quant aux autres, ceux qui restent en dehors du sens, malgré toute la bonne volonté, tous les efforts qu'on aura déployés pour les y faire rentrer, eh bien, que voulez-vous : tout le monde ne peut pas devenir polytechnicien, il y a des destins, des fatalités, comment voulez-vous, avec le milieu dans lequel il ou elle vit..., il faut bien qu'il y ait des travailleurs manuels, il n'y a pas de sot métier...

Et voilà comment, grâce à l'existence en quelque endroit d'un espace de sens supposé universel, les réponses *folles* quotidiennement produites par des centaines de milliers d'élèves rentrent dans l'ordre. Eh bien, cet ordre abusif, fondé sur l'aveuglement et la surdité à la réalité des phénomènes, désormais ne devrait plus, ne peut plus être.

Je ne connais pas l'inventeur de l'énoncé de ce problème de moutons et de chèvres que le compte rendu de l'« expérience » laisse dans l'anonymat. Mais qu'il soit ici loué et remercié pour l'idée proprement géniale qu'il a eue d'avoir enfin fait passer dans l'explicite de la formulation insensée ce que tout le monde

De quelques erreurs peu banales 27

devrait savoir, et dont tout le monde devrait s'effarer, s'indigner : pour l'écrasante majorité de la population scolaire, ce n'est pas une fois « résolu » mais avant même qu'il soit formulé qu'un quelconque énoncé de mathématiques, d'emblée et d'entrée de jeu, est dépourvu de sens. Et ce, au moins pour ce dont je peux témoigner, de la maternelle à la terminale.

Bien que cette inexistence, ici, apparaisse dans une clarté aveuglante, il est nécessaire de préciser un point essentiel, puisque ce point est la tache aveugle qui empêche — pour peu qu'on y soit disposé — de voir l'ampleur du sinistre.

Comment les choses se passent-elles, quand un élève est confronté à un énoncé de mathématiques ? Il est évidemment obligé de prendre possession de son sens supposé par la lecture.

Or, si on ne sait pas *lire* une écriture telle que, par exemple :

$$f \text{ continue en } x_0 \in \mathscr{D}_f \Leftrightarrow$$
$$\forall \varepsilon \in \mathbb{R}^+, \exists \eta \in \mathbb{R}^+ \text{ tel que } |x - x_0| < \eta \Rightarrow |f(x) - f(x_0)| < \varepsilon$$

c'est parce qu'elle comporte des signes spécifiques laissant présumer de l'existence de ce fameux « langage mathématique » qui exprimerait une pensée pouvant aller jusqu'à l'indicible (ce qui n'est pas le cas ici). En tout cas, il est bien évident que ce système particulier de signes suppose, pour une lecture qui ne serait même que mécanique, une initiation.

Éliminons donc provisoirement l'aspect « langage » : il reste un substrat qui est celui de la langue qu'est supposé parler le sujet. Et là, deux cas se présentent, en très gros.

Celui-ci : une fonction d'un ensemble A vers un ensemble B est une relation telle que tout élément de A a au plus une image dans B.

On a affaire ici à des mots de la langue, mais qui renvoient, mine de rien, à des définitions précises, à des explications emboîtées : ensemble, élément, relation, image, mots que les mathématiques ont empruntés à la langue commune, puis « spécialisés » dans un emploi spécifique, qui supposent également une initiation pour être compris.

Et celui-ci : j'achète 3 cahiers. Chaque cahier coûte 4 francs. Combien dois-je payer en tout ?

Là, en principe, plus rien ne vient s'interposer comme savoir spécifique pour ce qui est des mots de l'énoncé : pas d'écran *langagier* entre l'énoncé lisible et l'accès au sens — même si on ne sait pas résoudre le problème — et donc, toujours en principe, à son corollaire inséparable, la reconnaissance du non-sens.

Pourquoi donc des énoncés tels que ceux-ci :

1. J'ai 4 sucettes dans ma poche droite et 9 caramels dans ma poche gauche. Quel est l'âge de mon papa ?

2. Dans une bergerie, il y a 125 moutons et 5 chiens. Quel est l'âge du berger ?

3. Un berger a 360 moutons et 10 chiens. Quel est l'âge du berger ?

4. Dans une classe, il y a 12 filles et 13 garçons. Quel est l'âge de la maîtresse ?

5. Dans un bateau, il y a 36 moutons, 10 tombent à l'eau. Quel est l'âge du capitaine ?

6. Il y a 7 rangées de 4 tables dans la classe. Quel est l'âge de la maîtresse ?

sollicitent-ils les élèves comme s'ils avaient du sens ?

Car, quelque peu ébranlée par le pourcentage de réponses obtenues à partir du premier énoncé proposé — 78 % pour les moutons et les chèvres —, l'équipe de Grenoble a refait l'expérience « en grand ». Ces six énoncés-ci, donc, ont été proposés individuellement et par écrit aux élèves de sept classes de Cours élémentaire et de six classes de Cours moyen, chaque énoncé étant assorti d'une question pour le moins inhabituelle : que penses-tu de ce problème ?

Sur 171 élèves de Cours élémentaire, 20 disent qu'on ne peut pas répondre aux questions posées, et sur 118 de Cours moyen, 74. Autrement dit, au lieu du formidable éclat de rire général, du « mais ils sont fous ces profs ! » qui auraient unanimement dû accueillir ces énoncés immédiatement recevables comme insensés, ou comme irrecevables, on obtient ça : un refus poli d'un peu plus de 1 élève sur 10 au Cours élémentaire, d'un peu plus de la moitié au Cours moyen. Et pour les autres, tous les autres, cette terrifiante acceptation de l'inacceptable, très sobrement commentée par les auteurs du désastre et de son compte rendu : « Ces proportions restent cependant importantes et assez inquiétantes. »

Euphémisme, s'il en est, pour rendre compte de l'effroi ressenti face à l'aliénation d'enfants qui ne sont pas des aliénés. Ces enfants qui ne sont ni caractériels, ni débiles, ces enfants « sans problèmes » comme on dit joliment aujourd'hui, en acceptant de résoudre ceux-ci, en ont ici, au sens propre et figuré. Et, comme dirait un La Palice qui parlerait lui aussi à la mode d'aujourd'hui : ces problèmes posent problème.

Le problème posé par ces problèmes est gigantesque puisque c'est, enfin démasqué par l'absence *préalable* de sens, le problème du sens. Le sens : question qui comme un soleil noir rayonne en les obscurcissant dans toutes les voies qui partent de l'enseignement des mathématiques ou y aboutissent. Mais avant même de tenter de la poser, paradoxalement il faut que nous allions plus loin dans le non-sens.

2

« **On dit que les ignorants sont les meilleurs professeurs.** » J. Paulhan.

J'étais frappée, chaque fois que dans une conférence je faisais état de cette enquête, de la violence des réactions de certains des participants, professeurs en général. Les premières fois, complètement surprise par l'agressivité, la véhémence des « on n'a pas le droit... », « c'est un abus de pouvoir », « ... honteux de faire ça à des enfants... », « ... et la déontologie, ça devrait exister... », etc., j'essayais de démonter la tautologie du « ils n'ont pas les moyens de comprendre » et me battais pied à pied pour essayer d'expliquer que cette enquête ne « causait » aucun préjudice aux enfants mais ne faisait que révéler celui qui leur avait *déjà* été fait : toujours donc, la fameuse histoire de qui met le feu, et s'enfuit, et de qui sonne la cloche, et se fait molester.

Depuis, de nouveaux éléments me permettent de penser qu'il est possible de comprendre quelque chose de cette violence. N'y avait-il pas là, pour s'exprimer simplement, une sorte d'identification entraînant le surgissement informulé — peut-être inconscient — de la question : et si on me faisait ça, à moi ? Question directement en prise sur l'angoisse ancienne du propre rapport que *chacun*, en mathématiques, a eu au sens, angoisse passée, mais peut-être encore présente, rapport au sens peut-être pas si assuré que cela, fût-on soi-même professeur de mathématiques.

Toujours est-il que « ça » fut fait. Mais oui. Et que l'angoisse et la violence avaient en effet leur raison d'être, même si « ça » ne fut pas fait aux mêmes.

Au cours des stages de formation d'enseignants et à partir d'une discussion sur cette fameuse enquête de l'IREM de Grenoble, un animateur proposa à un groupe d'enseignants, dont à peu près tous étaient sceptiques quant à l'éventualité de voir *leurs* élèves donner l'âge du capitaine, de construire, à l'intention d'un *autre* groupe d'enseignants travaillant avec un autre animateur « à quelques mètres de là », « un questionnaire portant exclusivement sur le programme du premier cycle et ne proposant que des questions mathématiques *stupides*.

Après quelques réticences, les participants construisirent un tel questionnaire, le proposèrent aux personnes de l'autre groupe en formation et recueillirent les réponses qu'ils dépouillèrent aussitôt. Les résultats les laissèrent pantois.

Les enseignants de mathématiques interrogés avaient massivement répondu par automathismes, comme l'auraient fait leurs élèves [4] ».

Là encore, je crois qu'il faut louer, et cette fois on le peut nommément puisqu'il s'agit d'Alain Bouvier de l'université de Lyon-I, l'auteur de l'idée et de sa mise en œuvre, la hardiesse de leur irrévérence initiale faisant apparaître pour le moins et en surface la fragilité du système des valeurs établies, et pour peu que l'on creuse, ses fondations mêmes, enfouies dans l'absurde.

Je continue de laisser la parole à Alain Bouvier qui, persistant dans sa tentative d'analyse du fonctionnement — ou du dysfonctionnement — de la machine enseignante, et peut-on être mieux placé pour ce faire qu'à « enseigner » à des enseignants, mais peut-être un peu pantois, lui aussi, au vu des résultats obtenus, a récidivé.

« ... Aussi l'été dernier, dans une nouvelle session de formation, où se trouvaient réunis des enseignants du secondaire, des conseillers pédagogiques et des inspecteurs de mathématiques, je proposai avec l'aide des animateurs de ce stage un questionnaire du même type que nous avions construit. »

Suivent le texte de ce questionnaire dont 13 questions sur 15 sont mathématiquement *stupides*, quelques commentaires sur les réponses obtenues à certaines de ces questions, puis ceci :

De quelques erreurs peu banales

« Insistons sur le fait que dans le questionnaire précédent, à toutes les questions sauf la dernière et la onzième, toute réponse fournie était absurde, ou inexacte, ou incorrecte. »

Figure ensuite un tableau du pourcentage des réponses obtenues, et puis :

« *On constate donc que globalement les participants ont répondu au questionnaire, et l'ont fait à toutes les questions.*

Même ceux qui ont détecté la stupidité de certaines d'entre elles n'ont pas été plus méfiants et ont continué à répondre mécaniquement aux suivantes comme des automathes. Ainsi, après les 18 % de réponses à la question 4 passe-t-on à 64 % de réponses à la question suivante. Et à la dernière question, on recueille encore 42 % de réponses. »

(A quoi j'ajoute qu'aux questions 1 et 2, on obtient 87 % et 80 % de réponses.)

« Pourquoi ces chiffres et que signifient-ils ? »

En effet.

3 « Les mathématiques peuvent être définies comme une science dans laquelle on ne sait jamais de quoi on parle ni si ce que l'on dit est vrai. » B. Russell.

On le voit, la circulation du sens est en bien piteux état, et l'enseignement des mathématiques bien malade, si on ne le savait déjà. Et puis d'abord, où le trouve-t-on, le sens ? Où se cache-t-il ? Encore une fois, comment les mathématiques, comble du sens, peuvent-elles, dans leur pratique, se passer de sens, et ce de la maternelle à la terminale, et manifestement, semble-t-il, encore au-delà ? Comment ce phénomène, patent quotidiennement, de centaines de milliers d'écritures n'ayant aucun sens, peut-il indéfiniment se reproduire sans que la dimension du désastre n'arrête, ne bloque la machine, ne fasse crier au scandale, au massacre, à l'aliénation de jeunes intelligences ? On reste étonné devant l'incohérence des conduites des pouvoirs successifs face à un problème, lui, ayant du sens : pour une écrasante majorité de jeunes Français les mathématiques sont du chinois. Et c'est avec cet enseignement-là qu'on voudrait les mettre en compétition avec des Japonais ?

Or, l'échec massif d'un enseignement de masse ne fait que *révéler* un fait que l'analyse historique d'un enseignement des mathématiques qui couvrirait quelque vingt-trois siècles — en gros, de Platon à nos jours — rendrait aveuglant : les mathématiques n'ont jamais été *comprises* que par une toute petite minorité de personnes, dans n'importe quelle société. Ce qui ne veut pas dire qu'elles ne pouvaient pas l'être, mais simplement qu'elles ne l'étaient pas. Déjà dans la cité idéale de Platon, seul un très petit nombre de philosophes magistrats accèdent à ce savoir, qui leur donne d'ailleurs le moyen d'accéder au pouvoir, dont ils prouvent ainsi qu'ils sont aptes à l'exercer. Les mathématiques sont la quintessence du savoir, un savoir à la hauteur des rois, mais un savoir auquel les rois n'ont pas pour autant accès plus facilement que d'autres mortels : on sait au moins depuis ce qui est rapporté par Proclus (commentateur de Platon et d'Euclide, 412-486) d'une demande qu'aurait faite à Euclide le premier Ptolémée, et par Stobée (commentateur du Ve siècle) d'une demande analogue qu'aurait adressée à Menechme Alexandre le Grand, qu'il n'y a pas de voie royale menant à la géométrie.

Les mathématiques ont *toujours* été synonymes de difficulté, de contrainte, de savoir réservé à des gens qui seraient différents des autres. Je ne sais pas quand est né le mythe de la bosse — probablement à l'époque où s'épanouissait la craniométrie — mais cette concrétion osseuse n'est pas autre chose que la tentative de concrétisation du don supposé, de son caractère exceptionnel. Pour tous les autres, entrer dans le monde des mathématiques, c'est, si on y arrive, par l'effort, la peine, la sueur, les larmes.

« L'heure où l'on souffre » : tel est le titre d'un article du *Monde de l'Éducation* rendant compte en octobre 1979 de la situation — lamentable — des élèves à qui on enseigne des mathématiques. Cette souffrance n'est donc pas nouvelle, pas plus que l'angoisse qu'elle met en jeu. Ce qui est nouveau, c'est la dimension du phénomène, et, il ne faut bien sûr pas se tromper, les tragi-comédies des réformes, contre-réformes et sur-contre-réformes, n'en sont que l'épiphénomène, au mieux inefficace, au pire aggravant [5].

De quelques erreurs peu banales

Ce qui est donc porté à son comble, ce n'est pas le sens, en mathématiques : c'est l'impuissance où l'on est depuis des siècles à tenter de le transmettre. Mais le scandale, c'est que non seulement cette impuissance soit sans cesse masquée par les idéologies du moment, mais que, de plus, aujourd'hui elle inverse complètement les causes et les effets, et que non seulement ce soient les élèves qui se voient traités d'affreux, d'idiots ou de minables, mais qu'en plus, sur la foi de pareils jugements, on les prive de toute possibilité d'avoir un droit de regard sur leur propre avenir.

Alors qu'on sache, au moins, que pas plus que le sens ne circule en mathématiques, cette sélection n'a de sens. Qu'on sache que des individus en parfait état mental sont amenés à produire des textes insanes *malgré eux, en dépit* de ce qu'ils sont capables de comprendre. Et ces textes insanes, il est temps de leur faire face, pour se demander comment un système d'enseignement a pu contraindre ceux qu'il enseigne au point de faire dire que : oui, le capitaine a 36 ans *parce qu*'il y a 26 moutons et 10 chèvres sur son bateau ; oui, un mouton peut avoir 32 pattes ; oui, 1 ne doit pas être égal à 0 ; oui, 2 peut être égal à 6 ;

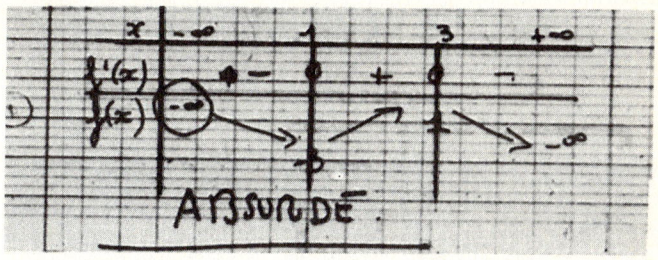

oui, une fonction peut décroître à partir de moins l'infini, et on vogue dans l'absurde ; oui, un point peut être égal à un nombre et on sombre dans l'absurde ; oui, un vecteur est un segment commençant par un trait et finissant par une flèche ; à moins qu'il ne s'enfle jusqu'à devenir une matrice, ou ne se réduise jusqu'à ne plus être qu'un point ; oui, c'est le règne du bluff ; oui, les signes sont tracés au petit bonheur la chance, et n'ont aucun sens !

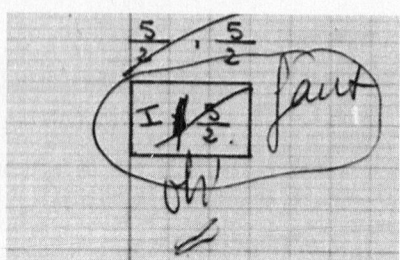

Un vecteur est un segment commençant
par un trait et finissant par une
flèche.
Ex: ⟶ c'est une classe d'équivalence
$\vec{V}$ dans
"est équipollent à"

$f \circ g(u') = \begin{pmatrix} 0 & 2 \\ 2 & 0 \end{pmatrix}$ Absurde une matrice n'est pas un vecteur

) Cherchons $f(A)$.   c'est un vecteur !
Posons $A' = f_1(A)$, $\ldots = f_2(A')$, $A_2 = f_2(\ldots)$
on a alors les égalités suivantes :
$\overrightarrow{A°A'} \cdot (2A')$ absurde : A est un **point**

du bluf ! $\dfrac{5}{7} \times \dfrac{5}{7} \times \dfrac{5}{7} = \dfrac{125}{343}$ = fraction irréductible

0,357911.

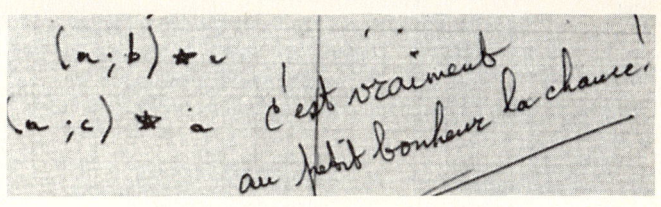

Faut-il continuer ainsi ? J'en ai de pleines armoires de ces copies accablantes pour l'enseignement qui les a fait produire. Elles remplissent par ailleurs des milliers de poubelles quand par centaines de milliers chaque année elles sont froissées, déchirées, roulées en boule et renvoyées donc à un néant qui n'anéantit pas, hélas, que la carrière mathématique de leurs auteurs. Mais aussi les scrupules que pourraient avoir des gens qui sont par définition sensibles au nombre et à l'espace et dont on imaginerait qu'ils pourraient l'être aussi à la répétition dans le temps et dans l'espace et par un tel nombre de sujets des *mêmes* «insanités».

«Il faudrait réfléchir avant d'écrire autant d'âneries.» Bien sûr. Mais la production massive de ces âneries par des élèves qui ne sont pas des ânes ne pourrait-elle pas se réfléchir, elle, sur un système qui, têtu comme une mule, persiste à ne rien vouloir savoir de ce qu'il est bien plus habile à orner les têtes de longues paires d'oreilles velues qu'à les emplir de science ?

2. L'erreur, une incontournable réalité

1 Un invariant de la pratique des mathématiques, celle des écoliers.
2 ... de quiconque en général, et des mathématiciens en particulier.
3 Un phénomène qu'il faut prendre en compte, aux raisons d'être structurelles et conjoncturelles.

1
> « Dans une maison de fous, il faut bien que certains parlent shakespearien. »
> Georg Christoph Lichtenberg.

J'imagine que l'on est à présent convaincu de ce que des milliers d'élèves noircissent en mathématiques des centaines de milliers de pages qui apparaîtraient, si on en donnait les équivalents en textes « français », comme parfaitement délirantes, aussi inquiétantes, il faut le savoir, que celles où l'on voit ces enfants multiplier 7 rangées de 4 tables pour trouver l'âge de la maîtresse, et qui feraient irrésistiblement penser que ses auteurs sont fous.

Et si ce délire des élèves ne faisait que rendre compte d'un gigantesque complot, un complot qui met en jeu tant de comparses, tant d'intermédiaires, qui est soutenu par des idéologies si anciennes, si enracinées, et, quand elles sont récentes, si fortement étayées de sentiments aussi bons que faux, que les responsabilités se diluent, ou se volatilisent. Si bien que l'instituteur ou le professeur à qui on dirait qu'ils ont contribué à fabriquer le « fou en mathématiques » se récrieraient, se révolteraient, argueraient de bonnes intentions ici parfaitement crédibles, parfaitement honorables et respectables. Mais voilà, c'est pourtant bien ce qui arrive, ils n'y sont pas pour rien.

Rien de plus facile, *dans une situation où l'on a du pouvoir, ou le pouvoir*, que de fabriquer un fou. Littérature, théâtre, cinéma ont multiplié les exemples : il suffit de s'enfermer avec un être que l'on a d'une façon quelconque en son pouvoir, et, pourvu que l'on dispose de suffisamment de temps, de lentement distendre, puis défaire sa relation au sens.

Le sens, d'une façon très schématique, naît d'un *consensus*, précisément, d'un accord qu'entretiennent entre eux les mots et les choses, les mots et les idées, les mots et les sentiments. Même s'il y a jeu sur les mots, jeu dans les mots, jeu avec les mots, des unités minimales et communes de sens permettent sa circulation dans le flux de paroles ou d'écrits qui déposent ainsi au fil de la vie leurs limons fertilisants de significations dans la mémoire.

S'enfermer avec quelqu'un à qui on tiendra, comme s'il lui était destiné, un discours qui ne s'adresse pas à lui, ne pas répondre à ses questions, apporter des réponses à des questions qu'il n'aura pas posées, donner, sans prévenir, un autre sens aux mots, dire que l'on voit passer en les désignant des éléphants roses ou noirs qu'il ne voit pas, ne pas voir les souris ou les mouches qu'il voit, lui, c'est à coup sûr le moyen de faire vaciller l'esprit le plus solide. Mais si, de plus, une conformité absolue est exigée dans ce qui *doit* se voir, se dire et s'écrire, ceci dans un système de punition-récompense auquel il est impossible d'échapper, alors là, à coup sûr, sauf remarquables exceptions, on fabrique un fou.

Eh bien, l'enseignement des mathématiques, aujourd'hui, et depuis toujours, ne s'y prend pas autrement que comme cela.

Pour commencer, depuis toujours, l'enseignement des mathématiques ne s'adresse à *personne*. Il y a bien sûr des personnes qui ont appris des mathématiques et même qui en ont produit. Mais dans le premier cas, c'est généralement en dépit de ce qu'on leur a enseigné, et dans le second cas, on est dans l'exception infime.

L'enseignement ne s'adresse à personne parce que, à quelque moment que ce soit de l'histoire, il essaie de faire restituer à des sujets vivants et avec une conformité absolue les états achevés de fragments successifs d'un corps de savoir déjà produit, déjà constitué. Or, cette restitution conforme ne va pas de soi, donc ne va pas sans mal et n'est possible, pour diverses raisons, que pour un très petit nombre de sujets qui apparaîtront ainsi selon la façon dont on dira les choses comme « doués », ou « ayant la bosse ». L'écrasante majorité fera état d'une absence de don ou de bosse. Pourquoi ? Il n'y a pas conformité entre les résultats attendus et ceux qui sont obtenus.

Voici donc vingt-trois siècles que cette non-conformité est considérée comme une a-normalité, et que la certitude enracinée au plus profond de la combinaison meurtrière du mythe du don en mathématiques et de celui de la clarté et de l'évidence de leurs raisons fait traiter cette anormalité par le seul mépris dont les nuances vont de l'anéantissement du non-conforme par un trait rouge, aux plus irrévocables disqualifications par l'entremise d'adjectifs dévastateurs tels que nous les avons déjà rencontrés.

Or, ce qui est clair et évident, c'est la permanence et le nombre des anormaux qui, s'ils étaient pris en compte, renverseraient, par définition, l'idée qu'on se fait de la normalité. Un des professeurs présents à l'atelier sur l'erreur que j'animais lors des journées sur l'échec en mathématiques à Lille disposait dans sa serviette d'un lot de trente copies où il apparaissait que 26 élèves sur les 30, regroupés dans cette seconde, mais venant tous d'horizons différents, avaient fait à une interro de début d'année *la même erreur*. 26 anormaux pour 4 normaux, ou le contraire ?

Si donc on prend en compte dans le temps et l'espace le *nombre* et la répétition des erreurs produites par les sujets confrontés à un enseignement de mathématiques ou qui l'ont été, quelle qu'en soit la qualité, on en arrive à cette chose étonnante que c'est l'erreur qui est la normalité même.

Voit-on, dès lors, l'épouvantable injustice qui consiste à traiter de minable, idiot, paresseux, affreux, ridicule, celui qui dans un mouvement *normal* de l'esprit se trompe, parce qu'il est un sujet vivant en train de réagir à un savoir qu'on lui « injecte », savoir qui produit, avant d'être éventuellement digéré, dilué, avant de devenir la chair d'une évidence intellectuelle nouvelle, les perturbations normales provoquées dans un organisme vivant par l'ingestion d'un corps étranger ?

L'erreur est la condition — dans tous les sens du terme — de tout apprentissage scientifique. Comme le disait Bachelard : « Le long d'une ligne d'objectivité il faut donc disposer la série des erreurs *communes* et *normales*. On sentirait dès lors toute la portée d'une psychanalyse de la connaissance si l'on pouvait seulement donner à cette psychanalyse un peu plus d'extension [6]. »

Passionnant projet que celui d'une psychanalyse de la connaissance qui ne pourrait donc ne pas passer par l'analyse des erreurs que fait le sujet dans une tentative d'appropriation d'un savoir. Seulement voilà. Quand ce savoir est constitué par les mathématiques scolaires, et dispensé au cours d'une scolarité obligatoire, il y a entre le sujet présumé connaissant ou désirant connaître et la connaissance un monumental appareil de transmission.

Les erreurs du sujet rendent bien compte de son « fonctionnement psychique », mais elles en rendent compte dans une perspective *globale* qui est celle de toute la machinerie enseignante en train de moudre précisément ce savoir-ci. Les erreurs, ainsi, sont des *complexes* : elles n'ont jamais de cause unique, et mettent en jeu de très nombreux paramètres : nous en verrons successivement apparaître au cours des tentatives faites pour les comprendre, et pour comprendre cette sorte d'« au-delà de l'erreur » que représentent les réponses « folles », celles qui donnent l'âge du capitaine, et leurs équivalents mathématiques.

L'entreprise se révèle donc pour le moins ardue car on peut, en effet, poser tout de suite et très schématiquement que les paramètres eux-mêmes sont affectés de deux indices : l'un relèverait de ce qui dans l'erreur serait « structurel », et l'autre de ce qui serait conjoncturel.

Le structurel, c'est ce qui dans un système idéal d'enseignement qui, lui, ne ferait pas d'erreurs pédagogiques se produirait inévitablement dans une initiation aux mathématiques et, au-delà, dans une pratique des mathématiques qui serait « authentique », celle par exemple des mathématiciens.

Le conjoncturel, c'est tout ce qui, du fait qu'il y a toujours un *présent* des conceptions qu'on se fait des mathématiques et de leur enseignement, vient se greffer sur le structurel, l'infléchir de telle ou telle façon, au point parfois de le rendre méconnaissable.

Ainsi par exemple la réponse folle ne relève pas du structurel, mais d'un conjoncturel très lourd, dont une des composantes est, nous le verrons, de précisément ne pas prendre en compte la normalité de l'erreur. A être nié, méchamment réprimé, le structurel peut laisser parfois toute la place au conjoncturel.

Mais une simplification telle que $\dfrac{a+b}{a+c} = \dfrac{b}{c}$ serait-elle évitée par une « bonne pédagogie » ? Verrait-on pour autant disparaître $(a+b)^2 = a^2 + b^2$, ou $\sqrt{2} + \sqrt{3} = \sqrt{5}$? Difficile à dire, mais il semble bien qu'ici ces erreurs sont plutôt produites par quelque chose qui procède de ce que sécrètent les mathématiques elles-mêmes, et qui, toutes proportions gardées, trouve son analogue historique dans les erreurs qu'ont faites les mathématiciens eux-mêmes, ce quelque chose étant lié au désir que « ce soit comme ça ».

Structurel et conjoncturel vont donc être dans la pratique scolaire étroitement imbriqués. Mais il semble qu'une tentative de démontage soit possible si, pour commencer, on prend en compte dans leur *matérialité*, toujours très schématiquement, les deux faces présentant le plus d'étendue, et donc de prise, de cet objet complexe qu'est l'erreur :

— d'abord, explicitement, l'erreur se présente comme une réponse, c'est-à-dire le fruit d'un travail, lui-même effectué à partir d'un matériau qui n'est autre que celui qui a été fourni au sujet par son présent et son passé scolaires, et non scolaires,

— ensuite, implicitement, l'erreur se présente comme une *question*, question posée sur la matière qui est en jeu, et liée au fameux désir « que ce soit comme ça », par le biais de : « Pourquoi ça ne serait pas comme ça ? » Pourquoi $\sqrt{2} + \sqrt{3}$, ça ne *fait* pas, ou ça ne *ferait* pas $\sqrt{5}$?

Depuis des siècles, donc, l'anormalité supposée de l'erreur empêche de la prendre pour ce qu'elle est, mouvement normal de l'esprit, dynamique d'une réponse à un contenu et un mode de transmission du savoir associée à une question posée sur ce savoir. Avec une stigmatisation de ce que sont ces réponses telle que nous l'avons constatée et que nous serons malheureusement amenés à reconstater, avec une superbe ignorance de ce que sont ces questions, l'enseignement poursuit aveuglément des buts qu'il n'atteint pas, et pour cause, car ne s'adressant à personne et n'écoutant personne, il n'est suivi de presque personne : il a définitivement, radicalement éliminé le sujet apprenant. Et avec lui l'occasion de découvrir l'existence du sujet en mathématiques, c'est-à-dire aussi bien du sujet enseignant, dans son face-à-face avec l'élève, que le sujet qui a fourni le prétexte à leur face-à-face, le sujet mathématicien. Mais cette triple négation, pour des raisons évidentes, ne met à mal que le premier : ne disposant d'aucun pouvoir, le sujet apprenant nié dans son existence au mieux devient l'automathe et, au pire, l'automathe poussé à bout, le « fou en mathématiques ».

Prendre en compte les erreurs n'est donc pas une fantaisie pédagogique de plus. C'est enfin disposer d'une prise réelle sur le *réel* d'un savoir et des questions que pose sa transmission. Car c'est évidemment dans le but d'amener les sujets à ne *plus* faire d'erreurs qu'il faut les prendre en compte, travailler *avec* elles et non *contre* elles, et retrouver quelque chose d'une sagesse et d'un bon sens paysans qui consistent à semer et récolter en *fonction* des phénomènes naturels.

Arriver à bout de l'erreur suppose donc non seulement de ne pas la nier, de ne pas l'éviter, mais de la *traverser*, et pour cette traversée de prendre son temps : celui d'un voyage à travers les labyrinthes et le long des méandres qui sont les passages et les modes de parcours obligés d'espaces à peu près inexplorés.

2

« *Errare humanum est.* »

« **L'erreur s'accompagne de certitude. L'erreur s'impose par l'évidence. Et tout ce qui se dit de la vérité, qu'on le dise de l'erreur : on ne se trompera pas davantage. Il n'y aurait pas d'erreur sans le sentiment même de l'évidence. Sans lui, on ne s'arrêterait jamais à l'erreur.** »   L. Aragon.

Ce qu'on croit imaginer de plus avancé, de plus libéral, de plus compréhensif par rapport à l'erreur, c'est de la dire « humaine ». Et voici qui suffirait à lui conférer sa petitesse, sa grandeur, sa prévisible imprévisibilité, son éventuelle fécondité et surtout sa permanence, son obstination à naître et renaître au rythme des générations, des saisons de la vie, des conjonctures, des pulsions, des affects, à fleurir au sein des idéologies, des systèmes, des théories, à se nourrir des intérêts d'individus isolés ou de classes d'individus... Bref, aussitôt que l'on a, pour l'erreur, invoqué ou convoqué l'humain, on ne peut que l'accepter comme l'inéluctable, le *fatum*, face auquel toute la gamme des sentiments, humains eux aussi, pourra se déployer, de l'indulgence à la réprobation, de l'agacement à la révolte, de la résignation à... l'horreur.

Humain, tout cet humain est trop humain. Et le seul mot d'*erreur*, parfaitement autologique, est au centre d'une collection d'erreurs faites à son propre propos, et procédant en particulier de cet amalgame obtenu par le singulier dans une expression bien intentionnée elle aussi, celle qui revendique par exemple le *droit à l'erreur*.

Le *droit à l'erreur*, il ne me paraît précisément pas qu'on puisse indifféremment le revendiquer dans tous les champs de l'activité humaine. Parce que les *erreurs*, selon les lieux où elles se produisent, sont d'essences différentes, ont des modalités d'existence différentes, des répercussions ou des portées différentes sur les sujets ou les sociétés qui les produisent ou en subissent les effets.

Et précisément, il semble bien qu'on ne puisse pas parler de la même façon des erreurs d'*un* sujet et des erreurs d'un groupe de personnes : je ne crois pas qu'on puisse assimiler l'erreur judiciaire, qui enverrait un innocent à la mort ou le priverait de sa liberté à vie, par des gens prenant une décision *à froid*, au geste d'une personne isolée soumise à ses affects et accomplissant quelque acte irrémédiable qu'une distance, physique ou temporelle, aurait peut-être pu éviter. Il me semble qu'on est en *droit* d'exiger au contraire qu'une institution ne se trompe pas, que c'est, profondément, pour éviter l'erreur d'un seul que les sociétés ont inventé de se confier et de confier le pouvoir à des institutions où c'est par le nombre qu'il est théoriquement possible de neutraliser ce que l'erreur d'un sujet unique aurait, dans le politique, dans le judiciaire, de proprement monstrueux, parce que antinomique de sa propre définition : protéger le citoyen, rendre la justice. Le droit à l'erreur ne peut pas être l'erreur de droit ; le nazisme, le stalinisme ne sont pas des erreurs [7], ce sont des systèmes qui se sont lentement, patiemment élaborés, qui ont mobilisé des milliers de personnes qui ont dépensé leur énergie, mobilisé leur intelligence pour y avoir trouvé, d'une manière quelconque, leur intérêt. Par ailleurs, l'erreur dite « de jeunesse » — le mauvais mariage, ou son équivalent actuel —

n'est pas comparable à l'erreur due à la négligence ou à l'incompétence et qui entraînerait des dégâts irrémédiables ou mort d'homme. Bref, l'erreur est indissociable pour ce qui est de sa nature de la notion de responsabilité, et le « droit à l'erreur » est absolument hors de question pour un médecin, encore moins pour une équipe de médecins. On a si peu droit à l'erreur en médecine que c'est une pratique fondée précisément sur le fait que, là, on n'a pas le *droit* de se tromper, et on n'imagine pas un médecin avançant un diagnostic avec, en tête, l'idée qu'il a le *droit* de se tromper. Que cela arrive quand même est de l'ordre des faits incontournables, mais ne peut guère se revendiquer au départ.

Il n'est donc pas question de parler de « droit à l'erreur » en mettant dans le même sac les erreurs politiques, judiciaires, médicales, scientifiques, sous prétexte que « la vérité naît de l'erreur ». Voilà encore un bel amalgame. Quelle vérité, et comment peut-on imaginer qu'elle est bonne à dire au singulier ?

Laissons donc de côté tout le brouillage apporté par le droit à l'erreur ou l'erreur humaine pour nous placer, hors de toute revendication qui amalgame et homogénéise, dans le champ du savoir mathématique qui est — ce n'est pas le seul paradoxe qui s'épanouit en ce lieu — le plus *qualifié* pour produire des erreurs. Il est aussi celui où elles sont nécessaires, car elles sont constitutives de l'édification du savoir mathématique, et pour le sujet qui les pratique, d'un savoir sur ce savoir, et d'un savoir sur lui-même face à ce savoir.

Qu'en est-il de l'erreur ? Si on a recours aux dictionnaires :

— On peut *commettre une erreur* : par un acte de l'esprit qui tient pour vrai ce qui est faux, et inversement.

— On peut *être dans l'erreur* : c'est un état de l'esprit qui prend pour vrai ce qui est faux, et inversement.

Il faut donc, pour qu'il y ait erreur, *le* vrai et *le* faux. Où cette opposition, cette démarcation est-elle, théoriquement, plus vraie qu'en mathématiques ? L'idée que l'on s'y fait de la vérité a beau avoir évolué au cours de l'histoire, il n'en reste pas moins qu'elle est constitutive de leur nature même, indissociable de leur vocation à dire le vrai *sur* quelque chose, quel que soit le statut de la chose posée au départ : évidence acceptée elle-même comme rendant compte du « vrai », hypothèse, proposition, et même, mais ce n'est plus notre sujet, « chose de la vie ». La notion de vérité est donc indissociable des énoncés produits et *retenus* par les mathématiques, et cette vérité a valeur d'exemplarité telle qu'elle s'exprime dans l'« aussi vrai que 2 et 2 font 4 ».

Les choses se compliquent quand on veut essayer de dire ce qu'est le faux. Théoriquement, le faux — c'est une vérité de La Palice — c'est tout ce qui n'est pas vrai. Mais pratiquement, tout ce non-vrai est tellement hétérogène qu'il est impossible d'y voir la marque unique du faux. Dirait-on par exemple « aussi faux que 2 et 2 qui ne feraient pas 4 » ? Et, pour garder l'exemplarité de l'exemple, est-il aussi faux de répondre que 2 et 2 font 5, ou 22, ou 2,2, ou 2 tout court (parce que c'est deux fois le même objet), ou rien parce qu'on ne sait pas ce que « et » veut dire, etc.

Il est ainsi bien difficile de dire le vrai sur le faux. Il est même difficile de dire le vrai sur le non-vrai, quand l'histoire n'a pas encore donné au vrai, donc au non-vrai, son statut de vérité. Le vrai a donc le tranchant du rasoir, du savoir, mais d'un savoir *déjà* constitué, où le vrai et le non-vrai ont émergé de l'océan du pensable possible, se sont séparés, ont été objectivés. Mais que se passe-t-il quand ce travail est *en train* de se constituer, qu'il s'agisse de l'élève qui s'y initie ou du mathématicien qui invente ?

Eh bien, dans les deux cas, une pratique antérieure — et il y a toujours une pratique antérieure, ne fût-elle que celle de la parole — amène l'un et l'autre à *désirer* que quelque chose soit vrai, ce quelque chose pouvant être effectivement vrai, ou non. Dans le premier cas, tant mieux, l'élève aura une bonne note, et le mathématicien ne s'épuisera pas à essayer de démontrer l'impossible. Mais aussi, paradoxalement, tant pis. On ne saura rien de ce qui s'est passé dans la tête de l'un et de l'autre.

Dans le deuxième cas, tant pis. L'élève aura une mauvaise note, et le mathématicien aussi. Mais aussi, paradoxalement, tant mieux. Car on pourrait, ce qui est passionnant pour qui s'intéresse au fonctionnement de l'esprit, saisir cet acte de l'esprit en train de *commettre* une erreur, donc de fonctionner de façon visible, ou lisible. A constater que, avant d'être objectivés, dans le *présent* de l'erreur en train d'être commise, le vrai et le non-vrai ont, pour le sujet, exactement le *même* statut, la même valeur de vérité, on pourrait, en essayant de savoir quels sont les agents de production du non-vrai qui laissent des traces de leur passage, savoir comment se produit le vrai.

Je ne sais pas si c'est exactement ce motif qui a poussé un mathématicien belge, Maurice Lecat, à recenser les *Erreurs des mathématiciens des origines à nos jours* [8]. Avait-il un compte à régler avec les mathématiques, les mathématiciens, les mythes qui font de ces derniers des surhommes qui « trouvent » leurs théorèmes dans des fulgurations apocalyptiques ? Toujours est-il qu'on découvre dans ce gros livre les plus grands noms : ceux d'Abel, Cauchy, Cayley, Chasles, Descartes, Euler, Fermat, Galilée, Gauss, Hermite, Jacobi, Lagrange, Laplace, Legendre, Leibniz, Newton, Poincaré, Sylvester... L'auteur, dans sa préface, dit avoir négligé « les démonstrations innombrables et *nécessairement* fausses du postulat d'Euclide, ainsi que toutes les constructions de prétendue quadrature du cercle. Par ailleurs, dresser une liste complète des erreurs faites en calcul des variations ''reviendrait presque à faire l'histoire critique du laborieux développement de cette discipline ardue'' ». De même pour d'autres sujets, où il a fallu sélectionner les erreurs les plus typiques et en particulier pour le grand théorème de Fermat, qui aurait suscité plus de mille démonstrations fausses !

On imagine ainsi aisément la place que pourrait prendre une littérature mathématique « parallèle » à celle que l'on connaît, et qui est donc bien à tort dans les esprits exclusive, et épuisant le sujet. Y aurait-il autant de mathématiques vraies, que de mathématiques non vraies produites dans l'histoire ? On ne le saura jamais, car on ne dispose que de celles de ces productions non vraies jugées vraies par leurs auteurs avec suffisamment de conviction pour qu'elles leur paraissent mériter, par l'intermédiaire d'une parution, la consécration de la postérité.

Il est des occurrences plus discrètes, et dont on ne saurait rien si un témoin n'était là, pour en rendre compte. Ce fameux théorème de Fermat, que son auteur formulait ainsi : « Diviser un cube en deux autres cubes, une quatrième puissance ou d'une manière générale une puissance quelconque en deux puissances de même ordre au-dessus du deuxième est impossible, et j'ai la conviction d'en avoir trouvé une démonstration admirable, mais cette marge est trop étroite pour la contenir[1] », n'en finit pas, après trois siècles de démonstrations fausses, d'en susciter encore. C'est à leur propos que E.T. Bell prie ceux de ses lecteurs qui « croiraient avoir une démonstration dans leur manche de ne pas la lui adresser : j'ai déjà examiné plus de cent tentatives fallacieuses, et j'estime que la coupe est pleine — l'une de celles-là il y a quelques années m'a ''collé'' pendant trois semaines. Je sentais qu'il y avait une erreur, mais ne parvenais pas à mettre le doigt dessus. En désespoir de cause, je communiquai le manuscrit à une élève très brillante de mon cours de trigonométrie qui détecta la bourde en une demi-heure. Cet épisode ne fut pas aussi humiliant qu'il aurait pu l'être. C.F. Lindemann (1852-1932) qui s'immortalisa en 1882 en démontrant la transcendance de π publia à ses frais, vers la fin de sa vie, une longue démonstration, ou soi-disant telle : l'erreur fatale se trouvait presque au début du discours [9] ».

Lindemann figure en effet dans le recensement de M. Lecat avec trois exemples de tentatives d'établir le théorème de Fermat aux « démonstrations défectueuses ». Pour la première, c'est l'auteur lui-même qui en reconnaît après coup la défectuosité. Mais pour la deuxième et la troisième, il a l'avantage de se voir signaler une « erreur grave » et un « vice rédhibitoire ». « Vice rédhibitoire » ne fait pas partie du vocabulaire scolaire, mais

a	b	$a\,b$	$a:b$	$a+b$	$a-b$	$a \times a + a \times b$	a^2
$\sqrt{2}$	$\sqrt{3}$	$\sqrt{2 \cdot 3}$	$\sqrt{2:3}$				1
0	4/5	0	impossible	5	5		0

« erreur grave » ou « grave erreur » ou « grave faute » sont des annotations qui fleurissent traditionnellement dans les copies.

Grave erreur, ou erreur grave... Grave pour qui ? Dans sa préface, M. Lecat affirme : « L'erreur est d'autant plus funeste

---

1. Autrement dit, il est impossible de trouver des solutions en nombres entiers à l'équation $x^n + y^n = 2^n$ pour n supérieur à 2. Si $n = 2$, les triplets (x, y, z) sont dits pythagoriciens, tel le fameux (3, 4, 5) pour lequel on a bien $3^2 + 4^2 = 5^2$. Quant à la marge, c'est celle d'un manuscrit de Diophante, annoté par Fermat.

que son auteur est de plus grande envergure. » Et il cite François de Lagny (1660-1734) qui dans le *Journal des Sçavans pour 1693* écrit que : « On peut et doit même négliger de réfuter les erreurs de certains particuliers sans nom et sans réputation, parce que leurs erreurs ne sont d'aucune conséquence pour le Public. Mais celles des grands hommes doivent être remarquées avec soin, quoiqu'avec le respect et les ménagements qui leur sont dus, de peur que leur autorité n'impose, et ne l'emporte sur la vérité. »

De Lagny, manifestement, plaide pour qu'on ne laisse pas de « grands hommes » infliger d'outrages, premiers ou derniers, à la vérité. Quant à ceux que pourraient commettre l'ensemble des hommes pas grands, « sans nom et sans réputation », ils lui paraissent négligeables, opinion qui, en vérité, outrage la vérité qui, ici, nous intéresse, celle de l'erreur.

Car en mathématiques les hommes, petits ou grands, et même les femmes, mais oui, et les enfants, entretiennent le *même* rapport avec la vérité. Entre l'élève qui se trompe en écrivant $(a+b)^2 = a^2 + b^2$, ou $\sqrt{2} + \sqrt{3} = \sqrt{2+3}$, et le savant qui se trompe *en prenant ses désirs pour la réalité mathématique*, et le sans-nom ou le sans-grade, c'est seulement une question de degré, de niveau. La vérité de l'erreur est précisément dans le rapport de désir que l'on entretient en mathématiques avec la vérité, dont on voudrait qu'elle soit « comme ça », parce que les mathématiques sont ce qu'elles sont. C'est en raison même de ce qui peut être perçu de leur spécificité par le néophyte, et de ce qui en est pratiqué par le praticien — citons la présence d'« absolus », la cohérence générale, les analogies, les grandes synthèses, l'« esthétique » des résultats, etc. —, que les mathématiques produisent sur n'importe quel sujet le *même* effet de désir, qui se donnera différemment selon chacun, mais qui, en gros, se traduira par l'envie que la matière s'organise d'une certaine façon, que « ce soit comme ça ». C'est en raison même de leur structure et de leurs structures, en raison même de ce qu'elles ne demandent, pour être pratiquées, qu'une surface sur laquelle il est possible de tracer des signes et un instrument pour le faire, que les mathématiques permettent l'existence et les modalités du désir que « ce soit comme ça ». Ce désir produira de la vérité vraie ou de la vérité non vraie, vérité en tout cas pour le sujet qui « y croit », et qui y croira jusqu'à ce que quel-

L'erreur, une incontournable réalité 49

que chose ou quelqu'un vienne lui prouver que sa vérité n'est pas vraie, si par hasard elle ne l'était pas. Si elle ne l'était pas, ce serait une erreur, et c'est cette sorte d'erreur, dont le noyau est le désir « que ce soit comme ça », que je qualifiais de « structurelle ».

Ce qui fait que tout le monde se trompe et s'est toujours trompé en mathématiques. Élèves, bien sûr, mathématiciens, professionnels ou amateurs, mais aussi professeurs, dont on sait au moins, indépendamment des « potentialités » dont fait état l'enquête-expérience citée plus haut (voir page 30) que : élèves eux-mêmes, ils se sont, dans le passé, trompés comme tout le monde, sinon qu'ils se fassent connaître, on les montrera, on les produira à titre de phénomènes ; débutants, ou enseignant une partie du programme qui ne leur est pas — ou plus — familière, ou faisant face à un exercice comportant des pièges sur l'existence desquels ils n'étaient pas avertis, ils se sont trompés face à leurs élèves. Situation pénible s'il en est, étant donné la combinaison mythique évoquée plus haut du don et de la clarté-rigueur-évidence de la matière, à quoi il faut ajouter ici la maîtrise supposée du professeur en toutes choses. Toutes choses qui font que les erreurs des professeurs ont pour effet, en général, d'entraîner la disparition dans un nuage de craie de leurs traces, c'est-à-dire des signes couvrant le tableau, mais hélas souvent partiellement reproduits par des élèves consternés ou goguenards. Le tout assorti d'une formule sibylline, ou faussement péremptoire, cherchant à masquer la confusion mortelle de qui se sent, par là, disqualifié au cœur même de sa qualification supposée.

3

> « C'est par l'expérience de l'erreur que nous arrivons à l'idée positive de vérité. La vérité ne se manifeste que par son opposition à une erreur préalable. »   J. Wahl.

> « Il n'est rien qui soit plus véritablement à nous que nos erreurs. »   V. Brochard.

Le recours à l'« erreur humaine » procède peut-être en partie de cela : c'est peut-être pour se sentir moins seul, pour détourner le regard de qui vous épingle ou vous épinglera sur votre copie non conforme sur un autre qui, lui aussi... Pourquoi E.T. Bell cite-t-il l'erreur de Lindemann ? Parce que sa propre incapacité à repérer l'erreur d'un autre, donc sa propre erreur consistant à prendre du faux pour du vrai, ne représente plus qu'un épisode qui « ne fut pas aussi humiliant qu'il aurait pu l'être ». Soit. Mais c'est bien parce que, des siècles durant, l'erreur en mathématiques a été jugée infamante, disqualifiante. Vous avez lu plus haut (voir page 47) : « L'erreur est d'autant plus funeste que son auteur est de plus grande envergure... »

Encore une fois funeste pour qui ? Et en quoi les erreurs des mathématiciens sont-elles d'une quelconque conséquence pour « le Public » ? Il faut justement faire intervenir une distinction essentielle entre l'erreur en mathématiques et l'erreur ailleurs : aucun pont ne s'écroulera si la conjecture de Goldbach ou celle de Catalan sont fausses ; aucune cathédrale ne s'effondrera si l'hypothèse du continu est indécidable. La tour d'ivoire des mathématiques « pures », bâtie sur le roc depuis vingt-six siècles, est le lieu clos et protégé où se produisent de façon interne des drames, des tragédies, des assomptions, des mises à l'index ou des béatifications qui n'ont aucune prise et aucun effet sur le monde extérieur. Et il ne faut pas confondre le calculateur utilisant des techniques extrêmement sophistiquées, résolvant à l'aide de théories déjà existantes des problèmes *pratiques*, fût-ce d'envoyer une fusée sur la planète Mars, et le fabricateur de théories, l'énonciateur de conjectures, l'inventeur d'objets

L'erreur, une incontournable réalité

qui fait tout ça pour *son* plaisir, avec, comme correctifs le rattachant à son siècle, la mode, les questions dans le vent, le vent étant celui que respire la « communauté mathématique », etc.

Alors funeste comment ? Parce que la « science mathématique », du fait de grands hommes qui auront erré et dont pourtant l'autorité s'impose, aura pris des chemins qui s'avéreront être des impasses ? Eh bien, ce sera à l'histoire de rendre compte de cette vérité, qui est que l'état des esprits ne permettait pas que l'erreur se révèle comme telle. Et sans doute d'innombrables mathématiciens ont-ils, leur vie durant, *été* dans l'erreur sur bien des questions que d'autres, plus tard, ont vues dans la vérité de leur fausseté. Et il est bien étonnant de voir des mathématiciens du présent ou des historiens des mathématiques se pencher sur l'histoire, en rêvant qu'elle aurait pu être autre que ce qu'elle a été, s'indignant de ce que les praticiens du passé en sachent moins sur leur pratique que ceux d'aujourd'hui, en assimilant l'enfance d'une théorie à une théorie enfantine.

Ainsi, non seulement il n'est pas grave pour le Public que les mathématiciens se trompent, mais c'est au contraire pain bénit pour lui de le savoir. Faire dégringoler le mathématicien de sa position supposée de surhomme pour en refaire un homme dont les faiblesses sont donc à l'échelle humaine, soit. Mais là n'est pas le plus intéressant : plutôt que la disqualification du surhomme, c'est la qualification de l'erreur ; ni infamante ni humiliante, mais produite *constitutivement* en ce lieu particulier par un mouvement *normal* de l'esprit aux prises avec le désir spécifique « que ce soit comme ça », et rendant compte en deçà des productions valides ou pas du mathématicien de l'existence d'un fonctionnement psychique semblable dans la production du faux et du vrai, tout ceci étant déterminé et rendu possible par la nature même de la matière.

Il faut donc refuser ici la consolation de l'« erreur humaine », car c'est paradoxalement vouloir éviter de la voir dans sa vérité. L'erreur, c'est entendu, est la preuve de l'existence du sujet, dans un domaine d'où de toute façon il finira par être expulsé, sans laisser d'autres traces, parfois, qu'un nom quand c'est lui qui produit des théorèmes, et aucune quand il ne fait que se les approprier. Mais précisément, l'acquisition de ce savoir comme son invention ne sont que la suite ininterrompue de phases de combat entre le « sentiment » que l'on a d'une question, d'une réponse, d'un problème, d'une conjecture, et la vérité de la question, de la réponse, du problème, de la conjecture, phase éminemment subjective, celle des brouillons, des fausses pistes, des contradictions rencontrées, des absurdités formulées..., et des phases de digestion, d'évacuation de toute cette subjectivité si par hasard elle avait rencontré le vrai et s'était résolue, dissoute, muée en évidence « froide », à la fois faisant désormais partie de soi et détachée de soi. Mais surtout, cette subjectivité elle-même n'est pas, si l'on peut dire, subjectivité « pure », elle est, très vite, marquée par le mathématique, presque tout de suite, dès la maternelle où l'enfant percevra, à peine saura-t-il les dessiner, qu'il est possible d'aligner indéfiniment des chiffres et de produire, néanmoins, une écriture qui a du sens, et que donc quelque chose se produit, là, qui ne se produit pas ailleurs. Autrement dit, l'erreur en mathématiques, dans ce qu'elle aurait de *structurel* — et personne mieux que les mathématiciens ne peuvent en rendre compte —, c'est l'irruption de la subjectivité, mais d'une subjectivité *déjà* mathématisée, d'une subjectivité mathématisante : le désir « que ce soit comme ça » n'est pas n'importe quoi, il portera toujours, malgré ce qu'il pourra produire d'apparemment absurde, la marque du mathématique.

Il faut d'autant plus refuser l'« erreur humaine » en mathématiques que, pour ce qui nous intéresse de la pratique de millions d'élèves, à ses raisons d'être structurelles vont s'« ajouter » des conjoncturelles. Au rang desquelles vont se trouver les erreurs de la pédagogie que nous serons bien obligés de lire quasiment à livre ouvert.

Car ce qui est grave dans l'erreur, ce n'est pas tant qu'elle se produise, c'est le rôle qu'on lui fait jouer, les règlements de comptes qu'elle permet d'effectuer, les répressions qu'elle permet d'exercer. Le tout fondé sur la méconnaissance de sa vraie nature qui sert trop d'intérêts pour être de sitôt révisée. On imagine mal la violence et les rivalités entre mathématiciens qu'elle sert, et l'« humain » qui apparaît avec elle a de quoi surprendre le commun des mortels imaginant de paisibles savants Cosinus occupés à seulement anéantir de longues expressions en les posant égales à zéro. Mais quand le zéro est attribué à un pair, et voyez dans quels termes : « Sur des erreurs graves commises par un géomètre étranger » — il s'agit de James Challis

(1803-1882), professeur à Cambridge, *corrigé* par Joseph Bertrand (1822-1900), avec ce commentaire : « Erreurs tellement graves qu'il m'a paru utile de les signaler, dans la crainte que la position scientifique de leur auteur ne porte... à les adopter... » —, le savant Cosinus se mue en père Fouettard. Mais Joseph Bertrand à son tour se trompe, et, de correcteur, devient corrigé, par Eugène Catalan (1814-1894), qui est son ennemi [8]. Mais Catalan, à son tour...

La ronde des corrections s'arrête là. Après cette circulation horizontale et circulaire, la verticale de l'appareil pédagogique : un mathématicien que je rencontrai à l'occasion d'une « table ronde » m'affirma très tranquillement qu'il ne voyait pas pourquoi des élèves — dont je venais de parler — écrivaient $(a + b)^2 = a^2 + b^2$, si on leur avait *bien* expliqué que ça faisait $a^2 + 2\,ab + b^2$.

Et voilà. Les professeurs du secondaire doivent avoir subodoré que tous ceux-là auxquels ils ont quotidiennement affaire, et qui écrivent la susdite égalité, soit ne *devraient* pas exister, soit sont les affreux témoins de ce qu'ils ne savent pas *bien* expliquer. Comme ces deux termes sont également difficiles à affronter, et qu'il faut bien survivre à toutes ces contrariétés, l'erreur sera imputable à l'élève, car c'est elle qui ne devrait pas exister. Voyez comment la magie d'un rond et d'une croix vont circonscrire et anéantir le phénomène indésirable, rendant le commentaire redondant : « Pas en seconde ! »

Si on se doutait que ce phénomène qui *ne devrait pas* se produire en seconde s'y produit quand même — et ceci sous la plume d'un excellent élève qui a bien dû écrire mille fois l'identité correcte — parce que lorsqu'il s'est produit là où il « devrait » se produire, c'est-à-dire en cinquième ou en quatrième, il n'a pas été pris en compte comme il le fallait, qu'on a négligé ce dont il rendait compte de structurel, qu'on a refoulé ce structurel qui restera la seule évidence première et interne par des «formules à apprendre», du rabâchage, et fait appel à de la docilité intellectuelle en guise de compréhension, on saurait que nombre d'erreurs se produisent, en effet, là où elles ne devraient plus se produire, parce que là où elles se sont produites les premières fois on n'a rien voulu savoir de leur *normalité*.

3. De quelques jugements erronés portés sur l'erreur

1 Erreur humaine ?
2 ... ou erreur-horreur ?
3 Erreurs inévitables de cancres ?
4 ... ou erreurs évitables de bons élèves ?
5 Un mode courant de mésinterprétation des erreurs : le mathématisme.
6 L'erreur : réponse *et* question, mouvement normal de l'esprit.

1   «**A toute erreur des sens correspondent d'étranges fleurs de la raison.**» L. Aragon.

Il n'est donc guère question de se montrer « libéral » ou « indulgent » et d'admettre l'erreur parce qu'elle est *humaine*, ce qui, ici, ne veut pas dire grand-chose, ou de revendiquer un « droit à l'erreur » qui fera passer l'erreur à la trappe pendant qu'on aura, complaisamment, fermé les yeux. Je ne suis pas sûre qu'il soit bien de mettre un « bien » à qui, manifestement, détruit par une erreur significative, et qui ne pourra qu'être répétitive, le résultat qui lui vaudra les points de l'exercice : erreur traitée comme une excroissance indésirable et dont on peut ici ignorer les causes, et donc les futurs effets, par une pure et simple ablation. Et le tour est joué.

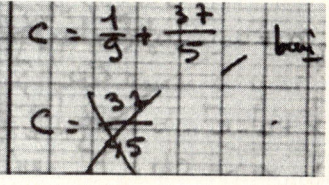

L'ennui, c'est que l'élève est joué aussi. Il est joué par son désir, par le sentiment qu'il a que c'est ça qu'il faut faire, et il est joué par le système. Le système, théoriquement, le joue à quitte ou double — quitte s'il comprend son erreur, et double s'il est prêt à la réitérer — mais, pratiquement, la négation de la signification de l'erreur double son pouvoir et, au bout de plusieurs fois, les chances qu'a l'élève d'en être quitte, *pour de vrai*, deviennent presque nulles. Il apprendra *par cœur* les bonnes réponses, mais le cœur, ou plutôt l'esprit, n'y sera pas.

L'erreur des « premières fois » est indissociable d'un mouvement de l'esprit, précisément. On ne fait de cadeau à personne en le prenant comme un fait de réalité, on fait au contraire cadeau à ceux que le fonctionnement de l'esprit intéresse de la richesse d'informations que peut apporter sur ce fonctionnement la prise en compte de ces faits de réalité, et il peut paraître à peine croyable d'avoir à y insister.

Il le faut pourtant, parce que nous sommes loin du compte de cette prise en compte. L'attitude indulgente, libérale a peu cours, mais elle a cours. Quand elle s'explicite en « droit à l'erreur », ça peut donner ceci : on demande à un enfant combien de droites passent par 2 points ; s'il répond 2, ou 3 ou plus selon la grosseur des points et la finesse des droites qu'il aura dessinés, on lui répondra : « Très bien, tu as le droit de penser ça, mais nous, *en mathématiques*, on dit que par 2 points il ne passe qu'une seule droite. »

Et hop ! Évité le face-à-face avec les questions embarrassantes, sur la « grosseur » des points, l'« épaisseur » des droites, le statut des êtres mathématiques, celui de leur *représentation*. Évitées, la nécessité d'en passer par la notion d'idéalité, la notion d'axiome, et l'occasion, très simplement, d'un exercice mathématique de la pensée.

Soit, et pourrait-on penser, tant pis. Mais cette occasion perdue de rencontrer le mathématique est hélas une occasion gagnée de faire fausse route en mathématiques, et d'amener l'élève en ce lieu extravagant où il pourra dire : « Oh, ici, vous savez... » Être libéral de cette façon avec l'erreur, c'est encore la nier, et éviter de répondre aux questions qu'elle pose ici sur la relation, bien complexe en géométrie, entre voir et savoir : puisqu'il faut parfois voir pour savoir, parfois le contraire, parfois ne rien vouloir savoir de ce qu'on va voir, parfois ne rien pouvoir voir de ce qu'on va savoir.

Ainsi, en raison d'erreurs qui auront été niées, pour avoir été traitées de façon répressive ou libérale, la relation ne pourra se faire entre voir et savoir. On verra donc en géométrie sco-

De quelques jugements erronés portés sur l'erreur

laire ce qui ne se voit nulle part ailleurs : un parallélogramme sans parallèles... et autres chimères à la réalité desquelles on n'a pas voulu croire au moment où elles furent enfantées, et qui envahiront le lieu de la géométrie pour y régner définitivement.

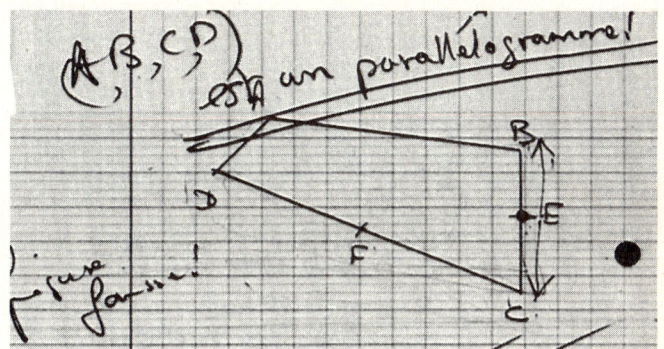

Tout le monde se trompe, en mathématiques, mathématiciens, professeurs et élèves, mais il n'y a que ces derniers à ne pouvoir s'en cacher. On leur cachera donc que l'erreur est un mouvement normal de l'esprit et, au contraire, on leur « injectera » une vision, une idée d'eux-mêmes, destinés à justifier les erreurs qu'ils font. La plus bénigne est celle qui consiste à se dire étourdi(e). J'ai donc ainsi des élèves qui sont l'attention même, qui se sont longuement concentrés avant de répondre, et qui, lorsqu'ils découvrent qu'ils ont fait une erreur, brusquement affirment sur un tout autre ton : « Oh, je ne voulais pas dire ça, c'est une étourderie. »

Bien sûr, je ne leur dis pas que c'est là qu'ils jouent et parlent faux. Je me contente de leur faire trouver le vrai de leur erreur. L'auto-imputation d'étourderie finit par disparaître des pseudo-causes qu'il est possible de produire en guise d'excuse.

L'étourderie n'existe pas, l'erreur n'est pas le fait du hasard. Elle l'est si peu, que tous les professeurs, au bout d'un certain temps de carrière, sont sans doute comme celui-ci, vieil homme dont on raconte qu'il tournait le dos, en classe de taupe, à l'élève qui était au tableau, et lui annonçait à un moment donné : « Et maintenant, là, je *sais* que vous vous êtes trompé. » Et c'était vrai. Alors, un phénomène à ce point prévisible peut-il être dû au hasard, et tous les élèves pourraient-ils être étourdis de la même façon au même endroit ? Mais peut-être se sont-ils concertés ?

On ne peut, aussi, que s'amuser de toutes ces mises en garde qui paradoxalement cherchent à nier ce dont elles affirment l'existence, et à propos desquelles auteurs et éditeurs dépensent des trésors d'imagination typographique : croix, virages dangereux, têtes de mort, petit bonhomme transpirant ou essoufflé, etc. Elles ne servent strictement à rien, et l'erreur qui n'aurait pas dû se produire se produit inéluctablement, ou plutôt elles servent éventuellement à ceci que les erreurs se produiront deux fois plutôt qu'une, puisqu'un élève averti en vaut deux.

2

« Horreur : la sensation physique qui fait que la peau devient chair de poule et que les cheveux se hérissent. La peau se retirant sur elle-même fera dresser les cheveux, dont elle enferme la racine, et causera ce mouvement qu'on appelle horreur. »   Bossuet.

« Le savant et le professeur diffèrent autant que le fabricant et le débitant. »   E. Renan.

Fait de réalité, donc, de normalité, dans le fonctionnement psychique ; pourquoi faut-il que l'erreur en mathématiques soit obstinément considérée comme un phénomène qui ne *devrait pas se produire* ?

Attitude qui ne peut entraîner que des réactions inappropriées, fussent-elles libérales, ou gentilles comme celles qui versent les erreurs au compte de l'étourderie. L'erreur niée dans sa raison d'être est non seulement une façon de ne pas faire avancer les choses, mais un moyen de les faire reculer.

Ainsi, depuis plus de vingt siècles, l'enseignement des mathématiques cherche — et réussit — à enraciner l'idée que l'erreur est anormale, l'idée qui a comme équivalent celle qu'entretenait — scientifiquement — le savant Cosinus juché sur un impossible bicycle à propos de la chute qu'il n'aurait pas dû

De quelques jugements erronés portés sur l'erreur

faire selon ses calculs. Question de pesanteur. Mais faut-il faire rimer pesanteur et horreur ? Car la négation de l'erreur peut aller encore plus loin dans la violence qu'à être seulement traitée d'anormale. Elle peut, mais oui, vous avez bien lu, provoquer... l'horreur. L'horreur, à propos, par exemple, d'une banale simplification de fraction comme nous en avons déjà rencontré quelques-unes, et comme il s'en produit des milliers chaque jour.

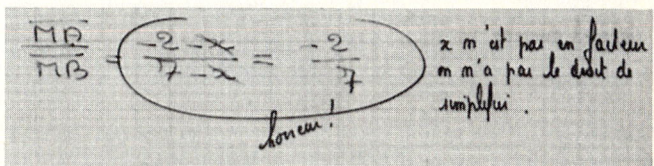

Par une bien sinistre coïncidence, au jour, précisément, où j'écris ces lignes, ce mot, horreur, est repris par tous les médias en commentaire lapidaire de ces deux attentats qui ont broyé des centaines de corps sous du béton et de la pierre [1]. L'horreur a cours en bien des lieux de la planète, provoquée par l'intervention concertée des hommes. Mais parfois non : dire des difformités, des infirmités, des monstruosités dont on détourne le regard parce qu'elles sont difficilement supportables, qu'elles sont horribles, soit. Mais $\sqrt{5} + \sqrt{2} = \sqrt{7}$, en quoi ceci peut-il provoquer l'horreur ? En quoi cette écriture qui pourrait sembler en tant que telle inoffensive — sauf à valoir une mauvaise note à son auteur mais qui n'y parvient même pas ici, le B, bien, de l'appréciation générale coexistant en toute tranquillité avec le redoublement de l'horreur —, écriture qui ne relève ici apparemment ni de la pornographie, ni de la scatologie, ni d'une grossièreté d'une quelconque sorte, fût-elle mentale, en quoi cette écriture peut-elle donc provoquer des réactions aussi violentes et propres à étonner le vulgaire qui dira sans doute d'abord : ah bon, ça ne fait pas $\sqrt{7}$? Alors qu'est-ce que ça fait ? (Voir page 60.)

Mais d'abord, qu'est-ce que ça fait au professeur ? Et pour-

---

[1]. Il s'agit des attentats commis le dimanche 23 octobre 1983 à Beyrouth conte les PC français et américain de la force multinationale.

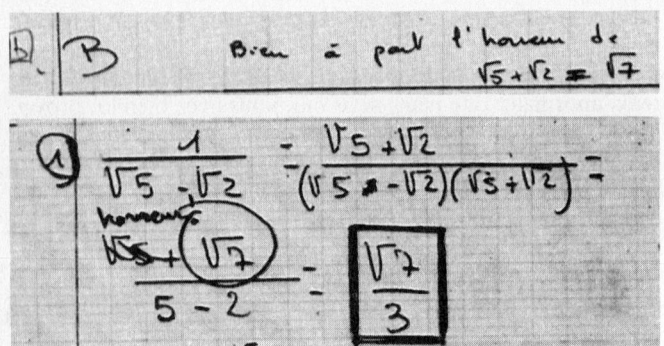

quoi ? Car il faut savoir que l'horreur provoquée par l'erreur n'est pas une réaction si rare que certains veulent bien le dire quand j'en parle. Il y a en effet longtemps que je promène en France et ailleurs l'erreur-horreur, dans des conférences, séminaires ou débats, et que j'en ai fait état dans des articles largement diffusés. Je pouvais donc craindre que se produisent, telles les dénégations que je viens d'évoquer, des phénomènes de refoulement, et que les raisons qui amènent à trouver l'erreur horrible persistent même s'il n'était plus séant de le dire.

Mes craintes étaient justifiées, mais à une échelle microscopique. On s'intéresse à l'erreur, maintenant, en certains lieux, et j'ai pu vérifier que venaient travailler sur l'erreur, ô potentielle merveille, des professeurs qui, ô prévisible déception, la trouvaient anormale, ou... horrible ! Mais à l'échelle macroscopique, c'est largement surestimer le retentissement des manifestations dont je parlais plus haut, et mésestimer l'inertie dont vingt-trois siècles plongés dans l'erreur à propos des erreurs en mathématiques ont empesé les comportements.

Je dispose donc d'« horreurs » dont l'encre est encore fraîche, et ma collection s'est même enrichie de quelques « berk » dont la tournure familière n'atténue rien, au contraire, du dégoût exprimé.

Qu'en est-il donc de ces réactions d'horreur face à d'inoffensives écritures ? Réactions dont ceux qui les ont ne mesurent pas toujours la violence dévastatrice, et ne savent ni de quelles forces aveugles ils sont la proie, ni de quoi ils se font les agents. Témoin, la succession d'histoires que voici.

Au cours d'une conférence faite dans le Midi de la France, il y a quelque dix ans de cela, je fais pour la première fois publiquement état de l'erreur-horreur : réactions diverses dans l'auditoire composé en majeure partie de professeurs de mathématiques. Une fois la conférence terminée, je vois s'avancer vers moi deux charmantes et très jeunes femmes qui me disent, timidement : « Vous savez, madame, nous mettons *horreur* sur les copies de nos élèves, mais... nous ne leur voulons aucun mal... c'est au contraire pour les encourager... » Devant mon incapacité à comprendre d'emblée l'enchaînement des causes et des effets, on m'explique qu'il était si merveilleux, *après*, de mériter des « bien », des « oui », des « c'est exact », qu'on était encouragé à travailler pour les obtenir. Aujourd'hui, avec nombre de mes élèves, je retrouve la politique du zéro en début d'année « pour presque toute la classe » parce que après, semble-t-il, on ne peut que progresser. Fine utilisation du psychologique dans le pédagogique, dont je vous laisse apprécier l'évidente efficacité.

Quelque temps après, je me trouve, avec le même sujet, dans une UER de maths du Sud-Ouest et, en plus de l'erreur-horreur, histoire dans l'histoire, je raconte les « horreurs pour encourager », et mon étonnement. Réactions diverses et variées dans l'auditoire, y compris un homérique éclat de rire quand je parle de l'obstination qu'ont pu mettre à se tromper nombre de mathématiciens : il y en avait un là, jeune chercheur assis sur un banc, qui comme nombre de ses prestigieux prédécesseurs se trompait donc obstinément depuis quelques années en croyant avoir à plusieurs reprises résolu un problème ardu en théorie des nombres, et qui s'était ainsi fait une sorte de célébrité. Amusement aussi, quand, alors que je venais de dire : « C'est l'erreur qui est la norme du fonctionnement psychique en mathématiques, *mais il n'y a pas de norme de l'erreur* », quelqu'un se leva pour me demander si j'avais établi un catalogue d'erreurs. Prise de panique devant ces effets qui dépassaient mes espérances, imaginant déjà les élèves qui seraient pénalisés pour ne pas avoir fait les bonnes erreurs — celles du catalogue —, je ne pus répondre que non.

Quelques heures plus tard, à un dîner réunissant une vingtaine des personnes présentes à la conférence, et alors qu'on parlait de maths, bien sûr, mais de tout autre chose, quelqu'un, dont le regard sombre était depuis quelque temps fixement posé sur moi, proféra brusquement, profitant d'un creux sonore : « Vous savez, moi aussi je mets ''horreur'' sur les copies de mes élèves. »

Cette déclaration, dont il est difficile de dire ce qu'elle comportait de défi, d'agressivité et de soulagement dans l'aveu, produisit un véritable *happening*. Tout le monde se mit à parler à la fois, et ce que j'appris de « ce qui se mettait sur les copies » — il s'agissait de travaux d'étudiants — me laissa proprement pantoise. « Horreur » dont quelqu'un dit, en s'en amusant, que, c'est vrai, lui aussi se divertissait à en fleurir les copies, *mais seulement les copies d'examen que les étudiants ne pouvaient pas voir*, était le plus neutre des substantifs, à côté de certaines périphrases assimilant l'activité mentale du producteur d'erreurs à une activité physique solitaire et traditionnellement assimilée jusqu'à il y a peu de temps à une perversion, et supputée par le correcteur comme ne pouvant même pas aboutir. Il apparaissait ainsi que les écritures mathématiques renvoyaient à quelque chose de violemment sexualisé, je ne comprenais ni comment ni pourquoi, mais le fait était là, et la métaphore du corps s'imposait de la même façon que lorsqu'un écrivain, retrouvant un de ses textes imprimé mais mutilé ou transformé, parlait d'« atteinte au corps ».

Atteinte au corps quand ce texte est produit par ce corps et qu'il peut en constituer la prolongation symbolique, soit. Mais atteinte au corps quand ce texte est $\sqrt{5} + \sqrt{2}$, et qu'au lieu de ne « faire » rien de plus il fait, horreur, $\sqrt{7}$; ou bien que ce texte est $x^2 + 1$, et qu'au

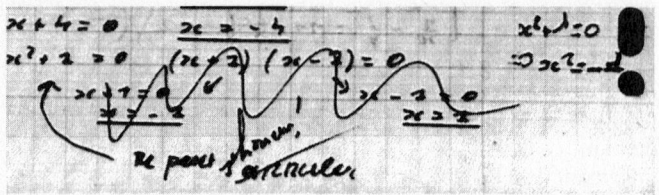

De quelques jugements erronés portés sur l'erreur

lieu ici de ne rien faire d'autre — parce qu'on ne dispose que des nombres réels, mais ça, l'élève ne le sait pas — il fait, horreur, $(x + 1)(x - 1)$; ou encore que ce texte est $x(3 - x)$, et qu'au lieu de faire, quand il y a lieu de le lui faire faire ce qui n'est pas le cas de l'exercice, $3x - x^2$, il

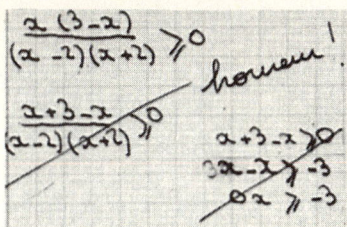

fait, horreur, $x + 3 - x$; ou que ce texte est $7(3x - 4y + 9)$, et qu'au lieu de rester déployé en $21x - 28y + 63$ il se rétracte jusqu'à n'être plus... horreur, égal qu'à 36 ; ou que, autre rétraction obtenue par les mêmes

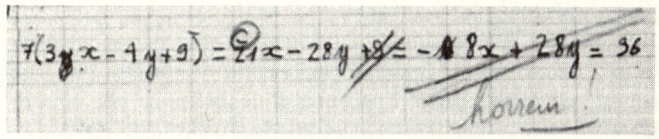

mises à la question, que ce texte est $x^3 + x^2$, et qu'au lieu de s'en tenir expressément et expressivement là il emphatise en se posant égal, horreur, à x^5 ; etc. Jusqu'à cette horreur graphique qui ne le cède en rien

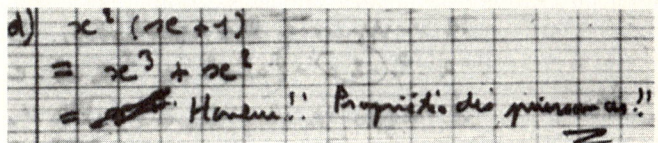

à l'horreur textuelle. Est-ce parce que, comme dirait le poète de la fatalité, avanie et fausse toise sont les mamelles du dessin[1] ? Toujours est-il que de simples lignes malhabilement tracées sur du papier (voir page suivante) provoquent un dégoût qui paraît avoir été sucé avec le lait dont se sont nourris les professeurs de mathématiques.

1. « Avanie et framboise sont les mamelles du destin », refrain d'une chanson de Bobby Lapointe.

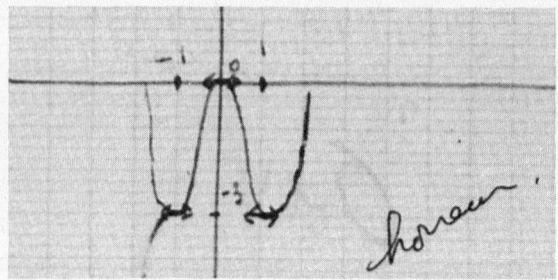

Alors, atteinte au corps, mais au corps de qui ? Tout se passe comme si ces réactions violentes révélaient l'existence d'un corps diffus, confus et souffrant fait de tous les corps additionnés de tous les professeurs — est-ce ce que l'on appelle le corps professoral ? —, qui se vit ou se voit comme l'auteur bafoué d'un texte qui serait celui, déjà écrit, de toutes les mathématiques existantes.

Seulement ce fantasme, si c'est bien lui qui agit, en cache un autre, redoutable et inavoué, qui est de se prendre pour un mathématicien *créateur* d'écritures et de textes. Le *mathématicien* peut être atteint dans son corps propre par la déformation, mise à mal, détournement et même appropriation de ce qu'il considère à juste titre comme sa propriété. Ce sentiment de propriété qui caractérise les mathématiciens, plus encore peut-être que d'autres créateurs, est attesté aux temps les plus anciens, celui où l'histoire des mathématiques se confond avec leur légende, qui est aussi celle qui raconte les débuts du savoir. Thalès (VIe siècle avant Jésus-Christ) à qui on aurait demandé ce qu'il accepterait en échange de certaines de ses découvertes en astronomie aurait répondu ceci : « Je serai suffisamment récompensé si, lorsque vous rapporterez ces découvertes à d'autres, vous n'aurez pas la prétention de dire qu'elles sont vôtres, mais bien de dire qu'elles sont miennes [10]. » Archimède (IIIe siècle avant Jésus-Christ), dont on s'appropriait les résultats en leur établissant des démonstrations, envoya à Alexandrie pour confondre ses pilleurs des résultats faux, et eut le plaisir ou le bonheur de constater qu'on leur trouva *aussi* des démonstrations [11].

Seraient-elles fausses que ces histoires disent incontestable-

ment le vrai sur la relation qu'entretient en mathématiques —
et sans doute ailleurs — l'inventeur à son invention. François
Viète (1540-1603), nous raconte Montucla, eut un grand chagrin, car dans son *Canon mathematicus sen ad triangula cum appendicibus* imprimé en 1579 s'étaient glissées des fautes d'impression, et l'auteur en retira tous les exemplaires qu'il put recouvrer [12]. On sait, parmi cent, ou mille affaires analogues, les passions ardentes déchaînées par la question de savoir à qui il fallait attribuer l'invention du calcul intégral qui, selon T. Dantzig, valurent « au monde mathématique l'humiliation d'un siècle de vilaines controverses [13] ». Pourquoi vilaines ? Que les mathématiciens se battent comme des chiffonniers pour revendiquer d'avoir été le premier à avoir trouvé me paraît leur conférer, et cette fois pour le grand bénéfice de la vérité, un peu de cette « humanité » dont les chiffonniers disposent à coup sûr d'emblée. Tenez, appréciez la véhémence de celui-ci, mathématicien et général des armées napoléoniennes, Jean-Victor Poncelet (1788-1867) (inventeur du « principe de continuité » qui consiste en gros à affirmer qu'une figure qu'on aura fait varier « par degrés insensibles », ou à laquelle on aura imprimé « un mouvement continu d'ailleurs quelconque », conserve ses relations métriques ou descriptives, et dont il trouvait la portée si générale et l'objet si vaste que, nous raconte R. Dugas, « il en vint à considérer les travaux des autres géomètres comme autant d'attaques personnelles [14] ») : « Mais quand après avoir sarclé, émondé, greffé, etc., sur le terrain péniblement défriché, labouré et planté par son voisin, on en vient à récolter les fruits, il est de stricte justice de le déclarer sans réserve ni réticence : à moins de braver tout respect humain, de renier Dieu et d'admettre avec le Proudhon de 1848 que *la propriété c'est le vol*, même pour les choses scientifiques et littéraires [15]. »

Eh bien non, heureusement, la propriété n'est pas le vol, en matière scientifique ni littéraire, sinon il est probable qu'une des composantes essentielles du désir d'être mathématicien ou écrivain — laisser son nom à un théorème, ou dans la littérature — serait d'avance oblitérée. Que le vol sévisse là, comme ailleurs comme on l'a vu avec Archimède, et comme on le sait surtout des démêlés bien connus de Cardan (1501-1576) et Tartaglia (1500-1557) qui évoquent irrésistiblement ceux d'une mafia de racketters « scientifiques » dans une Italie du

XVIᵉ siècle, montre bien que justement la propriété des idées est un bien précieux auquel on aspire quand on est mathématicien.

Mais quand on est professeur ? Que possède-t-on donc *à soi* dans toute cette science qui, s'il fallait rendre justice à ses créateurs, se prévaudrait, s'il faut en croire E.T. Bell, de 3 000 noms au moins ? En quoi tous ces résultats, déposés une fois pour toutes dans les livres de classe — même si on juge tous les trois ou quatre ans qu'il faut les « amener » d'une autre façon — leur sont-ils quelque chose sinon dans cette illusion secrète, inavouée d'être mathématicien et de défendre son bien ? Cet implicite doit agir si fort sur les élèves que chaque fois que je suis amenée à dire, parce qu'il y a eu un mouvement d'impatience, ou de dépit à se heurter à la résistance de la matière, mais que manifestement c'est à *moi* qu'on impute cette résistance : « Tu sais, je n'y suis pour rien... », il y a de l'étonnement. Cet étonnement n'est pas étonnant, quand on voit la façon dont est revendiquée une pièce du patrimoine, revendication qui brosse en lieu et place du tableau manquant un autre tableau, un tableau de famille, celui de la famille enseignante, possédante, gestionnaire des écritures et des figures.

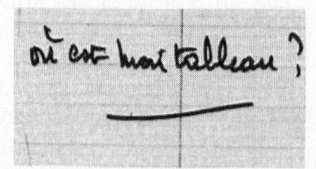

Une dernière histoire — qui ne clôt pas la série de celles qui se sont produites et se produiront autour de l'erreur-horreur — montrera la force et le degré d'enracinement de cette réaction. Au cours d'un entretien destiné à un hebdomadaire féminin avec une interlocutrice cumulant les qualités de professeur de mathématiques avec celles de femme, de militante politique engagée dans la lutte contre toute répression physique ou mentale de tout sujet féminin, masculin, enfant ou adulte, je parle donc de l'erreur-horreur et cite donc, sûre d'être entendue, l'exemple de $\sqrt{5} + \sqrt{2} = \sqrt{7}$. C'est alors que cette jeune femme me considère un instant, puis me dit très calmement, mais très fermement : $\sqrt{5} + \sqrt{2} = \sqrt{7}$, mais *c'est* horrible !

Je crois que de tous mes étonnements celui-ci a été le plus intense, et le dernier. Je sais maintenant que, quelles qu'en soient les raisons, et sauf rares exceptions, tout se passe comme si le corps professoral dans son ensemble réagissait aux erreurs comme à de *mauvais* traitements qui lui seraient infligés, et que

De quelques jugements erronés portés sur l'erreur 67

c'est à *lui* que l'élève fait quelque chose d'horrible en se trompant. Et il répond à ces mauvais traitements fictifs par de mauvais traitements eux, hélas, parfaitement réels, les « oh », les « oh », les « tiens donc », les « osé » produisant autant de ravages que les « absurde », « affreux », « minable », « berk » et autres horreurs déjà rencontrées.

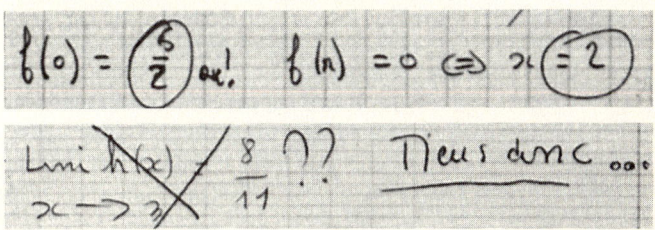

3
« Il n'y a pas d'évidence objective sans la conscience d'une erreur intime et première. »
G. Bachelard.

« L'erreur n'a rien d'étrange. C'est le premier état de toute connaissance. » Alain.

Essayons de résumer, dans l'ordre décroissant des affects et croissant dans le réalisme, les jugements qui ont actuellement cours sur les erreurs afin d'examiner les réactions qu'elles entraînent, et ce que seront les conséquences de ces réactions.

Les erreurs sont :
1. horribles
2. anormales
3. inévitables, hélas
4. évitables
5. signifiantes de dysfonctionnements, donc évitables
6. normales, et signifiantes du fonctionnement mental de l'élève

7. normales, et signifiantes du fonctionnement psychique de l'élève *au sein d'une problématique très complexe* mettant en jeu une conception du savoir et l'appareil de transmission de ce savoir.

Je ne reviens pas sur les attitudes traumatisantes, répressives qu'entraînent les deux premiers jugements. Il suffit de redire ici ce que nous verrons plus loin sur des exemples qu'elles bloquent, compromettent et rendent parfois impossible, à vie, tout accès au savoir mathématique.

La troisième sorte de jugement suppose plusieurs attitudes, qui ne font que marquer des nuances différentes dans une même vision du monde : un monde composé de forts et de faibles, de bons et de mauvais, de gens doués et de gens qui ne le sont pas.

Les deux premières divisions affectent des groupes d'individus mais peuvent aussi être le fait d'un seul et même, qui pourra successivement être fort puis faible, mauvais puis bon : *l'erreur est humaine*. A partir de là, on peut faire preuve d'un libéralisme plus ou moins distingué : l'élève a *droit à l'erreur*, on fermera les yeux, on passera, on lui laissera sa chance de s'amender, de faire mieux, et s'il n'y parvient pas, par du travail et des efforts, eh bien, tant pis pour lui.

Mais si la troisième division vient s'ajouter aux précédentes et former ce complexe doué-fort-bon, face à son contraire pas doué-faible-mauvais, alors, mine de rien, elle est féroce : elle vous hiérarchise les quatre milliards d'humains en deux temps trois mouvements, avec ce prodige de, simultanément, justifier

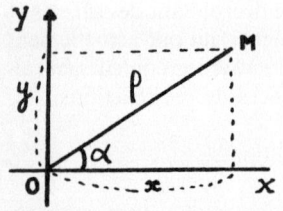

la hiérarchie et la boucler pour l'éternité. Voyez plutôt cet énoncé de problème posé à des élèves de troisième, après avoir défini les coordonnées polaires d'un point — notion inconnue, donc nouvelle — et rappelé ce qu'étaient ses coordonnées cartésiennes, ce qui fournissait donc les données suivantes :

Mesure en radians de xOM = α } coordonnées
Mesure en cm de OM = ρ   } polaires

Voici la troisième et la quatrième question [1] :
« Connaissant α et ρ écrire les formules qui permettent de calculer x et y :

La question ayant été posée à trois mauvais élèves, voici les réponses qu'ils ont données :

$x = \rho^2 \cos \alpha \qquad x = \rho + \cos \alpha \qquad x = 1 - \rho$
$y = \rho \sin^2 \alpha \qquad y = \rho + \sin \alpha \qquad y = \sin \alpha \cos \alpha$

Pourquoi peut-on, *sans aucun calcul*, affirmer immédiatement que ces réponses sont mauvaises ? »

Peut-on rêver plus logique, plus tautologique que cette belle histoire ? Peut-on imaginer meilleure confirmation, s'il le fallait, du bien-fondé de cette logique que ce qui ne peut manquer de se produire : les mauvais élèves de la classe ne sauront pas énoncer pourquoi les réponses des mauvais élèves de l'énoncé sont mauvaises, et seront donc mathématiquement convaincus qu'ils sont mauvais en mathématiques, c'est d'ailleurs tout ce qu'ils sauront de mathématique. Les bons élèves sauront pourquoi les mauvaises réponses sont mauvaises, et sauront pourquoi ils sont, eux, bons, et les mauvais mauvais.

Question subsidiaire : l'élève qui répond que les réponses sont mauvaises *parce qu'*elles ont été données par de mauvais élèves est-il un bon ou un mauvais élève ?

Mais il y a mieux encore que cette distinction qui pourrait paraître seulement folklorique entre cancres et bons élèves. Il y a la vision grandiose d'un monde entièrement ordonné, hiérarchisé, tel que le connaissent les enseignants et qui réapparaît là avec une naïveté déconcertante. Voyez plutôt l'énoncé suivant du même livre :

« L'inspecteur est venu dans la classe ; il a défini une figure compliquée, il a désigné les mesures de deux longueurs par a et b et les mesures de deux angles par α et β ; enfin il a demandé qu'on calcule l'aire d'une partie de cette figure. Il a demandé à chacun, y compris le maître, de lui remettre simplement une demi-feuille portant la réponse et le nom de celui qui la donnait. Il a obtenu vingt-trois demi-feuilles ne portant qu'un nom et pas de réponse et cinq demi-feuilles portant respectivement :

---

1. *Mathématiques*, troisième, Delagrave, coll. Renée Polle.

$ab \cos \alpha + a \sin \beta$ — René Durand
$b \cos \alpha + a \sin \beta$ — André Leparc
$ab + \sin \alpha \cos \beta$ — Pierre Treford
$ab \cos \alpha + a^2 (\sin \beta)^2$ — René Durant
$a(\cos \alpha)^2 + ab \sin \beta$ — Maxime Barreau

Quel est le nom du maître ?

NB : On admet l'axiome suivant : le maître est plus "fort en maths" que ses élèves. La réponse peut alors être justifiée rigoureusement. »

Merveille de voir comment le calcul de cette aire rend compte sans en avoir l'air de l'air conditionné à l'usage de ce qui se respire dans les salles de classe. Vous aurez compris que c'est l'inspecteur qui est le plus fort et qui commande à tout le monde, au *maître* y compris. Le maître obéit à l'inspecteur mais commande aux élèves parce qu'il est plus fort qu'eux. Il est même plus fort que Pierre Treford, je vous le démontre rigoureusement : Pierre Treford n'est pas si fort que ça, parce que c'est Treford avec un *d* comme débile. Eh oui, sa réponse est débile, vous n'êtes pas tombé dans le piège. En fait le maître s'appelle Durand comme tout le monde, mais comme il n'est pas tout le monde puisqu'il est plus fort en maths que ses élèves, c'est Durant avec un t comme térébenthine, parce que nous touchons là à l'essence du problème : ce fort en savoir est nul en transmission de savoir, 23 de ses élèves sur 27 sont dans l'incapacité absolue de répondre, les 4 autres peuvent mettre « quelque chose » sur leur demi-feuille, mais quelque chose de faux, et une fois passé l'attendrissement produit par la *demi-feuille* qui renvoie de façon délicieusement nostalgique à la communale et son esprit d'économie, on reste péniblement impressionné devant la vérité involontaire du tableau, noir, de l'échec de ce maître à obtenir de « bons » élèves.

« Un de mes professeurs n'arrête pas de se réjouir de savoir les mathématiques et de nous trouver crétins. » L'écrivain Jacques Perry ne connaissait sûrement pas l'énoncé très moderne du problème précédent quand il a écrit cette phrase (dans un livre intitulé *Mère Paradis*) à propos d'un « vécu » mathématique qui doit sûrement être intemporel : cela doit bien faire vingt-trois siècles que rien ne change sous le soleil, et qu'il éclaire ces sombres psychodrames nés de la supériorité supposée des forts en maths sur les nuls en maths sans arriver à les éclaircir. Il le faudrait pourtant, il faudrait en effet dire au grand jour qu'en mathématiques, si crétinisme il y a, on est toujours le crétin de quelqu'un, il suffit qu'il en sache plus que vous, ou sache autre chose que vous. Les mathématiciens professionnels, aujourd'hui, ont le plus grand mal à essayer d'assimiler de nouvelles théories quand ils n'ont pas été « élevés » dedans — des initiations, par exemple à l'Analyse Non Standard, ont mis des praticiens de haut niveau dans des situations pour eux éprouvantes ; on sait que, dans les congrès mondiaux, seuls se comprennent les tenants d'une même spécialité, et l'histoire nous donne de bien édifiants exemples d'incapacité à comprendre de la part de gens qui ont laissé leur nom à des théorèmes ou à des théories (les exemples les plus fameux sont ceux de Galois, incompris de Cauchy et de Poisson, de Grassmann et de Cantor incompris de leurs pairs). Incapacité à comprendre qui va parfois jusqu'à n'être due qu'à de simples notations, pour ce seul fait qu'elles ne sont pas familières, ce qui arrive « aux mathématiciens les plus entraînés comme aux élèves de niveau élémentaire », commente Cajori, qui cite le cas de Weierstrass (1815-1897), mathématicien éminent s'il en est. Weierstrass raconte lui-même — toujours d'après Cajori — « qu'il suivit les articles de Sylvester (1814-1897) sur la théorie des formes algébriques très attentivement jusqu'au moment où celui-ci commença à utiliser des caractères hébraïques. C'était plus qu'il n'en pouvait supporter, et après cela, il abandonna [16] ».

Si la relation « est plus fort que » et sa relation réciproque « est plus crétin que » avaient du sens, elles ne seraient pas transitives ; et si a fait plus d'erreurs que b, b n'est pas forcément plus intelligent que a. Peut-être même, au contraire, dans l'état actuel des choses. Alors vraiment, je crois qu'il n'est pas possible d'axiomatiser la force-en-maths, surtout si on cherche à le faire à partir des erreurs.

4 « **Nul doute. L'erreur est la règle : la vérité est l'accident de l'erreur.** » Duhamel.

La quatrième catégorie ne peut avoir comme attitude conséquente qu'une louable bonne volonté à vouloir éviter aux élèves les désagréments qu'entraîne pour eux le fait de se tromper. Cette bonne volonté se manifeste de diverses façons, sur fond d'humeurs diverses : elle prône le travail, les leçons à apprendre, l'attention ; elle reproche l'étourderie, les leçons non sues, le manque de travail. Il est conseillé d'ouvrir ses yeux, de voir, donc de revoir. Revoir attentivement, revoir, à revoir ; reprendre, reprendre : refaire. Toutes ces formules, ces injonctions

destinées à conjurer l'erreur, c'est-à-dire à l'empêcher de se reproduire, supposent au travail et à la vigilance des vertus proprement magiques, susceptibles de délivrer du mal. Car l'erreur reste le mal.

Sans que l'erreur soit abominable, voici un exemple de cette croyance aux vertus susmentionnées, et à d'autres, à partir d'une attitude vertueuse, elle aussi, et généreuse. Généreuse parce qu'elle suppose dans la correction d'une copie une attention portée à la production de l'élève, une prise en compte de l'investissement de temps et de travail qu'il n'a pu manquer d'y faire, quand exercices et problèmes sont traités de bout en bout, qu'ils soient justes ou faux. Cette attention consistera à « éplucher » les devoirs successifs d'un même élève, et à constituer pour lui une « FO », fiche d'observation, sur laquelle seront consignées les principales erreurs qu'il aura faites, assorties de commentaires, du nombre de fois où l'erreur se sera reproduite, etc. [17].

Les devoirs épluchés, commentés, annotés, sans que pour autant ils soient accompagnés d'une fiche d'observation, ont évidemment existé de tout temps.

Mais ces devoirs passés au crible de la correction ne sont pas le plus grand nombre, loin de là. Il faut bien dire que le maquis inextricable que peuvent représenter certaines copies peut décourager le commentaire continu. Seulement, à l'inverse, il est difficilement acceptable que soient rayés d'un trait de plume des exercices entiers compromis par *une* erreur...

A l'inverse donc, il y a cette fiche d'observation, qui examine, scrute, note les erreurs. L'auteur en donne un exemple, que je reproduis à mon tour. Il est certain, encore une fois, que cette attitude est autrement plus « humaine » que celle qui consiste à anéantir des pages entières d'un trait de plume. Psychologiquement, l'élève a tout de même le sentiment qu'il existe à travers ce qu'il a produit, qu'il ne compte pas pour rien, et ce qui s'est dit des erreurs, qui ne les assimile pas à des horreurs, mais à « un produit normal de toute activité intellectuelle (celle des enfants et... celle des adultes, professeurs compris), produit qui est une précieuse occasion de réfléchir, de rectifier ou d'approfondir ses connaissances, de mieux se connaître soi-même [17] » est d'une positivité théorique incontestable.

Mais, si l'attention aux erreurs est nécessaire, elle n'est pas suffisante. Il ne suffit pas, pour l'avoir signalée précisément à l'attention de l'élève, de pointer l'erreur du doigt, même avec aménité, pour qu'elle disparaisse en crevant comme une bulle de savon. Le *mouvement interne* qui l'a produite, et dont nous verrons dans la deuxième partie qu'il met au service du « désir que ce soit comme ça » de lourdes et nombreuses déterminations, ne disparaîtra pas pour autant. Tout au plus produit-on, sauf sur quelques points de détail, un phénomène de refoulement. Et de l'erreur refoulée, dans le meilleur des cas, on fait cadeau au collègue de l'année suivante, ou de celle d'après, ce sera selon le sujet traité, car les réflexes d'« attention » éventuellement mis en place seront du type pavlovien et auront disparu avec leur Pavlov.

Qu'est-ce qui pourra bien faire qu'un élève qui « confond » f et $f(x)$ — c'est-à-dire un processus, f, ici opératoire, donc produisant un *nombre* $f(x)$ à partir d'un nombre, x, mais il pourrait être géométrique et à partir d'un point produire un point, ou mixte, et à partir d'un objet d'une certaine sorte produire un objet d'une autre sorte —, qui « confond » une équation avec une inéquation, une inconnue avec un paramètre, ne les « confonde » plus ?

Nous sommes là au cœur de la confusion précisément entraînée par la notion de *confusion*, autre mot autologique et donc paradoxal, qui nous fournit le terme de transition avec les cinquième et sixième catégories de jugements portés sur les erreurs.

Considérer que les erreurs sont signifiantes est un beau progrès par rapport à l'indignation ou au mépris, et fait preuve d'un louable réalisme : ces phénomènes qui se produisent de façon massive, répétitive, saisonnière et constante ont à coup sûr, pour qui disposerait d'un minimum d'esprit d'observation qui est la base de celui qu'on appelle scientifique, une signification, et s'interroger sur cette signification est donc essentiel. *Mais*, car il y a un mais, et il y en a même plusieurs, encore faudrait-il être à même de procéder à des analyses pertinentes.

Deux des plus lourdes hypothèques qui pèsent sur la lecture des erreurs sont ce que j'appellerai le psychologisme et le mathématisme, qui peuvent agir séparément, ou simultanément.

Le psychologisme, c'est l'application mécaniste et outrée de concepts de psychologie ou de psychanalyse — ce qui n'est pas la même chose, mais qui se trouve, dans une pratique réductrice, entasser tous les phénomènes dans un grand fourre-tout commun — à des situations spécifiques d'un apprentissage des *mathématiques*, par de grandes — et fausses — généralités du type : ah, ah, cet enfant fait des erreurs parce qu'il veut se fabriquer ses mathématiques à lui... ; ou bien, c'est parce qu'il cherche à attirer l'attention... ; ou encore, c'est parce qu'il refuse

A titre d'illustration, voici un extrait d'une F.O. d'élève de seconde C (trait ondulé : appréciation générale ; DM : devoir à la maison ; DS : devoir surveillé) :

DM9 Discussions mal conduites.
Tu ne te préoccupes pas assez de l'existence de ce que tu écris ; d'où des incohérences et des erreurs.
Moyen. Une même attitude, illogique, tout au long du devoir.

DS9 Ne confonds pas $\to$ et $\mapsto$.
Équation ≠ Inéquation
Assez bien. Ce qui est traité est bien compris.

DM10 Très bien.

DS10 Que signifie «intervalle dans R»?
Conjonction d'inéquations dans R : pense à la représentation graphique.
Tu confonds f et $f_{(x)}$: 3e fois.
Une erreur de calcul, due à une simplification trop tardive d'une fraction.
Assez bien. Réfléchis aux 4 observations ci-dessus.

DM11 Tu confonds «il faut» et «il faut et il suffit» : 4e fois

$\bigwedge \begin{array}{l} a < 0 \\ b^2 - 4ac > 0 \end{array}$ n'entraîne nullement $c > 0$

Erreurs en passant des vecteurs aux longueurs.
Assez bien. Attention à la logique : si, ssi, etc.

DS11 Simplifie les fractions.
Erreur sur la notion de degré d'un polynôme.
Bien.

DM12 Tu confonds inconnues et paramètres.
Assez bien.

DS12 Tu confonds «application» et «application affine».
Très insuffisant.

la loi... Ayant montré dans *Échec et Maths* et dans *Fabrice* la légèreté conceptuelle de ces « explications », hélas par ailleurs lourdes de conséquences pour l'élève, je n'y reviens pas.

5 « **Les esprits les plus faux sont ceux qui appliquent les mathématiques à la région du sentiment.** » A. Vinet.

« **Dès qu'il s'agit d'expliquer nos sensations, les mathématiques deviennent impuissantes.** » Voltaire.

Le mathématisme, d'une manière générale, consiste à ne lire l'ensemble des phénomènes se produisant à partir de l'enseignement des mathématiques qu'avec, pour tout bagage, du mathématique, et encore, du mathématique réduit à l'idéologie du jour.

C'est le mathématisme qui pousse à croire, par exemple, que pour éviter l'échec, il suffit d'enseigner de *bonnes* mathématiques. Voici pourquoi valsent les programmes et s'enrichissent les éditeurs. Mais l'analyse de ce qu'est l'échec s'avère, du fait de sa permanence, et même de son aggravation, nulle et non avenue.

C'est le mathématisme qui, dans sa forme « dure », fait trouver les erreurs horribles, abominables. C'est le mathématisme qui permet de penser qu'elles sont évitables, mythe de mathématiques qui seraient pure transparence, aseptisées, anhistoricisées, face à un sujet, lui, opaque, septique et englué dans son histoire. C'est le mathématisme qui permet de les affronter, de manière libérale, en affirmant à l'élève : « Tu as le droit de penser ce que tu veux, et de te tromper : mais nous, en mathématiques, nous pensons comme cela... » C'est le mathématisme, enfin, qui pousse les professeurs de mathématiques bien intentionnés à s'enfermer sans le savoir dans une contradiction, ce qui est bien peu mathématique, quand ils accusent leurs élèves de confusion.

De quelques jugements erronés portés sur l'erreur 77

Une des manifestations les plus répandues du mathématisme en matière d'interprétation des erreurs se retrouve dans l'utilisation pratiquement universelle dans les salles de classe du reproche de confusion. Revoyez, page 72, le classique : « Tu confonds somme et produit », et ci-dessous : « Vous confondez somme et produit », accompagnés tous deux du non moins classique : « A revoir », ou bien : « Vous confondez addition et multiplication », accompagné du reproche de ne pas faire ce qu'il faut faire pour

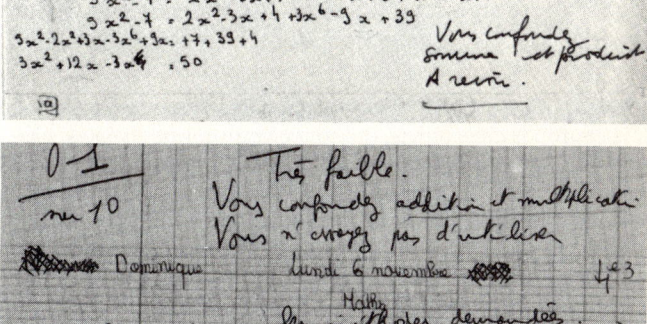

ne pas faire ce qu'il ne faut pas faire, c'est-à-dire confondre. Quant à ce même élève à qui il est successivement précisé qu'une multiplication n'est pas une addition et qu'une différence n'est pas un produit, il est possible d'imaginer que ces utilisations du verbe être à la forme négative peuvent entraîner pour lui un angoissant questionnement : si une multiplication *n'est pas* une addition, alors qu'est-ce que c'est ? Si une différence *n'est pas* un produit, qu'est-ce qui produit la différence ?

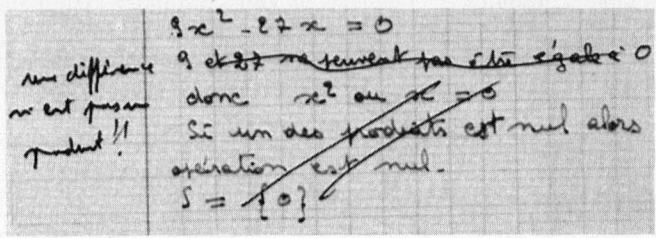

En fait, l'idée même de confusion baigne dans la confusion. Si je confonds *deux* objets, qui sont effectivement distincts, c'est qu'ils sont pour moi indiscernables, et c'est donc que, toujours pour moi, je ne les confonds pas. Si celui pour qui ces deux objets sont distincts ne me dit rien, il me laissera dans cet « état » que lui qualifiera de confusionnel, mais qui ne saurait l'être pour moi. Si au contraire il me dit que je confonds deux objets sans me donner un moyen de *rendre* ces objets distincts, alors, je me saurai atteinte d'une « infirmité » mentale, sans avoir les moyens d'y remédier. Et à partir de là, la situation ne peut que se dégrader.

Ce qui illustre donc ce que j'appelle le **paradoxe de la confusion**, c'est que le verbe « confondre » ne *peut* se conjuguer au présent. Tout au plus a-t-il un passé, et si, pour une raison quelconque, les deux objets qui n'en faisaient qu'un pour moi deviennent ou redeviennent distincts, je peux dire que je les *ai confondus*. Mais au moment même où je dis que je confonds, c'est que je ne les confonds plus.

Dire à un élève qu'il confond deux objets est une manifestation significative de la méconnaissance où se trouve celui qui « diagnostique » la confusion du problème fondamental posé par la transmission d'un savoir : le face-à-face entre quelqu'un qui *sait*, et quelqu'un qui ne sait pas.

Dire « tu confonds », ou « vous confondez », est le discours de celui qui sait, face à celui qui manifestement ne sait pas, puisque s'il savait, il ne confondrait pas. Reproche donc non fondé, et qui, loin de faire avancer les choses, renforce les raisons qui produisent la confusion supposée.

Comment celui qui sait peut-il savoir ce qui se passe pour celui qui ne sait pas, au cours du processus qui consiste à lui transmettre son savoir ?

Eh bien, en mathématiques, l'infirmité elle est là. Affectez un agrégé à une classe de sixième, et vous le retrouvez quelques mois plus tard dans une maison de santé de l'Éducation nationale. Et si ce n'est pas lui qui devient fou, c'est toute la classe qui le deviendra. Quelque chose de profondément antinomique est à l'œuvre dans l'enseignement des mathématiques tel qu'il se pratique depuis « les origines » : sont professeurs — sauf quelques remarquables exceptions — des sujets pour lesquels les mathématiques ont été transparentes, au moins pour ce qui est de leur fonctionnement, parfois plus. Comment pourraient-ils comprendre, sauf par un épuisant effort d'imagination qu'en général ils ne font pas, qu'elles peuvent être opaques pour d'autres sujets ? Et si quelque chose de leur pratique antérieure d'élève avait pu favoriser cet effort, en général de formidables forces de refoulement anéantissent cette mémoire et la mettent hors d'état de nuire à la stabilité du non moins formidable édifice de mythes et de mystifications dans lequel ils se sont installés.

La difficulté majeure du professeur de mathématiques quand il est plein de bonnes intentions c'est, comme il l'avoue généralement lui-même, qu'il ne comprend pas *pourquoi* on ne comprend pas, et ne comprend pas *ce* que l'on ne comprend pas.

Comme il serait naïf de penser qu'on peut faire abstraction de son propre savoir, et absurde de penser qu'il serait « bon » de le faire, il faut donc acquérir un savoir sur la nature de ce savoir. Et pour cela, le voir se *décomposer* comme le ferait à travers un prisme la lumière, en traversant des sujets qui, eux, ne sont pas du vide, au contraire. Donc analyser les erreurs.

Mais les analyser *à partir* de son propre savoir mathématique, alors qu'il s'agit très exactement de savoir ce qui, du non-savoir, est en jeu, est évidemment voué à l'échec.

Parce que, en quatrième et troisième, la procédure correcte de résolution d'une équation telle que (voir exemple page 78) :
$$9\, x^2 - 27\, x = 0$$
consiste à la factoriser pour pouvoir poser successivement cha-

que facteur égal à zéro, si l'élève « annule » la différence — et trouve d'ailleurs dans ce cas une des deux solutions — cela voudrait dire qu'il confond différence et produit ? Et si c'était une somme, $9x^2 + 27x$ par exemple, il confondrait somme et produit ?

Dire d'un phénomène qui se produit *à la place* d'un autre que l'élève les confond est un peu simple et a l'inconvénient d'être doublement faux. Parce que, d'une part, le phénomène qui *devrait* se produire n'a de nécessité à se produire, donc d'existence, que dans la tête du professeur. L'élève ne confond pas produit et différence, ou produit et somme parce que le produit n'a aucune raison d'*être* pour lui. Et puis, d'autre part, il ne confond pas différence et produit parce qu'il ne les confond pas : il y a belle lurette qu'il a enregistré « les quatre opérations », et qu'il sait distinguer un − d'un + ou d'un ×. Ce qu'il ne sait pas, le lui eût-on fait apprendre par cœur, c'est de mettre des mots sur les choses. On peut donc toujours lui répéter qu'un produit n'est pas une somme, cela ne produira comme effet que de renforcer ce qui se passe pour le calcul algébrique où les seules choses qui apparaissent sont, au-delà des opérations antérieurement connues, du fait de l'irruption de la lettre, un *traitement* de ces opérations qui les rend équivalentes. Il est bien évident que celui-ci, qui au lieu d'effectuer $3P_3$ écrit $P_3 + P_3 + P_3$ (voir 1er exemple, page 77), ne confond pas une addition et une multiplication. Il est bien certain que le calcul de $x^2 + x^2 + x^2$ posé égal à $3x^6$ coexistant avec celui de $-3x - 3x - 3x$, égal, lui, à $-9x$ pose d'autres questions que celles de la confusion. De même, dans le cas des équations, une hypothèque majeure, que nous allons examiner plus loin, vient abolir les différences non entre les opérations mais entre les procédures de résolution. Voyez comment là encore, grâce au même qui annulait une différence le produit apparaît, entre autres, comme annulable. Qu'en est-il donc de la confusion, dans ce désir effréné de reconstituer quelque chose dont on ne sait ni le pourquoi ni le comment ? (Voir exemple page 77.)

Les erreurs, je l'ai dit plus haut, sont des réponses, mais aussi des questions. Les unes comme les autres sont niées par le diagnostic de confusion, qui sont déjà des « lectures » de l'erreur. Et avec les meilleurs exposés d'intention du monde de la part des lecteurs d'erreurs, l'élève se retrouve *tout seul*, comme s'il

De quelques jugements erronés portés sur l'erreur

> $(x+1)(x-4)(x-10) = 0$
> Pour que l'équation soit ~~juste~~ il faut qu'un facteur soit nul ~~soit~~ :
> $(x+1) = 0$; $(x-4) = 0$ ou $(x-10) = 0$
> donc $x = \{-1 ; 4 ; 10\}$ *mal disposé*
> $S = \{(-1) ; 4 ; 10\}$

> $(2x - 14) - (x - 2) = 0$
> ~~$2x - 14$ ne peut pas~~ être égale à 0 donc
> ~~$(x - 2) = 0$,~~ $x = 2$
> $S = \{2\}$

produisait des erreurs à plaisir sans que ni la matière ni la manière de l'y initier n'y soient pour quelque chose. Finalement la cause de l'erreur, c'est lui, il *est* l'explication de l'erreur. Et comme il n'a pas les moyens de démonter le paradoxe de la confusion, ni de contester les divers « diagnostics » dont on le le qualifiera, même s'ils sont contradictoires, incohérents, ou cocasses, il sera encore plus seul.

6 « **Il y a des esprits qui vont à l'erreur par toutes les vérités ; il en est de plus heureux qui vont aux grandes vérités par toutes les erreurs.** »
J. Joubert.

Pour apprécier la richesse d'informations, de significations qu'apporte l'erreur, il faut définitivement abandonner tout jugement négatif, limitatif, porté sur elle. On en viendrait à constater que l'erreur, en matière d'apprentissage et de création de mathématiques, est constitutive de cet apprentissage et de cette création. Sans doute est-ce le cas pour tout apprentissage, mais ici on est dans le cas où elle est l'*instrument* même de l'édification de ce savoir, très simplement parce qu'il est construit sur la dialectique du vrai et du faux — et non produit par elle, et c'est justement toute la question —, et qu'on ne voit pas très bien comment on pourrait savoir de façon *interne* ce qu'est le vrai si on ne sait pas de quoi est fait le faux qui en cerne les contours. D'autant que ce vrai-là n'est ni celui du bon sens ni celui du sens commun, c'est un *vrai* dans ce qu'on appelle de l'hypothético-déductif : on se donne des hypothèses et des règles de déduction. Mais pour le reste, on gère une *matière* à partir de laquelle on induit, on déduit, on imagine, on désire qu'une solution à un problème soit celle-ci, on souhaite qu'une conjecture vienne « sauver des phénomènes » et soit précisément celle-là.

Ainsi, en mathématiques, à partir d'une matière dont nous verrons dans la deuxième partie combien elle est hétérogène et complexe, il est fait appel à l'imagination, mais en partie, à la déduction, mais par partie, à l'induction, mais par partie, le tout fonctionnant par principe sur du désir, celui que peut mettre en jeu tout système de signes porteurs de sens.

Comment obtenir la partie si on ne prend en compte le tout ? Comment obtenir, définir, rendre opératoire la logique mathématique si on ne l'extrait, la sépare *des* logiques qui font *la* logique d'un sujet, comment obtenir des modes d'induction, de déduction mathématiques, si on ne se sert des inductions et des déductions déjà en place, comment se servir de l'imagination si on ne la laisse se déployer ?

L'erreur est mouvement de l'esprit. Vouloir empêcher *ce* mouvement, c'est vouloir empêcher de penser, c'est donc rendre impossible l'édification d'une pensée mathématique.

Or, c'est bien ce qui se passe dans les classes où tous les mouvements que peut susciter une question se figent parce qu'il n'y a qu'*une* bonne réponse, et qu'il faut tout de suite la donner, dès les premières interros, sous peine d'être étiqueté, tout de suite, et de se voir annoncer comme il est courant de l'entendre dès le premier trimestre qu'on ne passera pas en classe supérieure. Il est donc impossible de *penser* quoi que ce soit en classe, il faut apprendre par cœur, se souvenir, restituer, et c'est tout. Le nombre de fois où, pour obtenir une réponse à une question des plus simples, je suis amenée à dire : « Mais dis ce que tu penses, on n'est pas en classe... » Déclic, le carcan — mental —, dont la force est telle qu'il se remet en place hors de l'école à peine une chose évoquée est répertoriée comme chose scolaire, se desserre, quelque chose circule, un mouvement s'esquisse, une réponse affleure. Ce qu'*est* la réponse importe peu pour l'instant, mais il faut savoir qu'à ne rien vouloir savoir d'un fonctionnement psychique *réel* qui produit des phénomènes foisonnants, imprévisibles, qui se nourrit d'analogique, de paralogique, d'hétérologique, à ne rien vouloir savoir de la richesse psychique potentielle d'un sujet, fût-il entré, la veille, à l'école maternelle, on obtient ce qu'on a : en mathématiques l'échec, ailleurs le désintérêt et la médiocrité.

Peut-être saura-t-on quelque jour que la conception que l'école se fait actuellement du fonctionnement intellectuel des élèves et qui la fait agir en conséquence, c'est-à-dire en le neutralisant ou en l'annihilant, est l'analogue de la conception que l'on avait il n'y a pas encore bien longtemps du développement du corps. En langeant si étroitement les bébés, bras et jambes immobilisés, on en faisait ces petits objets que Luca della Robbia a si merveilleusement immortalisés dans de la faïence à Florence et qui ont si peu forme humaine qu'ils suscitent aujourd'hui une douloureuse incrédulité : on pense à la souffrance imposée déjà à ces corps minuscules, empêchés de faire le moindre mouvement et privés de ce qu'on sait aujourd'hui être un bonheur, celui visible et lisible de « petites mains et petits pieds » s'ébattant librement dans l'air, dans tous les sens, et prenant possession de l'espace.

Pourquoi le corps a-t-il fini par se faire entendre et l'« esprit », non ? Pourquoi ne veut-on pas admettre qu'il a aussi besoin de se mouvoir « dans tous les sens » pour pouvoir s'approprier du sens parce que c'est comme ça qu'il fonctionne et qu'il peut petit à petit prendre possession d'un espace mental dans lequel c'est justement seulement de pouvoir se mouvoir qui lui fera adopter une conduite concertée, argumentée, et non ces comportements d'automate qui paraissent insupportables et navrants à ceux-là mêmes qui les ont produits, en transformant un élève en objet, l'automathe précisément.

L'élève-objet, toute l'histoire de l'échec est là. Face à ce savoir particulier, spécifique, étranger, mais aussi, par endroits, trompeusement familier, l'élève qui réagit en sujet commet des erreurs qui sont des réponses et des questions. L'école, le collège, le lycée pour lesquels ces processus sont trop riches, trop complexes, dangereux pour l'ordre théoriquement établi homogénéisent, rabotent, ligotent, sabotent et là où voisinaient tous les possibles, ils n'obtiennent plus que l'attendu, avec son seul — paradoxal — contraire, l'irrecevable. Le plus dramatique en cette affaire étant qu'en peu de temps l'attendu et l'irrecevable sont, en gros, convenus entre les parties. Pour avoir été ridiculisé, mortifié et pénalisé à partir des erreurs qu'il aura commises, l'élève, d'une manière générale, bien obligé de constater qu'il n'est pas de force, que le rapport de forces est en sa complète défaveur n'essaie même plus de penser.

Commettre des erreurs est le fait d'un esprit qui fonctionne, *être* dans l'erreur est le fait d'un esprit immobilisé. On a si peu idée de la nature de l'erreur et des conditions dans lesquelles elle se produit qu'une des réactions plus que courantes qu'elle déclenche chez les libéraux comme chez les intolérants est : encore ! Or, si une erreur se produit, c'est parce qu'elle a des

raisons de se produire et il n'y a que deux façons de l'empêcher réellement de se reproduire, les mises en garde de toute sorte ne faisant reculer les raisons en question que pour mieux les faire sauter peu de temps, ou quelques mois, ou quelques années près : il faut soit trouver ces raisons, reconnaître leur « bien-fondé » et les traiter, soit décapiter l'élève.

De toute façon on ne voit pas comment, sur la *même* copie, une erreur qui s'est produite une fois pourrait ne pas se reproduire dix fois ou cent fois si elle en a l'occasion. « Toujours la même erreur. » Ben, tiens ! Comment diable en serait-il autrement ? Et encore, cet « encore », ici, est libéral et compréhensif : l'erreur semble être assimilée à une négligence, un « enfan-

De quelques jugements erronés portés sur l'erreur 85

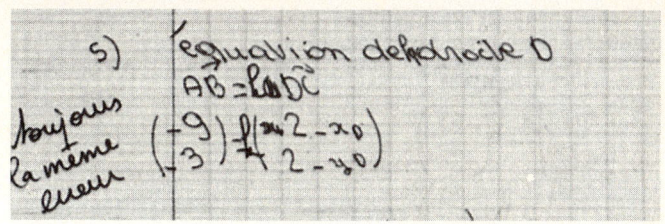

tillage » de l'élève, un laisser-aller dont il pourrait, il devrait venir à bout comme un grand. Libéralisme marqué du label « Et si tu voulais ! ». D'autres grondent, la première fois, qu'il

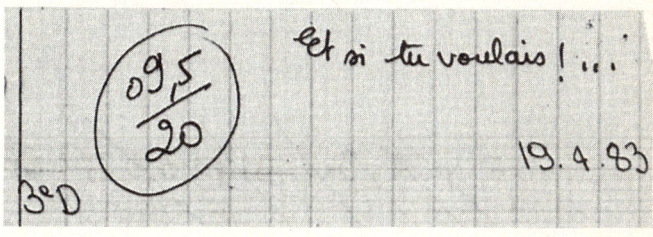

est inadmissible d'attribuer comme fonction dérivée à $\frac{u}{v}, \frac{u'}{v'}$. Mais il y avait *trois* fonctions de la forme $\frac{u}{v}$ dans le même devoir. La deuxième fois, seul le silence est digne de cette outrecuidance qui consiste à reprendre pour dérivée de $\frac{u}{v}, \frac{u'}{v'}$. Mais la troisième, il y a cet « encore » exaspéré, dont, si je pouvais, je demanderais le sens. Et quand plus tard, à force, $\frac{u}{v}$ finit par avoir comme dérivée cet $\frac{u'v - uv'}{v^2}$ dont la sollicitation mnémonique équivaut pour l'élève à l'abracadabra d'un apprenti sorcier, c'est, hélas, mal à propos. Et il est conseillé au susdit apprenti qui manifestement nage depuis un moment d'apprendre à dériver. Bien sûr, mais où donc ? Le long de cours irriguant d'autres lieux que celui d'une classe de maths ?

86   *De l'erreur*

Parce qu'on les aura négligées, ridiculisées, méprisées, anathémisées, mais aussi éventuellement acceptées mais inadéquatement analysées, les erreurs, encore jamais admises, comprises, prises en compte dans la globalité d'un processus d'apprentis-

$$\text{I } f : \mathbb{R} \to \mathbb{R}$$
$$x \mapsto f(x) = \frac{2x^2 - 7x + 5}{x^2 - 5x + 7}$$

$$f'(x) = \frac{4x - 7}{2x - 5}$$

$f'(x) = 0 \iff 4x - 7 = 0 \quad 2x - 5 = 0$
$\qquad\qquad\qquad 4x = 7 \qquad 2x = 5$
$\qquad\qquad\qquad x = \frac{7}{4} \qquad x = \frac{5}{2}$

$$\text{II } f : \mathbb{R} \to \mathbb{R}$$
$$x \mapsto f(x) = \frac{2x^2 - 9x + 4}{x^2 + x - 12}$$

$$f'(x) = \frac{4x - 9}{2x + 1}$$

$f'(x) = 0 \iff 2x + 1 = 0$
$\qquad\qquad\qquad 2x = -1$

$$\text{III } f : \mathbb{R} \to \mathbb{R}$$
$$x \mapsto f(x) = \frac{x^3}{x^2 - 2x + 1}$$

$$f'(x) = \frac{3x^2}{2x - 2}$$

œuvre ! $f'(x) = 0 \iff 2x - 2 = 0$
$\qquad\qquad\qquad\qquad 2x = 2$
$\qquad\qquad\qquad\qquad x = 1$

De quelques jugements erronés portés sur l'erreur

> $f : \mathbb{R} \to \mathbb{R}$
> $x \mapsto f(x) = \dfrac{1}{\sin x}$ ~~il faut pas $\sin x = 0$~~
> ~~$(\sin x)' = \cos x$~~
> ~~donc $f'(x) = \dfrac{u'v - uv'}{v^2} = \dfrac{\sin x - \cos x}{\sin^2 x}$~~
>
> apprendre à dériver.

sage, se reproduisent indéfiniment, prennent un caractère hallucinatoire, « fou » ; le structurel de la réponse-question sera enfoui, écrasé, rendu méconnaissable par la méconnaissance où on est de son existence, cette méconnaissance étant la plus grosse « part » du conjoncturel aujourd'hui.

Les psychologues qui s'acharnent à essayer de trouver pourquoi « un matheux est un matheux » ont constaté, entre autres, que presque tous les grands mathématiciens ont été orphelins de père ou de mère avant dix ans. C'est ce qui expliquerait pourquoi ils se sont réfugiés dans leurs équations [18].

Il ne paraît guère possible de produire un intérêt pour les équations de la façon que suggérerait la remarque précédente. Pourtant, avant de rechercher comment il suffirait que cet intérêt qui existe « au départ » — pour les équations ou pour toute autre activité intellectuelle — soit préservé et entretenu, il faut que nous assistions à ce tour de force réussi par l'enseignement de rendre, à la fois, les élèves orphelins du sens et de leur refuser tout refuge en quelque lieu que ce soit, fût-il celui des équations.

4. Ce qu'il en est de nier, mépriser ou mésinterpréter les erreurs

L'impossible refuge des équations
1 Thierry.
2 Lisa.
3 Christian.

> « C'est un dur et fatigant métier d'enseigner. Les habitudes reposent. On cède malgré soi à la facilité. Qu'un enseignement, quel que soit son objet, ait tendance à tourner en scolastique et en routine est à peu près inévitable. »
> J. Guéhenno.

Chaque fois que je demande à un élève de s'expliquer sur des manœuvres telles que :

$$3x = 5 \quad \text{ou} \quad 3x = 5$$
$$x = 5 - 3 \quad \quad x = -\frac{5}{3}$$

ou, tout autant, sur des manipulations qui donnent des résultats justes, il ne sait pas. Quand après un détour relativement long il comprend la *raison* d'être et le sens de tous ces mouvements qu'il a effectués tant de fois, il a toujours l'impression qu'on ne la lui a *jamais* dite. Ce qui n'est sans doute pas vrai, et qui dans les exemples qui vont suivre n'est certainement pas vrai. Et la question que pose ce sentiment de n'avoir jamais *entendu* une explication donnée et redonnée, c'est, pourquoi ? Pourquoi des choses, dites, dites et redites, parfois mille fois rabâchées, ne parviennent pas à leur destinataire supposé ?

1 Thierry

Élève de quatrième, spécialement « doué ». Alors qu'il était, en effet, question pour lui de redoubler « à cause des maths » à la fin du mois d'avril, en tout début de juin ses notes excellentes le mettaient non seulement hors de danger, mais lui valaient la considération étonnée mais effective de ceux-là mêmes qui le pensaient peu apte en cette matière.

Il y a longtemps maintenant que je demande aux élèves qui viennent pour la première fois d'apporter leurs copies d'« interros » de l'année en cours, ou de l'année précédente : un simple coup d'œil permet de repérer les erreurs les plus voyantes, les plus répétitives, et donc les zones devenues denses d'incompréhension, et de gagner du temps.

Ici, il s'agissait des équations, et je dispose de quatre copies.

Le 9 décembre : « Vous ne comprenez pas ce que vous faites », dit, fort justement, le professeur. Ajouter 5 aux deux membres de l'égalité pour se « débarrasser » du − 5, c'est bien ; mais ajouter − 3 pour se débarrasser du « 3 fois » (la barre est de la main du professeur) et

faire *néanmoins* une division par 3 est la preuve de l'incompréhension de tout le processus de résolution. Le cocasse de l'affaire étant que, avec un professeur moins pointilleux et moins consciencieux, la double erreur que fait Thierry « dans sa tête » passerait inaperçue.

Ce qu'il en est de nier les erreurs 91

Le 6 janvier : Thierry a perçu que la deuxième étape s'accompagnait du signe / de la division. Mais manifestement, l'indistinction persiste, puisqu'une fois cette concession accordée à ce qui a pu être « compris » des corrections, il divise par 4 (le − est de la main du professeur) et trouve $x = -\frac{7}{4}$ au lieu de $+\frac{7}{4}$ (le − transformé en + par le profes-

seur). En plus, il y avait à raffiner sur l'existence de la solution dans l'ensemble où était définie la variable. Avec $-\frac{7}{4}$, c'était bon, mais en réalité pas de solution. Donc le $\{-\frac{7}{4}\}$ est barré et remplacé par ∅ en rouge, l'ensemble vide.

Le 20 janvier, il a progressé, car c'est bien une division par − 4 qui est indiquée. Mais, méfiance ou incertitude, il annonce qu'il divise par − 4, mais en fait divise par 4 — le + est de la main du professeur (il est clair par ailleurs que la « règle des signes » est « acquise », et qu'elle n'est pas, ici, en cause). La preuve, c'est l'exercice suivant, relative-

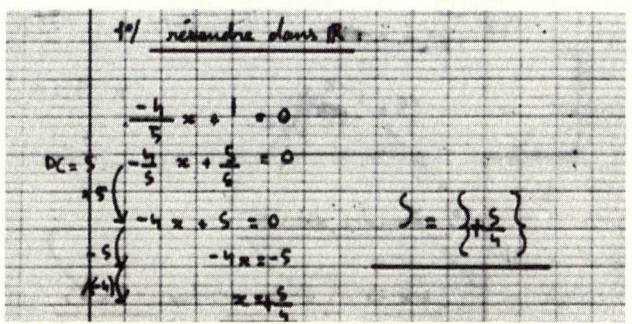

ment complexe avec toutes sortes de calculs préalables : grâce à un « monstre professoral », c'est-à-dire la caution, du fait de la mention « exact », de l'erreur faite par Thierry, qui annonce une division par − 82, mais divise effectivement par 82, résultat juste, et pas vu pas pris.

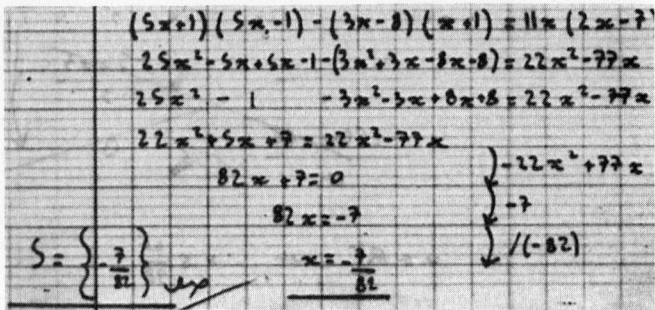

Confirmation par le troisième exercice du flottement, accentué par la désagréable présence du « égale zéro ». Une division annoncée par − 14, et « faite » par « − 14 » puisque « ça fait » − 14. Autre monstre professoral, la division par − 14 n'est pas vue. Apparemment, le processus consistant à ajouter l'opposé a seul été retenu et les résultats sont corrects quand il est seul en cause, et à bon escient.

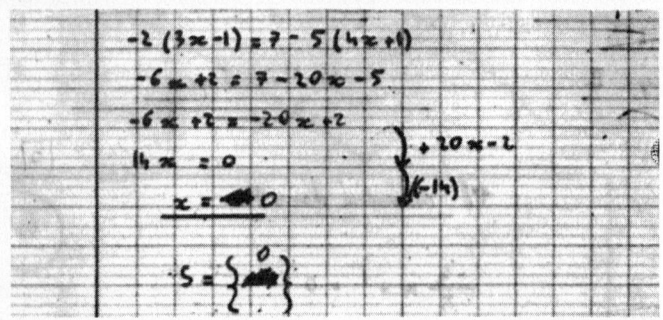

Le 17 février, dernière copie en ma possession — j'imagine que se sont reproduits avant, et après, les mêmes phénomènes, puisqu'au moment de notre rencontre ils se reproduisaient encore — et c'est la déconfiture absolue. Le seul processus qui « fonctionnait », c'était le premier, qui primait en toute circonstance sur le second ; il est lui-même enrayé, puis débordé par le deuxième, qui devient premier. A force d'avoir « perçu » qu'il fallait diviser, il ne sait plus faire que cela : diviser. Une division annoncée est effectuée par -3, et voilà : le nombre x tel qu'en lui soustrayant 3 on obtient 5 est, paraît-il, égal à $-\frac{5}{3}$, retransformé par méfiance et incertitude en $\frac{5}{3}$ dans l'ensemble solution.

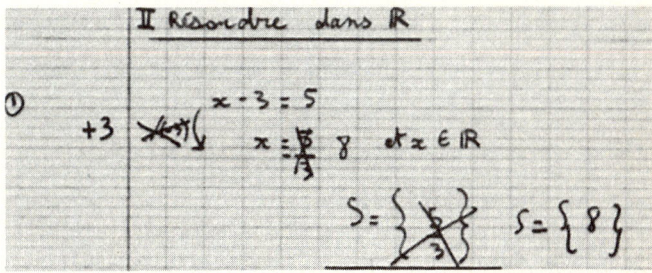

Voilà bien de la science. Est-ce bien d'un apprentissage qu'il s'agit, ou d'un décervelage ? 3 et 5 font 8, 3 ôté de 8, cela fait 5. Point n'est besoin d'être en classe de quatrième dans une institution de grand renom aux professeurs triés sur le volet pour le saisir. Mais précisément : avant d'apprendre les mathématiques, Thierry savait que $8 - 3$ égalait 5. Après il ne le sait plus, parce qu'en deux mois de temps scolaire on n'a pas cru nécessaire de se demander par quel miracle cet élève doué arrivait à de si lamentables performances. Sans doute, en ce lieu où on se devait d'être riche, beau et bien-portant, préférait-il, par quelque malice perverse, être pauvre, laid et malade.

2 Lisa

Plus le mystère des manœuvres faites pour résoudre une équation s'éclaircit, et plus il s'épaissit. C'est ce que va montrer la triste histoire de Lisa, venue me voir aux confins de l'année scolaire pour un « diagnostic », avec un ahurissant paquet de copies où il apparaissait que les maths étaient pour elle la souffrance absolue. En fin de troisième, elle était *très* pauvre, *très* laide et *très* malade, et pourtant aussi dans un établissement réputé, avec un professeur poussant la conscience professionnelle jusqu'à corriger les corrections des devoirs — et les devoirs sont tous refaits — ce qui n'est pas courant et part d'un excellent naturel, puisque bien souvent les erreurs faites dans les corrections que prennent les élèves sont plus troublantes encore que s'ils n'avaient pas corrigé du tout.

Il a manifestement été donné en classe un « plan » de résolution d'équations, qui dans la tête de Lisa ressemble à s'y méprendre à un

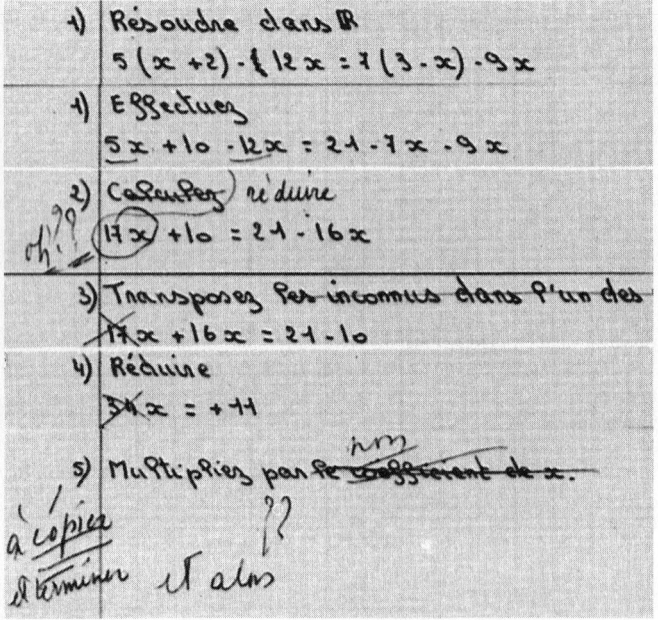

plan de bataille. Au bout de toutes les injonctions de celle qui se livre le *1er octobre* — et à part le « réduire », verbe du troisième groupe qui a résisté à l'assimilation d'un infinitif avec un impératif — on s'attend au « tirez » de l'exécution finale. Malheureusement, la pauvre petite, en s'exécutant, s'exécute elle-même, ce qui est le cas de tous les automathes malchanceux. Indépendamment de l'étape n° 2 où le calcul est raté, la n° 5 la met au pied du mur. Elle dit qu'il faut multiplier par le coefficient de x, et, méfiance ou incertitude, ne le fait pas, ce qui lui vaut d'être épinglée par deux injonctions supplémentaires — à

Ce qu'il en est de nier les erreurs 95

copier, à terminer — assorties d'un « et alors » faisant état d'une curiosité perverse que je partage entièrement : allait-elle *vraiment* multiplier 11 par 34 pour trouver x ?

Le 5 octobre, le devoir d'après la correction est mené tambour battant, mais le combat mené plus courtoisement sous la houlette des infinitifs : effectuer, réduire, transposer, réduire les termes, on multiplie... par l'inverse du coefficient de x. Bravo, il y a là, semble-t-il, une stratégie sans faille.

> **Correction**
>
> • Résoudre dans $\mathbb{R}$
> $5(x+2) - 12x = 7(3-x) - 9x$
>
> 1) Effectuer
> $5x + 10 - 12x = 21 - 7x - 9x$
>
> 2) Réduire
> $-7x + 10 = -16x + 21$
>
> 3) Transposer
> $-7x + 16x = -10 + 21$
>
> 4) Réduire les termes
> $+9x = +11$
>
> 5) On multiplie les 2 membres par l'inverse du coefficient de x.
> $\frac{1}{9} \times 9x = \frac{1}{9} \times 11$
>
> $x = \frac{11}{9}$

Si bien que, le même jour, à l'interrogation qui suit (voir page 96), la *définition* d'une équation devient ça : effectuer, réduire, etc. Quant à savoir quelle est la propriété utilisée pour transposer, et l'énoncer, c'est manifestement trop demander — c'est déjà beau de transposer correctement, ce qui est jusqu'à présent le cas, si en plus il fallait justifier ! A-t-on besoin quand on met en marche une machine de guerre de *dire* comment elle marche puisqu'elle marche ?

> II) Définition d'une équation dans ℝ.
> 1) Développer
> 2) Réduire
> 3) Transposer
> 4) Simplifier
> 5) On multiplie les 2 membres par l'inverse du coefficient de x.
>
> III) Quelle propriété employez-vous pour transposer un terme d'un membre dans l'autre quand vous résolvez une équation....

Le 12 octobre (voir page 97), les choses se compliquent. Les équations se mettent à avoir des dénominateurs. Et selon la tête qu'elles ont, Lisa pense ou non pouvoir déployer son plan. La première ne lui dit rien qui vaille. Est-ce le x tout seul qui fait trop pauvre, seul dans son coin ? Sont-ce les dénominateurs premiers entre eux qui ne suggèrent pas de dénominateur commun ? Toujours est-il que seule la seconde équation se voit livrer bataille, que la réduction au même dénominateur se fait, sauf pour le 5 qui n'en ayant pas n'en aura pas. Erreur qui impressionne tellement le professeur qu'il ne voit pas les monstres qui ont traversé les lignes : sommée — courtoisement — de simplifier, Lisa simplifie en effet, et $x - 3$ devient $- 3 x$, par un phénomène de régression que nous n'avons pas fini de rencontrer, $12 x + 12$ devient $24x$ (alors qu'en réalité c'est $9x + 9$ qu'on devrait avoir). Puis se font, correctement, transposition, simplification et... victoire dans cette campagne de toute façon minée, d'une multiplication par l'inverse ? Hélas, inverse d'une victoire, parce que ça s'inverse de partout — (c'est le cas où jamais d'utiliser des procédures fortes), $- 23$ devient 23, $-\frac{1}{23}$ devient $\frac{1}{23}$ de l'autre côté, $\frac{1}{23} \times 5$ devient $\frac{23}{5}$, tout ceci ne méritant d'ailleurs pas qu'on s'y attarde puisque tout ce qui précède est faux.

Comme si tout cela ne suffisait pas, après la défaite des équations à dénominateurs, c'est la déroute des équations du second degré (voir page 98) : elles sont pourtant présentées toutes prêtes à être résolues,

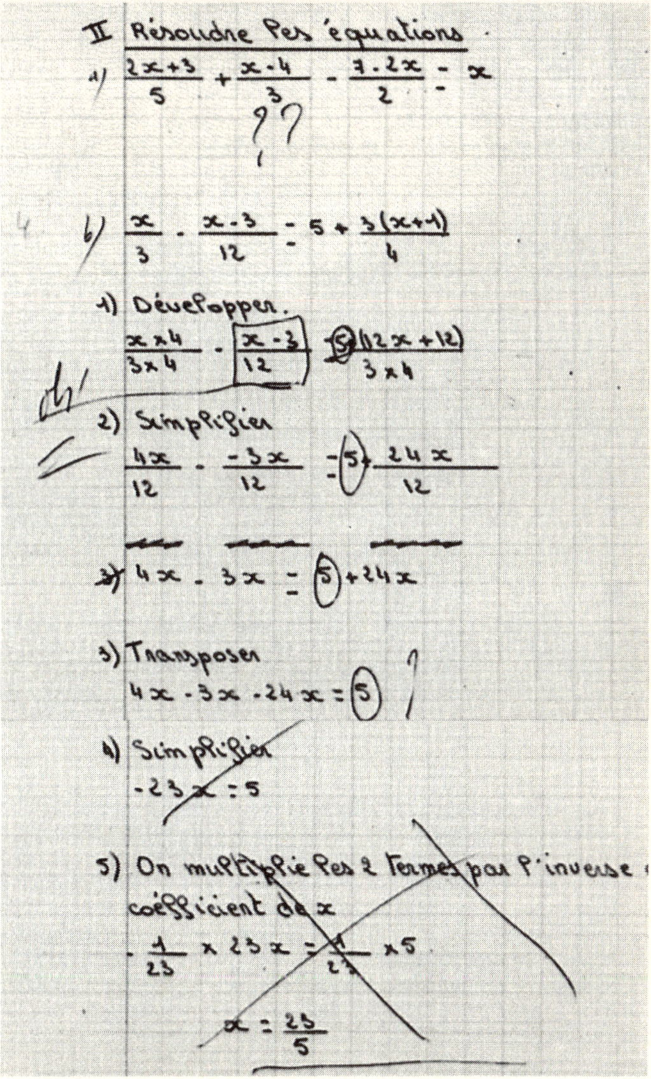

Ce qu'il en est de nier les erreurs

II Résoudre les équations.

a) $\dfrac{2x+3}{5} + \dfrac{x-4}{3} - \dfrac{7-2x}{2} = x$

??

b) $\dfrac{x}{3} - \dfrac{x-3}{12} = 5 + \dfrac{3(x+1)}{4}$

1) Développer.

$\dfrac{x \times 4}{3 \times 4} - \boxed{\dfrac{x-3}{12}} = \dfrac{\cancel{5}(12x+12)}{3 \times 4}$

2) Simplifier

$\dfrac{4x}{12} - \dfrac{-3x}{12} = \cancel{5} + \dfrac{24x}{12}$

$4x - 3x = \boxed{5} + 24x$

3) Transposer

$4x - 3x - 24x = \boxed{5}$?

4) Simplifier

$-23x = 5$

5) On multiplie les 2 termes par l'inverse du coefficient de x

$\dfrac{1}{23} \times 23x = \dfrac{1}{23} \times 5$

$x = \dfrac{23}{5}$

et en principe assorties « dans la tête » d'une règle imparable, car au « de quoi sont les pieds » du jeune apprenti militaire correspond le « pour qu'un produit de facteur soit nul... » de la jeune recrue de mathématiques. Vous remplacez « l'objet de soins constants » par « il faut et il suffit qu'un facteur soit nul », et vous obtenez la fameuse règle, réclamée par le professeur. Chose étrange, seuls les facteurs où x figure tel quel s'annulent correctement. Là où il est affecté d'un coefficient $-5x + 4$, ou $2x - 5$ — il ne semble plus possible de poser, et de résoudre, $5x + 4 = 0$, ou $2x - 5 = 0$.

Trois jours plus tard, *le 15 octobre*, tout a été corrigé, expliqué, et on remet ça : les mêmes équations réapparaissent.

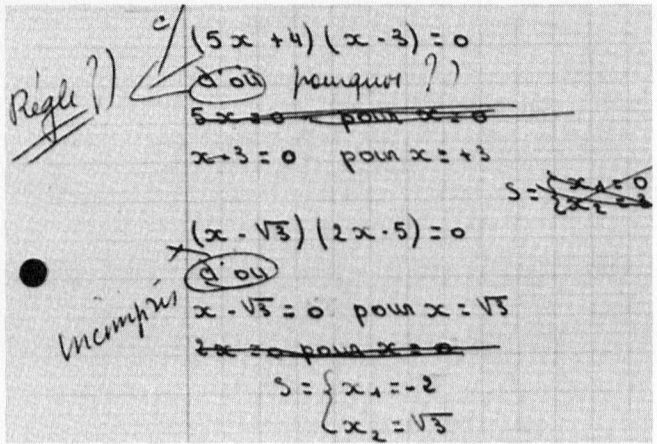

La première équation où x figurait tout seul dans le second membre et y restait de même est cette fois prise à bras-le-corps : développer, taratata, réduire, taratata, transposer, taratata, etc., et... victoire : l'« inconnu » est réduit à être égal à cent vingt-sept vingt-deuxièmes et c'est juste... à quelques petits détails près, relevant soit de la typographie, soit d'une double erreur cautionnée par un monstre professoral (le $-30x$ qui devrait être un $+30x$, grand classique des erreurs d'équations à dénominateurs, et qui « donne » $52x$ ajouté à $22x$; par ailleurs il manque un 30 au dénominateur, et le dernier $=$ devrait être un $\times$).

Ce qu'il en est de nier les erreurs

> II) Résoudre les équations
> $$\frac{2x+3}{5} + \frac{x-4}{3} - \frac{7-2x}{2} = x$$
>
> 1) Développer
> $$\frac{6(2x+3)}{30} + \frac{10(x-4)}{30} - \frac{15(7-2x)}{30} = \frac{30x}{30}$$
>
> 2) Réduire
> $$\frac{12x+18}{30} + \frac{10x-40}{30} - \frac{105-30x}{30} = \frac{30x}{30}$$
> $$30\left(\frac{12x+18+10x-40-105-30x}{30}\right) = \frac{30x}{30} \cdot 30$$
>
> 3) Transposer
> $$52x - 127 = 30x$$
> Simplifier ← $52x - 30x = +127$
> $\quad\quad 22x \quad\quad = 127$
>
> 5) On multiplie les 2 termes par l'inverse du coefficient de x.
>
> juste $\frac{1}{22} \times 22x = \frac{1}{22} \times 127$
> $$x = \frac{127}{22}$$

Pour ce qui est de la seconde (voir page 100), où Lisa avait « spontanément » développé, simplifié, etc., le 5 cette fois retient son attention, mais ce sont les calculs antérieurement pris à contre-pied qui sont l'objet de traitements constants. Le professeur découvre enfin que $12x + 12$, qui s'est reproduit, immuable, au lieu de $9x + 9$ redonne — mais c'est nous qui le savons — immuablement $24x$, et que $x - 3$ avec une transformation intermédiaire de $x + 3$ devient $3x$, son attention n'étant plus monopolisée par le 5. Bienveillant, pourtant, prêt à engranger les progrès et à gourmander gentiment en attribuant tout ce désordre dans la forme et la tenue à de la distraction. La multiplication par l'inverse, pourtant, conserve sa troublante ambiguïté en faisant disparaître le signe $-$.

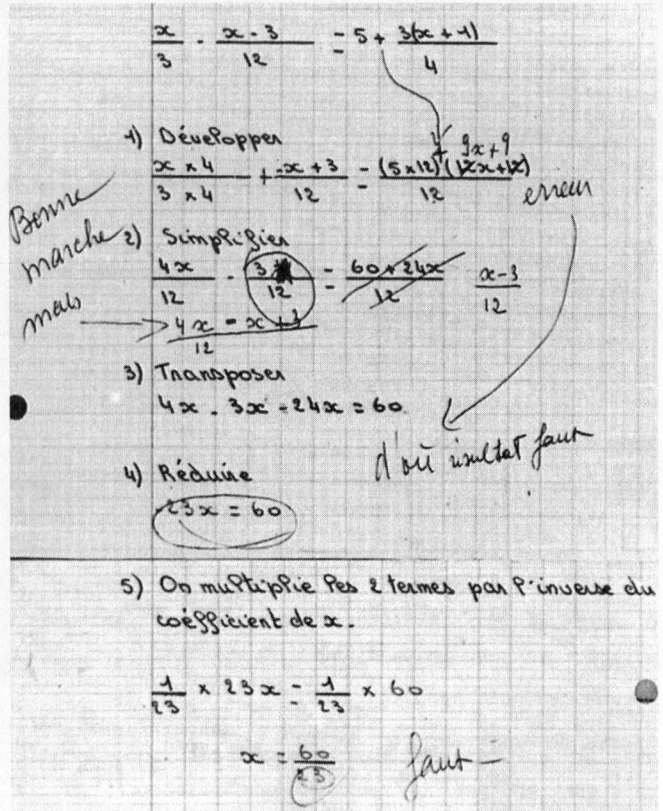

Quant aux équations du second degré (voir page 101 en haut de page), au sujet desquelles le professeur, mordicus, tient à sa règle, un facteur sur deux s'effondre exactement comme dans le devoir précédent (il y a un $\sqrt{7}$ à la place d'un $\sqrt{3}$, ce qui fait penser que des exercices similaires ont été faits, avec $\sqrt{7}$ à la place de $\sqrt{3}$) et le professeur comprend que Lisa n'a pas compris.

Le 18 octobre (voir page 101 en milieu de page), comme on n'arrête pas le progrès, les équations prennent encore une forme différente. Et du coup finissent de devenir des ectoplasmes défiant toute possibilité

Ce qu'il en est de nier les erreurs

> *qu'en dites-vous, expliquez* $(5x+4)(x-3) = 0$ → *Pourquoi un produit...*
>
> *Le 1ᵉʳ facteur s'annule pour* ~~x = 0~~
> ~~5x~~
>
> *memphis* : *le 2ᵉ facteur $(x-3)$ s'annule pour*
> $x - 3 = 0$ *pour* $x = +3$
>
> $S = \{0 ; 3\}$
>
> (c) $(x - \sqrt{3})(2x - 5) = 0$
>
> *Le 1ᵉʳ facteur $(x - \sqrt{3})$ s'annule pour*
> $x = \sqrt{3}$
>
> *Le 2ᵉ facteur $(2x - 5)$ s'annule pour*
> $(2x - 5) = 0$ *pour* ~~x =~~
>
> ~~...~~ $\sqrt{3}\}$
>
> ---
>
> **II** Soient les applications f et g de $\mathbb{R}$ dans $\mathbb{R}$ telles que :
>
> $f(x) = 3x + 2$ et $g(x) = 5x + 3$
> Résoudre dans $\mathbb{R}$ $f(x) = g(x)$
>
> *réfléchissez* $f(x) = g(x)$
> $3x + 2 - 5x - 3 = -2x - 1$ $-1/2$ *oh!*

de les combattre, ce à quoi s'exposera avec de moins en moins d'enthousiasme Lisa, dont on n'arrêtera plus les régressions. La matière même d'une équation, manipulée pourtant depuis quelque temps déjà, et qui doit produire du « *x* égal à... » disparaît, il reste un vague souvenir de ce qu'il faut faire $f(x) - g(x)$, mais le signe = de l'équation a disparu au profit du signe = du calcul. « Oh », s'indigne le professeur en conseillant à Lisa de réfléchir mais pourquoi diable toutes ces réflexions que l'on voit dans les marges ne se réfléchissent-elles jamais sur celui qui les émet ?

Dans ce même devoir du 18 octobre, il y avait à résoudre une équation de second degré, toujours sous la forme :

$f(x) - g(x) = 0$, avec $f(x) = x^2 - 49$ et $g(x) = (3x - 1)(x - 7)$.

Le calcul de $f(x) - g(x) = 0$ d'après la correction est bien intéressant (voir ci-dessous) : celui effectué antérieurement du produit de $(3x + 1)$ par $(x - 7)$ ayant été barré, il est hors de question de le reproduire. Par ailleurs, la factorisation qui a dû être faite au tableau exhibe en fin de course une somme — enfin, une différence — de binômes de la façon suivante :

$$(x^2 - 49) - (3x - 1)(x - 7) = 0$$
$$(x + 7)(x - 7) - (3x - 1)(x - 7) = 0$$
$$(x - 7)[(x + 7) - (3x - 1)] = 0$$

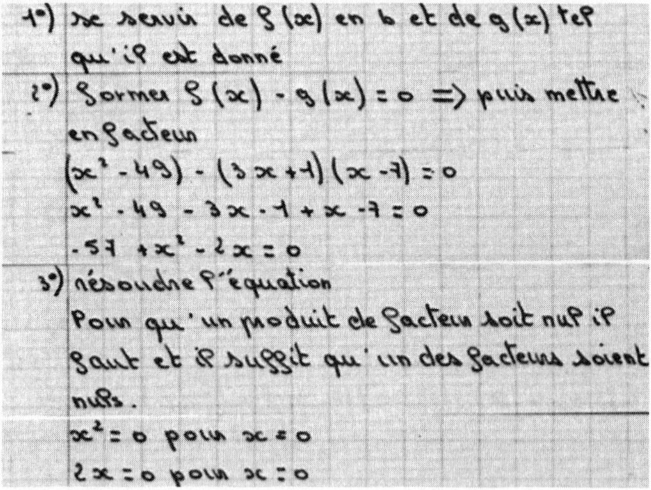

> 1°) se servir de f(x) en b et de g(x) tel qu'il est donné
> 2°) former f(x) - g(x) = 0 ⟹ puis mettre en facteur
> $(x^2 - 49) - (3x + 1)(x - 7) = 0$
> $x^2 - 49 - 3x \cdot 7 + x - 7 = 0$
> $-57 + x^2 - 2x = 0$
> 3°) résoudre l'équation
> Pour qu'un produit de facteurs soit nul il faut et il suffit qu'un des facteurs soient nuls.
> $x^2 = 0$ pour $x = 0$
> $2x = 0$ pour $x = 0$

Le souvenir de ce qu'il y avait dans ce crochet, plus l'interdiction qu'elle se fait de le développer donne cet inédit régressif d'un produit qui se délite en ses termes.

Moyennant quoi on retrouve la fameuse règle et, plus forte que tout, sa fameuse interprétation.

Que peut-il bien se passer après tous ces combats perdus ? Que peut-il bien pousser sur un champ de bataille où tous les objets ont éclaté, explosé, et jonchent de leurs débris tout l'espace ?

Ce qu'il en est de nier les erreurs

Eh bien, plus rien. Ou, du moins, si. Pour résoudre, *le 30 novembre*, l'équation :

$$(8 - 3x)(4x - 10) - (2x - 5)^2 = 0$$

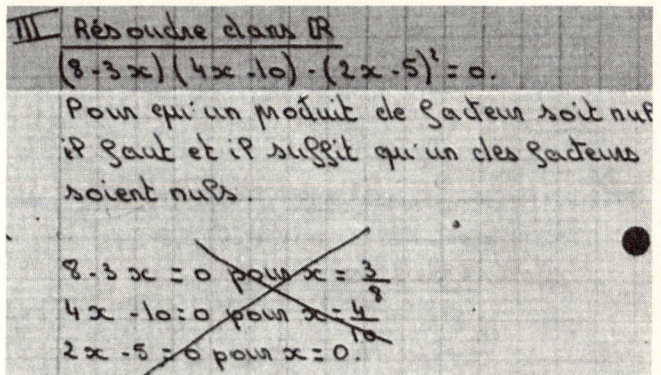

il reste bien acquis que « pour qu'un produit de facteurs soit nul... ». Cette nullité ayant tout envahi, chaque binôme est posé égal à zéro, et contrainte de s'occuper des coefficients trop longtemps négligés, du -3 de $8 - 3x$, du 4 de $4x - 10$, elle a la force de les soumettre à une procédure forte — mais pas jusqu'au bout. Et le dernier binôme, $2x - 5$, fait réapparaître du plus profond d'une mémoire qu'il doit pouvoir être intéressant d'exploiter autrement le $x = 0$ du devoir du 12 octobre, où figurait $2x - 5$ pour être défiguré de manière identique.

J'ai vu deux fois Lisa à la fin du mois de juin de son année de troisième qu'elle allait évidemment redoubler. Elle fait partie de ceux qui ne conçoivent même pas qu'on puisse être, en mathématiques, autrement que pauvre, laid(e) et malade. J'ai eu le plus grand mal à lui faire seulement imaginer — et par équations interposées, il faut savoir faire front dans mon métier — qu'en mathématiques, ainsi que je l'ai dit au début de ce livre, il y avait à comprendre, qu'il y avait même éventuellement du plaisir et de la jouissance à comprendre. Elle a fini par décider qu'elle continuait le combat. Mais à d'autres fins, avec d'autres moyens. Six mois plus tard, elle se jouait des équations.

3 Christian

Classe de troisième établissement renommé, professeurs triés sur le volet. Mais le sien, à la différence des deux autres qui, bien qu'impuissants, semblent rester bienveillants, est ce qu'on appelle communément une peau d'vache.

> ① $x - 3 = 0$
> $x - 3 + 3 = 0 + 3 = +3$
> $x = +3$
>
> *bizarre* Supposons qu'on ajoute +3 de chaque côté pour que l'équation
> *mal dit* soit équilibré (car on peut ajouter n'importe quel nombre, si on équilibre de chaque côté)
> 2 donc on a : $x - 3 + 3 = 0 + 3$
> 3 lor $= 0 + 3 = 3$
> et $-3 + 3 = 0$
> donc $x - 3 + 3 = 0 + 3 = x + 3$
> donc $x - 3 = 0$
> donne $x = +3$

Le 18 octobre, il est question de résoudre, en s'expliquant, je suppose, sur ce que l'on fait, des équations élémentaires.

La première semble être parfaitement comprise et justifiée dans sa résolution, dans les moindres détails. Il y a juste un détail de trop, c'est le $x + 3$ au bout de l'antépénultième ligne. Mais passons comme a passé le professeur, un peu bougonnant, mais c'est peut-être un air qu'il se donne. La page suivante est pleine d'excellentes performances, à ceci près que le « on ajoute (3^{-1}) », auquel le professeur réagit comme devait le faire autrefois une jeune fille effarouchée au moindre effleurement, doit se discuter immédiatement, être tiré au clair. Il est manifeste que ce « on ajoute » *est dit en langue française*, car il s'agit bien d'un *ajout* d'écriture, mais cet ajout d'écriture traduit

Ce qu'il en est de nier les erreurs 105

> ② $3x = 6$
> $3 \cdot (3^{-1}) \cdot x = 6 \cdot (3^{-1}) = \frac{6}{3} = 2$
> $x = 2$
> Aïe ! ⟶ on ajoute (3^{-1}) de chaque côté pour l'équilibrer.
> en em a le droit.
> or $(3^{-1}) = \frac{1}{3}$
> donc on a $3 \times \frac{1}{3} \times x = 6 \cdot \frac{1}{3}$
> or 3 que $\times \frac{1}{3} = \frac{3}{3}$
> et 6 que $\times \frac{1}{3} = \frac{6}{3} = 2$
> donc on $1 x = 2$
> d'où $x = 2$

bien une multiplication, et par l'inverse qui plus est, bien posé comme $3^{-1} = \frac{1}{3}$. Il suffit que cette « façon de parler » soit légitimée, pour être évacuée, remplacée par la façon de parler mathématique, ce qui équivaut à remplacer l'expression de ce qui se voit par ce qui se fait, et c'est tout, la question est réglée en parfaite sérénité. « Aïe » ne fait pas avancer les choses.

Trois jours plus tard, le *21 octobre*, les choses en question se sont gâtées. Est-ce le « bizarre », le « mal dit », le « Aïe » qui l'inhibent, mais Christian reste coi devant une petite équation de rien du tout. Pour

> ① Quelles opérations fait-on quand on passe de la ligne 1 à la ligne 2. Rétablissez la ligne intermédiaire.
> $4x$ ~~~~ ~~~~
> $4x - 3 = x + 2$

ce qui est des deux suivantes qu'il résout correctement, il est évident que les grandes envolées explicatives ont disparu (voir page 106). Ça marche à l'économie — et déjà à l'ambiguïté, ce signe — qui apparaît à $-\frac{6}{2}$, et disparaît à 3 —, ce qui lui vaut le « c'est de la magie » du professeur, assorti d'un zéro. Quant à la dernière équation, je ne sais pas si elle fait son plein de points, mais elle est très correctement résolue.

> ② $-2x = 6$
> $+2x$
> $-x = \dfrac{6}{2} = 3$
>
> *c'est de la magie* : on prend le facteur de x
> on le met à la place du diviseur
> dans la fraction
>
> Résoudre l'équation suivante
> toutes les étapes du calcul
>
> $2x - 7 = 0$
> on prend $2x$
> $x = \dfrac{7}{2}$
>
> ~~$x = 3,5$~~
>
> ④ $2x - 3(x+5) = 4(3-2x)$
> $2x - 3x - 15 = 12 - 8x$
> $-x - 15 = 12 - 8x$
> $-x + 8x = +12 + 15$
> $7x = +27$
> $x = \dfrac{27}{7} = \dfrac{27}{7}$

Ce qui est frappant, dans le cas de Christian, c'est la dégradation à laquelle on va assister alors que manifestement, pour une fois, et parce qu'il utilisait les mots de sa langue, avec ses tournures de phrase à lui, en parlant d'« équilibrage » et du « droit » que l'on a d'y procéder, on pouvait penser que quelque chose du principe de résolution des équations était compris. Précisément, la magie, pour une fois, était exclue.

Comment se débrouille le professeur ?... Est-ce son attitude, cette espèce de mépris dont il l'accable — lui, et les autres ? —, les fautes professionnelles qu'il commet, par mépris, encore, ou indifférence, mais la magie *deviendra* effectivement le seul recours, et on verra petit à petit comme dans les autres cas — comme dans la majorité des cas —

la régression de Christian caractériser la progression dans le programme et dans l'année.

L'attitude, d'abord : sur une autre copie, il écrit « paresseux » alors que le recto de la feuille est noir de calculs. Le « ridicule » de la page 11 est aussi de sa main ; ridicule qui ne tuera que Christian, car pouvoir traiter les autres de minable ou de ridicule n'est qu'une question de pouvoir, précisément. Le « du bluff » de la page 34 est aussi de sa main. Appréciez le ton de ces appréciations, et vous aurez une très petite idée de la brutalité et de la violence exercées sur Christian par paroles et écritures interposées telles que, si on en avait les équivalents *physiques*, il se serait retrouvé à l'infirmerie, et fait soigner pour coups et blessures. Les traumatismes infligés aux psychismes des élèves sont hélas moins voyants. Simplement vous verrez Christian, à la fin de l'année, noué, ligoté de toutes parts, *devenu* bel et bien nul en maths. Mais puisqu'on vous dit qu'il en est qui *préfèrent* être pauvres, laids et malades...

Les fautes professionnelles, ensuite. A un degré de mépris des erreurs tel que nous le constaterons correspond, même dans une optique traditionnelle et la plus rigide qui soit, un manquement à son *devoir* d'enseignant, qui est tout de même d'*indiquer*, pour le moins, le faux quand il est faux, de crainte qu'il ne soit pris pour du vrai, puisqu'il bénéficiera de l'*aval* du professeur. Or, ici, comme vont intervenir les équations du second degré, et donc les factorisations, et donc les identités remarquables, on va constater cette chose proprement ahurissante : Christian *croira*, et ce, *pendant toute l'année scolaire*, alternativement que :

$$(a - b)^2 \text{ fait } a^2 - b^2$$
$$\text{ou que } (a - b)^2 \text{ fait } (a - b)(a + b),$$
$$\text{et réciproquement.}$$

Ces écritures, qui compromettront évidemment tout ce qui a pu être fait ou compris par ailleurs, sont, soit entourées de rouge, soit barrées, soit ignorées. Et Christian vivra *dans* l'erreur, sans que personne jamais ne l'en tire, fût-ce par un commentaire caustique ou méchant, qui serait, dans ce cas, préférable à l'indifférence méprisante et nécrosante.

Le 25 octobre, une équation du quatrième degré est proposée sous forme de produit de facteurs (voir page 108). Ce qui, pédagogiquement, est une fort bonne chose. Encore faut-il que cet objet si nouveau dans sa forme — et pas du tout dans les significations « profondes » qu'il met en jeu — et dans le traitement qu'il requiert soit assimilé, du point de vue du sens, à l'ancien, à l'élémentaire, l'équation du premier degré, ce qui, comme nous le verrons plus loin, ne va pas de soi.

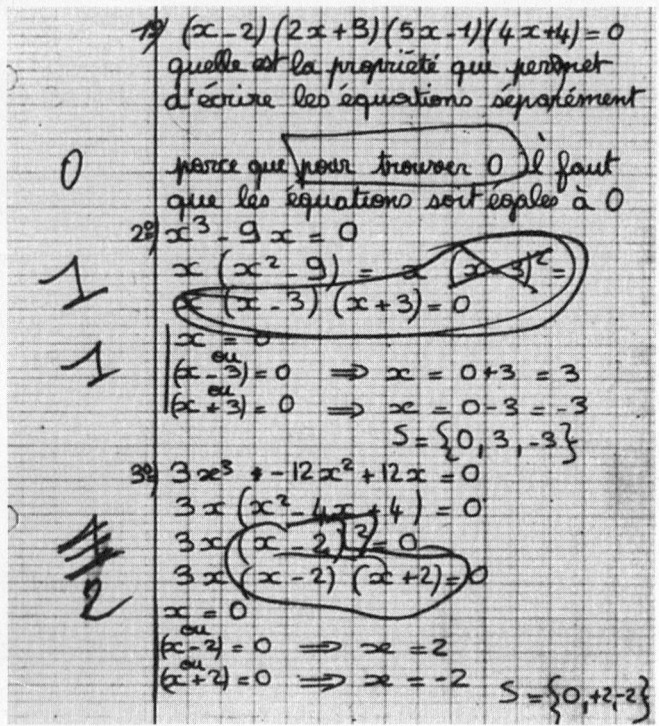

Or, ici, comme ailleurs, seule la fameuse règle tient lieu de toute explication, de toute continuité dans la construction du sens, si par hasard il s'en trouvait, mis en jeu dans la résolution d'une équation ordinaire. Or, des coups de règle sur les doigts laissent moins de traces que les coups d'une règle mathématique — ou qu'une définition, ou qu'une solution — assenés sans que la nécessité en soit ressentie de façon interne, sans raison d'*être* pour celui qui va l'utiliser.

La raison d'être, ici, comme ailleurs, n'apparaissant pas à l'élève, la fameuse règle est ramenée à zéro, et vaut zéro.

Sont entourées de rouge les écritures telles que :

$$(a - b)^2 = (a - b)(a + b)$$

qui à deux reprises compromettent les calculs. Mais, pour le malheur de Christian, elles ne le compromettent pas de la même façon. Dans

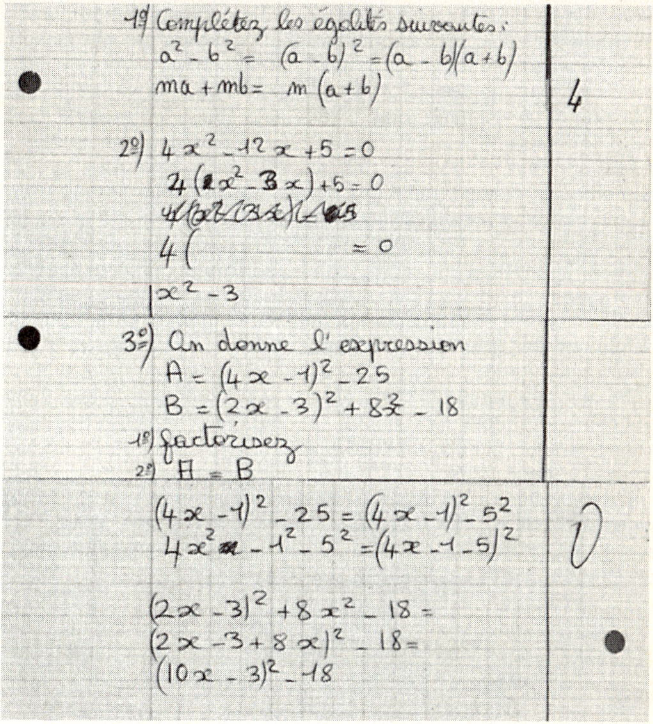

Ce qu'il en est de nier les erreurs

> 1°) Complétez les égalités suivantes :
> $a^2 - b^2 = (a-b)^2 = (a-b)(a+b)$
> $ma + mb = m(a+b)$
>
> 4
>
> 2°) $4x^2 - 12x + 5 = 0$
> $4(x^2 - 3x) + 5 = 0$
> ~~$4(x^2 - 3x)(…)$~~
> $4(\quad\quad = 0$
> $x^2 - 3$
>
> 3°) On donne l'expression
> $A = (4x - 1)^2 - 25$
> $B = (2x - 3)^2 + 8x^2 - 18$
> 1°) factorisez
> 2°) $A = B$
>
> $(4x-1)^2 - 25 = (4x-1)^2 - 5^2$
> $4x^2 - 1^2 - 5^2 = (4x - 1 - 5)^2$
>
> $(2x-3)^2 + 8x^2 - 18 =$
> $(2x - 3 + 8x)^2 - 18 =$
> $(10x - 3)^2 - 18$
>
> 0

le premier cas, l'écriture fautive n'est que transition pour l'écriture correcte. Elle est barrée, et n'intervient donc pas dans l'ensemble solution qui se trouve être, lui aussi, correct. Dans le second cas, hélas, c'est l'écriture correcte qui sert de terme transitoire, et laisse donc, en définitive, place à l'erreur : elle n'est pas barrée, et son intervention dans l'ensemble solution, qui n'est donc pas exact, non plus. Seule la machine enregistreuse de points marche, et marque 2, sans commentaires.

Comme ici, comme ailleurs, les devoirs sont faits et refaits, jusqu'à ce que leurs solutions soient quasiment retenues par cœur, le devoir refait n'a rien pour retenir l'attention ; sinon la judicieuse remarque selon laquelle cette équation du troisième degré n'a que deux solutions.

Devoir suivant, *4 novembre* (voir exemple ci-dessus). En première ligne s'étale, ayant pris un caractère hallucinatoire, l'erreur désormais fatale : et au lieu de se faire fusiller, rien. Il y a 4 points qui sont attribués là à quelque chose, mais sûrement pas à quelqu'un, par quelque chose, mais sûrement pas par quelqu'un. Christian est devenu un automathe qui a affaire à un autre automate-machine-à-compter-les-points. L'aspect du devoir rend compte de la désorganisation mentale dans laquelle se trouve Christian. Une tentative avortée de factorisation — d'ailleurs, pour la classe de troisième, difficile — reste dans un inachèvement pitoyable. Quant à la tentative de réduction de l'équation A = B par factorisation elle aussi, elle est l'occasion de voir que pour Christian toutes les formes de type $a^2 - b^2$ ou $a^2 - b^2 - c^2$ sont happées par la carréification ou réification des identités qui n'ont que cela de tristement remarquable ici. Un simple zéro annule toutes ces écritures qui restent telles quelles, inscrites sur le papier, et s'enracinant de plus en plus dans la tête de Christian (je passe sous silence le $8x^2$ qui, dans la foulée, se trouve être égal par nécessité au carré de $8x$).

Eh bien, on n'a pas le droit. On n'a pas le droit d'*enseigner* dans des conditions telles que celles-là, et la caution de quelques bons élèves par classe et par année ne suffit pas à excuser ou justifier le massacre qui se perpétue là.

Car cette fois, au devoir refait, la même erreur est refaite. Une ligne rouge arrête le comptage de points, au premier exercice, comme au second. Quant à la tentative de résolution, lamentable, elle se perd dans un énième zéro.

1° $(4x-1)^2 - 25 = 0$
a) ~~deuxième~~ quel degré est-elle
b) sous quelle forme faut-il la mettre pour la résoudre
c) la résoudre.

a) 2⁰ degré   1
b) produit de facteur   1
c) $(4x-1)^2 - 25 = 0$
    $(4x-1)^2 - (5)^2 = 0$
    ~~$(4x-1-5)^2$~~ $= 0$ 0
    $(4x-1-5)(4x-1-5) = 0$
    $(4x-6)(4x-6) = 0$
    $(4x-6)^2 = 0$

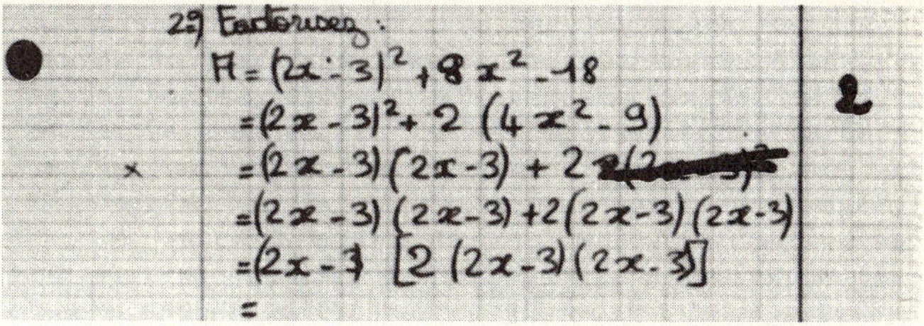

Ce qu'il en est de nier les erreurs

$$2º \text{ Exercice :}$$
$$H = (2x-3)^2 + 8x^2 - 18$$
$$= (2x-3)^2 + 2(4x^2 - 9)$$
$$= (2x-3)(2x-3) + 2\cancel{(2x-3)}$$
$$= (2x-3)(2x-3) + 2(2x-3)(2x-3)$$
$$= (2x-3)\,[2(2x-3)(2x-3)]$$
$$=$$

$$3º)\; 2x^2 + 3x = 4x^2 + 12x + 9$$
$$x(2x+3)$$
$$2x^2+3x = 2x\left(\tfrac{4}{2}x+6\right)+9$$
$$\cancel{2x^2+3x - 4x^2 + 12x + 9 = 0}$$
$$\cancel{-2x^2 + 9x - 9 = 0}$$
$$x(2x+3) = x(4x+12)\,9$$
$$x(2x+3) =$$

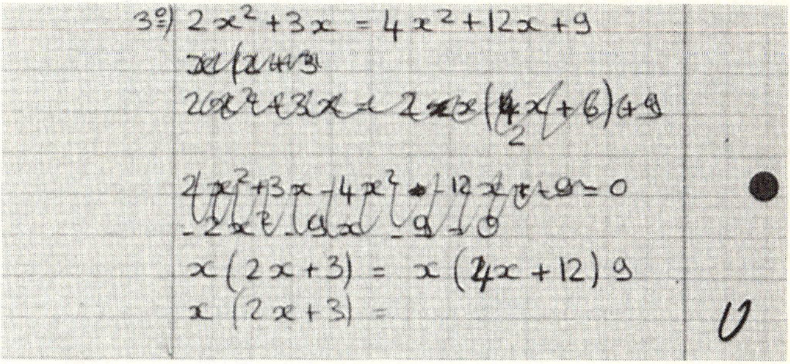

Au devoir re-refait, la première expression cède enfin mais à quoi ? La seconde, intacte, obtient un trait rouge, et on a le vertige à imaginer deux vieillards continuant, l'un à écrire que $4x^2 - 9$ est égal à $(2x-3)^2$, et l'autre à le barrer.

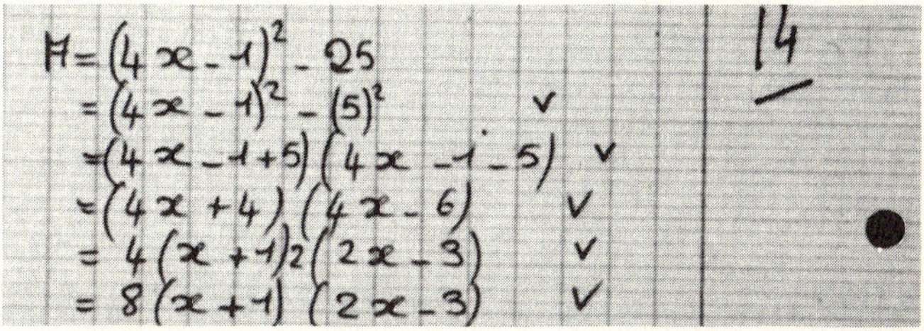

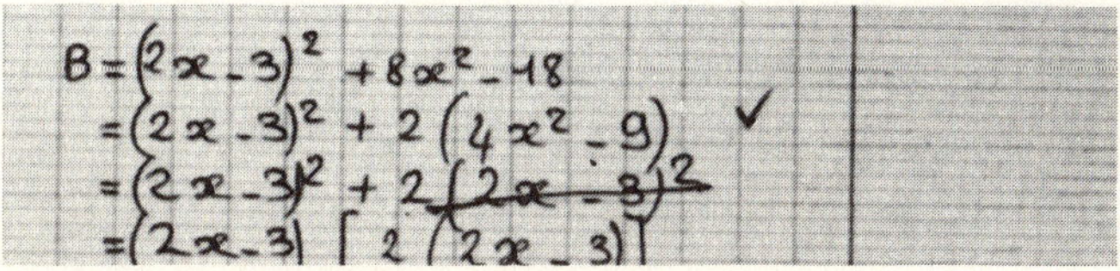

$$H = (4x-1)^2 - 25$$
$$= (4x-1)^2 - (5)^2$$
$$= (4x-1+5)(4x-1-5)$$
$$= (4x+4)(4x-6)$$
$$= 4(x+1)\,2(2x-3)$$
$$= 8(x+1)(2x-3)$$

$$B = (2x-3)^2 + 8x^2 - 18$$
$$= (2x-3)^2 + 2(4x^2 - 9)$$
$$= (2x-3)^2 + 2(2x-3)^2$$
$$= (2x-3)\,[2(2x-3)]$$

112   *De l'erreur*

Mais c'est pure imagination. On ne fait de vieux os dans les salles de classe que si on n'est pas élève, comme Christian de surcroît. Car désormais, tout ne fait que courir, que concourir à sa perte. Un devoir sur les remarquables identités qui ont cours à ces cours, avec la « théorie » juste, et les exercices pratiques faux là où il faut, et simplement j'imagine, non recensés dans le calcul de points, vient ajouter son humour noir à un tableau qui va le devenir tout à fait.

[Reproduction manuscrite :]

Ⅰ
$(a+b)^2 = a^2 + 2ab + b^2$ ✓
$(a-b)^2 = a^2 - 2ab + b^2$ ✓
$(a+b)(a-b) = a^2 - b^2$ ✓

Ⅱ
$(a+2)^2 = (a+2)(a+2) = a^2 + 2a + 2a + 4 = a^2 + 4a + 4$
$(2a-5)^2 = (2a-5)(2a-5) = 4a^2 - 10a - 10a + 25 = 4a^2 - 20a + 25$
$x^2 - 1 = (x-1)^2$
$x^2 - 2x + 1 = (x-1)^2$ ✓
$(x+3)(x-3) = x^2 - 3x + 3x - 9 = x^2 - 9 = (x-3)^2$
$4x^2 + 4x + 1 = (2x-1)^2$ ✓

Un devoir sur table est à nouveau une sorte de feu d'artifice de carrés explosant de toutes parts. On a :

$(2x + 1)^2 = 2x^2 + 1^2$ (régression du $(2x)^2 = 2x^2$)
$- (3x - 4)^2 = - 3x^2 - 4^2$ (idem)
$(- x^2 - 3^2) = (- x - 3)^2$

[Reproduction manuscrite :]

Devoir sur table. Limoges p 83-84

Ⅰ
$F(x) = (2x+1)^2 - (3x-4)^2$
$= 2x^2 + 1^2 - 3x^2 - 4^2$
$= (-x^2 - 3^2) = (-x - 3)^2$

Ce qu'il en est de nier les erreurs

Le second degré décidément résiste, forcément, puisque l'ajustement n'ayant pas été fait on revient à ce que l'on sait, la « technique » du premier degré, les x d'un côté, les nombres de l'autre. Seulement voilà, les x d'un côté, ça ne donne rien, et Christian *sait* que les x^2 et les x ça ne « fait » rien...

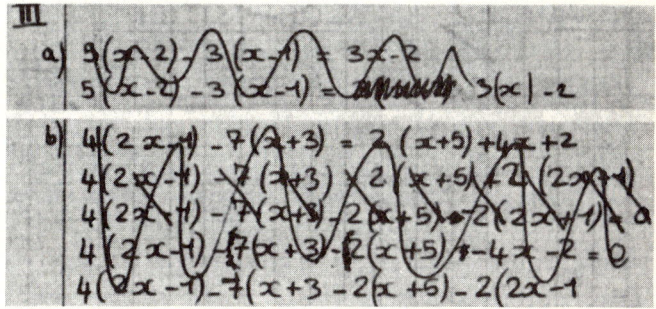

Jusqu'au devoir suivant où, forcé et contraint par la nécessité, il produira cette merveille régressive qui est de calculer $3x^2$ comme $6x$ pour obtenir une équation soluble, ce qui ne le rend pas solvable pour autant. C'est barré, et ne vaut rien.

Il ne lui restait qu'une chose à perdre. C'était cette fameuse équation du premier degré qu'il savait si bien résoudre deux mois auparavant. Ce qu'il fait avec panache, à la composition d'algèbre de la fin du premier trimestre.

Peut-être fais-je preuve d'un excès de sensiblerie, mais j'aimerais savoir si je suis seule à être émue devant ces deux petites équations de rien du tout, ne présentant aucune difficulté pour Christian qui est là, ne sachant comment se diriger, se répétant, hésitant, oscillant, barrant (les sinusoïdes sont de la main du professeur) pour se trouver finalement réduit à l'impuissance.

Se réfugier dans les équations est, on le voit, une chose ardue. Même si, pour quelques-uns, elles ont pu paraître «au début» des mécaniques amusantes à faire fonctionner dans la mesure où la mécanique produisait des «solutions», très vite, pour la plupart, c'est à des régressions que l'on assiste, et les années finissent beaucoup plus mal qu'elles n'ont commencé.

Il y a tout à dire sur ces trois cas, et c'est volontairement que je les laisse pour l'instant en suspens. En effet une des remarques que l'on peut tout de suite faire, c'est qu'apparemment, malgré la détestable attitude du professeur de Christian et les incontestables traumatismes qu'il lui aura fait subir, d'une certaine façon la question du professeur est secondaire. Qu'il soit «gentil» ou «méchant» ne change rien.

Par ailleurs, c'est vrai que dans les trois cas on a affaire à une «pédagogie de pointe» : il est plus que rare que soient explicités les processus mis en jeu dans la résolution des équations, et plus que rarissime que soit explicitement abordée en classe de troisième la question de leur degré, pourtant essentielle.

Alors pourquoi ces régressions? Pourquoi tous ces plans, ces injonctions, ces ordres ne parviennent-ils pas à être exécutés? Pourquoi toutes ces corrections d'erreurs n'empêchent-elles pas les erreurs de se reproduire? Pourquoi des exercices trois fois refaits sont-ils faux une quatrième fois?

Il est manifeste que la question de la pédagogie de pointe, et c'est une seconde remarque que l'on peut tout de suite faire, apparaît elle aussi comme secondaire. Les mêmes effets sont repérables partout. L'enseignement, «bon» ou «mauvais», est également inefficace, et n'arrive pas à se faire entendre de sujets dont il apparaît à l'évidence, quelle que soit l'énormité des erreurs qu'ils sont capables de produire, qu'ils sont parfaitement capables de faire des mathématiques. Alors?

Alors, avant de revenir à Thierry, Lisa et Christian, nous allons essayer de savoir comment et pourquoi, avec un enseignement supposé être celui de la rationalité, il est possible de mettre hors d'usage des cerveaux en état de fonctionner parfaitement.

DEUXIÈME PARTIE

De l'entendement

5. De l'existence de l'entendement et de ses relations avec le sens

1 Entendement, sens et soumission au sens.
2 Souffrances et jouissances de l'entendement : un sujet exemplaire, Gustave Flaubert.
3 « Faire » des mathématiques : comble de l'intelligence ou comble de la bêtise ?

« **Vous l'avez ouy, l'avez-vous entendu ?** »
Rabelais.

Autant rien n'est plus désagréablement rassurant qu'un *dialogue de sourds* où il apparaît à l'évidence qu'aucun des locuteurs ne *veut* entendre ce que dit l'autre, autant rien n'est plus insidieusement inquiétant qu'une *histoire de sourds*. On s'amuse, bien sûr, du paradigmatique : « Tu vas à la pêche, non, je vais à la pêche, ah je croyais que tu allais à la pêche. » Mais quand cette sorte d'histoire arrive pour de vrai, un malaise sournois vient fissurer le rire, car au-delà de la comparaison suscitée par la reconnaissance d'une infirmité locale, celle de l'ouïe, on ne peut s'empêcher d'être envahi par le soupçon terrorisant de l'existence de l'infirmité absolue, celle de l'entendement.

Or, s'il est vrai que pour le bon entendeur les histoires de sourds et les histoires de fous parfois se ressemblent, il est non moins vrai que les sourds ne sont généralement pas fous, et les fous généralement pas sourds. Et pour ce qui est des enfants des écoles, ils ne sont généralement ni l'un ni l'autre. Alors comment expliquer le comportement de celui-ci, du CE1, à qui l'on propose le problème suivant : « Tu as 10 crayons rouges dans ta poche gauche. Quel âge as-tu ? » et qui répond « 20 ans ».

« On lui fait alors remarquer qu'il sait parfaitement qu'il n'a pas 20 ans, et l'enfant réplique : "Oui, mais c'est de ta faute, tu ne m'as pas donné les bons nombres" [3]. »

En fait, « on » ne s'explique pas ce comportement, « on »

n'explique rien. Aucun commentaire ne vient gâcher le récit de cette péripétie particulièrement superbe du voyage, une fois qu'il a été commencé, en Absurdie. C'est qu'en effet à peine est-on embarqué avec des chèvres et des moutons sur un bateau ivre d'avoir largué le sens et mené par un capitaine dont il serait équivalent de dire qu'il a vingt-six ans ou vingt-six siècles tant il navigue depuis toujours sans qu'on n'en ait jamais rien su sur les mêmes océans, « on » se trouve livré à des forces gigantesques dont on ne peut pas prévoir où elles vont vous entraîner.

Alors, cet enfant, sourd, fou, ou les deux ?

Pas de surdité effectivement puisqu'il répond, et *réplique* ; pas de folie non plus puisqu'il *sait* qu'il n'a pas 20 ans, et que, même, il argumente : « C'est de ta faute. » On retrouve, de façon éclatante, écrasante, un comportement sélectif, un comportement « en mathématiques ».

Seulement ce comportement « en mathématiques » n'étant, ici, obtenu qu'à partir d'énoncés ne comportant que des mots de la langue ordinaire, il permet de savoir en partie ce qui se passe « en mathématiques » sans que la langue des mathématiques vienne s'interposer avec son vocabulaire spécifique pour brouiller la lecture que l'on pourrait éventuellement tenter du phénomène.

A quoi répondent donc les élèves quand ils répondent *en* mathématiques ? Car ils répondent, à n'en pas douter. Et que se passe-t-il donc quand on croit « faire » du calcul ou des mathématiques avec de jeunes enfants ou des adolescents, ou des adultes ? Qu'en est-il des espaces mentaux qu'un savoir a à traverser, pourquoi peut-il soit les investir, soit les saccager ? Et qu'est-ce que ces occurrences, et d'autres, nous disent de la matérialité de ce savoir ? En bref qu'en est-il de la *réalité* d'une situation de transmission du savoir, de sa réalité *vécue*, et non rêvée, proposée-imposée à l'avance et telle qu'elle ne se réalisera jamais ?

De l'existence de l'entendement   119

1
> « **Comme l'oreille entend les sons, l'âme entend les idées, et on dit : l'entendement de l'âme.** »
> Condillac.

> « **L'entendement n'est que la collection ou la combinaison des opérations de l'âme.** »
> Condillac.

Je ne sais pas si on dit encore l'entendement de l'âme. Mais dans la mesure où sont analogiquement opposées une « mécanique » d'enregistrement des sons — celle du corps pourvu de deux oreilles — et une « mécanique » mentale — celle de « la collection ou la combinaison des opérations de l'âme » —, je me propose donc de reprendre ici cette notion d'entendement. Notion à la fois élargie et restreinte à ceci, qui prend en compte l'explication à laquelle on pourrait procéder aujourd'hui de ce qu'un même mot, ENTENDRE, renvoie au fonctionnement des DEUX « mécaniques ». Ce double emploi permettrait de poser ceci : l'entendement d'un sujet est cette faculté, cette potentialité qu'il a à partir de ce qu'il entend — de ce qu'il oit —, de recevoir et de produire du sens.

Le travail de l'entendement suppose donc, à partir de ce qui s'entend, c'est-à-dire de ce qui se dit, d'abord, puisque tout sujet apprend d'abord à comprendre et utiliser ce qui se parle, puis ce qui se dit et s'écrit, puisque ce qui s'écrit se dit, donc s'entend, la mise en jeu et en mouvement d'un ensemble de fonctions du psychisme — plutôt que de l'âme —, celles dont on sait qu'elles sont mises en jeu et en mouvement par la pratique de la langue.

C'est, en effet, en mettant à part la musique « pure », c'est-à-dire non accompagnée d'un texte, par des *faits de langue* que même les sons qui ne sont pas des paroles ont ou prennent du sens. Tel bruit ne peut avoir du sens que s'il s'accompagne d'une signification telle que : c'est une porte qui claque, un train qui passe, un chien qui aboie, une cocotte-minute qui siffle... Adoptons tout de suite la distinction parfois effectuée, mais qui sera ici nécessaire, entre signification et sens, établie par le linguiste

Prieto : la signification renvoie à l'ensemble des signifiés *abstraits* mis en jeu par la formulation, tandis que le sens se réfère à ce que produit cette formulation dans un cas particulier précis dépendant donc du contexte, du lieu, du moment, des éventuels locuteurs, interlocuteurs, etc. Par exemple, l'énoncé « quel âge avez-vous ? » a toujours la même signification, mais il est clair que son sens varie en fonction des paramètres cités (ils ne le sont pas tous, évidemment). De même le bruit, par exemple, qui a pour signification « c'est une porte qui claque » peut prendre des sens tout à fait différents selon qu'il s'accompagne de « c'est un courant d'air », « c'est un enfant qui rentre », « c'est une manifestation de mauvaise humeur », etc.

Si on ne peut dépasser la sensation, si elle ne produit aucune formulation — on a ouï quelque chose, mais qui ne renvoie à aucun fait de langue — alors la chose entendue reste muette pour l'entendement.

Les sons ne produisent du sens que lorsqu'ils sont directement ou indirectements *parlants* c'est-à-dire parlables ou parlés. Disons un mot de la musique, qui est organisation de sons privée de signification, donc de sens, bien que l'on parle de « discours musical [1] ». Aussi ne s'adresse-t-elle pas à l'entendement — même si pour être écrite elle a requis celui du compositeur — mais, en deçà ou au-delà de lui, à ce qui, tout en s'exprimant, ne peut se *dire*. On peut, bien sûr, parler *de* la musique, mais on ne peut pas parler *la* musique. Et les exposés d'intention des poèmes symphoniques, de musique à programme, ou des constructions contemporaines abstraites ne sont pas un exemple, mais un contre-exemple de l'existence du sens. Parce qu'en l'absence du sens préalablement apporté par les mots exprimant l'intention ou le programme ou décrivant la construction, l'auditeur n'aurait aucun moyen de l'y reconnaître. Quant à la musique imitative, elle renvoie, quand il y est identifiable, à un monde de bruits ou de sons qui nous ramènent aux exemples précédents.

On distinguait, autrefois, les sens « intellectuels », la vue, l'ouïe, le toucher, des sens affectifs, le goût, l'odorat. Que tous

---

1. C'est ce qui rend amusant le jeu de mots qui sert de titre à l'émission « Comment l'entendez-vous » de Claude Maupomée sur France-Musique, car la musique, à la fois s'entend et ne s'entend pas, et qu'on ne peut pas dire son sens, mais seulement celui qu'elle a pour soi.

les sens contribuent à produire du sens, c'est ce que l'on peut au moins consentir à la doctrine dite sensualiste. Mais, même « si nous trouvons dans nos sensations l'origine de toutes nos connaissances et de toutes nos facultés [19] », il semble bien que toute sensation n'est utilisable par l'entendement que dans la mesure où elle est traductible en paroles. Sinon elle se stocke peut-être en quelque « lieu » du psychisme où elle lui est momentanément inaccessible, jusqu'à ce que, peut-être, quelque événement lié, lui, à un fait de langue la réactive et la fasse re-connaître. Il serait paradoxal de vouloir prouver l'existence de sensations perdues, mais on peut imaginer, pour en avoir parfois retrouvé, qu'enfouies de plus en plus profondément dans le silence, bien d'autres auront définitivement disparu.

Pour ce qui est du statut des sens relativement à l'entendement, à part l'ouïe, qui en est constitutive, la vue joue un rôle éminemment privilégié sans qu'il semble nécessaire d'avoir à y insister. En particulier, pour ce qui est de notre propos, ne sont guère sollicitables — et donc sollicités — en mathématiques le goût, l'odorat, ou le toucher.

Voici trois histoires dont on pourrait dire qu'elles sont le récit de trois erreurs, mais qui ne sont, en fait, que trois exemples de fonctionnement de l'entendement.

La première est celle de Jeannot, quatre ans. Très occupé à essayer d'emballer un paquet avec un grand morceau de papier qui ne se laisse pas faire, il s'acharne, puis au bout d'un moment, exaspéré par la résistance passive qu'oppose le matériau à épouser les formes du paquet, il appelle sa mère. « Maman ! Passe-moi l'alcool ! — Comment, dit la maman... L'alcool, passe-moi l'alcool ! — L'alcool ? Tu veux dire la colle ? — Non, l'alcool ! » Là, vague inquiétude de la maman, léger malaise parce que ce petit s'est toujours *normalement* comporté... Mais avant de laisser sa maman s'abîmer en conjectures, Jeannot, impatienté par sa paralysie muette, lâche tout, se lève d'un air décidé, et va prendre dans un tiroir un rouleau de... Scotch [1].

La deuxième est celle d'une petite fille, appelons-la Jeannette, huit ans, à qui on demande ce que vaut le double de 5, et qui

---

1. J'ai déjà raconté cette histoire. Voir [20].

répond 6 ; étonnée, la personne qui questionne réitère avec le double de 10 : 11, répond Jeannette. Pas de doute, cette enfant *confond* double et suivant. Quand même intriguée par cette erreur pas banale, la personne en question songe à poser à Jeannette une question sur ses réponses : « *Pourquoi* tu as dit le double de 5 c'est 6 ? » Alors là, Jeannette, de placide qu'elle était, répond avec volubilité, et joignant le geste à la parole : « J'ai dit 6, parce que le 6, tu comprends, il *double* le 5, il lui passe juste devant [1]. »

La troisième histoire est racontée par le mathématicien Roger Apery. C'est un élève de troisième qui est au tableau, en mauvaise posture face à un problème de géométrie. Il s'agit de ces terribles problèmes de construction où à la place de l'objet à construire il y a un grand vide, et pour l'instant toutes les exhortations du professeur n'ont rien produit de constructif. Alors, dans une dernière tentative pour l'aider, celui-ci énonce : « On va dire, supposons le problème résolu... — Ouf », fait alors discrètement l'élève qui regagne sa place, soulagé.

Ce n'est pas par hasard que ces trois histoires sont de complexité décroissante, en raison inverse des âges. C'est chez Jeannot que le processus d'entendement ayant produit « l'erreur » est le plus riche. Ce qui s'est passé, on l'aura compris, c'est que scotch était un terme *transitif* entre papier collant et alcool : rouleau de papier collant, Scotch ; scotch, alcool. (Voulez-vous un scotch ? Non merci, pas d'alcool.) Mais il suffit que de ce terme transitif manquant on ne soupçonne pas l'existence, pour que l'enfant, lui, soit soupçonné de ne pas aller bien. Or, jusqu'à ce que tout ce qui tombe dans les oreilles d'un enfant aille se ventiler et se ranger dans les classes de significations convenues par la pratique socialisée de la langue, pratique qui se fait donc sur un consensus, il se produit constamment des phénomènes de cet ordre, plus ou moins déchiffrables, plus ou moins drôles, ce sont les fameux mots d'enfants qui font les délices des amateurs — j'en suis —, et qui servent de révélateur à l'hétérogénéité de la langue, à ses analogies phoniques, ses ambiguïtés, ses multivocités.

Que double soit au moins à double sens, sinon à double tranchant, ne donne qu'une petite idée de la duplicité des mots. On

---

[1]. J'ai beaucoup raconté cette histoire. Voir en particulier [21].

ne peut pas dire que l'erreur de Jeannette soit due à un entendement qui ne fonctionne pas, au contraire. Comme Jeannot, elle est le pur petit produit d'une langue qui est celle de la civilisation du whisky, pour certains, et de la voiture, pour beaucoup. Bien sûr, la langue enseigne qu'on double un camion, mais qu'on prend le double *de* cinq. Seulement quand on dit « je l'ai doublé », c'est aussi bien du camion que du cinq qu'il peut s'agir, sans compter que ce peut aussi être un cap, un gilet, un acteur, un gangster, et j'en oublie sûrement.

Quant au problème resté sans solution pour avoir été résolu, il pose bien sûr celui des idiotismes — ici des mathématiques — et n'est pas idiot celui qui ne les entend pas, parce que ignorant de leur existence en tant que tels. On se trouve donc dans le cas d'un entendement qui ne peut pas s'exercer là où on aimerait qu'il le fasse parce que le sujet n'est pas prévenu qu'on a changé de langue, et qu'il continue donc de recevoir les énoncés dans la sienne propre.

Entendre dans *sa* langue, c'est encore faire preuve d'un entendement qui fonctionne, qui met en relation des signes et des significations. Une erreur n'est donc pas un mal-entendu, mais un *autre* entendu que l'entendu attendu, ou un entendu non encore fixé par du convenu. Avant que l'apprentissage de la langue ne vienne valider les significations, invalider les rapprochements incongrus, les lectures-écritures inconvenantes, c'est cent fois, mille fois, cent mille fois que se produiront des « erreurs ». C'est seulement par rectifications, émondages, élagages successifs que la forêt du sens se transformera en jardin supposé à la française, avec des massifs cernés, des espèces triées, des *allées* où les retours et les détours se feront sans danger notable.

C'est donc par une sorte d'appauvrissement du potentiel signifiant de la langue qu'on apprend à parler « comme tout le monde » mais en se résignant à cette perte on gagne théoriquement la possibilité de communiquer avec tout le monde, donc de ne pas être seul.

Mais avant de ne pas être seul parce qu'on devient grand, il ne faut pas être laissé tout seul quand on est petit dans la forêt du sens, toute bruissante d'être soumise aux puissants tropismes du désir. Car il y a au moins deux façons d'être seul, d'être abandonné, et donc de se perdre dans la forêt du sens. Voyons-les avec Jeannot. Sa maman pourrait trouver le mot drôle, et laisser les choses en l'état. Jeannot serait alors tout seul à utiliser une désignation comme il le fait et, en imaginant que le processus soit étendu à d'autres mots, il s'enfermerait dans ce qu'on appelle un *idiolecte*, langue qu'il serait tout seul à parler.

Ou bien, une rectification serait apportée à ce qu'il a dit, et il lui serait seulement précisé ce qu'il *faut* dire et ne pas dire. Jeannot serait alors seul de n'avoir pas été compris d'avoir compris ce qu'il a compris, et de devoir tout seul comprendre pourquoi il a compris ce qu'il a compris. Si sa maman, ici, soulagée, amusée, n'explique pas à son petit parce qu'elle aura entendu ce qu'il a entendu que, oui, du papier collant, ça peut s'appeler du Scotch, que l'alcool ça peut être du scotch aussi, mais que l'alcool n'est pas du papier collant, etc. c'est tout seul qu'il aura à se retrouver dans son entendement, c'est tout seul qu'il devra arriver à décoller l'une de l'autre les *marques* qui se seront superposées, c'est tout seul qu'il devra procéder au démarquage des significations.

Heureusement, d'une manière générale, la langue naturelle, la langue maternelle est si prolixe, la nécessité de communiquer, de se faire entendre, si impérieuse que les occasions sont innombrables d'étiqueter, de désétiqueter, de re-étiqueter les espèces jusqu'à devenir un sage petit Linné de l'acquis commun.

C'est donc tout petit commun des mortels qui est amené à devenir un sage petit Linné de l'inévitable soumission au sens, commun ou pas. Mais cette sagesse semble requérir une nécessaire contrepartie de « folie », quand, brusquement, il y en a assez d'être forcé et contraint dans son entendement, auquel on va consentir, apparemment, une vacance.

Nécessité qui semble-t-il n'a pas d'âge, puisqu'elle est sécrétée par la nécessité commune à tout sujet parlant de se soumettre au sens. Il y a diverses manières de réagir à la contrainte du sens : depuis ceux qui à court d'arguments dans une discussion ont envie de cogner ou cognent, jusqu'à ceux qui produisent eux-mêmes des antidotes au sens présumé tout-puissant, qui sont la transgression du sens, la production de non-sens, et tous ces jeux avec et sur le sens qui vont jusqu'à produire sophismes ou paradoxes, c'est-à-dire des formes élaborées de... nouvelles contraintes de sens. Enfant parmi d'autres enfants, j'ai joué entre autres jeux à celui où il fallait surenchérir en les

De l'existence de l'entendement

allongeant sur des textes dont le modèle était par exemple : « Un jour à minuit, un jeune vieillard assis debout sur une chaise qui n'était pas sous lui lisait à la lumière d'une bougie éteinte une lettre qu'il n'avait pas reçue, et pleurait en riant la mort de son fils qui n'était pas né. »

Ces jeux avec le sens, il n'est donc possible de leur assigner un temps ni dans l'histoire d'un sujet ni dans l'Histoire tout court, puisque, aussi bien, pour secouer le joug de la raison, « l'écolier se plaît à jouer sur les mots, le savant après quelque congrès scientifique blague sa propre activité, et l'homme sérieux lui-même apprécie les mots d'esprit [22] » et que du Gargantua de Rabelais à la fourmi de 18 mètres de Robert Desnos, la littérature abonde en créatures incarnant des chimères, sans compter les « purs » jeux avec la langue, des grands rhétoriqueurs à l'Oulipo [1].

Mais dans ces jeux avec le sens, destinés à se libérer de la contrainte du sens, éventuellement avec d'autres contraintes, mais qu'il se sera *choisies*, l'entendement fait preuve de son don d'ubiquité, parce que tout en étant en vacance pour ce qui est du sens, il est quand même là. Il peut donc apprécier le bonheur auquel beaucoup ont sans doute rêvé et dont jouit visiblement le sens à suivre son propre enterrement, en se régalant des hurlements de douleur que scande le cortège des pleureuses, avec, au premier rang, la logique et la raison.

La jouissance est là, dès l'enfance : c'est avec du sens qu'on peut disposer du sens, avoir sur lui droit de vie et de mort, jouissance-puissance ou puissance-jouissance de l'entendement à entendre quand il le veut ce qu'il veut, comme il veut, *parce qu*'il peut entendre ce qu'il faut, comme il faut, quand il le faut. Les indispensables bonheurs de l'entendement, bonheurs indispensables à sa survie, lui sont donc dispensés dans le lieu, maternel, de sa langue naturelle.

Change-t-il de lieu, qu'il s'agisse de celui d'une langue étrangère ou d'une langue de savoir comme celle des mathématiques, que seules les contraintes de la soumission au sens subsistent. Plus de jeu de l'entendement avant longtemps — le temps que s'accumule un matériau suffisant, que se constitue une certaine

---

1. Oulipo : *Ou*voir de *Litt*érature *Po*tentielle né de l'imagination de Raymond Queneau et François le Lionnais.

familiarité —, et partant, plus de puissance-jouissance possible. Et là, intervient une autre donnée, essentielle pour la suite des événements.

Si ce changement de lieu, cette traversée d'un temps seulement soumis à la contrainte est lié à une nécessité interne, comme par exemple, en pays étranger, la nécessité vitale renouvelée d'avoir à communiquer avec autrui, alors, nécessité faisant loi, l'entendement suivra. Sinon, si la nécessité n'est qu'externe, c'est-à-dire n'en est pas vraiment une, si elle est imposée pour une raison quelconque du dehors, alors il n'est pas sûr que l'entendement *s'engage* de lui-même, vraiment, dans une aventure où il est sans protection, impuissant, exposé à des phénomènes qui le dépassent et le dévalorisent. S'il peut arriver que le ridicule tue, il tue, là, à coup sûr bien des occasions de bilinguismes, bien des occasions de savoir. On ne compte pas les sujets qui ont renoncé à parler une langue étrangère pour ne pas encourir le risque de produire chez l'interlocuteur le sourire ou le rire que ne peuvent manquer de produire la méprise, la « confusion », l'à-peu-près, la cocasserie de l'accent, toutes choses inévitables dans les premiers temps. On ne compte pas non plus, parce qu'elles sont encore plus fortes, les humiliations qui ont tué des orientations scientifiques qui auraient pu voir le jour, et il suffit qu'une classe s'esclaffe avec un professeur, parce que désormais « sans problème » et avec une conscience tranquille du devoir non accompli un élève retourne à sa place pour que ledit élève voue les mathématiques aux gémonies pour supporter sa honte et sa douleur.

La nécessité où sont les enfants des écoles d'apprendre les mathématiques est hybride. Elle est, malgré tous les discours démagogiques, pour l'instant purement externe, et ne devient interne qu'artificiellement : rejeter les mathématiques, ce serait, aujourd'hui, rejeter toute la scolarité, et les chances de — bonne ou meilleure — socialisation qu'elle permet d'espérer. Donc il faut faire des mathématiques. Il faut composer avec les contraintes de soumission à *leur* sens — par exemple « développer, réduire, transposer, simplifier, multiplier par l'inverse » —, c'est-à-dire du sens dont les contraintes sont beaucoup plus fortes que celles qu'impose la langue ordinaire, sans plus aucune contrepartie libératoire, dont la moindre serait d'y comprendre quelque chose. Mais non. Tout ceci n'a ni rime ni

De l'existence de l'entendement 127

raison, et il faut, soi-même, tenir le coup en se sentant néanmoins minable, idiot, ridicule ; il faut en ne comprenant « rien, que dalle, des clous » continuer de produire des devoirs, des interros, des compos qui seront truffés d'erreurs, c'est-à-dire d'horreurs. Eh bien tout ça, c'est trop pour un entendement d'enfant, aussi bien que d'adulte d'ailleurs, sauf que l'enfant est coincé parce qu'il n'est pas encore adulte.

Eh bien, quand l'entendement souffre trop, il se met, non en vacances, mais en souffrance, ce qui n'est pas la même chose.

2   « **Je vis l'immense profit que je pouvais tirer de ces longs silences et des heures passées à suivre des cours qui ne m'intéressaient pas. Je veux parler de ceux de mathématiques, les mathématiques étant des exercices proposés à ces pauvres gens qui n'ont pas d'imagination.** »
H. Vincenot.

Un entendement qui est en souffrance « en mathématiques », c'est à coup sûr celui du jeune Gustave Flaubert qui prépare en 1839-1840 son bac de lettres et souffre mille morts en classe de maths. Le 11 octobre — il a dix-huit ans —, il envoie ceci à son cher ami Ernest Chevalier : « Je t'écris ceci sur mon carton dans la classe de ce bon père Gors qui disserte sur le plus grand commun diviseur d'un emmerdement sans égal, qui m'étourdit si bien que *je n'y entends goutte, n'y vois que du feu*. Je te prie de ne pas oublier de m'envoyer ton cours de mathématiques, celui de physique et celui de philosophie. C'est surtout du premier dont j'ai grand besoin, *il va falloir barbouiller du papier avec des chiffres, je vais en avoir de quoi me faire crever* ; et le grec ! à qui il faut songer et que je ne sais pas lire [1] ! »

Ce n'est ni la première ni la dernière fois que le cours de maths séché sur place est remplacé par une correspondance, elle, gonflée de sève. Plusieurs lettres auront pour en-tête « classe de

---

1. C'est moi qui souligne. Toutes les citations de lettres qui suivent sont extraites de la *Correspondance* de Flaubert. Voir [23].

mathématiques », telle heure, tel jour. Le 19 novembre 1839, par exemple : « Cher, il est maintenant dix heures et le petit coup. J'ai l'avantage d'être sous le père Gors qui fait des racines carrées. Qu'importe grecques ou carrées, c'est de pitoyable soupe. »

Que Flaubert ait été de façon exemplaire quelqu'un pour qui la *soumission au sens* impliquée par l'usage de la langue soit à la limite du tolérable et ceci de façon très précoce, on n'en peut point douter. C'est en effet très tôt à ce que la langue implique de *déjà convenu*, de déjà cadenassé dans le sens, autrement dit à la convention, à la formule qu'il en a. A treize ans — 12 juillet 1835 — il écrit : « Cher ami, je mets la main à la plume (comme dit l'épicier) pour répondre ponctuellement à ta lettre (comme dit encore l'épicier). » Et plus loin : « J'ai eu une dispute avec Girbal, mon honorable pion, et je lui ai dit que, s'il continuait de m'ennuyer, j'allais lui foutre une volée et lui ensanglanter les mâchoires, expression littéraire. » Se rendre compte, à treize ans, qu'utiliser la langue pour parler, pour écrire, c'est déjà être *contraint*, contraint de s'exprimer « comme l'épicier », ou contraint d'utiliser une expression littéraire, c'est déjà savoir dans l'agacement ou la rage qu'on parlera ou écrira *comme...* C'est la conscience précoce de ce que la langue impose comme verrouillage du sens, qui se présentera ainsi sous forme d'idées reçues, emballées, prêtes à dire. Cette conscience sera constamment présente au cours de toute sa vie, puisque le projet, précoce lui aussi — il avait seize ans — du *Dictionnaire des idées reçues* l'accompagnera sa vie durant pour n'arriver à terme qu'au terme de sa vie (en 1880). Le 16 décembre 1852, il en parle à Louise Colet comme d'une vieille idée qui lui est revenue, et après lui avoir donné quelques exemples ajoute : « Je crois que l'ensemble serait formidable comme *plomb*. Il faudrait que dans tout le cours du livre, il n'y eût pas un mot de mon cru, et qu'une fois qu'on l'aurait lu on n'osât plus parler, de peur de dire naturellement une des phrases qui s'y trouvent. »

Manier la langue, c'est donc manier du *plomb*. Mais on peut l'alléger, ce plomb, quand on le plonge dans le bain de sa propre langue et entre autres jeux, voici ces questions posées à son ami Chevalier : « Question d'Alger. Quand le bey de Constantine fut expulsé de cette ville, on le réduisit à l'état de rafraîchissement. On lui dit : Sors-bey (Sorbet). Quand le dey d'Alger fut expulsé et qu'on lui ordonna de s'embarquer, on lui dit : En mer dey » (7 juillet 1841). Ou bien : « Quel était le peuple de l'Antiquité le plus farceur, le plus en train de boire, de bambocher, etc. ? Ce sont les Parthes, parce qu'ils étaient toujours en Partie. » Et puis : « Quel est le personnage de Molière qui ressemble à une figure de rhétorique ? ? ? C'est Alceste parce qu'il est mis en trope... » (31 décembre 1841). Le 16 avril 1842, à sa sœur Caroline, son « vieux rat » en une sorte de post-scriptum : « Quel est le père et la mère d'A et de B ?

C'est Rata et Barna

Rata fit A et Barna B. »

Bonheur de l'entendement, donc, dans une ubiquité qu'il contrôle, qui n'a d'égal que le malheur où il est de devoir en mathématiques être *vraiment* absent à lui-même.

Car en mathématiques ce ne sont que pâles petites compensations, *extérieures* à cette langue, qui viennent à grand-peine apporter de microscopiques et inefficaces consolations. Datée dn 15 avril 1839, en classe de maths : « Classe du sire Amyot, théorie des éclipses, lequel a l'esprit bougrement éclipsé. » Mais le bac approche, et le 20 janvier 1840 : « Je fais de la physique et je crois que je passerai bien cette partie. Restent ces diables de mathématiques (j'en suis aux fractions et encore je ne sais guère la table de multiplication, j'aime mieux celle de Jay que celle de multiplication) et le grec » (Jay était un restaurateur de Rouen). Le bac est là. 7 juillet 1840. « Il m'a fallu apprendre à lire le grec, apprendre *par cœur* Démosthène et deux chants de l'*Iliade*, la philosophie où je reluirai, la physique, l'arithmétique et quantité assez anodine de géométrie, tout cela est rude pour un homme comme moi qui suis plutôt fait pour lire le marquis de Sade que des imbécillités pareilles ! »

Le plus grand commun diviseur d'un emmerdement sans égal, les racines — grecques ou carrées de pitoyable soupe —, la table de multiplication qu'il ne saura jamais, le papier à devoir barbouiller de chiffres alors que l'esprit est éclipsé, qu'on n'y entend goutte, et n'y voit que du feu, ces diables de mathématiques auront été pour Gustave l'enfer de l'entendement.

Il dira en 1853 (le 31 mars) à propos d'autres phénomènes producteurs de souffrances qu'il « s'en vengerait quelque jour », « mais il faut attendre que je sois loin de ces impressions-là pour pouvoir me le donner facticement, idéalement et dès lors sans danger pour moi ni pour l'œuvre ». Les blessures reçues en mathématiques, les souffrances endurées, les humiliations, bref l'enfer... Il faut s'en être sorti pour pouvoir, avec un peu plus d'efficacité, mais beaucoup plus de sérénité, faire rire. Car c'est pour amuser Caroline qui adorait rire aux bouffonneries de son frère que Gustave, alors âgé de vingt et un ans, trois mois et trois jours, lui écrira en guise de post-scriptum, le 15 mars 1843 : « Puisque tu fais de la géométrie et de la trigonométrie, je vais te donner un problème : un navire est en mer, il est parti de Boston chargé d'indigo, il jauge deux cents tonneaux, fait voile vers Le Havre, le grand mât est cassé, il y a un mousse sur le gaillard d'avant, les passagers sont au nombre de douze, le vent souffle N.-E.-E., l'horloge marque trois heures un quart d'après-midi, on est au mois de mai... On demande l'âge du capitaine... »

3

« Ah ! je hurlerai à quelque jour une vérité si vieille qu'elle scandalisera comme une monstruosité. » G. Flaubert.

Étant donné ce qu'est la postérité de ce texte, j'ai eu envie, professionnellement, de mieux connaître son auteur. Ce qu'il nous a jusqu'à présent livré de son rapport aux mathématiques est plutôt banal et n'a guère changé depuis. Les mathématiques, c'est toujours, pour la presque totalité des élèves, l'enfer de l'entendement. Et pour ce qui est d'en rencontrer qui ne savent pas leur table de multiplication en terminale, qui n'ont pas digéré les racines carrées, et qui en gros n'y entendent goutte, et n'y voient que du feu, il suffit d'entrer dans n'importe quelle terminale de France ou de Navarre, aux heures d'ouverture.

Ce qui est moins banal chez le jeune Gustave c'est, non son comportement, ses réactions vis-à-vis des mathématiques que je reconnais donc chez nombre de mes élèves, mais, bien sûr, qu'il soit devenu Flaubert et qu'il ait voué, avec une précocité extrême, une passion dévorante porteuse de jouissances inouïes comme de souffrances intolérables aux activités de l'entendement.

Passion dont les avatars se révéleront, pour nous, riches d'enseignements. Est-ce en effet parce que les questions et les réponses que met en jeu l'enseignement des mathématiques me sont familières, mais il m'a paru que, même si le détour paraît incongru, celui que nous ferons par ce qui se dit et ne se dit pas des relations que Gustave et que Flaubert ont au savoir en général, et au savoir mathématique en particulier, nous apportera des éléments essentiels à la compréhension de notre propos.

Nous avons déjà vu le très jeune Gustave se débattant avec la contrainte du sens exercée par la langue, c'est-à-dire par la langue telle qu'elle est dite, parlée, écrite par *les autres*, et telle qu'il faut la dire, la parler, l'écrire pour se faire entendre des autres.

Mais là où la contrainte du sens prend son sens maximal c'est bien quand un entendement singulier se trouve face à la formidable somme de significations produites par des milliers d'entendements distincts, reprenant et remaniant dans le temps les significations antérieurement produites, c'est-à-dire face à un savoir.

Si, dans l'instant où elle apparaît comme telle à travers une énonciation, la contrainte du sens appelle déjà des réactions libératoires, que dire de celles qui mettent en jeu la nécessité d'en subir les effets accumulés sur des siècles... La langue des autres, celle de la simultanéité, c'est, à l'avance, très lourd et très chargé. Mais c'est une langue *vivante*, avec laquelle il y a des possibilités volontaires ou involontaires de jeu, de dislocation des charges de sens, donc de circulation du sens, donc accessible à l'entendement. Mais quand la langue des autres est celle d'une succession d'autres, ce n'est la langue de personne, c'est une langue morte, que parlent entre elles quelques personnes sans qu'il y ait pour soi de réelle nécessité de la parler. Le *plomb* du sens devient alors le matériau d'un monument.

Essayer de se repérer dans ce monument de sens, d'y séjourner, autrement dit de s'approprier un savoir dépend essentiellement de l'envie, du *désir* que l'on en a, de l'architecture plus ou moins compacte, plus ou moins humanisée qui se sera constituée à travers le temps et les conceptions idéologiques que l'on s'est successivement faites de cette architecture, et enfin, bien sûr, des gens qui y habitent déjà, et qui le *gardent*. Eux sont censés vous guider, vous enseigner à vous mouvoir dans ces espaces de sens qui ne sont pas d'emblée les vôtres.

Or, le jeune Gustave se fait littéralement écraser par les savoirs, chose cocasse quand on sait que Flaubert, pour écrire *Bouvard et Pécuchet*, a lu pendant environ deux ans — et bien sûr sans y être obligé par quiconque que lui-même — plus de quinze cents ouvrages de « sciences » jusqu'à en être quasiment épuisé. Ce qui permettra à l'écrasé de se transformer en écraseur, nous allons voir comment.

Mais d'abord pourquoi ? Parce qu'il y a donc un formidable compte à régler avec les savoirs. Nous avons vu ce qu'il en était de l'enfer des mathématiques. Il y en a un autre, tout aussi torturant à traverser. « Je suis dans un état d'embêtement prodigieux et je ne sais trouver pour le droit assez de formules de malédiction... » Suivent en effet quelques imprécations, puis : « Il est vrai que l'étude du Droit n'est pas quelque chose de fort amusant et que je suis aux trois quarts tué. Heureux les gens qui trouvent ça curieux, intéressant, instructif, qui y voient des rapports avec la philosophie et l'histoire et avec les bottes ! Moi j'y vois de l'embêtement à dose excessive » (21 mai 1842 à Ernest Chevalier). Ou encore, au même : « Tu me demandes de longues lettres, j'en suis incapable, le Droit me tue, m'abrutit, me disloque, il m'est impossible d'y travailler. Quand je suis resté trois heures le nez sur le Code pendant lesquelles je n'y ai rien compris, il m'est impossible d'aller au-delà, je me suiciderais (ce qui est bien fâcheux car je donne les plus belles espérances) » (25 juin 1842). Et quelques jours plus tard : « J'en aurai grand besoin (d'être égayé), le Droit me met dans un état de castration morale étrange à concevoir, c'est étonnant comme j'ai l'usucapion de la bêtise, comme je jouis de l'usufruit de l'emmerdement, comme je possède le bâillement à titre onéreux, etc. » (1er août 1842). Là c'est à sa sœur Caroline : « Ce n'est rien que de souffrir aux dents, et les larmes qui m'en viennent aux yeux dans les pires accès ne sont pas comparables aux spasmes atroces que me donne la charmante science que j'étudie... » (26 novembre 1842). Ou bien : « Ça ne peut pas durer plus longtemps comme ça, je finirais par tomber dans un état d'idiotisme ou de fureur (...) Figure-toi que depuis que je t'ai quittée, je n'ai pas lu une ligne de français, pas six malheureux vers, pas une phrase honnête... Les *Institutes* sont écrits en latin et le Code civil est écrit en quelque chose d'encore moins français. Les messieurs qui l'ont rédigé n'ont pas beaucoup sacrifié aux Grâces. Ils ont fait quelque chose d'aussi sec, d'aussi dur, d'aussi puant et d'aussi platement bourgeois que les bancs de bois de l'École où on va se durcir les fesses à en entendre l'explication. Les gens peu délicats en fait de confort intellectuel trouvent peut-être qu'on n'y est pas mal. Mais pour les aristocrates comme moi, qui ont coutume d'asseoir leur imagination à des places plus ornées, plus riches, plus moelleuses surtout, c'est crânement désagréable et humiliant » (10 décembre 1842).

Il semble bien que pour cet amoureux de la langue, ultrasensible à ce qu'elle dispense comme bonheurs et comme souffrances, l'obligation de lire, écrire, apprendre un savoir qui utilise le français pour en faire « quelque chose d'encore moins français » que le latin soit absolument intolérable.

N'en était-il pas de même avec les mathématiques ? N'y a-t-il pas là du français, détourné à des fins qui ne peuvent apparaître puisque justement il ne peut être entendu ? Ce ne sont pas tellement les contenus qui paraissent produire des « spasmes atroces », mais la forme, la langue utilisée, à la fois étrangère et à la fois non, mais telle qu'il n'est « pas une ligne de français », « pas une phrase honnête », de telle façon qu'il faudra encore apprendre par cœur...

Côté contrainte, il en aura donc connu un rayon, le jeune Gustave, et même plusieurs. Il s'accumule donc bien de formidables forces de réaction, les petites imprécations contemporaines des souffrances de l'entendement et autres usucapions de la bêtise, ou usufruit de l'emmerdement ne représentant, comme pour les mathématiques, qu'un soulagement très relatif : le projet, très ancien, d'une « vengeance » s'étoffe. Un post-scriptum, le 10 décembre 1842 : « J'ai inventé plusieurs choses entièrement inédites et destinées au plus grand succès, entre autres des commentaires de Droit propres à rendre plus amusante l'étude de cette belle science. »

Mais le vrai règlement de comptes, ce sera *Bouvard et Pécuchet*, un règlement de comptes gigantesque à l'échelle du géant qu'il deviendra. Le projet, consubstantiel à l'homme sa vie durant, se manifeste sous forme de coups de sang successifs : « J'ai quelquefois des prurits atroces d'engueuler les humains, et je le ferai à quelque jour dans dix ans d'ici, dans quelque roman à cadre large » (16 décembre 1852). Ou bien encore : « Je vais enfin exhaler mon ressentiment, vomir ma haine, expecto-

rer mon fiel, éjaculer ma colère, déterger mon indignation »
(août 1872). Et il annonce, toujours en août 1872 : « Je vais
commencer un livre qui va m'occuper plusieurs années. C'est
l'histoire de ces deux bonshommes qui copient une espèce
d'encyclopédie en farce... Mais il faut être fou et triplement
frénétique pour entreprendre un pareil bouquin... »

Ce bouquin, « formidable bouquin », « effrayant bouquin »,
comme dit Flaubert lui-même, était une entreprise folle à tous
égards — encyclopédie critique en farce, mais encyclopédie
quand même — et pleine de risques : « Bouvard et Pécuchet
m'emplissent à tel point que je suis devenu eux, leur bêtise est
mienne et j'en crève. » « Je suis trop plein de mon sujet, la bêtise
de mes deux bonshommes m'envahit. » Et il mourra en effet,
sinon d'eux, du moins en leur compagnie, puisqu'il disparaît
en 1880 laissant l'ouvrage inachevé.

Il fallait donc bien quelque chose de « formidable »,
d'« effrayant », de « fou et de frénétique » pour nourrir et produire une œuvre pareille. Œuvre qui n'en finit pas de produire,
elle, questions et commentaires : Bouvard et Pécuchet, copistes de métier, qui après un grand périple à travers « les sciences » « n'ont plus aucun intérêt dans la vie » et dont le seul
recours est, dès lors, de se remettre à copier sont-ils vraiment
bêtes, ou sont-ils révélateurs de la bêtise des savoirs ?

Autre question : s'il y a bien un savoir avec lequel il y a des
comptes à régler, eux purement négatifs, ce sont bien les mathématiques. Or, comme le remarque Raymond Queneau : « Il est
curieux de constater que, parmi les sciences dont Bouvard et
Pécuchet entreprennent l'étude, la mathématique est à peu près
la seule à ne pas figurer. On les voit pourtant bien cherchant
à démontrer le théorème de Fermat, ébahis par l'assertion que
la droite est une courbe, et finalement scandalisés par la répartition des nombres premiers [24]. »

Tout en s'étonnant de la sorte, Queneau n'apporte pas
d'explication à cette absence remarquable et remarquée. Il en
est une, avancée ailleurs, elle est rédigée sous forme de note,
la voici : « Une science cependant manque à l'appel parce qu'elle
lie sa position d'absolu à la relativité de ses prémices. Il y a un
secteur de l'Encyclopédie que Bouvard et Pécuchet négligent.
Et ce n'est pas par hasard. Bien que l'un ou l'autre regrette de
ne pas avoir été à l'École polytechnique, jamais ils ne sont sai-

sis par la fièvre des mathématiques. La mathématique, en tant que certitude, ne réfère qu'à elle-même, on n'y peut puiser de "croyance" sur le monde, c'est une "poesis" qui n'a pas de valeur de vérité hors d'elle-même [25]. »

Il me paraît que ces deux attitudes, l'étonnée comme l'explicative, sont marquées de mathématisme.

L'une comme l'autre suppose que Flaubert réagit ou réagirait aux mathématiques de l'*intérieur*, alors qu'il est manifeste que c'est le seul savoir par rapport auquel il est resté tragiquement *dehors*. Comment la répartition des nombres premiers pourrait-elle l'intriguer si la question du plus grand commun diviseur est d'un emmerdement sans égal ? Comment s'ébahir de ce que la droite est une courbe si la géométrie est une imbécillité ? Quant à essayer de démontrer le théorème de Fermat, cela suppose chez les « amateurs » un savoir largement supérieur à celui de la simple arithmétique, d'autant plus infirme chez ce bachelier qu'elle ne peut même pas s'appuyer sur une table de multiplication !

Depuis toujours il s'est fait, à travers les livres, des idées par lui-même. « Par combien d'études il faut passer pour se dégager des livres ! Et qu'il faut en lire ! Il faut boire des océans et les repisser. » Mais quand on sait les douleurs que cette fonction naturelle produit quand les flux sont porteurs de calculs non assimilés, il y a fort à parier que dans les quinze cents ouvrages lus par Flaubert, il n'en était pas un de mathématiques.

Les mathématiques sont le seul savoir absolument résistant à toute entreprise de vulgarisation si ce n'est à un niveau élémentaire. Un bel exemple en est donné par Serge Lang, mathématicien de réputation mondiale qui, à une conférence au palais de la Découverte, et pour faire comprendre ce que *sont* les mathématiques à un public de non-initiés, décide d'en « faire » avec lui. Il en fait en effet, avec son public, et avec quel talent, puisqu'il arrive à l'intéresser, précisément, à la répartition des nombres premiers, ou plus exactement, à leur densité (peut-on prévoir combien on en rencontrera quand on aura compté jusqu'à un million, ou un milliard, ou un nombre n quelconque). Mais voilà : après quelques considérations tout à fait mathématiques, mais relativement simples, il dira : « Et là, je suis absolument coincé », et plus loin encore : « Là, je suis coincé, on ne peut le dire qu'avec un vocabulaire plus étendu, avec d'autres connaissances en mathématiques... » Ou bien : « Ce n'est pas du tout trivial à démontrer et il est hors de question que je donne une idée de la démonstration. C'est entièrement technique, et c'est même vache. C'est élémentaire si l'on se place du point de vue du calcul intégral et différentiel, mais même en étant élémentaire, c'est vache. On s'en tire en... disons trente pages » (pour démontrer que

$\prod_{p \leq x} (1 - \frac{1}{p})$ est approximativement égal à $\frac{1}{\ln x}$) [26].

Il est tout autant hors de question que les mathématiques apparaissent à Flaubert comme une science « hypothético-déductive », qui ne chercherait et ne trouverait sa « vérité » qu'en elle-même. Il serait étonnant que lui soient parvenus et aient pu l'inquiéter les chocs et les remous produits dans les sociétés mathématiques vers le milieu du XIXe siècle par l'invention des géométries non euclidiennes. Chocs et remous qui n'empêchèrent pas les mathématiques de retriompher dans l'idée qu'on pouvait se faire de leur « pouvoir essentiel, peut-être magique », étant donné « les merveilleux succès de leur science : en mécanique céleste, en acoustique, en dynamique des fluides, en résistance des matériaux, en optique, en électricité, en magnétisme, dans les sciences de l'ingénieur, les mathématiques permettaient des prédictions d'une incroyable exactitude [27] ». Même aujourd'hui, alors que nous sommes après ce qu'on l'on a coutume d'appeler la « crise des fondements » qui a ébranlé leur statut d'absolu, les mathématiques continuent d'être ressenties dans la conscience collective comme porteuses de vérités, outils de vérité, et maîtresses du réel. Ce ne sont que ceux qui précisément ont « fait » assez de mathématiques, et se sont, en particulier, penchés sur leur histoire, qui peuvent reconsidérer cette indéracinable conception de la « reine des sciences ». On verrait bien en effet, aujourd'hui, Bouvard et Pécuchet anéantissant la prétention des statistiques à dire le vrai sur tout l'« humain » en faisant en sorte que — comme cela s'est déjà fait —, avec les mêmes données, la théorie puisse faire dire aux chiffres une chose et son contraire. Mais c'est parce qu'ils *sauraient* les statistiques. Ce qui nous ramène au problème précédent dont vous pourriez vérifier en interrogeant les étudiants de facs de « sciences humaines » qu'il n'aurait pas été que celui de Flaubert.

Si les mathématiques brillent littéralement par leur absence dans *Bouvard et Pécuchet*, c'est pour des raisons qui ont leur équivalent strictement contemporain : un jeune garçon, « qui n'était un imbécile ni de base ni de sommet » (Queneau), sur toute la durée d'une scolarité, s'est trouvé complètement exclu de ce savoir. Alors qu'il a fini — comme cela arrive souvent aujourd'hui — par comprendre *quelque chose* à la physique, à la chimie, fini par entendre le grec, les mathématiques sont restées pour lui une langue hermétique, morte. Les raisons? Il faut que nous revenions à la question de la bêtise.

Être bête, c'est être bête. Mais combattre la bêtise, c'est être bête tout autant. « L'absurde ne nous choque pas du tout ; nous voulons seulement qu'on l'expose, et quant à le combattre, pourquoi ne pas combattre son contraire, qui est aussi bête que lui ou tout autant ?

Il y a ainsi une foule de sujets qui m'embêtent également par n'importe quel bout on les prend (c'est qu'il ne faut sans doute pas prendre une idée par un bout, mais par son milieu) » (31 mars 1853).

Ce qui embête, mot clé qui se retrouve de façon répétitive sous la plume du jeune Gustave comme de Flaubert, ce qui *rend bête*, c'est tout ce qui a des « bouts », qui est donc bouclé, terminé, saturé : les savoirs. Les savoirs, énormes sabliers qui seraient entièrement pleins, et dont les grains seraient immuables quelle que soit la direction choisie ; des sabliers qui ne diraient donc rien du temps qui passe, du temps passé, du temps à penser, du temps de la pensée.

C'est dans la question du rapport au savoir qu'il n'y a pas moyen de savoir ce qui distingue la bêtise de l'intelligence. Parce qu'il n'y a pas moyen de savoir si, oui ou non, il y a de la part de l'énonciateur d'un propos savant quelque chose qui ressemble à de la pensée. L'emprisonnement de la pensée par la langue du savoir inflige à l'entendement une contrainte cent fois, mille fois plus sévère que celle qui peut déjà être insupportable de la pensée « ordinaire » par la langue ordinaire : parler en langue savante, c'est énoncer un lieu devenu commun dans le lieu du savoir, mais paré de prestiges qui feront s'ébahir le badaud ; c'est exprimer, de toute façon, une idée venue d'ailleurs. Les savoirs, produits de l'intelligence humaine, sont bêtes en ce qu'ils sont, à quelque instant qu'on les considère, une tentative d'achèvement, donc d'immobilisation de la pensée, et rendent bêtes en ce qu'ils imposent, à qui se les appropre, de la pensée figée.

Imaginez ce qui se produit quand Flaubert lit à Jérusalem l'*Essai de philosophie positive* d'Auguste Comte : « C'est assommant de bêtise (...). Il y a là-dedans des mines de comique immense, des Californies de grotesque. » Quel dommage que Flaubert n'ait été en mesure de lire, à la même époque, l'ouvrage de Boole, paru en 1854, et dont Bertrand Russell disait : « Les mathématiques pures furent découvertes par Boole dans un ouvrage qu'il appelle *The Laws of Thought* : il s'agit bien de mathématiques pures, mais destinées à rendre compte des opérations de l'esprit, des ''lois de la pensée'' qui permettent de... raisonner. » Gigantesque projet de maîtrise, comme le sont, le seront les tentatives de formalisation, d'axiomatisation des mathématiques elles-mêmes d'abord, puis, issues d'elles, qui toucheront à *tous* les domaines du savoir, conférant à tout ce qui se formulera en se formalisant un label de scientificité.

Quel dommage donc que Flaubert n'ait pas été à même de lire cet ouvrage ou d'autres, lui qui proclamait : « Il faut se placer au-dessus de tout et placer son esprit au-dessus de soi-même, j'entends *la liberté de l'idée dont je déclare impie toute limite* » (27 mars 1852, c'est moi qui souligne). Quel dommage qu'il n'ait pas été en mesure d'exposer grâce à ses deux bonshommes la bêtise des mathématiques achevées, terminées, leur façon d'emprisonner la pensée dans les plus étroites limites qui soient... Car si la bêtise est d'une langue de convention qui à force de vouloir être celle de tout le monde n'est celle de personne, quoi de plus bête que la langue des mathématiques, cette langue figée, farcie de « on appelle », « on dit que », « on convient que », « on pose que »... Si la bêtise consiste à « vouloir conclure », quoi de plus bête que ce savoir qui s'édifie à coups de « donc »... Si la bêtise est pour Flaubert un aspect de toute tentative de maîtrise, quoi de plus bête, vraiment, que ce savoir qui prétend tout maîtriser, c'est-à-dire tout métriser : un 20 janvier 1840 (il a dix-neuf ans), il fixera l'instant d'un événement à « il y a environ une demi-heure deux minutes trois secondes, *28 goors* (suivant le système métrique, car M. Métrique en est l'auteur). Ah pâtin ! Plaisantera et plein d'esprit ! » (Gors était le nom de son professeur de mathématiques).

Que, plus que pour tout autre savoir, Flaubert ait ressenti la *bêtise* des mathématiques, et que moins que pour tout autre il ait pu en rendre compte me paraît significatif de ce que peut être l'écrasement d'un entendement par les mathématiques, et l'impossibilité d'y réagir. Comme lui, des milliers d'adolescents restés en dehors du sens n'auront jamais les moyens de savoir ce qui se passe là, de démonter le système du dedans, et seront leur vie durant écrasés par les conséquences de leur écrasement premier. Ils auront beau vous dire : « C'est bête, y a rien à comprendre, faut retenir, faut appliquer les formules et puis c'est tout », ils auront beau être confirmés dans leurs propos par les professeurs, comme nous l'avons vu page 16, ils seront néanmoins victimes de cette chose énorme, et qui donc ne date pas d'aujourd'hui : bien que l'exercice des mathématiques, du dehors, ne permette en rien de distinguer s'il est celui du comble de l'intelligence ou du comble de la bêtise, y échouer, c'est passer pour bête, alors que c'est peut-être, seulement, ne pas tolérer leur bêtise.

Tout ça parce que, comme Flaubert, ces milliers d'adolescents n'auront jamais pu apprendre la *langue mathématique*. A n'avoir jamais pu parler, écrire cette langue, Flaubert n'a pu produire quelque antidote qui permette à l'entendement de survivre en ce lieu. Impossible d'en démontrer le ou les styles, impossible de faire parler Monsieur Métrique comme Monsieur Descartes ou Monsieur Spinoza. Impossible de libérer la pensée depuis l'*intérieur* du savoir qui l'a emprisonnée. Impossible d'obtenir cette libération par « le comique des idées », impossible de se *faire* bête pour révéler la bêtise. En mathématiques on est, on devient bête, et c'est tout.

Et pourtant...

Si Flaubert, comme tant d'autres avant et après lui, n'a jamais pu apprendre la langue des mathématiques, c'est parce qu'on n'a pas su la lui enseigner. Et si on n'a pas su la lui enseigner, c'est qu'on ne se doute tout simplement pas de son existence.

J'ai jusqu'à présent posé que la relation que l'entendement a avec le sens n'existe pas en dehors de la langue. Il est inévitable que se retrouve tout au cours de notre parcours, et comme à l'arrivée, ce qui s'est trouvé être embarqué quasiment au départ.

Pour les mathématiques, cette relation est encore plus étroite que pour les autres savoirs. Si « une science bien traitée n'est qu'une langue bien faite » (Condillac), seules les mathématiques peuvent n'être *que* cela : car seules les mathématiques n'ont besoin d'autre chose qu'un papier et un crayon pour être pratiquées, seules elles peuvent — parmi les sciences — produire des êtres de pure fiction. Les sciences ont des langues spécifiques, mais les mathématiques *sont* une langue spécifique. En deçà de ce point de vue, que je me propose de reprendre ailleurs, et dont je veux bien admettre qu'il prête à discussion, il ne paraît pas difficile d'accorder aux mathématiques, comme aux autres savoirs quels qu'ils soient, une langue, une langue qui leur serait « associée », qui serait la leur, langue dans laquelle ils s'énoncent, se disent, se lisent, se pensent, et je n'ai pas besoin pour ce qui suit de plus que de cela.

Que l'incompréhensible d'un savoir ne soit autre que celui d'une langue qui n'est pas entendue par le sujet se ressent clairement dans le commun des réactions communes à cette incompréhension : c'est du chinois, ou c'est de l'hébreu ! En oubliant d'ajouter que, pour celui qui entendrait le chinois ou l'hébreu, il faudrait trouver autre chose, chose qui n'a rien de bien difficile, des langues inconnues foisonnant à travers le monde.

Avant que de savoir, les langues des savoirs sont *aussi* des langues inconnues. Mais pourquoi ces langues sont-elles toujours, ou à peu près, sèches, dures, humiliantes pour l'entendement qui doit déployer des efforts toujours démesurés eu égard à ceux qui auraient été nécessaires si… Si les choses se disaient, se présentaient, s'aménageaient autrement. Expérience commune et banale : les gens qui vous disent avoir mis « deux heures » à comprendre ce qu'ils pourraient eux, exposer, transmettre en dix minutes.

A travers les livres, les monuments de sens sont généralement des constructions hostiles, et apparemment closes. Disparition de toute trace d'humanité du fait d'une langue morte, d'une pensée présentée comme achevée. Pour y entrer, il faut passer à travers les murs.

Que la somme de significations accumulées dans chaque savoir ne puisse en tant que telle, c'est-à-dire en effet déposée dans les livres puisque c'est là qu'elle se trouve, faire apparaître chacun de ses termes dans les conditions qui furent celles de son émergence, soit ; que cette accumulation de significations produise du sens lourd comme du plomb, soit ; que la langue des savoirs soit une langue morte, soit. Mais pourquoi va-t-on à l'école ? Pourquoi y a-t-il des maîtres, des professeurs, un formidable appareil, une gigantesque machinerie dans laquelle sont *obligatoirement* enfournés tous les enfants jusqu'à ce qu'ils deviennent grands, pour qu'ils en sortent *obligatoirement* instruits ?

En mathématiques, hélas, l'inévitable ne se produit que pour la première des obligations citées.

6. Des exigences de l'entendement dans ses relations avec le sens

1 Les trois langues.
2 Une définition claire : valeur absolue de x.
3 Le dit de l'entendement.
4 Valeur absolue de x, ou les pouvoirs de la parole.
5 Sauts qualitatifs, ou comment on peut, ou non, construire du sens dans du sens.
6 Pour penser en mathématique, le nécessaire brassage de trois langues.

1
    « En France, à côté de la langue littéraire qui s'écrit partout et que les gens cultivés ont la prétention de réaliser en parlant, il y a des dialectes... D'autre part, à l'intérieur d'une seule ville comme Paris, il y a un certain nombre de langues diverses qui se superposent : la langue des salons n'est pas celle des casernes, ni la langue des bourgeois celle des ouvriers. »
    J. Vendryès.

Si un *enseignement* est, depuis des temps immémoriaux, ce qui transmet un savoir, et si pour cela il faut des maîtres, c'est parce qu'ils disposent de ce que ne pourront jamais remplacer les livres, c'est-à-dire la *parole*. Et quand les livres sont « bien faits », quand ce sont de « bons » livres, c'est qu'ils ont essayé de retrouver quelque chose de ce qui donne à la parole sa nécessité et son efficacité : l'existence d'un sujet auquel on s'adresse.

La possibilité de transmettre est indissociable de la volonté de transmettre, la réciproque n'étant pas vraie. Vouloir transmettre, dans la mesure où on dispose d'un savoir que l'on expose, c'est vouloir être entendu. Vouloir être entendu, c'est se demander à chaque instant si on l'est toujours. C'est donc, aussi, se demander ce qui est entendu, dans les deux sens du terme.

Se demander ce qui est entendu, c'est constater que, sauf si on l'en empêche expressément, l'entendement d'un sujet fonctionne constamment sur le *mode de la parole*. Les paroles étant les premiers signes utilisés par le sujet pour exprimer sa pensée et les premiers signes qu'il comprend, ils sont aussi les derniers : face à une page qu'il va couvrir de signes, de chiffres ou de figures, leur producteur *se* parle ou parle à quelqu'un qu'il essaie de séduire, d'irriter ou de convaincre. Quand ça pense, ça parle. « Normalement », pas d'écriture sans parole, la réciproque n'étant pas vraie : il y a, bien sûr, de la pensée, donc de la parole sans écriture, et les analphabètes ne sont pas privés d'entendement mais de la possibilité d'en étendre et éventuellement d'en transformer les modes de fonctionnement par un accès aux signes écrits.

Mais si donc on s'occupe de savoir ce qui est entendu, on s'aperçoit que l'entendement d'un sujet, « normalement » toujours, tourne constamment « à plein », moud toujours du sens qui remplit son espace. Que donc si on veut être entendu, il faut constamment trouver moyen de faire une place aux « pensers nouveaux » dans des formations de sens sinon anciennes — elles ne le sont pas encore pour l'enfant qui franchit le seuil de la maternelle —, du moins déjà en place, et occupant *toute* la place.

Car, aussi curieux que cela puisse paraître, l'entendement d'un sujet est toujours *saturé*, disons, au moins, pour ne pas nous engager dans des polémiques sur les performances dont est ou non capable le nourrisson, qu'il l'est en tout cas pour l'enfant qui va pour la première fois à l'école, et le demeure pour le restant de ses jours. Les formations phoniques déterminant les mots et donc les significations et donc le sens fonctionnent puisqu'il parle et qu'on lui parle, et on ne lui parlera jamais *que* dans ce qu'il a déjà entendu. Pour risquer une comparaison, l'entendement est toujours saturé d'une « matière signifiante » dont seule la *densité* change avec l'âge et l'accumulation éventuelle de savoirs de tous ordres.

C'est ainsi qu'à vouloir être entendu dans un enseignement quel qu'il soit, on ne peut faire autrement que de constater la nécessité de prendre en compte l'existence de trois modes de signifier, c'est-à-dire de trois langues auxquelles aura affaire, simultanément, et aussitôt qu'il ira à l'école, l'entendement d'un enfant.

Des exigences de l'entendement

Il y aura d'abord sa langue à lui, sa langue maternelle, celle de la parole, la parole qu'il aura entendue à la maison, ou dans la rue, et même dans *sa* rue, ce qui s'entend dans les avenues des beaux quartiers de Paris n'étant pas ce que l'on entend à Belleville ou à Bidonville, ce qui s'entend dans la rue unique d'un petit village n'étant pas identique s'il est de campagne ou de montagne, et bien sûr ne ressemblant pas à ce qui se dit dans les rues des villes parce que ne répondant pas aux mêmes nécessités.

Il y a ensuite la langue qui se parle dans les lieux d'enseignement, langue officiellement à vocation de communication entre tous les individus d'un même pays et qui par principe, en France, est le français : mais langue en réalité au statut hybride, parce que, là encore, les distinctions si on voulait les établir seraient innombrables. Il y aurait en gros la langue de la scolarité primaire, celle du collège, celle du lycée, le tout se combinant avec les régions, et dans chacune d'entre elles avec les classes de population, la personnalité et la langue des professeurs. Il s'agirait donc d'une langue véhiculaire qui serait, disons, le produit à chaque instant en chaque lieu des intentions et prescriptions de l'Éducation nationale en matière de langue à utiliser avec les déterminations imposées par les situations réelles.

Et puis il y a les langues des savoirs.

La méconnaissance de ce que ces trois formes existent de façon distincte et de ce qu'elles sont présentes simultanément dans n'importe quelle entreprise d'enseignement est à la base de la faillite de cet enseignement. En particulier de celui des mathématiques.

2   « **Les langues sont la clef ou l'entrée des sciences.** »
La Bruyère.

On croit encore, au dernier quart de siècle où nous sommes, que les mathématiques sont un ensemble de purs concepts auquel l'esprit accède d'autant mieux qu'on le libère de tout le fatras de mots inutiles à l'expression le plus économiquement formulée et formalisée desdits concepts. Quoi de plus clair et de plus immédiatement accessible qu'une bonne définition, ne mettant en jeu que des concepts eux-mêmes préalablement mis à la disposition de l'esprit par de précédentes bonnes définitions, et ainsi de suite ? Apprenez vos définitions, reportez-vous à la définition. Eh bien soit, transportons-nous en classe de quatrième, et prenons un exemple.

« *Définition* : Étant donné un nombre x quelconque, le plus grand des deux nombres x et $(-x)$ est appelé la VALEUR ABSOLUE de x et on la note $|x|$ [1]. »

On ne peut en effet rêver plus claire définition, et, en principe, toute définition claire devrait être opératoire.

Eh bien, voyons plus loin, et ailleurs :

« On appelle VALEUR ABSOLUE de t celui des deux réels t et opp(t) qui est positif [2]. »

Ou bien :

« On nomme VALEUR ABSOLUE l'application de $\mathbb{R}$ vers $\mathbb{R}^+$ qui à tout x réel associe le plus grand des deux nombres x ou $(-x)$ [3]. »

Si on ne sait pas ce qu'*application* veut dire, on peut évidemment se reporter à sa définition, tout aussi clairement exposée antérieurement.

Ou bien, toujours en seconde [4] :

« *1. Définition* :

La VALEUR ABSOLUE du réel a notée $|a|$ est définie ainsi :

si $a \in \mathbb{R}^+$, alors $|a| = a$

si $a \in \mathbb{R}^-$, alors $|a| = -a$

2. Propriétés :

$|a|$ est le plus grand des deux nombres a et $-a$, on note parfois : $|a| = \sup\{a, -a\}$ ou encore $|a| = \max\{a - a\}$. »

Ou bien, en première scientifique où les choses deviennent plus savantes [5] :

« *Définition* :

$x \mapsto |f(x)|$ définit sur D (domaine de définition de f) une fonction notée $|f|$.

1. Le graphique de $|f|$ est l'ensemble de points (x, y) de P avec $x \in D$ et $y = |f(x)|$. On sait que :

$$|f(x)| = f(x) \text{ si } f(x) \geq 0$$
$$|f(x)| = -f(x) \text{ si } f(x) \leq 0 \text{»}$$

---

1. *Quatrième*, IREM Strasbourg, Istra.
2. *Troisième*, Galion, Hatier, OCDL.
3. *Seconde*, Durrande, Technique et Vulgarisation.
4. *Seconde*, Pierre Louquet, Armand Colin.
5. *Premières S et E*, Pierre Louquet, Armand Colin.

Et enfin, en terminale littéraire, la seule où on puisse avouer publiquement, par un rappel, que la notion de valeur absolue n'est toujours pas comprise [1].

« La VALEUR ABSOLUE est une application de $\mathbb{R}$ dans $\mathbb{R}^+$ qui à tout nombre réel x associe un réel positif noté $|x|$ et dont les propriétés sont résumées dans le tableau ci-dessous :

a. $|x| = \max. \{x, -x\}$ (cette écriture signifie que $|x|$ est le plus grand des nombres x et $-x$)

b. $|x| \geq 0$

c. $|x| = 0$ si et seulement si $x = 0$

d. si $x \in \mathbb{R}^+$, alors $|x| = x$
    $x \in \mathbb{R}^-$, alors $|x| = -x$

Attention ! »

Suivent d'autres propriétés.

Après avoir baigné dans tant de clarté des années durant (encore que la redondance de certaines de ces définitions aille à l'encontre de cette clarté et du principe d'économie dont je parlais plus haut), pourquoi est-ce que tout ce qui peut comporter des valeurs absolues, équations, inéquations et fonctions, est le cauchemar des élèves ? Et celui des professeurs, puisque, chaque fois que je prends cet exemple dans des réunions, il s'en trouve pour suggérer que cette notion, inutile, n'a qu'à être supprimée.

Essayons donc de faire front. Mais peut-être que vous, qui ne saviez pas ce qu'était une valeur absolue, pressentez ce que peut être ce cauchemar ? Peut-être vous demandez-vous pourquoi ce « sup de *a* ou $-a$ », ou « max de *a* ou $-a$ », ou « *a* si *a* est positif et $-a$ si *a* est négatif » *s'appelle* VALEUR ABSOLUE DE *a* ?

Si vous vous le demandez, c'est que votre entendement réclame qu'on lui rende des comptes, et qu'ayant à sa disposition les sens de valeur, et d'absolue, il cherche, ô merveille des entendements tels que les font fonctionner les langues vivantes, le sens produit par des sens préalablement connus chacun pour soi, et ici accouplés.

Dans un entendement saturé, il n'est possible d'obtenir du sens « nouveau » que par un processus de phagocytage des « anciens », processus qui est d'ailleurs complètement naturel

---

1. *Terminale A*, Aleph, Hachette.

dans l'exercice de la langue naturelle. L'entendement décrypte ou invente, et l'engendrement de sens se fait sans douleur aucune pour « boîte noire » si « boîte » et « noire » ont du sens. Si les accouplements produisent des métaphores, de l'ambiguïté, de l'à-peu-près, eh bien l'entendement entend ce qu'il peut de la métaphore, de l'ambigu. Normal. *Mais* il le fait, de toute façon à partir de ce qui lui est fourni, vérité de La Palice qui semble étrange à devoir énoncer ; et quelqu'un qui s'entend dire qu'il est « fleur bleue », cherchera à comprendre à partir de fleur, et de bleue, et trouvera ou ne trouvera pas, mais ne pensera sûrement pas à comprendre à partir de fruit, et de sec.

S'il s'agit d'un mot entièrement « nouveau », encore inouï, et qui donc dès lors ne l'est plus puisqu'il vient d'être ouï, il ne peut se placer qu'en s'appropriant des « parcelles » de sens antérieurement connues, le sens nouveau n'étant qu'une combinaison encore non rencontrée d'éléments déjà en place. C'est bien la fonction des dictionnaires que de produire des sens nouveaux avec des sens « anciens ».

L'entendement a donc cette « habitude » qui se révélera être détestable en classe de mathématiques et ce dès la maternelle, mais qui n'est autre que l'essence de son fonctionnement, de chercher des *relations* entre signifiants et signifiés, et de produire ou de recevoir du sens *dans* du sens.

A partir de là, on ne voit qu'un seul principe d'enseignement, pour quelque savoir que ce voit : apprendre à quelqu'un non ce qu'il sait déjà, mais lui apprendre *avec* ce qu'il sait déjà, car tout ce qui sera entendu ou lu ne peut que tomber dans ce qu'il sait déjà, et toute la question est de savoir si un enseignement offre ou non la possibilité à l'entendement d'un sujet de s'approprier des sens nouveaux.

Ce n'est apparemment pas le cas en mathématiques, où le sujet est affronté à une langue qu'il n'entend pas, sans que les moyens lui soient donnés de l'entendre. Tout simplement parce qu'il est évident qu'il n'y a rien à entendre *de plus* que ce qui est dit, par exemple dans une bonne définition. La valeur absolue de a, c'est..., etc. En quoi ceci serait-il une langue, et en quoi cette langue serait-elle incompréhensible ?

Voici le drame, la tragédie que vit l'entendement. C'est qu'on s'adresse à lui dans une langue qu'il ne *peut* entendre comme s'il *devait* l'entendre, et qu'on le met en demeure de produire des réponses. Cette souffrance est relativement supportable quand il s'agit d'une langue explicitement étrangère qui suppose parfois des possibilités de rejet sans danger notoire (les parents qui me lisent savent ce qu'il en est des conflits qui se nouent autour de l'apprentissage de certaines langues, qui lorsqu'elles sont trop « dures à vivre » pour l'enfant l'amènent à la rejeter avec, entre autres arguments, celui majeur du « ça ne servira à rien »), ou au contraire le recours aux dictionnaires qui sont là pour confirmer le statut d'étrangéité de ladite langue.

On pourrait presque dire, en forme de boutade, qu'il aurait été plus simple pour les élèves d'avoir affaire à trois langues explicitement distinctes, comme par exemple le français, l'anglais, l'allemand, plutôt que celles qu'il a effectivement à affronter, la maternelle, la véhiculaire-officielle, et la savante. Si c'était le cas, en effet, un petit Français s'entendrait parler anglais à l'école, et on lui enseignerait les mathématiques en allemand. Bien obligé, alors, de s'assurer de la circulation du sens, de trouver et de donner les correspondances entre signifiants et signifiés d'une même langue, et de langues différentes, par le truchement de *la* langue déjà connue, autrement dit de procéder à de constantes traductions.

Eh bien, aujourd'hui, la situation dans les écoles est plus difficile pour les enfants que s'ils avaient affaire à trois langues de nationalités distinctes. D'abord parce que, encore une fois, ils ont affaire à trois langues effectivement mais non explicitement distinctes, et que comme personne ne le sait ou ne veut le savoir, aucun système de traduction n'est assuré, et que leur entendement est soumis de ce fait à une tâche extrêmement difficile. Ensuite parce que les trois langues effectivement distinctes utilisent en gros les mêmes signifiants, ce qui fait que *traduire* n'est même pas suffisant, et qu'il faut procéder à la fois à des traductions et à des *emboîtements*. Nombre, image, distance n'ont pas le même sens ou les mêmes sens dans les trois langues. Pour des langues différentes, on appelle des signifiants proches des « faux amis ». Ici, le fait de négliger l'identité des signifiants et la disparité des signifiés en fait de redoutables *vrais ennemis*. Ce qui, de difficile, rend la tâche de l'entendement surhumaine. Et enfin, parce qu'en mathématiques on procède à la confusion des langues par la pure et simple négation de l'existence même d'une langue des mathématiques. Ce qui, de surhumaine, rend la tâche de l'entendement impossible, puisqu'on veut le mettre en prise directe avec des concepts et des idées, sans aucune langue dans laquelle il saurait *parler* ces concepts et ces idées.

3

« **La parole, chez celui qui parle, ne traduit pas une pensée déjà faite, mais l'accomplit.** »
M. Merleau-Ponty.

« **Et de quelle langue voulez-vous vous servir avec moi ? — Parbleu, de celle que j'ai dans la bouche.** » Molière.

Il n'y a pas de *réel* enseignement sans parole qui circule, qui assume la circulation du sens, qui irrigue même si on ne le sait pas les langues de savoir, qui de sèches, de dures, peuvent à leur tour se gonfler des flux de sens de la langue maternelle.

Mais il y a deux façons perverses de se servir de la parole, opposées en apparence, mais qui produisent le même effet, c'est-à-dire la contrainte pouvant aller jusqu'à la paralysie de l'entendement.

Il y a celle qui ne fait que redoubler l'écrit de la langue morte : un professeur qui énonce en classe : « On appelle valeur absolue de *a*... » n'apporte rien par sa parole, d'abord parce que ce n'est celle de personne, et puis parce qu'elle ne s'adresse à personne. Les témoignages sont innombrables, hélas, de cours où ce qui se dit est identique à ce qui s'écrit, cours dit ou dicté qui reproduit le livre ou le remplace et où la moindre question posée fait ré-énoncer une réponse exactement dans les mêmes termes que ceux qui avaient fait poser la question. Dans ces cas-là, un professeur pour *enseigner* ne sert à rien. Il sert à autre chose, corriger des copies, remplir des bulletins, etc.

Il y a celle qui mime la fonction de la parole, destinée à produire des affects chez l'interlocuteur, par définition non fixés d'avance, même si, dans certains cas, ils sont, en gros, prévisibles, et de laisser donc sa liberté à l'idée, celle de se frayer un chemin « entre » émotions, sensations, sentiments et idées produits évoqués ou réactivés par le dialogue, mais qui la détourne complètement de cette fonction en se mettant au service de quelque chose, dans l'échange supposé, de déjà complètement organisé, bouclé, écrit : je veux parler de la parole qui semble être la matière du dialogue platonicien. Dialogue platonicien ou démonstration dialoguée, où l'homogénéité de pensée, de langue, de style entre maître et élève est totale. Dialogues qui sont des merveilles d'analyse, de discussion d'une idée, des chefs-d'œuvre de la pensée, mais où la forme, l'exposition de la pensée se confondent avec ce qu'*est* cette pensée. Le dialogue supposé n'est destiné qu'à contraindre, acculer le lecteur, par le truchement de l'interlocuteur auquel il s'identifie, à l'acceptation de cette totalité que représentent l'implicite et l'explicite du dialogue, c'est-à-dire une vision du monde. Le sujet supposé auquel s'adresse le maître n'existe pas. Il est une émanation, un double, un faire-valoir du maître et la maïeutique accouche le maître de sa propre pensée.

Nombre de « pédagogies » modernes s'inspirent de cette maïeutique admirable d'intelligence, mais d'une intelligence qui ne serait parfois pas éloignée de la bêtise flaubertienne dans la mesure où elle contraint complètement l'entendement.

J'ai assez montré ailleurs ce qu'il en était de ces pédagogies, où avec le talent en moins, la rusticité ou trivialité du propos en plus, et, bien sûr, toutes proportions gardées, l'enfant était tenu de découvrir « librement » les mathématiques, dans des dialogues où les incitations du maître étaient l'essentiel de la découverte, pour ne pas y revenir ici.

De fait, la parole, le dialogue, quand ils ne sont ni feints ni truqués rendent compte de la caractéristique essentielle d'une situation d'enseignement, à savoir son hétérogénéité.

Hétérogénéité de l'entendement de l'élève qui, ne sachant pas ce qu'on veut lui faire savoir, répond aux questions, réagit aux discours comme il les *entend*, hétérogénéité des deux entendements en présence, ceux du maître et de l'élève — le moins que l'on puisse dire c'est que le savoir du maître homogénéise précisément ses lectures, ses interprétations, le projette directement dans le sens qu'il connaît et rend son entendement hétérogène à celui... hétérogène de qui ne *sait* pas — hétérogénéité du savoir que l'on enseigne, artificiellement homogénéisé et qui apparaîtra dans sa vérité, révélée par l'hétérogénéité de l'entendement de l'élève...

Toute cette vérité de la situation réelle est gommée, masquée par le recours aux seules langues savante et officielle et, quand cela se produit, à une parole truquée qui ne prend pas en compte les effets de parole et les effets de langue, et on obtient ainsi des enfants qui sont triplement exclus du cours. Cette triple exclusion se retrouvant à des puissances deux, trois ou nième quand face à des manifestations telles que les questions ou les erreurs rendant compte précisément de ce frottement, de cette friction entre les langues, on continue d'ignorer ce qu'il en est de cette exclusion et on la reproduit.

L'entendement fonctionne spontanément sur le mode de la parole, celle, naturelle, de la langue maternelle, en mathématiques comme ailleurs. Le « lieu » de la parole est la base de toutes les opérations mentales, et on peut entendre ce mot en termes militaires, si l'on veut, comme lieu d'où partent les missions d'exploration, des campagnes de conquêtes de nouveaux territoires, de défense de territoires acquis, et où elles reviennent sans cesse se nourrir, se désaltérer, retrouver des forces.

Si l'enseignement ne prend pas comme base cette base obligée de toute construction de sens, toute construction s'effondre. Se faire entendre, être sûr d'être entendu, c'est en passer, en repasser par là, en partir, y revenir et en repartir sans cesse. Et si « on » n'y va pas, l'entendement, lui, y va tout seul, mais est alors, hélas, condamné à y rester tout seul.

Reprenons ces fameuses fractions (voir pages 17, 59) pour lesquelles il aura été asséné en langue savante seulement des « règles de simplification ». Elles ne peuvent, telles quelles, parvenir à l'entendement, il leur manque d'être passées par traductions-emboîtements dans le lieu d'enracinement du sens, celui où les choses se disent en langue naturelle, pour pouvoir être réénoncées en langue savante, mais en ayant, cette fois, pris du sens.

Comme l'entendement ne dispose pas du sens de la manœuvre qui consiste à poser $\dfrac{a \times b}{a \times c} = \dfrac{b}{c}$, il va, lui, se *dire* ce qu'il *voit*, en langue naturelle : on *enlève* la même chose en haut et en bas. Et dire qu'on enlève la même chose en haut et en bas est incontestablement *vrai*, affirmer que c'est faux est une

Des exigences de l'entendement 153

atteinte à la *raison* de qui a vu, de ses yeux vu, cette suppression. Et qui a donc des raisons de la reproduire, dans tous les cas où elle peut se *dire* de la même façon, et les cas sont surabondants. Voyez, dans les exemples rencontrés, la variété des dispositions, mais vérifiez la monotonie de la formulation, qui englobe dans la *même* vérité les simplifications légitimes et celles qui ne le sont pas, l'exemple le plus frappant du mélange des deux étant (page 17), celui-ci :

$$\underbrace{\frac{(2x-3)(2x+3)}{(2x+3)^2}}_{\text{juste}} = \underbrace{\frac{2x-3}{2x+3}}_{\text{faux}} = \underbrace{\frac{-3}{3} = -1}_{\text{juste}}$$

Arriver à bout de cette erreur qui aura entre autres provoqué l'horreur, c'est non seulement faire passer par la parole le processus légitime et lui donner du sens, mais aussi reconnaître la vérité de la formulation qui a amené au faux. Oui bien sûr, on peut penser qu'on « enlève » ou qu'on « supprime » la même chose en haut et en bas, mais ça, c'est une façon de parler « ordinaire », c'est dire les choses « en français », mais les dire comme ça en mathématiques, c'est dire autre chose, chose qui, contre-exemple à l'appui, etc.

On voit que c'est un complexe de langues qui est en jeu ici, comme ailleurs, dans la plupart des erreurs — voyez pour les équations plus loin, page 334 — et on imagine comme il est efficace de s'exclamer : « Oh ce n'est pas un PGCD », ou bien de répéter : « x n'est pas en facteur, et on n'a pas le droit de simplifier... ». On voit aussi comment peut naître et croître le sentiment d'abandon dans lequel se trouve le sujet qui va petit à petit être contraint de renoncer à laisser fonctionner normalement son entendement dans le seul lieu où il le peut encore : celui, maternel, de la langue naturelle.

Revenons aux valeurs absolues. Vous n'avez sans doute toujours pas compris *pourquoi* ce qu'on *appelle*, ce qu'on *nomme* la valeur absolue d'un réel a qui est égale à a si a est positif et à $-a$ si a est négatif *s'appelle*, se *nomme* VALEUR ABSOLUE de a. Comme nous le verrons plus loin avec cette question cruciale des définitions, on nous dirait que *c'est* une définition, qu'il n'y a qu'à l'accepter comme elle est. Seulement voilà, il est des entendements qui n'acceptent pas que l'on combine valeur, et absolue, pour appeler, nommer un objet dont rien ou personne ne dira la relation ou l'absence de relation avec ces deux mots. Ils n'ont donc qu'un seul recours : les mots se vident de leur sens, et l'entendement, là encore, n'enregistre dans *ses propres termes* que ce qui se voit, ce qui se fait. Mais ce qui se fait, sans le support du sens, est contradictoire. L'entendement va donc, en général, privilégier selon que l'on a affaire, comme on l'a déjà vu, à des «passifs» ou à des «actifs» une procédure faible ou forte. Des tempéraments plus «complexes» — ou plus prudents — procéderont à des associations.

Premier cas (voir ci-dessous) : puisque $|a| = a$, ce qui se dit c'est «qu'on peut enlever les barres». Elles deviennent alors transparentes, inutiles, et on a donc :

$$|+3| = 3 \quad |-3| = -3 \quad |a| = a \text{ (en seconde)}$$

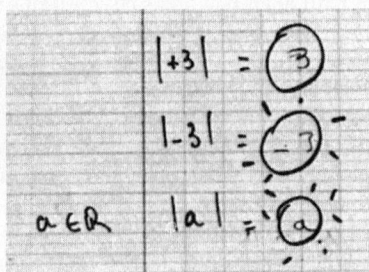

Deuxième cas (voir ci-contre en haut de page) : puisque $|a| = -a$, «il faut changer le signe». On obtient ainsi :

$$|+3| = -3 \quad |-3| = +3 \quad |a| = -a \text{ (en seconde)}$$

Troisième cas (voir ci-contre en bas de page) : très courant. Ça marche pour les nombres, mais pas pour les lettres. Ici, un bon élève de seconde, désarçonné par la question : étude de :

$$f(x) = |2x - 1| + |3 - x|$$

et qui après quelques minutes d'hésitation dit : « Valeur abso-

Des exigences de l'entendement   155

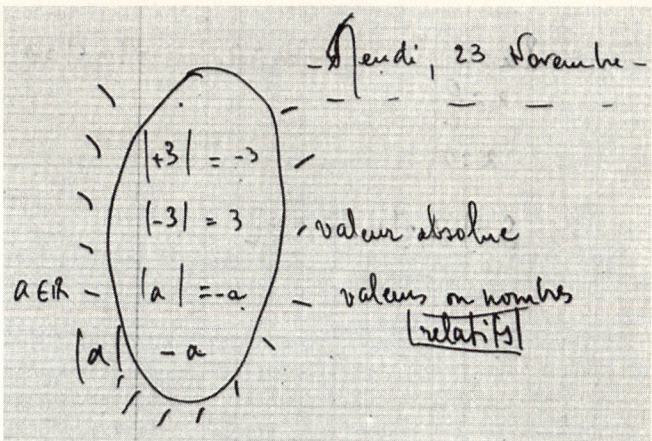

lue de $2x - 1$, c'est $2x - 1$ ou $1 - 2x$? — Pourquoi ce serait l'un ou l'autre? — Euh... je ne sais pas. » D'où ma série classique, $|+3| = ...$, $|-3| = ...$, $|a| = ...$, et crac, $|a|$ se retrouve égal à a sans autre forme de procès.

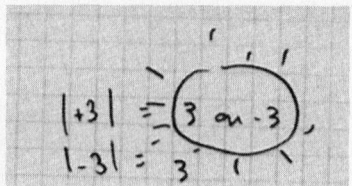

Nous n'avons pas épuisé la combinatoire des possibles bien sûr, tel ce dernier qui invente encore autre chose, mais le gros des phénomènes courants.

Je voudrais donc, avant de poursuivre, montrer quels sont les éléments de sens qui me paraissent indispensables pour élaborer cette notion de valeur absolue, et ceci grâce à un entretien qui s'est tenu avec Thierry, que nous avons déjà rencontré, et qui est là en fin de quatrième.

4   « **Quoique je croie véritablement que les langues sont le meilleur miroir de l'esprit humain et qu'une analyse exacte de la signification des mots ferait mieux connaître que toute autre chose les opérations de l'entendement.** »
Leibniz.

« **La parole est donc dans le commerce des pensées ce que l'argent est dans le commerce des marchandises, expression réelle des valeurs parce qu'elle est valeur elle-même.** »
Vicomte de Bonald.

Thierry arrive avec un exercice qu'il a à faire et qu'il *sait* faire, une inéquation comportant une écriture de valeur absolue. Je lui propose, puisqu'il *sait* faire, de la résoudre devant moi. Une mécanique impeccablement réglée se met alors en marche, mécanique que je laisse tourner jusqu'au bout sans poser la moindre question, attitude que nous avons en commun, car je le *vois* écrire ses ensembles-solutions S_1 et S_2 sans la moindre hésitation (sans les avoir confrontés avec les hypothèses faites au

Des exigences de l'entendement

départ). Ô merveille des énoncés qui peuvent masquer tant à l'interrogateur qu'à l'interrogé que ce dernier n'a rien compris à ce qu'il *fait*.

$$4|3x-1| \geqslant 5+x$$

1°/ $3x-1 \geqslant 0$ 2°/ $3x-1 \leqslant 0$
$3x \geqslant 1$ $3x \leqslant 1$
$x \geqslant \frac{1}{3}$ $x \leqslant \frac{1}{3}$

$4(3x-1) \geqslant 5+x$ $4(-3x+1) \geqslant 5+x$
$12x-4 \geqslant 5+x$ $-12x+4 \geqslant 5+x$

$11x-9 \geqslant 0$ $-13x-1 \geqslant 0$
$11x \geqslant 9$ $-13x \geqslant 1$
$x \geqslant \frac{9}{11}$ $x \leqslant \frac{1}{13}$

$S_1 = \left[\frac{9}{11}; +\infty\right[$ $S_2\ \left]-\infty; -\frac{1}{13}\right]$

$$S = S_1 \cup S_2 =$$

$-\frac{1}{13}$ $\frac{1}{3}$ $\frac{9}{11}$

L'hésitation, microscopique, ne se produit qu'au stade ultime, $S = S_1 \cup S_2$ avec un = qui reste en suspens, et j'en profite pour risquer :
— Tu es sûr de tes ensembles-solutions ?

— Ben voilà, justement, j'ai pas très bien compris comment on faisait à la fin.

— Et au milieu, et au début, tu as compris ?

— Oui. (Étonné.) Pourquoi, c'est pas ça ?

— Tu as incontestablement compris comment on résout une inéquation. (On avait récemment gagné la bataille des intervalles et des « renversements » du signe $\leq$, et il a l'air content.) Ce que je ne comprends pas, c'est pourquoi tu en résous *deux*.

(Il me jauge, parce qu'il a compris, comme ils finissent par le comprendre tous, qu'il y a des fois où on ne peut pas savoir si je n'ai vraiment pas compris, parce qu'il s'est produit quelque chose d'indéchiffrable pour moi, ou bien que c'est une feinte. Et finalement, poussant un soupir :)

— Parce qu'il faut étudier deux cas.

— Pourquoi ?

— A cause de la valeur absolue.

— Ah bon ! Mais tu n'as pas l'air de faire grand cas de tes cas !

— Comment ?

— Tes deux cas, c'est quoi ?

— Ben... $3x - 1$ plus grand ou égal à zéro, ou bien $3x - 1$ plus petit ou égal à zéro.

— D'accord... Et ça se traduit sur x par quoi ?

— Euh... x plus grand ou égal à $\frac{1}{3}$ et x plus petit ou égal à $\frac{1}{3}$.

— *Et* ?

— ...

— Tu me dis x plus grand ou égal à $\frac{1}{3}$ et x plus petit ou égal à $\frac{1}{3}$?

— C'est pour dire que pour x, c'est ça les deux cas.

— Bien, supposons. Tu me dis que selon que x est plus grand ou plus petit que 1/3 il se passe des choses différentes. Mais je ne t'ai pas vu une seconde t'occuper de ce 1/3 pour établir S_1 et S_2... Je me trompe ?

— Euh... Non, c'est vrai. Alors c'est faux ?

— (Je ris.) Tu as une drôle de veine, parce que c'est juste. Et c'est juste parce que $-\frac{1}{13}$ est placé *avant* $\frac{1}{3}$ et $\frac{1}{11}$ après... Mais à voir la tête que tu fais, j'imagine que tu n'apprécies pas ta chance.

— Euh... non, je vois pas.

— Bien. Alors on va peut-être essayer de creuser un peu cette question de valeur absolue.

Des exigences de l'entendement 159

Je pose donc la trilogie classique de questions, et obtiens les réponses classiques (du troisième cas). A me voir entourer de piquants la troisième réponse, il laisse échapper un : «Bon je m'y attendais», qui contient toute la philosophie du monde. Et le «vrai» travail commence.

«Tu sais ce que ça veut dire ''absolue''? Absolue dans valeur *absolue*? — Euh... Ça veut dire toute sa valeur. Sa valeur tout entière. — Tout entière... tu penses peut-être à une expression où tu as rencontré ce sens-là : un pouvoir absolu? — Voilà, c'est ça... C'est quelqu'un qui a tout le pouvoir. — C'est vrai. Mais ici, ce n'est pas tout à fait ce sens-là. C'est plutôt celui que j'utilise si je te demande, par exemple, si tu crois que la beauté est quelque chose d'absolu? — (Étonnement.) Nnnon... — Pourquoi? — Parce qu'on n'est jamais tout le temps beau.»

Réponse très fréquente. Quand l'absolu évoque de l'absolu, ce n'est jamais qu'à l'échelle d'une vie, jamais à celle de l'histoire. Par ailleurs, la beauté évoque la beauté humaine, presque jamais l'art. Apparaissent aussi la notion de consensus — tout le monde peut ne pas trouver beau le même — et antérieurement celle de vérité, absolu ça veut dire *vrai* — une valeur absolue, une valeur vraie — dont j'imagine qu'elle provient de l'utilisation courante de «absolument» comme terme d'approbation. Mais très souvent, le plus souvent, le ou les sens du mot sont flous ou tellement flous qu'il faut presque complètement les construire.

«On peut dire en effet que la beauté n'est pas quelque chose d'absolu quand elle est limitée dans le temps. Mais même, si ce n'était pas le cas, si c'était celle d'une personne jugée belle et dont le portrait a été peint il y a trois cents ans par exemple, est-ce que tu crois qu'aujourd'hui tout le monde en France s'accorderait là-dessus, en France, ou ailleurs... — (Sourires.) Non. — Pourquoi peut-on dire alors que la beauté *n'est pas* quelque chose d'absolu? — Parce que ça dépend. — Voilà. Parce que ça dépend... Ce n'est pas absolu parce que l'idée qu'on s'en fait dépend de l'époque, de l'endroit, de la mode, du goût des gens, et bien sûr c'est la même chose pour la peinture, la sculpture, l'architecture... — Oui... — Venons-en à nos valeurs absolues. Une valeur *absolue*, ça voudrait dire quoi? — ... — On a dit que ''pas absolu'' veut dire ''ça dépend''. Alors absolu? — Que ça dépend pas... Mais je vois pas de quoi... — Attends... Il nous faut un autre mot, qui veut justement dire "ça dépend", ou "qui dépend". Tu ne vois pas ?... Par exemple si on demande à quelqu'un : "Ça va, vous êtes content ?" Pour dire que ça dépend — du point de vue auquel il se place — on entend souvent répondre... : "Oh, vous savez, tout est..." ? »

Eh bien, *relatif* n'est presque jamais trouvé ! Il faut croire que ce lieu commun de la langue est bien moins fréquenté qu'il ne l'était, comme sont désertés quantité d'autres lieux de langue, où il n'y a presque plus personne. Seulement, celui-là, on a vraiment besoin d'y aller. Car même quand il m'arrive de faire les choses dans l'autre sens, et de demander à partir du « texte » entier, question réponse, « tout est relatif », qu'est-ce que ça veut dire, les réponses, là, sont le plus souvent complètement à côté (tout est bien, tout est mal, etc.).

«Relatif. Tu connaissais ce mot ? — Ah oui. — Absolu s'oppose ici à relatif. Donc relatif veut dire : — ... ça dépend, et absolu ça dépend pas... — Très bien. Tu sais ce que veut dire *relatif* quand on parle de nombre *relatifs* ? — C'est des nombres avec des signes... mais je vois pas le rapport... — Tu vas voir. (Je ne connaissais pas Thierry quand on l'a initié à $\mathbb{Z}$ ensemble des entiers *relatifs*, $\mathbb{D}$ ensemble des décimaux *relatifs*, j'imagine que le mot ne serait pas passé à la trappe comme c'est le cas pour l'instant.) Je trace une droite. On va prendre comme unité de longueur la longueur des petits carreaux. Voici un point O. Imaginons que la droite représente une route, droite bien sûr, le point O un certain endroit, l'unité un kilomètre. Ce serait une bonne idée, pour des gens qui veulent se retrouver, de se donner rendez-vous à 3 km de O ? — Non, parce qu'il y a deux endroits. — C'est ça. Reprenons notre droite maintenant, et supposons que je décide qu'un des deux sens de parcours de la droite est le sens *positif* (j'ajoute le bout d'une flèche) : ça veut dire que je vais compter à partir du point O qui sera le point marqué zéro, + 1, + 2, + 3 dans le sens de la flèche, et − 1, − 2, − 3 dans le sens opposé. — Les deux points sont + 3, ou − 3. — Attention... Un point, nous l'avons vu l'autre jour, c'est... — C'est un endroit. — Et + 3 et − 3 sont... — ... des nombres. — Alors il vaut mieux dire que... — ... — Les points sont *repérés* par + 3 ou − 3... D'accord ? Alors tu vois, un même nombre, 3, qui était jusqu'à présent

Des exigences de l'entendement

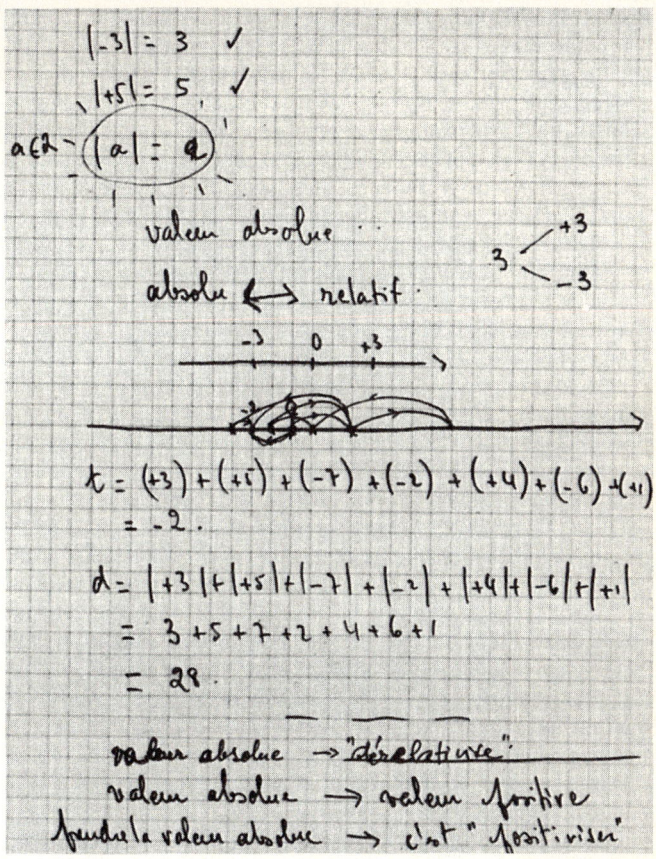

un nombre "ordinaire", "donne" deux nombres *relatifs*, ce qui veut dire ? — Que leur sens dépend de leur signe. — Oui… Et même dans les deux sens du mot sens : c'est le sens de comptage des unités sur la droite, comme nous l'avons vu, mais aussi leur signification, $+3$ et -3 ne veulent pas dire la même chose. On a dû te donner des exemples en classe, à part celui de la droite. — Oui… le thermomètre. — Et puis… — Et puis, la hauteur des montagnes, par rapport au niveau de la mer. — C'est ça, l'altitude, et tout ce qui suppose une origine, un "point zéro" à partir duquel on compte. Alors justement, reprenons maintenant une droite sur laquelle je marque un sens positif, un point zéro, et je garde la même unité. Tu sais qu'une des façons les plus simples d'interpréter l'addition des nombres relatifs, c'est par exemple de considérer que, on part de zéro, et ce que j'écris correspond donc à 3 unités dans le sens de la flèche, *suivies* de 5 unités dans le sens de la flèche, puis de 7 unités en sens contraire, puis de 2 toujours dans le sens opposé à la flèche, de 4 à nouveau dans le sens de la flèche, de 6 dans le sens opposé, puis de 1 à nouveau dans le sens de la flèche... Voilà, je m'arrête, je n'ai plus de place. (En parlant ainsi, j'ai dessiné les flèches correspondantes.) L'addition des relatifs, ici, figure une accumulation de petits trajets, alors on va appeler *t* cette somme, et en définitive, ça a l'air de faire − 2. Vérifie par le calcul si c'est bien ça. — + 3 plus + 5, ça fait + 8, + 8 plus − 7, ça fait + 1, + 1 plus − 2, − 1, − 1 plus + 4, + 3, + 3 plus − 6, − 3, − 3 + 1, − 2, c'est ça. — Bien. Maintenant tu vas essayer de me dire ce que représente ce − 2. — Ben... le résultat. — Oui, bien sûr. (Toujours ce tic acquis, qui finit par prendre les apparences d'"inné", c'est-à-dire d'une tendance à se tenir dans une circularité stérile, le résultat c'est − 2, − 2, c'est le résultat.) Écoute, on va imaginer quelque chose de peut-être un peu tiré par les cheveux, mais ça ne fait rien. C'est toujours une route droite, celle d'un tout petit village par exemple, les unités sont des kilomètres, et c'est un camion-livreur qui fait tous ces trajets successifs, ou un facteur, peu importe. Tu peux me dire maintenant ce que représente ce résultat, en effet, qu'on trouve en ajoutant + 5 à + 3, etc. Que veut *dire* ce − 2 ? »

Curieusement, malgré les images données, la réponse est rarement trouvée, la plus courante étant : « Ça fait 2 km. — Qu'est-ce qui fait 2 km ? Le camion, ou le facteur ont 2 km ? Et est-ce que ça veut dire quelque chose − 2 km ? — Non... » On voit bien que 2 km n'est pas le résultat d'une « totalisation » mais quant à dire ce que ça représente.. Thierry, lui, trouve.

« Ça veut dire qu'à la fin, il est à cet endroit-là. — Très bien. Alors tu vois, grâce aux nombres relatifs et à l'addition, cette petite histoire se raconte en termes très simples. Au lieu de dire, on part du point zéro, on fait trois unités dans le sens de la flèche, suivies de, etc., il suffit d'écrire ce que j'ai écrit, une somme de relatifs. Le calcul de cette somme nous fournit donc une information très importante : en définitive, en *fin de compte*, on se retrouve au point marqué − 2, c'est-à-dire par exemple à 2 unités à gauche de l'origine. Tu vois un des progrès que représentent les relatifs par rapport aux nombres ordinaires ? (Il approuve.) Seulement voilà, ce − 2 qui est une information importante nous en cache une autre, tout aussi importante. (Étonnement.) Tu ne vois pas laquelle ? (Dénégation.) Tu ne vois pas ce qui est important quand on se déplace ? — Si, le temps. — Bien sûr, le temps, et le temps qu'on met à se déplacer dépend de quoi ? — Ah oui, de la distance... — Il dépend aussi de la vitesse, comme tu sais, mais ici, c'est la distance qui va nous intéresser. Parce qu'on la connaît pour chaque petit trajet, mais en tout, on peut dire qu'elle est, par exemple, de 2 km ? — Non, il a fait beaucoup plus que ça. — Eh bien voilà. Dans la mesure où les kilomètres s'accumulent dans un compteur de voiture ou de camion — ou même dans les jambes —, quel que soit le sens dans lequel on les fait, on est obligé de les compter sans s'occuper du sens, c'est-à-dire des signes : parce que pour ça, ce qui était un progrès devient un inconvénient. Alors ça nous oblige à revenir à des nombres sans signe. Mais comme les données *sont* des nombres relatifs, on va les "dérelativiser", c'est-à-dire prendre leur *valeur* sans qu'elle dépende du signe. (Manifestations de plus en plus accentuées du bonheur qui envahit l'entendement, et quelques ah... qui en font état.) Donc on va écrire que la distance qui est parcourue c'est (j'écris en parlant) la *valeur absolue* de + 3, plus la valeur absolue de + 5 plus la valeur absolue de − 7, etc. Alors maintenant on peut disposer de la seconde information importante : la distance parcourue est, en fait, de... — 28 km. — C'est ça. Ici nous disons distance au sens habituel du terme, c'est-à-dire un nombre de kilomètres ou de mètres... En mathématiques, ce sera un peu différent parce qu'une fois que l'unité aura été choisie, on ne la nommera plus, et qu'une *distance*, ce sera un nombre "pur", pas un "nombre *de* quelque chose"... On dira $d = 28$, alors que dans notre histoire — et dans la vie courante — ce serait en effet 28 km. Alors, tu vois, tu retrouves ce que tu avais appris dès la sixième, où on t'avait dit que la valeur absolue d'un nombre c'est "le nombre sans son signe". — Oui, c'est pour ça que j'ai mis $|a| = a$. — Eh bien nous y voilà, justement. A ton avis, quand on te dit $a \in \mathbb{R}$ qu'est-ce que ça veut dire ? — *a* est un réel. — *a* représente un nombre réel... Comme quoi, par exemple... Donne-moi des valeurs possibles de *a*... — Je sais pas... 17, 25, ou bien – 10, – 375. — D'accord. Alors *a*, lui, n'a pas de signe, mais est-ce qu'on peut dire que le nombre qu'il *représente* n'a pas de signe ? — Non. — Alors voilà l'ennui. Aussitôt qu'on a affaire à des lettres, la valeur du nombre et son signe sont pour ainsi dire "cousus" ensemble, on ne peut pas les séparer. Ça nous oblige à réviser l'idée de valeur *absolue* : *a*, on ne sais pas ce que ça représente, soit un nombre positif, soit un nombre négatif. — Une valeur absolue, c'est toujours positif. — (Je ris.) Oui, ça te revient, mais justement voyons pourquoi. Dans l'histoire de tout à l'heure, est-ce que les signes + et – jouent le même rôle ? Je veux dire est-ce qu'ils nous "ennuient" de la même façon ? — Non, c'est les négatifs. — C'est ça... Ce sont les nombres négatifs. Au lieu que leur valeur s'ajoute à celle des autres, elle se soustrait. Donc si on n'avait que des nombres *positifs*, la question serait réglée. Alors puisqu'on est obligé de travailler avec des nombres qui *ont* un signe, on va tous les "positiviser" : on ne cherchera plus à obtenir la valeur *absolue* d'un nombre, mais la valeur devenue *positive*... qu'on obtiendra comment... — Je sais : si *a* est positif, on le laisse — s'il est négatif, on prend son opposé. — Bravo. »

Ça ne se passe pas toujours comme ça, loin de là, et je suis la plupart des fois obligée de demander : si *a* représente un nombre négatif, comment obtenir un nombre positif qui a même valeur absolue que lui ? La réponse, qui est souvent *a*, nécessite alors une explication de, justement, la notion de *valeur* qui s'avère alors être masquée par la lettre.

« Alors tu vois, dans ce qu'on appelle "valeur absolue du réel *a*", il n'est plus question ici de valeur puisqu'on ne sait pas ce qui se cache exactement derrière *a*, ni d'absolu puisque c'est remplacé par du positif... Mais il suffit de le savoir... — Mais pourquoi on l'appelle toujours comme ça ? »

Thierry, là encore, a un comportement relativement rare. Certains enfants contestent systématiquement les désignations, mais ils sont l'exception. La grande majorité, habituée à manipuler du signifiant sans signifié, est résignée à ce que n'importe quoi désigne n'importe quoi, « en mathématiques ». Une dose « raisonnable » de curiosité sur la relation qu'entretiennent entre eux les mots et les choses est donc relativement rare et tient à une bonne santé qui n'a pas encore été entamée par les mauvais traitements subis par la langue. Un des effets du travail que nous faisons est de lui redonner vie et vigueur, car c'est une curiosité *naturelle*, et la contestation systématique du «pourquoi ça s'appelle comme ça et pas autrement?» n'est qu'une des formes de la répression qui s'est exercée sur cette curiosité.

«Tu sais ce que ça veut dire: ''ne plus avoir un sou''? — (Étonné.) Oui. — Tu as déjà vu des sous, je veux dire des vrais? — Non, ça n'existe plus. — Eh bien, c'est un peu la même chose. Les mots et les expressions se maintiennent, et le sens change, ou parfois c'est le contraire: le sens ne change pas, et ce sont les mots qui l'expriment qui changent. — Ah bon, comme quoi? — Eh bien, en mathématiques, ça arrive souvent: par exemple, ce qu'on appelait avant une ''circonférence'' s'appelle maintenant un cercle... ou bien on parlait avant de deux figures ''égales'', aujourd'hui on les dit ''isométriques''... — Ah oui...»

$$|a| \begin{cases} a \geq 0, |a| = a \\ a \leq 0, |a| = -a \end{cases}$$

$$4(-3x+1) \geq 5+x \qquad 4(3x-1) \geq 5+x$$
$$x \leq -\tfrac{1}{13} \qquad\qquad x \geq \tfrac{9}{11}$$
$$S_1 = \left]-\infty, -\tfrac{1}{13}\right] \qquad S_2 = \left[\tfrac{9}{11}, +\infty\right[$$

$$S = S_1 \cup S_2$$
$$= \left]-\infty, -\tfrac{1}{13}\right] \cup \left[\tfrac{9}{11}, +\infty\right[$$

166 — *De l'entendement*

Et la séance se poursuit. Car maintenant, il y a encore d'autres seuils, d'autres passages à assurer, c'est ce que j'appelle des *sauts qualitatifs* : le passage de l'absolu au positif en était un. Le passage de la lettre *a* à la lettre *x* en est un autre. Il se trouve qu'avec Thierry, et à propos des inéquations précisément, nous avons déjà parlé de ce qu'était une *variable*, et qu'une fois posée la différence de statut entre *a*, qui peut être soit positif, soit négatif (soit nul, bien sûr) et *x* qui désigne une variable, et qui *va* donc varier, la notion de valeur absolue se trouve

$$f(x) = 3 \cdot |-5x+1| - 7$$

1°/ $-5x+1 \geq 0$ 2°/ $-5x+1 \leq 0$
   $-5x \geq -1$ $-5x \leq -1$
   $x \leq \frac{1}{5}$ $x \geq \frac{1}{5}$

$3 \cdot (-5x+1) - 7$ $3 \cdot (5x-1) - 7$
$= -15x + 3 - 7$ $= 15x - 3 - 7$
$= -15x - 4$ $= 15x - 10$

x	$-\infty$		$\frac{1}{5}$	
$f(x)$	$f_1(x) = -15x - 4$		$f_2(x) = 15x - 10$	

$$3 \cdot |-5x+1| - 7 = 3$$

$3 \cdot (-5x+1) - 7 = 3$ $3 \cdot (5x-1) - 7 = 3$ [?]
$-15x - 4 = 3$ $15x - 10 = 3$
$S = S_1 \cup S_2 = \{-\frac{7}{15}\}\cup$ $-15x - 7 = 0$ $15x - 13 = 0$
$\{\frac{13}{15}\}$ $-15x = 7$ $15x = 13$
$S = \{-\frac{7}{15}, \frac{13}{15}\}$ $S_1 = \{-\frac{7}{15}\}$ $x = -\frac{7}{15}$ $S_2 = \{\frac{13}{15}\}$ $x = \frac{13}{15}$

être liée à l'étude du *signe* d'une expression entraînée par une variable à varier, et donc à s'écrire différemment selon les intervalles que décrira la variable. Il n'y a donc, avec Thierry, qu'à résumer le travail qu'il a fait dans un tableau (voir page 165), pour qu'il donne, en toute connaissance de cause, cette fois, la solution de l'exercice, et apprécie la « chance » qu'il a eue de l'avoir « bon » d'entrée de jeu. Il en fait encore un autre, qui prend alors tout son sens : « Écrivez $3 \mid -5x + 1 \mid - 7$ sans barres de valeur absolue », et une fois fait, j'inclus cette écriture dans une équation, qui est parfaitement résolue par consultation préalable des intervalles de définition. Enfin, nous nous quittons en « regardant » cet énoncé que je donne pour montrer que, désormais, pourvu que l'on sache selon les valeurs de la variable écrire l'expression :

$$2 \mid x - 1 \mid - 3 \mid x - 4 \mid + 5 \mid 5 - x \mid$$

on peut résoudre :

$$2 \mid x - 1 \mid - 3 \mid x - 4 \mid + 5 \mid 5 - x \mid = 10,$$

10 ou n'importe quoi d'autre, nombre, ou expression contenant la variable (au premier degré bien sûr).

Thierry analyse le problème oralement, il y a des changements de signe, donc d'écriture, quand x « traversera » les valeurs 1, 4, 5, il y aura donc trois, non quatre équations différentes à résoudre dans quatre intervalles distincts. Je trace le début de ce qui est l'armature d'un tableau qui permettrait de faire coexister tous ces changements, et Thierry conclut en disant que la première équation n'aura de solution qu'inférieure à 1, la seconde que comprise entre 1 et 4, la troisième entre 4 et 5, et la troisième que supérieure à 5 (bornes comprises) et que la solution générale sera la réunion de quatre ensembles-solutions partiels, et on se quitte là-dessus.

5
> « **Changer le sens des mots, c'est altérer la valeur des monnaies dans un empire.** »
> Rivarol.

Il y a donc nécessité de trois sauts qualitatifs.

Premier saut qualitatif : de l'absolu au positif. Je veux bien que *mathématiquement*, et quand on a assimilé $\mathbb{N}$ à $\mathbb{Z}^+$, on dise que $+3 = 3$. Je veux bien qu'on dise que par convention « pas de signe, c'est comme si c'était + ». Mais *pédagogiquement*, il est manifeste que l'accent porté sur le *positif* ne peut pas se justifier en parlant d'*absolu* : tout joue, ici, sur l'explication de ce que + 3 et 3, *ce n'est pas* la même chose.

Deuxième saut qualitatif : s'il est naturel de penser un nombre comme pouvant être soit positif, soit négatif, cette succession correspondant bien, pour une fois, à la façon dont il a été pensé tant dans l'histoire des mathématiques que dans la construction savante des nombres (les négatifs sont construits à partir des naturels, qui deviennent naturels-positifs), que dans la conscience commune, en revanche, pour donner à penser une variable, il vaut mieux ne pas la prendre à rebrousse-poil. Continuer d'ordonner le déroulement des événements sur le positif *puis* le négatif au lieu de l'ajuster sur la variation naturelle de la variable — dans la perspective devenue savante où on se trouve —, c'est tuer tout sentiment de cette variation. Et c'est bien ce qu'on a, ou plutôt ce qu'on n'a pas. Pas un élève n'a idée de ce qu'est la variation d'une variable et, partant, si elle intervient elle est soit chosifiée, soit douée d'ubiquité, comme c'est le cas ici. Il fallait résoudre :

$$|x-1| - 2|x-3| = 0$$

et après un tableau correctement fait qui coordonne le changement de signe des binômes $x - 1$ et $x - 3$, donc d'écriture de $|x-1|$ et $|x-3|$, cet élève écrit que si *x est inférieur à 1* alors la solution est $x = 5$. Étonnement du professeur qui approuve une seconde solution dont l'adéquation à l'équation sous sa seconde forme n'est manifestement que le fait du hasard, mais qu'importe, et barre la solution qui voudrait que *x* égalât -5 alors que l'équation que cette valeur prétend vérifier n'existe que pour des valeurs dudit *x* supérieures à 3. Du coup, le professeur oublie son premier étonnement, et ne barre dans l'ensemble-solution général que la dernière valeur, ce qui ne peut que décourager toute tentative de compréhension de la correction.

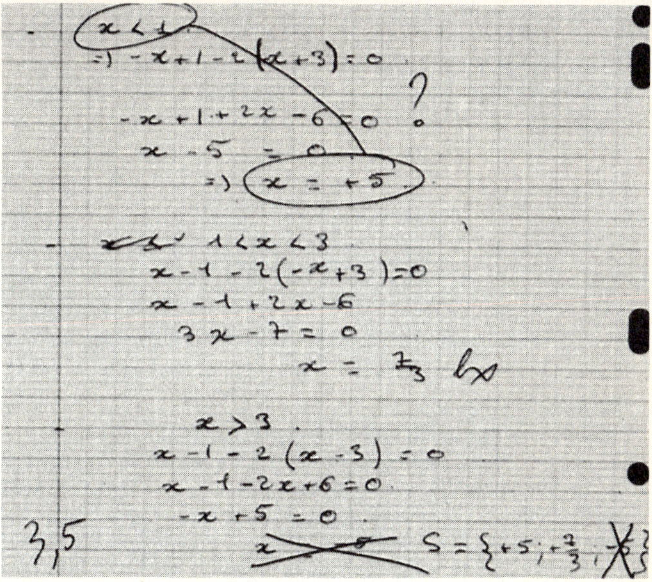

Des exigences de l'entendement

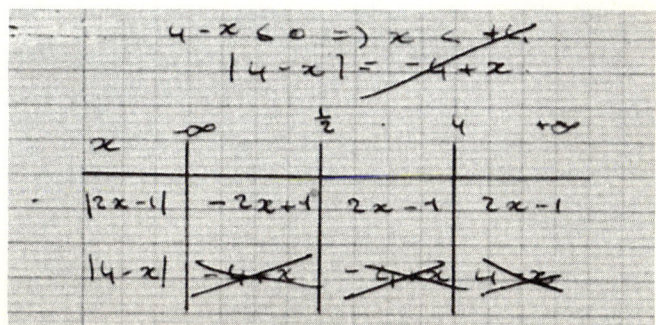

Notons, au passage, l'absurdité de la note, et du principe même de notation, qui éclate chaque fois que l'on a, en main, une copie de maths. Qu'est-ce qui est noté 3 points et demi ? La « bonne » solution ? Dont il est manifeste qu'elle ne l'est que par hasard ? Le tableau suivant ? Qui n'est « bon » que par hasard lui aussi, voyez plutôt le binôme $4 - x$: c'est automatiquement, et en subvertissant les inéquations qu'ils quations qu'ils mettent en jeu que *tous* les binômes ont le même comportement, celui des plus « courants » d'entre eux (quand le coefficient de x est positif). Alors ? Que note-t-on ? (Notons, nous, au passage, un beau monstre professoral, un « ensemble de définition » pour $|4 - x|$ avec, de plus, $4 - x$ lu comme $4 - x^2$...)

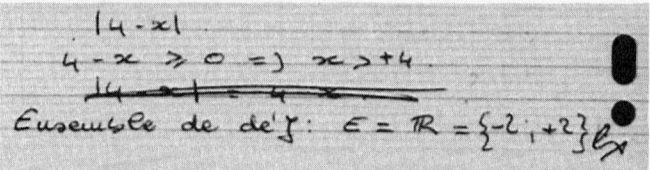

Troisième saut qualitatif, spécifiquement mathématique : celui de l'itération. Une fois acquis le fait que la variation de la variable entraîne celle d'expressions où elle figure et dont il y a moyen de connaître le signe, les plus compliquées peuvent être considérées « à froid », je veux dire sans panique — cette panique si caractéristique de l'élève jetant un coup d'œil sur une expression hérissée de signes dont il n'entend pas la signification — pourvu qu'on les voie comme des « montagnes » d'expressions simples. Selon les niveaux, il devient donc facile d'étudier des expressions telles que :

$$|2x - 1| + 3|5 - x| - |x - 4|$$
$$\text{ou que : } \left| |x - |2x - 1| | \right|$$

à des fins d'équation, d'inéquation, de représentation graphique, etc.

Activités typiques de celles qui procurent un plaisir « purement » mathématique de jeu avec la matière et de sentiment qu'un processus peut — celui-là ou un autre — indéfiniment se réitérer, et garder du sens. Encore faut-il, bien sûr, que ce sens soit parvenu à l'entendement.

Est-il vraiment si difficile de faire circuler du sens, et doit-on plutôt imposer aux élèves une manipulation de signifiants sans signifié, aliénante et vouée à l'échec ? Mais n'est-elle imposée qu'aux élèves ? Dans ce questionnaire proposé aux enseignants de mathématiques par Alain Bouvier (voir page 26), le septième énoncé était le suivant :

$$\left| |x - 2| - 17 \right| = -2$$

Si prendre la valeur absolue c'est « positiviser » la valeur d'une expression, il est évident que cette équation ne peut être véri-

Des exigences de l'entendement 171

fiée pour aucune valeur de x. Eh bien, sur 63 enseignants, 10 n'ont pas donné de réponse, 15 se sont lancés dans des calculs qui ont débouché, pour 11 d'entre eux, sur des réponses fausses, et pour 4, sur la réponse juste (c'est-à-dire pas de solution). 38 seulement ont répondu correctement, sans faire de calculs, soit 60 % d'entre eux. Qu'en pensez-vous ?

Des signifiants sans signifié, qui s'enchaînent les uns aux autres, et petit à petit ne peuvent même plus donner l'illusion du sens. Ce fameux zéro — la valeur absolue de zéro c'est zéro, la belle affaire, il est bien nécessaire, pour faire savant, de le claironner, total il sera sous les projecteurs —, pour l'automathe, deviendra le nombre à abattre, d'autant qu'il l'est dans bien des cas. Des valeurs absolues de $1 - x$ et de $x + 2$ interdisent à x de s'annuler, $-D = \mathbb{R}^*$ — ce qui passe inaperçu, on est

$$\text{III} \quad f(x) = |1 - x| - |x + 2|$$
$$D = \mathbb{R}^*$$

ici en seconde. Mais en première, le professeur s'indigne. Bien sûr, c'est en quatrième que ces choses s'apprennent, et même avant.

$$\text{I} \quad f : \mathbb{R} \to \mathbb{R}$$
$$x \mapsto f(x) = -x^2 + |4x - 4|$$
$$1) \; Df = \mathbb{R} - \{1\} \quad \text{OH !}$$

Cette valeur absolue qui traverse, absolument dénuée de toute valeur sémantique, la totalité de la scolarité secondaire pose bien la question de la reprise d'une même notion à des stades successifs de complexité ou d'abstraction. D'autres sauts qualitatifs que ceux, en nombre minimal, que j'ai indiqués sont nécessaires pour que la *même notion* prenne encore, et encore, des formes et des formulations différentes. Toutes les mathématiques sont là. Il s'agit sans cesse de la même chose, mais qu'on ne regardera pas de la même façon. Mais encore faut-il que l'on *sache* qu'il s'agit de la même chose. Sinon, on a autant d'objets que de formulations, et l'encombrement qu'ils produisent dans la mémoire les en élimine, ou la font souffrir. Dire que valeur absolue de *a*, c'est le plus *grand* des deux nombres *a* ou $-a$ (ou sup $\{a, -a\}$, ou max $\{a, -a\}$), suppose un réajustement de plus à une formulation qui devient tout à fait inquiétante — la valeur absolue d'*un* nombre est le plus grand des *deux* nombres qui...; quant à traiter la valeur absolue d'*application*, c'est voir les choses, mathématiquement, d'encore plus haut, mais d'une façon qui fait bon marché de la signification des mots, et de la grammaire, au sens strict, et au sens large. Je voudrais essayer de donner une idée de l'étrangeté de la façon dont sont présentées les notions et du hiatus qu'il y a entre elles et leurs formulations par une comparaison qui ne peut être que très approximative. Mais imaginez par exemple que l'on vous dise :

1. La *couleur d'un objet a*. C'est l'impression que fait *a* sur la rétine en lumière visible, et c'est l'opposé de cette impression en lumière invisible.

2. La couleur, c'est le *procédé* qui à tout objet *a* associe l'impression qu'il fait, etc.

Voici donc que ce qui était l'*attribut* d'un objet se transforme, sans crier gare, en *processus* d'attribution. Quand on sait l'opacité du mot « application » pour les élèves, on peut imaginer qu'avec une phrase telle que : « La valeur absolue est l'application de $\mathbb{R}$ dans $\mathbb{R}^+$ qui à tout x associe un réel positif tel que..., etc. », phrase destinée, en terminale, à remettre les idées en place à celui qui ne les avait toujours pas encore, on peut imaginer que cette phrase où pas *deux* mots ne tiennent ensemble, cette phrase pas honnête, eu égard au sens des mots et à la fonction qu'ils ont coutume de remplir, on peut donc imaginer qu'avec une phrase comme celle-là, l'élève en voit de toutes les couleurs, mais qu'il n'y entend goutte.

Si apprendre à parler mathématique, c'est procéder par traductions et emboîtements de sens à partir de langue(s) antérieurement connue(s), apprendre de plus en plus de mathématique, c'est procéder, à l'*intérieur* de la langue savante, à des emboî-

Des exigences de l'entendement

tements successifs, de telle façon que, plus on en sait, moins le savoir prend de place.

C'est le contraire qui se passe dans les classes. Et pour la valeur absolue, je vous avais caché l'étendue du désastre. A partir, de toute façon, du *mépris* absolu de la valeur des mots utilisés, vous allez pouvoir juger de ce qu'est le massacre d'une notion, exposée sur trois années successives, par les mêmes auteurs :

SIXIÈME : il s'agit de l'ensemble $\mathbb{Z}$, des nombres ENTIERS, positifs et négatifs. Il est donné des exemples d'écritures de ces entiers. Puis :
Tu trouves deux parties dans ces écritures :

- le signe « + » pour les positifs
  le signe « − » pour les négatifs
  aucun pour zéro

- la valeur absolue de l'entier, c'est un naturel
  Exemple :
  (-3) a pour « valeur absolue » 3
  23^+ a pour « valeur absolue » 23

Il est ensuite question des décimaux, et la valeur absolue est seulement donnée à travers des exemples :

$2{,}43^+$ a pour valeur absolue 2,43
$-12{,}2$ a pour valeur absolue 12,2

CINQUIÈME : valeur absolue.
La valeur absolue d'un décimal est un décimal positif.
- d est un décimal positif alors d est égal à sa valeur absolue.
$$|10{,}2| = 10{,}2 \quad |+4| = 4$$

- d est un décimal négatif **alors** d est égal à l'opposé de sa valeur absolue :
$$|-14{,}2| = 14{,}2 \quad |-4| = 4.$$

QUATRIÈME : la valeur absolue.
Notation : si x est un réel :
$|x|$ désigne le réel positif égal à x ou à $-x$.
Propriétés :
$$0 \leq |x|$$
$$|x| = 0 \text{ équivaut à } x = 0$$
$$|-x| = |x|$$
Suivent d'autres propriétés [1].

Ce maquis de définitions différentes dans chaque cas, « c'est un naturel », « c'est un décimal positif » et *si x est un réel* (angoisse : s'il ne l'est pas ?) « c'est un réel positif égal à x ou à $-x$ » alors que les

---

1. Il s'agit de *Faire des mathématiques*, sixième, cinquième, quatrième, Cedic.

exemples numériques débarrassent les nombres de leur signe, que les mots disent *positif*, et que la lettre ramène un signe − ; ces inversions totalement incompréhensibles (en cinquième) où c'est le décimal négatif qui est égal à l'opposé de sa valeur absolue, ou bien (en quatrième) où c'est zéro qui est *inférieur* à $|x|$, découragent le commentaire. Tout ça, mathématiquement bien sûr, va de soi. Mais s'adresse à qui, malgré le tutoiement ? Il ne faut pas s'étonner qu'à force de manier le positif, le négatif, sans précautions, le cafouillage devienne absolu. On aura beau avoir répété qu'une valeur absolue est un nombre *positif*, les « cas » finissent fatalement par devenir ceux-ci : si $|x| \geq 0$, si $|x| \leq 0$, $|x-3| \geq 0$, $|x-3| \leq 0$, $|5-2x| \geq 0$, $|5-2x| \leq 0$: le professeur n'a-t-il rien vu, en l'absence de son tableau ? Ici le professeur annule ce qui n'est déjà autre que l'explication de l'annulation du sens.

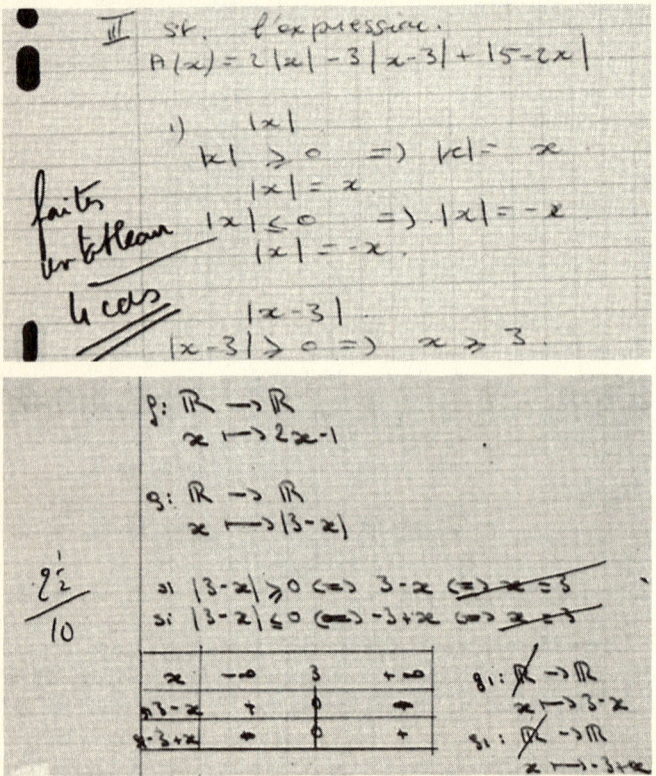

Des exigences de l'entendement 175

Un commentaire pourtant, sur la paradoxale alliance du rabâchage d'une notion mais dans des termes successifs tels qu'ils ne contribuent qu'à la désintégrer.

La « rigueur » des programmes veut qu'on définisse la valeur absolue pour les entiers relatifs, *puis* pour les décimaux, *puis* pour les réels (comme on le fait pour les opérations, leurs propriétés et pour nombre d'objets) mais tout se passe comme si c'était une notion chaque fois différente — et elle est incontestablement *présentée* comme différente quand elle passe du nombre sans son signe à la lettre avec ou non un signe −, à l'application, etc. — ce qui fait que la langue savante, qui déjà se moquait pas mal de ce que pouvait subir l'entendement à utiliser des mots dont rien du sens ne se retrouve dans les faits et les choses, va de plus se prêter à une apparente et riche polysémie.

Cette pratique est en très grande partie à l'origine de ce que j'appelle les ARCHAÏSMES, c'est-à-dire ce qui de la langue savante étant apparu en premier marquera une notion en se marquant dans la mémoire, et coexistera, ou non, avec les « nouvelles » définitions du même objet. L'exemple significatif, pour les valeurs absolues, c'est pour tous ceux à qui on l'a explicitement *dit* dans ces termes, dès la classe de sixième, et ils sont la majorité, que la valeur absolue d'un nombre, c'est le « nombre sans son signe ». C'est cette formulation qui reste présente, elle-même tributaire de deux sens contradictoires donnés à *nombre*. L'un archaïque lui-même : quand on dit le « nombre sans son signe », c'est que les deux parties en sont détachables, et la partie « détachée » qui n'est pas le signe, c'est le nombre de la communale ; l'autre qui est la nouvelle entité numérique, positive ou négative, mais indissociable de son signe : dans $+3$ ou -3, on ne peut *plus* dire que 3 est le nombre, parce que le nombre *est* $+3$, ou -3. Ainsi -3, par exemple, ne *peut* pas être le *nombre* dont la valeur absolue est le *nombre* sans son signe.

Alors de deux choses l'une : ou on croit que les élèves peuvent accéder directement au monde des idées et que les formulations n'ont aucune importance, et c'est consternant ; ou tout se passe comme si on ne voulait pas qu'ils comprennent, et c'est désolant.

6

> « Une analyse directe des mots usuels permet toujours de traiter honorablement n'importe quelle question. » Alain.

> « La pensée fait le langage en se faisant par le langage. » H. Delacroix.

Revenons à ce qu'il en est des trois langues, ce qui va nous permettre au passage d'essayer de tordre le cou à deux idées reçues.

La première est celle qui a cours sur les possibilités d'apprentissage d'un enfant en raison de son appartenance à ce qu'on appelle son milieu socioculturel.

On ne me fera pas dire, puisque je dis le contraire, que le milieu n'a pas d'importance déterminante dans la mesure où il est évident qu'il est en relation avec ce qui est mis à la disposition d'un enfant comme matériau langagier, et donc comme « coefficient » de saturation de son entendement, donc comme potentialité de pensée. MAIS, et ceci est primordial pour tous ceux qui ont des projets de société, cette inégalité de départ peut être en partie réparée par l'école : en partie seulement, puisque, dans la situation actuelle, l'école ne faisant que reproduire les divisions existantes, les premières années sont, sans recours, vouées à la disparité des langues qui se parleront au-dessus des berceaux. Or, même cette réparation partielle, qui pourrait de génération en génération s'étendre et permettre une ouverture sur le savoir moins dramatiquement hypothéquée par le milieu qu'elle ne l'est aujourd'hui, même cette *obligatoire* réparation que *doit* l'école à des enfants *pauvres* en langue, qui seront donc voués à être *pauvres* en pensée, elle ne l'obtient pas. Les institutrices et les maîtres sont, dans le cas de classes dites défavorisées, écrasés par l'ampleur écrasante de leur tâche et, soit baissent les bras en disant qu'on essaie d'intéresser des enfants à des choses qui ne les intéressent pas, soit s'usent à cette tâche impossible, car, telle qu'elle est conçue, elle *est* impossible.

Il est intéressant de constater que les constats d'impuissance peuvent tomber de haut : en avril 1980, le ministre de l'Éducation nationale alors en exercice commentait sur RTL la désaffection, euphémisme pour exprimer le rejet violent du scolaire par certains adolescents justifiant l'orientation vers la vie active, les apprentissages professionnels précoces, etc., par cette tautologie : « Il y a des enfants qui ont un tel ras-le-bol de l'école. »

Oui. Mais le bol, qui l'a rempli ?

On a rempli le bol en vidant les têtes, et on a vidé les têtes en les remplissant d'un savoir qui ne « tient » à rien, qui ne « tient » sur rien, qui ne tient de rien. Si on savait que les têtes, quel que soit le milieu dont elles proviennent, disposent « au départ » d'un entendement déjà saturé ; si, en tenant compte de la disparité des langues, on construisait du sens *dans* du sens, on s'apercevrait qu'un entendement, « tel » un corps, à quelque classe qu'il appartienne, ne demande qu'à fonctionner.

Du sens est là, qui ne demande qu'à prendre forme, et formes. Et je peux affirmer que, quel que soit le milieu, ce travail sur les *formes* de plus en plus affinées à donner au sens est pour moi pratiquement le même, d'abord parce que l'accès à la langue et à la pensée n'est pas *garanti* pour un enfant de milieu favorisé, et puis parce que ces formes particulières ne sont pas préexistantes dans l'entendement : c'est bien la fonction d'un enseignement que de les *enseigner*, d'apporter ce qui manque si ça manque, mais en utilisant ce qui existe déjà, et il existe toujours quelque chose. Et c'est là qu'on se heurte à la deuxième idée reçue, complémentaire de la première dans le bagage des bien-pensants qui manifestement confortés par leurs bonnes intentions ne craignent pas la contradiction. On va « faire découvrir » des concepts, pour intéresser « tout le monde », sans se douter qu'on pense par ailleurs que pour certains enfants conceptualiser et abstraire est plus que difficile, parce qu'« on ne peut pas les intéresser », et que donc ils ne seront pas intéressés.

Tout ceci pour dire qu'il est également nocif de « parler savant » directement à des enfants que de ne pas parler du tout, sous prétexte qu'ils ne comprendront pas, et donc de les occuper comme on peut le temps d'une scolarité obligatoire, pour les projeter ensuite dans la vie active.

Dramatique indifférence à la *réalité* du travail à accomplir

— alors que les dévouements, les monumentales dépenses d'énergie ne sont pas en cause — et dramatique malentendu sur ce qu'est l'entendement.

Quelques exemples de la façon dont les trois langues en présence se manifestent dans l'entretien que j'ai eu avec Thierry.

— Les significations à l'élaboration ultime de ce que sera la valeur absolue sont présentes dans la langue maternelle de n'importe quel sujet : ça dépend, ça dépend pas. De même pour le sens de parcours sur une droite, l'idée de trajet, de distance parcourue, de nombre, de signe.

— Absolu et relatif flottent au sein de la seconde langue, en relation ou non avec la langue maternelle. S'ils n'ont pas été entendus ou utilisés de façon précoce, l'école ne les aura pas fixés, ils sont donc « à apprendre » à l'élève, *dans* le sens qu'ils ont déjà. Des mots parmi les plus savants de cette seconde langue sont indispensables en mathématiques comme outils conceptuels, tels que par exemple « statut » (pour les lettres, les expressions), hybride (pour les formes), privilégier (pour les directions, des formes, etc.), système, systématiser (pour un processus), etc., et cela s'« apprend », si nécessaire, sans la moindre difficulté *dans* les significations qui sont déjà en place.

Le préjugé et la contradiction à combattre sont là : il *faut* apporter des mots donc une possibilité de penser de plus en plus efficace à ceux qui n'en disposent pas, ils ne les inventeront pas, mais de façon à ce qu'ils puissent les digérer, en faire *leur* substance. Sinon ils ne peuvent que les rejeter, bien sûr, et donner raison à ceux qui, tautologiquement, se seront débrouillés pour exclure les exclus.

— La troisième langue se construit sur les *deux* premières. Il est indispensable que la parole irrigue sans cesse ce qui va devenir savant. *Valeur*, par exemple, est un mot qui réclame le plus souvent sa signification première, renvoyant à ce qu'il en est du mesurable, de l'évaluable, du chiffrable d'une entité, autrement dit de sa relation au numérique. Il devient alors nécessaire d'expliciter, comme je le disais plus haut, au moment délicat où on doit trouver « le nombre qui a même *valeur* (absolue) que a mais qui est positif » ce que peut être cette valeur qui est potentiellement chiffrable, mais modifiée par la lettre.

La langue mathématique — savante — a tendance à se débarrasser de plus en plus de mots jugés inutiles. Nombre, par exemple, est un mot qui, mathématiquement, n'a plus de signification, il faut dire un naturel, un entier, un décimal, un rationnel, un réel. Mais pour le sujet ordinaire de l'enseignement des mathématiques, c'est le contraire. Ce sont les mots, naturel, entier, décimal, rationnel, réel, pris tout seuls, adjectifs autoritairement substantivés, qui n'en ont pas. Pour ma part, je réutilise systématiquement le mot *nombre*, mot issu de la langue maternelle et donnant du sens aux adjectifs qui l'accompagnent, et qui permet à des considérations plus ou moins savantes de trouver une assise qu'elles ne pourraient pas trouver autrement.

C'est donc la langue maternelle qui assure la circulation du sens. C'est par elle qu'il faut se faire entendre, *et* c'est d'elle qu'il faut contrôler ce qu'elle donne à entendre. Car elle est le premier lieu de pensée organisée, d'abstraction, de conceptualisation. Elle est le réservoir de toutes les significations présentes, et à venir. C'est elle qui transmet donc à l'entendement, *dans ses propres termes*, choses vues et entendues.

Mais la langue maternelle est aussi pour un sujet non seulement celle dans laquelle il pense et qui lui permettra de penser autrement, mais celle dans laquelle il souffre ou est heureux, celle dans laquelle il rêve. C'est dire que les mots de sa langue sont pour un sujet chargés de sens et d'affects, autrement dit fortement «libidinalisés». Et ceci est pour notre propos d'une importance extrême.

7. Langue maternelle, ou mère des langues

1 Témoins cités : Oresme, Poincaré.
2 Éric, ou de l'abandon.
3 De l'abandon à la « folie ».

1   « **Le langage n'est pas, comme on le croit souvent, le vêtement de la pensée. Il en est le corps véritable.** »   L. Lavelle.

« Langue maternelle » est une expression inventée en 1361 par Nicole Oresme (1323-1382), évêque de Lisieux, mathématicien et grand fabricateur de mots devant l'Éternel. Nous lui devons en mathématiques, entre autres, commensurable, démonstration, divisible, équidistant, proportionnalité, irrationnel, sphérique, et... mathématicien. Auteur du plus ancien traité scientifique connu écrit en langue française (*Traité de la sphère*), il devait en savoir long sur les relations constitutives de la pensée et de la langue : Oresme, comme tous les clercs de son temps, *pensait* en latin. Amené à écrire en français, langue à l'époque pauvre en termes abstraits, il est obligé pour permettre à ceux qui le liront en français de pouvoir penser, de leur en donner les moyens en leur apportant une floraison de mots nouveaux : on a pu dire qu'il a été avec Rabelais et Victor Hugo l'un des plus riches créateurs du vocabulaire de la langue, il n'est que d'ouvrir un dictionnaire étymologique pour s'en assurer.

Oresme et ses lecteurs sont donc bilingues : « Ils tancent leurs valets en français, mais pensent en latin. » La langue maternelle, le français, c'est donc la langue apprise au berceau, la langue des mères, celle des affects et des pulsions, par opposition à la langue des pères, le latin, la langue du savoir.

L'opposition mise en jeu par Oresme a changé de second terme implicite, et on comprend aujourd'hui langue paternelle comme induisant langue étrangère plutôt que langue maternelle.

Or, si l'opposition père-mère n'est peut-être plus à prendre en compte pour ce qui est de la distribution du savoir — encore que, en mathématiques, pour l'instant... —, une opposition est plus que jamais en vigueur dans le couple, dont nous avons vu qu'il était plutôt un trio, langue de la libido-langues du savoir.

On croit pratiquer une pédagogie de pointe en parlant d'inter-disciplinarité. Je suis désolée d'avoir à dire que cela me paraît, pour ce qui est des mathématiques — à part les relations que l'on peut, à partir d'un certain moment, établir avec la physique mais qui ne sont pas indispensables aux mathématiques —, un artifice de plus, destiné à masquer l'impuissance où l'on est de transmettre du sens et d'entretenir ou de produire le désir de savoir de façon intrinsèque. Le travail sur la langue, en mathématiques, ne relève pas d'une « interdisciplinarité », il est la discipline même, dans tous les sens du terme, et ce n'est ni un cadeau consenti aux élèves ni le pain enlevé de la bouche des professeurs de français. Et j'en profite pour rendre ici hommage à l'équipe des professeurs de l'APMEP qui par son remarquable travail sur les mots utilisés en mathématiques, et qui s'appelle *Mots*, précisément, rend implicitement compte de l'importance, en mathématiques, de « faits de langue », attitude malheureusement rarissime dans l'ignorance à peu près générale où l'on est de cette importance [28].

En voici un exemple qui vient de haut.

René Dugas dans son *Essai sur l'incompréhension mathématique* [14] raconte : « Analysant les axiomes placés par Zermelo à la base de la théorie des ensembles dans son exposé systématique de celle-ci, Poincaré hésite à traduire le mot *Menge* par le terme français *ensemble*. Pourquoi ? Parce qu'il n'est pas sûr que ce mot ait conservé dans l'esprit de Zermelo son sens intuitif ''sans quoi il serait difficile de rejeter la définition de Cantor ; or le mot français ensemble *suggère ce sens intuitif d'une manière trop impérieuse* pour que l'on puisse l'employer sans inconvénient quand ce sens est altéré'' (Poincaré, *Dernières Pensées*). »

Merci, monsieur Poincaré, de nous suggérer à votre tour par ce seul scrupule de *traducteur* que la question de la traduction, c'est-à-dire de la langue, est une question centrale « en » mathématiques, puisqu'elle engage la question du sens, et mieux encore ici, celle de tous les présupposés *mathématiques* mis en jeu par l'emploi de tel mot plutôt que de tel autre. L'analyse de ces axiomes de Zermelo amène ainsi Poincaré à conclure que : « Il faut donc bien que Zermelo n'ait pas considéré ses axiomes comme de simples définitions de mots et qu'il ait attribué au mot *Menge* un *sens intuitif préexistant à tous ses énoncés.* »

Un mot engage du sens. L'employer, c'est produire l'irruption de ce sens, éventuellement de façon parasite pour ce que l'on veut signifier quand il s'agit d'un ré-emploi. Or la langue mathématique est une dévoreuse de mots qu'elle prend dans la langue tout court, dont elle altère le sens jusqu'à plus soif, elle en consomme les lettres, elle mobilise par tous les bouts des intuitions — on imagine volontiers Poincaré demandant à Zermelo : « *Menge*, cher Maître, comment l'entendez-vous ? » —, des rencontres de sens, des entrechoquements de sens, des fuites de sens qui sont dus aux alliances de mots, aux combinaisons de mots, aux mots alliés à des lettres, à des lettres combinées entre elles... Qui nous dira les intuitions produites chez les mathématiciens par des mots qui les ont bercés ou qui explosaient en cour de récréation ?

Ne pas tenir compte du maternel pour élaborer une langue de savoir, ce n'est donc pas seulement ne pas arriver à édifier cette langue de savoir. Le savoir ne « tiendra » pas, puisque non enraciné dans le lieu du sens. Mais le lieu du sens, lui, sera saccagé, et ce, de deux façons. La première, c'est par un ré-emploi obligé en langue savante de mots de la langue maternelle utilisés *à côté* de leur emploi naturel, ou à contre-emploi, et qui, doucement, se mettent à mourir, de leur belle mort : tel cet élève qui m'affirmait, avec la conviction de qui en mettrait sa main au feu, et parce qu'il venait d'en comprendre le sens « en mathématique », n'avoir *jamais* vu ni entendu le mot « image » dans les définitions des fonctions, applications, etc. Nous avons ouvert son cahier de cours, et l'avons compté, écrit de sa main, dix-sept fois. La deuxième, c'est par la négligence, le mépris des effets de résurgence de cette langue maternelle dans la langue savante, effets de langue qui ne sont autres que des erreurs, des approximations d'expressions, des « autres entendus ». « Ajouter » la même expression aux deux membres d'une équation (page 104) ou penser qu'on l'« enlève » aux deux termes d'un quotient (page 152) n'est autre que l'irruption du parlé, du maternel dans le savant, le « paternel ». Ne pas tenir compte de cette dualité et de ses effets, c'est obliger l'entendement à déserter les *deux* lieux. C'est laisser le sujet tout seul dans la forêt du sens, où il vivra, pour ce qui est des mathématiques, en état d'abandon.

Et peut-être pas en mathématiques seulement.

2

> « Les mots ne sont pas dans l'esprit comme dans un dictionnaire. (...) Ils sont engagés dans des rapports psychologiques, et, sauf pour les grammairiens, ils n'ont pas d'indépendance existante et isolée. »   H. Delacroix.

> « Exister, c'est être supposé intelligible, et être perçu. »   J. Laguezau.

Ce n'est évidemment qu'après coup que j'ai compris pourquoi, à travailler sur le sens et donc à être amenée par le simple rapport à la réalité des phénomènes à prendre en compte l'existence des langues, il se produisait, à cause de ce qui se faisait « en » mathématiques, des phénomènes apparemment incompréhensibles ou démesurés.

Incompréhensible, d'abord, ce phénomène des progrès en français. Progrès dont j'étais avertie par les parents, et qui souvent apparaissaient avant les progrès en mathématiques, qui m'amusaient et m'intriguaient. Je ne pouvais guère les attribuer à l'apport de vocabulaire que nécessitaient nos entretiens. Leur « rigueur », en revanche, avait des effets certains. Des parents ébahis s'entendaient reprendre sur un mot, une expression, se voyaient invités à préciser leur pensée. Mais ce n'était quand même pas suffisant pour comprendre le changement manifeste survenu dans le rapport à la langue.

Je crois que je n'ai compris les raisons de ce phénomène que lorsque j'ai compris celles du phénomène inverse. On a constaté paraît-il une certaine homogénéité entre les résultats en maths et en français. Voilà qui ne m'étonne plus guère, car je crois aujourd'hui qu'en *fabriquant* de mauvais élèves en maths on contribue à les *rendre* mauvais en français. Très simplement parce qu'on détruit, avec la langue supposée être celle de la rationalité, la rationalité de la langue ordinaire. Ce qui se produit, et nous verrons que cela se produit lourdement, dès la maternelle, c'est une hypothèse sur le *sens*, et donc sur la *confiance* que l'on peut faire à la langue.

Or, le fait de restituer aux langues leur sens, le fait de lever l'hypothèque que fait peser la langue des mathématiques sur la langue tout court permet brusquement à celle-ci de vivre une vie *normale*, qu'elle avait été empêchée, ne fût-ce qu'en un seul lieu, de vivre. Ce qui se passait donc, c'était non un déclenchement, mais la *reprise* d'une évolution qui avait été bloquée.

Un enseignement des mathématiques qui donnerait leur place réelle aux questions de langue en « détectant », en repérant leur existence et leurs interactions par une analyse pertinente des erreurs serait tel que, plutôt que de permettre aux élèves de faire des progrès en français, il ne les en empêcherait pas.

Les phénomènes démesurés maintenant. Tel ce qui me fut raconté de ce très jeune enfant, sortant de sa première séance — sur la numération — et se précipitant dans les bras de sa mère, émue et ravie, car leurs rapports étaient difficiles, et il y avait quelque temps qu'il ne s'était laissé aller à pareil élan. Telle, à l'autre « bout » de l'échelle des âges, cette jeune femme muette durant les premiers temps de son analyse et qui s'est mise à parler sur le divan après la première fois où, venue « faire des mathématiques », elle a effectivement fait des mathématiques. Tels ces enfants, ces adolescents qui deviennent beaucoup plus calmes chez eux, n'ont plus besoin de psychologue et semblent se réconcilier avec la vie.

Je ne sais, et ne veux généralement rien savoir de l'histoire de mes élèves. Sur mes fiches, en guise de renseignements, il y a un nom, une adresse, un âge, la date du premier cours, sauf cas rarissime où l'histoire est si exceptionnelle qu'on m'en avertit pour que je l'écoute. Cette volonté d'ignorance, d'abord « instinctive », ensuite concertée de ce qu'est l'identité familiale et scolaire d'un enfant s'est trouvée, en fait, laisser la place nette aux manifestations d'une « autre » identité, celle, souffrante et malmenée, de l'entendement.

C'est parce qu'il n'est pas reconnu dans son entendement en mathématiques que le sujet se trouve très vite dans une solitude mentale qui hypothèque ses relations avec « le monde » —

d'autant que la réussite en mathématiques est privilégiée — et c'est parce qu'il est reconnu dans son entendement qu'il peut se réconcilier avec le monde. Or, être reconnu dans son entendement en mathématiques, c'est être reconnu dans son entendement tout court, c'est donc être reconnu tout court, c'est ne plus être seul, c'est recouvrer grâce à l'autre qui est garant du sens, sens qui ne suppose en mathématiques ni complaisance ni concessions, mais habite le même espace de sens que soi, puisque le sens circule de l'un à l'autre, une « identité mentale » qui ne doit rien, de manière artificielle et convenue par la collusion entre le scolaire — le psychologique — et le familial, à l'identité tout court.

Éric, dix-sept ans. A redoublé sa troisième et redouble sa seconde, se débat depuis quatre ans face à un échec sévère, méchant, avec un acharnement qui laisse pantois, parce que pendant tout ce temps-là il y a, en plus, des cours de maths qui ne font que sanctionner une nullité telle qu'on pense autour de lui, tout en faisant des choses pour lui, qu'il n'y a rien à faire. Rien à faire, en ce cas, c'est rien à faire tout court, une vie est en jeu.

Dès les premiers cours, je sens, indépendamment de l'urgence où il est d'améliorer ses notes, et donc du point de vue utilitariste évident qu'il ne peut manquer d'avoir sur le travail que nous faisons, un intérêt non moins évident pour la matière. Curiosité, questions, et incrédulité amusée pour l'intérêt que je semble porter, moi, aux erreurs qu'il fait, assortie de réflexions humoristiques sur lesdites erreurs chaque fois que nous sommes amenés à les commenter : une façon de se protéger comme une autre, mais qui par bonheur n'a pas paralysé l'entendement. Pas d'inhibitions, la parole circule, ce qui dans un cas comme celui-là est inespéré.

Et puis un jour il arrive avec une interro : toujours en dessous de la moyenne, annonce-t-il avec amertume, puis il finit par reconnaître que, c'est vrai, il a « gagné » des points. On dit que c'est l'essentiel, et on passe à l'examen de ladite interro.

Là où il s'était planté, c'était sur un exercice de barycentre. On n'avait pas vu ça ensemble, mais il avait bien appris sa leçon, et il s'agissait d'une application immédiate du cours.

Langue maternelle, ou mère des langues

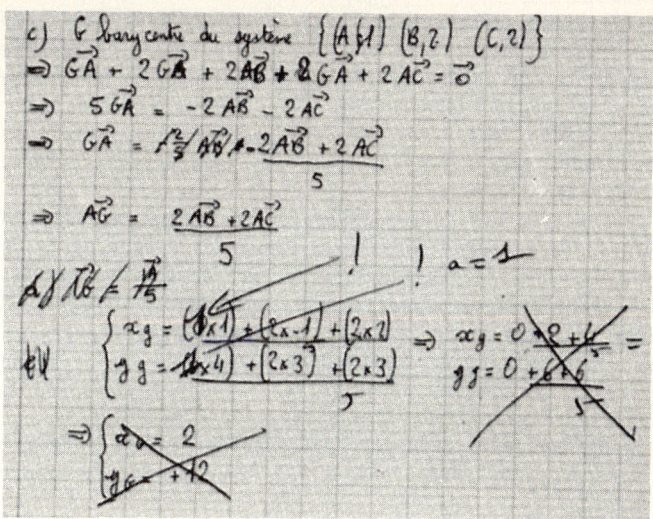

Connaissant les coordonnées des points A, B, C, donner celles du barycentre du système {(A, 1), (B, 2), (C, 2)} avec A (1, − 4), B (− 1, 3), C (2, 3).

La première écriture, celle qui définit G comme barycentre du système donné, c'est-à-dire :

$$\vec{GA} + 2\vec{GB} + 2\vec{GC} = \vec{0}$$

avait été omise, et Éric avait directement grâce à la relation de Chasles posé la première ligne de son texte, et poursuivi ses calculs, exacts, jusqu'à :

$$\vec{AG} = \frac{2\,\vec{AB} + 2\,\vec{AC}}{5}$$

Mais pour ce qui est des résultats proposés pour les coordonnées de G, mystère ! Plusieurs hypothèses me viennent à l'esprit, toutes mauvaises, y compris celle de son professeur, qui avait dû penser que malgré ce calcul préalable, Éric « appliquait » directement la « formule » :

$$x_G = \frac{ax_A + bx_B + cx_C}{a + b + c}$$

et l'analogue pour y_G.

Je cherche donc la raison de l'erreur, aidée d'Éric, qui regarde sa propre production avec une sorte d'incrédulité — comme cela arrive souvent — en se demandant : « Comment j'ai pu cafouiller comme ça ? » Il pense qu'il a « oublié » le 5 en dénominateur, mais c'est tout. Je cherche, mais ne trouve pas, et finis par renoncer, car il y avait à faire, en particulier recentrer ce barycentre flottant.

Ce qui est fait, plus quelques points de détail sur d'autres questions qui nous éloignent de tout ça et nous mènent à la conclusion de la séance de ce jour. Et c'est debout, une fois ses affaires rangées, cahier refermé et copie enserrée dans le classeur qu'il me dit : « Ça y est, j'ai compris ! »

— Tu as compris ? Tant mieux. Mais quoi ?
— Ce que j'ai fait à l'interro.
— Ah bon ?

Alléchée, je lui dis de rouvrir son classeur, vais pour ma part ouvrir à l'élève suivant, lui dis d'attendre un instant, et demande à Éric :

— Alors ?
— Alors voilà.

Maintenant que j'ai compris ce que ça voulait dire que

$$\vec{OG} = \frac{a\ \vec{OA} + b\ \vec{OB} + c\ \vec{OC}}{a+b+c}$$

je comprends que j'ai dû mélanger et faire avec A comme j'aurais dû faire avec O. Alors j'ai pensé que dans :

$$\vec{AG} = \frac{2\ \vec{AB} + 2\ \vec{AC}}{5}$$

le premier vecteur manquait et que c'était $\vec{AA}$

Et voilà, tout se tenait. Avec :

$$\vec{AG} = \frac{1\ \vec{AA} + \vec{AB} + 2\ \vec{AC}}{5}$$

et en faisant comme si A était l'origine (tout en la prenant en O) et « en oubliant le 5 » on avait bien les coordonnées qu'il avait « trouvées ».

Je dus avoir l'air passablement ébloui, et ce qui se passe alors va être très chargé d'émotion de part et d'autre. La mienne d'abord quand je lui dis : « Bravo, c'est très fort ce que tu viens de trouver. » Sourire de bonheur. Et à la porte : « Madame, ça m'aide beaucoup les leçons que vous me donnez. »

Comme ça n'a pas cessé de se produire depuis que je m'intéresse aux erreurs, maintenant que je le connais, le processus utilisé par Éric me paraît évident à déchiffrer, et donc facile à reconnaître sous cette forme ou une autre s'il se représentait. N'empêche, il y avait là la conjonction rare, et précieuse, de mon ignorance et de son savoir, conjonction qui a donc produit des affects très forts.

La semaine d'après, il arrive littéralement rayonnant. Aucun rapport avec ce qui s'est passé, ce qui ne m'étonne guère, les effets de jouissance de l'entendement contribuant par définition à annihiler l'*objet* de la jouissance — puisqu'il devient nouvelle matière de l'entendement — mais laissant seulement en place du désir, celui de reproduire la jouissance en question sur d'autres objets. D'ailleurs, il a « oublié » de me rapporter la copie que je lui avais demandé de me confier. Je lui demande :
— Tu vas bien ?
— Je pense bien que je vais bien.
— Tu vas *spécialement* bien ?
— Oh oui. J'ai la moyenne en maths...
— Ah bon ? Eh bien c'est bien. Mais ce n'est pas moi que ça étonne tant que ça...
— Eh bien, figurez-vous que *moi*, ça m'étonne. J'ai la moyenne en maths. Et c'est grâce à vous. Avant je valais 4. Maintenant, grâce à vous, je vaux 10.

Un peu interloquée — il n'y a pas la moindre trace d'ironie dans ce qu'il dit —, j'essaie de lui faire comprendre que je ne vois pas bien la différence entre ce qu'il était avant de travailler avec moi et ce qu'il est maintenant, qu'il ne « valait » pas plus 4 qu'il ne « vaut » 10, que la note n'évalue pas une personne mais, selon des conventions parfois bien arbitraires (euphémisme, mais je ne voulais pas trop lui gâcher son 10), un travail, que ce travail c'était lui qui l'avait fait...

Peine perdue. Pied à pied, il argumente et je comprends soudain que cette obstination a un enjeu qui me dépasse, et sans imaginer lequel, je finis par acquiescer : « Oui, tu as peut-être raison, disons que c'est, en partie, *aussi* grâce à moi. »

A situation d'exception, comportement d'exception. J'appelle la psychologue qui me l'avait envoyé, car je ne me souvenais pas trop de ce qu'elle m'avait dit, sinon qu'il s'agissait d'un cas désespéré. Pensant que je voulais avoir de ses nouvelles « par ailleurs », elle me dit qu'elle l'avait revu très récemment, après une très longue interruption, qu'elle l'avait, pour la première fois, entendu parler de lui-même avec une maturité qu'elle ne lui avait jamais connue, ne se dépréciant ni se surévaluant, qu'il n'était plus sur la défensive, qu'il n'était plus agressif... Très bien. Je finis par demander, un peu timidement, ce qu'il en est de la situation de ce garçon. « Comment, je ne vous l'avais pas dit ? — Euh, si... » Il est question d'une feuille volante que j'aurais perdue, etc.

Alors voilà. Quand je dis que l'enfant se retrouve hors du lieu maternel de la langue, hors du lieu paternel du savoir, ce sont, bien sûr, des métaphores. En conservant ces métaphores, la reconnaissance de l'entendement d'un enfant, par la circulation des langues, la prise en compte des erreurs, la construction d'un savoir *dans* ce qu'il sait déjà lui fait réintégrer le lieu maternel et investir le lieu paternel, et tout se passe comme si cet enfant, après avoir vécu une intolérable angoisse d'abandon, était à nouveau *reconnu*.

Eh bien, ici, on n'était plus dans les métaphores. Il n'y avait *pas* de lieu maternel, *ni* de lieu paternel.

J'ai donc imaginé que la reconnaissance, par moi, de lui, ne suffisait pas, et qu'il fallait que lui, aussi, *me* reconnaisse, en me manifestant de la reconnaissance. J'avais donc eu raison d'accepter que quelque chose me soit dû de ce qu'il « valait ». Mes leçons ne l'aidaient pas seulement en mathématiques, elles l'aidaient à vivre.

Langue maternelle, ou mère des langues   191

3
> « L'élève apprend tout ce qui est indispensable pour faire son chemin dans la vie — exactement les qualités qu'il faut pour faire son chemin à l'école : l'art de frauder, de feindre des connaissances qu'on n'a pas (...) d'assimililer rapidement des lieux communs... »
>
> B. Brecht.

J'ai dès le début parlé de démesure. Que ce qui s'est passé pour Éric soit, aussi, explicable par son inverse est l'évidence. Les mathématiques sont ce qui empêche des centaines de milliers d'enfants et d'adolescents de vivre. Quand ce n'est pas de vouloir vivre tout court — revoyez, page 13, la petite Valérie —, c'est comme l'indique le sens habituel de l'expression que ça leur gâche la vie, cette fois au sens figuré et au sens propre.

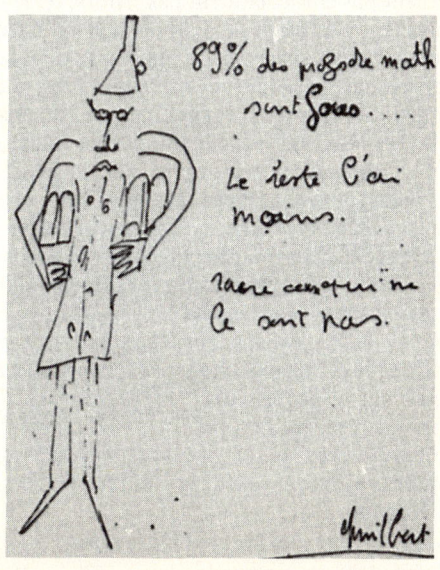

Et ça la gâche autour d'eux, incontestablement, ça vient créer ou renforcer des conflits, des angoisses, des drames. Tout ça, très simplement, parce que l'enseignement des mathématiques non seulement ne parvient pas à les faire entendre, mais met en cause, en accusation, l'entendement des élèves; et à le mettre en cause, sans que personne puisse démontrer l'injustice de cette accusation — allez donc comprendre ce qui se passe quand c'est des mathématiques — elle parvient à les atteindre, à les toucher dans le sentiment qu'ils ont de leur entendement tout court. Finalement il y a de quoi rendre fou. Alors qui est fou ? Le professeur ou l'élève ? Rêvons sur cette « statistique » qui inverse, le temps d'un dessin, le rapport de forces. Inversion dérisoire dans sa dérision, car le seul pouvoir dont dispose l'élève est soit de s'autodétruire, soit d'accepter l'état d'abandon dans lequel il se trouve.

Cet état d'abandon est le *même* pour tous les élèves que je vois, qu'ils aient ou non des parents qui les « adorent », qu'ils aient ou non des professeurs « gentils ». Ils ne comprennent rien, et c'est de leur faute. Ce qu'ils voient, qu'ils entendent n'est ni vu ni entendu, et il faut qu'ils voient et qu'ils entendent ce qu'ils ne voient pas et n'entendent pas. Alors, tel le jeune Gustave (Flaubert), ils essaient de se fabriquer un cocon de chaleur humaine en écrivant à un ami en classe de maths, ce qui ne les empêche pas, reculant pour mieux sauter, d'être forcés d'accepter de toute façon cet abandon, et de l'aménager, c'est-à-dire de jouer le jeu qu'on leur impose de jouer.

Quel jeu ? Celui, à peine croyable, que ce jeune enfant — vous savez celui qui avec 10 crayons dans sa poche affirmait qu'il avait 20 ans — reproche au professeur de ne pas jouer. Ce jeu qui consiste « à barbouiller du papier avec des chiffres », et qui repose sur un extravagant contrat dont les clauses essentielles et tacites sont les suivantes :

Clause n° 1 : le sens est la propriété exclusive du professeur.

Clause n° 2 : le sens sera *simulé* par l'élève, et cette simulation acceptée par le professeur.

Clause n° 3 : réservée au professeur. Il appartient au professeur de rendre cette simulation possible, dans une mesure dont il appréciera, par élève et par nombre d'élèves, l'opportunité et l'étendue.

Voilà. Ça n'est pas une autre vérité qui sortait de la bouche

Langue maternelle, ou mère des langues 193

de l'enfant qui n'avait pas 20 ans et le savait. « C'est de ta faute, tu ne m'as pas donné les bons nombres. » Si on lui avait proposé « les bons nombres », par exemple 4 crayons dans la poche gauche, l'ensemble des phénomènes qui se sont sans doute produits, à savoir poche *gauche* explicitement précisée induit poche *droite*, il y a donc deux poches à prendre en compte, une opération à faire, 2 fois 4, ça fait 8, 8 ans, voilà, c'est trouvé, on ne doit pas être loin de compte. Car ce sont les bons nombres qui font les bons comptes, les bons comptes font les bons amis, et entre bons amis, à bon ou mauvais entendeur, salut !

Ça n'est sans doute pas autre chose non plus que voulaient dire par leurs protestations tous ces professeurs indignés par le récit de l'« expérience » de l'IREM de Grenoble. *Déontologie*, c'est peut-être ce que ça voulait dire : il faut jouer le jeu de la simulation du sens. Sinon où irait-on ?

Où va-t-on, en effet, si les professeurs donnent aux intéressés des exercices et des problèmes qui ne sont pas du modèle de ceux qui sont déjà faits ? Pratiquement à la catastrophe généralisée. Alors c'est rare que cela se produise, ou quand ça s'est produit, que ça se reproduise. Ou alors le professeur est suicidaire et il consent à afficher face à l'institution une classe qui va s'avérer être complètement nulle.

Mais où va-t-on si, non contents de ne pas jouer le jeu du sens, on joue son contraire, le jeu du non-sens ?

Eh bien, précisément, à révéler ce qu'il en est de la simulation du sens.

Comment et pourquoi est-elle possible, même quand un énoncé est transparent à l'entendement, ce qui est le cas de ceux qui ont été proposés aux enfants de Grenoble ? Pourquoi le renoncement à accéder au sens d'un énoncé est-il *total*, au point de se produire indifféremment quand l'entendement est en mesure de comprendre, ou non ? Quelles sont les conduites qu'il adopte pour, tout de même, fournir, produire des réponses, permettre à la main de « barbouiller du papier » ?

D'autres forces que la seule destruction du sens sont mises en jeu dans la simulation du sens. Forces souterraines, archaïques, que nous allons tenter de mettre au jour, après avoir essayé de savoir d'un peu plus près ce qu'il en est, qu'il existe ou non, du sens.

8. Du sens et de la simulation du sens

1 Sens ; pas-de-sens ; non-sens.
2 Comment la manipulation du pas-de-sens produit du non-sens.

1

> « Les mots diversement rangés font un divers sens, et les sens diversement rangés font différents effets. »
> Pascal.

Qu'en est-il du sens en mathématiques, quand on les aborde à travers l'écrit, l'imprimé, le lu, ou l'entendu de cet écrit, de cet imprimé, autrement dit à travers la forme sous laquelle se présente ce savoir, celle de textes. Textes qui sont aussi bien ceux des livres, que du cours que fera le professeur au tableau, que ceux des corrigés de problèmes ou d'exercices, etc. Mais aussi bien ceux produits « en mathématiques » par tout praticien des mathématiques, enfant, adulte, professionnel ou amateur, dans le secret d'un lieu clos, ou sur les bancs de l'école.

Ont du sens en mathématiques le vrai et le faux. Quand une proposition est vraie, elle a du sens, mais quand elle est fausse *aussi*. Écrire que 2 est égal à 6 a du sens, mais c'est faux. La négation de cette proposition fausse est vraie : 2 n'est pas égal à 6.

Une proposition qui dépend de variables peut alternativement être vraie ou fausse, mais pour des valeurs fixées de la variable ou des variables elle ne peut être que vraie, ou que fausse, rien d'autre, et pas les deux à la fois (par exemple $x < 3$ est vrai pour toutes les valeurs de la variable réelle x inférieures à 3, et $x < 3$ est faux si x représente un nombre supérieur, ou égal à 3).

Ont du sens d'autres écritures qui ne relèvent pas pour autant du vrai ou du faux : ce sont par exemple des désignations d'objets, des descriptions, des définitions. Le sens est alors soumis à des adéquations entre des usages, des conventions, des codes que petit à petit on apprend, quand on les apprend, ce qui ne va pas forcément de soi : pour la majorité des professeurs, tout l'implicite des mathématiques est tellement familier qu'il ne leur vient pas à l'esprit de l'expliciter.

« Soit ABC un triangle donné » est une phrase qui a du sens, *parce qu'on* a coutume de nommer un triangle par la succession des désignations des trois points constituant ses trois sommets. Le texte peut juger inutile de préciser que A, B, C désignent des points.

En revanche, « soit ABC un nombre donné » est une phrase qui telle quelle *n'a pas de sens* parce qu'on ne sait rien de ce que A, B, C veulent dire : s'agit-il d'un produit de trois facteurs, si oui de quelle sorte sont-ils, etc. ?

Mais pour une phrase telle que : « Soit M le milieu du vecteur AB », le sens n'est pas en attente. Cette phrase est un *non-sens*, parce qu'un vecteur n'a pas de milieu.

Il est bien évident que tout travail sur le sens ne peut que mettre en jeu les catégories du pas-de-sens, et du non-sens, et les distinguer, car ce ne sont pas les mêmes, et elles s'étendent sur de vastes espaces, ceux-là mêmes qui cernent, donc concernent le sens.

Reprenons la question du pas-de-sens.

Supposons que l'on vous mette sous les yeux une écriture dont les caractères vous sont totalement inconnus, du chinois par exemple, de l'arabe ou de l'hébreu. Vous pouvez alors être sollicités par toutes sortes de choses, la forme des caractères, leur pouvoir d'évocation, la beauté des graphismes... Mais le problème du sens ne se pose absolument pas, sinon dans l'étonnement naïf où l'on peut se trouver que ces signes aient une signification. Cette écriture est donc un objet lisse, rebelle à toute tentative d'appropriation, fût-ce par une lecture « mécanique » si toutefois tentative d'appropriation il y avait ce qui semble généralement exclu. Elle n'a pas de sens pour vous, et ne produit aucune *tentation-de-sens*.

Car si les caractères d'une écriture vous étaient connus, et les mots non, si c'est de l'allemand, par exemple, et que vous ne savez pas l'allemand, curieusement le sens est sollicité : des syllabes sont lisibles, même des mots — « à la française », bien sûr puisqu'on ne *sait* pas lire cette langue —, de vagues parentés apparaissent par-ci par-là, mais le texte, évidemment, n'a

Du sens et de la simulation du sens 197

pour vous pas de sens. Il en a cependant dont vous présumez qu'il existe, «plus» que pour le texte chinois, parce que quelque chose s'est trouvé être mobilisé chez vous qui est en relations avec la production «habituelle» de sens par la lecture de caractères que vous connaissez.

Cette tension entre la tentation de production de sens et le pas-de-sens, et qu'on pourrait appeler *pulsion de sens* augmente en intensité dans la mesure même où se trouveraient dans ce texte en langue étrangère des parcelles, qui, isolées, ont du sens. Imaginez, par exemple, un texte «farci» au sein duquel plusieurs mots français vous sautent aux yeux. La présomption d'existence du sens et la tentation du sens sont de plus en plus fortes, bien que le texte dans sa totalité n'ait toujours pas de sens. Du sens il en a, au moins, pour celui qui, bilingue, a su l'écrire, et sans doute pour ceux qui, bilingues, savent lire les deux langues.

Supposons maintenant que ce texte soit découpé avec des ciseaux, mot par mot, que ceux-ci soient mis dans un chapeau et tirés par une main innocente ou non : quelle est la probabilité, en alignant les mots dans l'ordre où ils apparaissent, pour que l'assemblage obtenu ait du sens ? Elle est sans doute plus forte — c'est-à-dire moins infime — que celle bien connue pour qu'un singe dactylographe reproduise une comédie de Shakespeare, mais tout de même ça ne doit pas faire lourd.

Or, curieusement, pour chacun de ces textes obtenus — et si par exemple l'original compte dix mots, il y a 3 628 800 possibilités dont lui-même —, la pulsion de sens est du même ordre pour le même sujet, puisque produite par la présence pour lui des mêmes «parcelles» de sens. Il reste bien entendu que, globalement, ils ont tous le même pas-de-sens.

Poussons encore plus loin ce processus, et prenons cette fois une phrase de français, dans laquelle deux ou trois mots seulement sont dans une langue inconnue : comme ces mots sont bien souvent les mots pivots autour desquels s'organise le sens, et, à cause de cela même donnés dans la langue d'origine, à nouveau, la phrase trouée en deux ou trois endroits — parfois même un seul y suffit — n'est pas, au sens propre du terme, com-préhensible. Que tous ceux qui en ont eu l'occasion se souviennent de ces phrases d'auteurs si érudits qu'ils ne peuvent imaginer que le ou les mots latins, ou grecs, ou allemands qu'ils utiliseront sans les traduire sont inconnus de leur lecteur réduit alors, si le recours au dictionnaire est exclu, à des hypothèses, des reconstructions, des reconstitutions en fonction du contexte qui sont le contraire même de l'intention où était l'auteur du plus-de-précision possible.

Mais si le contexte est obscur, ou inexistant, et, *surtout*, si la phrase lue ou entendue est tombée sans nécessité de quelque sorte que ce soit sous vos yeux ou dans votre oreille, alors il est fort probable qu'elle risque aussi de n'avoir pas de sens. Et si on reprend le petit jeu précédent — découpage mot par mot, et recombinaison du texte — mais cette fois avec un élément nouveau qui est l'existence des contraintes que représente la connaissance d'une syntaxe et d'une grammaire, les combinaisons à présomption de sens sont en moins grand nombre, mais il y en a quand même encore « beaucoup », et là encore, elles sont présumées avoir du sens parce qu'elles n'ont pas de sens.

Prenons un exemple de ce type, les autres me paraissant évidents par eux-mêmes, et ceci sous forme d'un petit jeu.

Parmi les six phrases suivantes où un, deux, trois points représentent respectivement toujours les mêmes trois mots manquants, quelle est la phrase originale et lesquelles, en remplaçant les points par les mots manquants, ont-elles du sens ?

1. L'existence de la dimension . n'est plus dans le mouvement de l'.. lui-même pris dans la ....

2. La dimension n'est plus vérité . de l'.. lui-même pris dans le mouvement de la ... de l'existence.

3. L'existence n'est plus la ... de l'.. lui-même pris dans le mouvement de vérité . de la dimension.

4. La vérité n'est plus la dimension . de l'.. lui-même pris dans le mouvement de ... de l'existence.

5. La vérité de la dimension . n'est plus le mouvement lui-même pris dans la ... de l'existence de l'...

6. La ... n'est plus l'existence . de l'.. lui-même pris dans le mouvement de la dimension de vérité.

Etc.[1].

---

1. Voir, pour la solution, page 212, n. 1.

Il est bien évident que dans tous les cas la phrase originale a *du* sens, sinon *un* (seul) sens, et que, à moins de miracle analogue à celui que produisent les yeux de la marquise : « marquise vos beaux yeux me font mourir d'amour », le résultat de la substitution de substantifs, verbes ou adjectifs mène au non-sens. La différence entre pas-de-sens et non-sens étant que le pas-de-sens est l'absence de sens pour un — ou des — sujet(s) donné(s) parce qu'elle est fondée sur l'ignorance, mais que ce sens existe, et se trouve pour celui qui ne le perçoit pas dans l'attente d'une traduction, tandis que le non-sens c'est l'absence de sens pour tout le monde.

Si, pour un élève, dire : « Un vecteur est une classe d'équivalence pour la relation d'équipollence dans l'ensemble des bipoints du plan » n'a pas de sens, c'est parce qu'il ne *comprend* pas le sens de cette définition — correcte — du vecteur. Mais s'il dit : « Un vecteur est la relation d'équipollence dans l'ensemble d'équivalence de la classe des bipoints en plan » ça n'a, toujours pour lui, pas de sens, mais c'est devenu un non-sens, parce que ce pas-de-sens nulle part ne peut prendre de sens.

Le non-sens

Le non-sens n'est donc pas l'absence de sens global, mais son impossibilité à être. Différence évidemment fondamentale avec le pas-de-sens, où le sens existe, mais est pour le sujet en attente, celle d'une traduction, ou d'une précision, ou d'un complément d'information.

Le non-sens peut provenir, en schématisant :

— soit de la négation du sens : dire que « $2 = 6$ » a du sens, mais c'est faux, dire que « $2 = 6$ est faux » a du sens, et c'est vrai, mais dire que « $2 = 6$ est vrai » est un non-sens ;

— soit d'une combinaison malheureuse d'un pas-de-sens préalable : on obtient ainsi des énoncés ou des écritures où les éléments s'assemblent selon des « lois » qui ne sont pas celles du sens global, mais de logiques diverses suscitées par des pulsions de sens elles-mêmes produites par les éléments présents dans le texte original : mots, chiffres, lettres, signes divers ;

— soit de la fabrication de « monstres » tels que le milieu d'un vecteur, ou qu'un sinus donné en degrés, ou que la somme de mètres et de mètres cubes ; ou de nombres de tables pour l'âge de la maîtresse.

Or ces trois cas n'en représentent, en fait, qu'un seul, le deuxième. Dans le premier, la négation du sens se fait le plus souvent par les effets de combinaisons de pas-de-sens qui servent de termes transitifs cachés (par exemple, entre autres termes transitifs possibles pour « expliquer » le 2 = 6, le « vous posez bien » que $a = b$). Quant au troisième, il n'est que l'amplification du deuxième, le matériau brassé par le pas-de-sens étant plus divers et plus hétérogène.

En résumé, avoir affaire au sens amène à considérer :

— le sens, qui couvre les catégories du vrai, du faux, et d'écritures codifiées, admises dans, justement, un consensus explicite ou implicite ;

— le pas-de-sens, ou absence de sens due soit à des écritures insuffisamment explicites, laissant le sens en suspens, soit à des textes « troués » de mots, de signes ou de lettres opaques, textes qui ont du sens, mais pas pour celui qui les lit ou les entend ;

— le non-sens, ou l'impossibilité du sens à être.

2

> « **C'est souvent quand on veut interpréter rationnellement des non-sens incompréhensibles qu'on tombe sur une pensée juste.** »
> Georg Christoph Lichtenberg.

Dans la mesure où ne sont pas pris en compte les effets de langues que représentent les erreurs, la difficile existence de ces langues finit par avoir très vite comme effet l'impossibilité du sens à circuler entre elles, donc à être pris dans sa globalité. C'est dès l'enfance, dès la maternelle, nous le verrons plus loin avec Sophie, que le moindre « texte » présenté oralement ou par écrit est un texte troué. L'adulte rationnel ne sait pas qu'il a remplacé subrepticement un mot de langue maternelle par un mot d'une autre langue, et ce mot petit à petit, ne pouvant « fonctionner » avec son sens, meurt, et fait un trou dans le texte. Souvenez-vous du mot *image*, que cet élève jurait n'avoir jamais entendu.

Comme le système consiste à fabriquer des objets de savoir de plus en plus sophistiqués et que les mots savants nouveaux

Du sens et de la simulation du sens

seront définis à partir de mots supposés, eux, connus, mais ne renvoyant en réalité qu'à des textes troués, toute la langue du savoir n'est en fait qu'une immense passoire, et le sens fait eau de toutes parts.

Si, au vu de ces effets, instituteurs et professeurs, au lieu de faire « oh » de toutes parts et de s'épuiser à remplir cette nouvelle version du tonneau des Danaïdes par les mêmes phrases, formules ou préceptes imaginant que c'est par la répétition qu'on obtient du sens, alors qu'elle ne fait, en superposant les mêmes trous les uns sur les autres, que leur donner de l'épaisseur, si donc ils écopaient le sens qui fuit — ou jaillit — de toutes parts à travers les erreurs, ils verraient ce qu'il en est du moindre mot, de la moindre lettre qui privée de sens désarticule un texte tout entier.

Ici je ne dispose malheureusement pas de la copie, mais cette petite fille fine, intelligente, désireuse de bien faire — un peu trop peut-être — à partir de l'énoncé suivant [1] :

« Soient les deux sommes

$$7 + 5 + 3 + 2 + 9 + 13 + 12 \text{ et } 7 + 10 + 9 + 25$$

Présentez la première en y introduisant des parenthèses de façon à faire ressortir qu'elles sont égales. »
a répondu

$$y = 7 + 5 + 4 + 2 + 9 + 13 + 12 = 7 + 10 + 9 + 25$$

et bien sûr a eu zéro.

Pourquoi ?

Bien malin qui le saura.

Pas plus que d'autres, évidemment je n'aurais trouvé ce que cette petite fille avait voulu (bien) faire. Or, l'exercice précédent (4 − 14) commence comme ceci : « Les lettres x et y désignant des entiers naturels... »

Alors voilà : le texte a été lu, à cause du y de l'exercice précédent dont elle n'avait pas compris la fonction de variable : « présentez la première ''en y'' », comme on aurait dit d'une pomme de terre « présentez-la en robe des champs ».

On ne peut imaginer plus belle, plus « pure » confrontation entre les langues, puisqu'elle se produit sur la pointe acérée d'une lettre.

Cette erreur est évidemment une question. Il suffisait d'y

---

1. *Sixième*, Mauguin, Istra, n°s 4-15.

répondre, répondre sur l'esprit de la lettre, la raison d'être de son ré-emploi, qui est un emploi *second* et qui ne vient pas — ou ne devrait pas venir — transformer le sens qu'il a dans son emploi premier, celui de la langue ordinaire. Est-ce que tu dirais j'i-grec vais, ou j'y vais ? Rires... Dédramatisation du zéro et accès inattendu mais efficace à une notion mathématique, celle de variable.

S'il n'y est pas répondu, à cette question, et à d'autres, la lettre deviendra tout à fait opaque, et les questions, les explicites, celles qu'on voudrait poser à haute voix restent bloquées dans les fins fonds de l'entendement. Voyez comment ici, classe de troisième, un 9 imparfaitement écrit au tableau ou ailleurs se transforme en y...

Il n'i-grec a sûrement pas de hasard. Cette lettre, comme d'autres, a dû être, comme d'autres mots, d'autres signes, l'arbre qui cache la forêt du sens. Caché pour caché, eh bien non, rien ne l'arrête, l'automathe calcule tranquillement son $9x^2 - yx^2$, trouve 8 yx, sans que cela entraîne le moindre inconvénient. C'est seulement le professeur qui i-grec perd son latin, sans comprendre qu'on n'ait pas demandé une explication. Poser des questions ? Il y a belle lurette que ce n'est plus la question.

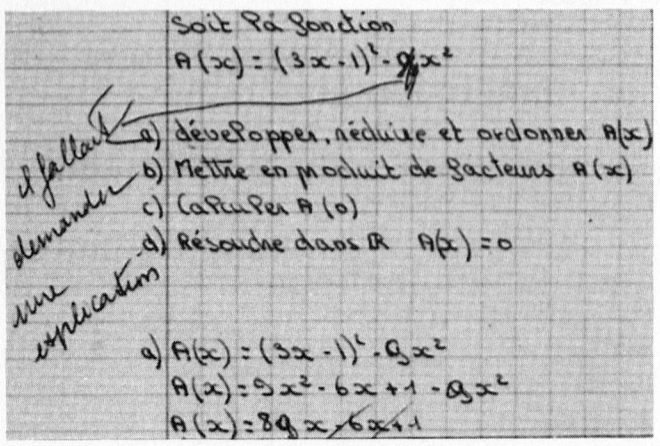

Passé et repassé par les formulations parlées de l'entendement dans son cabinet noir, ce qui s'apprend ainsi, s'inscrit, se grave dans la mémoire, c'est une mathématique qu'aucun prof de maths n'a jamais enseignée, et pour cause. Ce qui ne veut pas dire qu'il ne soit pour rien dans le fait que ce soit cette mathématique-là qui s'enseigne, celle de la simulation du sens. Conception périlleuse, on l'imagine, puisqu'elle ne pourra se soutenir, si l'on peut dire, que de contradictions, et de compromissions.

Contradiction d'abord : les maths, c'est clair, c'est simple. Donc il n'y a pas grand-chose à expliquer : proposition qui va pratiquement se transformer en : donc il n'y a pas grand-chose à comprendre, il n'y a qu'à apprendre. La simulation du sens va donc s'appuyer sur sa pure et simple suppression dans l'ordre des nécessités. Jugez-en.

Voici un témoignage — comme vous pourriez en avoir d'innombrables — paru il y a quelques années dans la revue *Impascience* [29] : trois élèves d'une même classe, A, P, L, — qui ont tenu à leur anonymat — sont interviewés par Fr. J'en tire les propos tenus au sujet des définitions, vous savez ces définitions dont il suffit qu'elles soient clairement énoncées pour qu'il n'y ait aucune raison de ne pas les entendre ?

Fr. : Oui. Et toi, L., ça marche bien les maths ?

L. : Là, je me suis payé un 20. Je ne sais pas comment j'ai fait. Mes notes de l'année, j'ai eu d'abord un 6, ensuite 14. J'ai eu un 2, deux 16. Le 2, c'était une interrogation où je n'avais pas su.

Les définitions c'est atroce.

Fr. : C'était sur quoi ?

L. : Une définition.

Fr. : Laquelle ?

L. : C'était sur le complémentaire.

Fr. : Complémentaire de quoi ? Je ne comprends pas.

L. : Le complémentaire d'un ensemble. Il me l'a demandé après l'oral. Là je l'ai su. Comme ça, j'ai eu 14 de moyenne.

Fr. : Pourquoi tu l'avais pas su la première fois ?

Fr. : Parce que tac-tac (il fait le signe d'une flèche qui traverse sa tête). Complètement oublié, ça arrive. Tout le cours du début, je l'ai oublié, les bijections, tout ça.

A., P., L. : Les définitions, c'est atroce.

A. : Les définitions ça ne sert strictement à rien.

Fr. : Ça doit servir à comprendre la suite, et les exercices.

A., P., L. : Non, non ; pour les exercices, on n'est pas censé comprendre la définition.

P. : Oui, tous les exos on sait les faire.

Fr. : Comment tu les fais ?

L. et P. : On s'arrange, on se rappelle comment il nous l'a expliqué : toc, toc, toc.

L. : Les définitions, il faut les apprendre sur le bout des doigts, le moindre petit mot. Ça on le sait, on le sait par cœur, il faut le savoir par cœur dans la tête. Un exercice, on sait comment ça fonctionne : il faut mettre ça, et il faut associer ça, ça donne le résultat qu'il faut diviser par ça, c'est tout. Mais la définition à savoir par cœur, on ne la sait pas et on peut très bien savoir l'exercice sans savoir la définition.

P. : Et en plus de ça, ce qu'il y a de malheureux, c'est qu'on a encore plus peur, quand on apprend une définition, c'est pour ça qu'on perd notre temps. Nous on a peur parce qu'on sait que s'il y a un mot qui est mal placé dans la définition ou qu'on a oublié, même si c'est un x ou un N, on a 30 fois à la copier.

Fr. : Mais ce que je comprends mal, c'est comment à partir de cette définition qui veut dire quelque chose, même si c'est compliqué à apprendre, vous n'avez pas besoin d'elle par la suite.

L. : Non, non, parce que c'est pour avoir une mémoire auditive et visuelle.

P. : Le prof dit « vous n'avez pas de mémoire, alors il faut vous l'entraîner » parce que c'est obligatoire au lycée d'entraîner la mémoire.

Fr. : Mais la définition, vous ne vous en servez pas dans l'exercice qui suit ?

A. : Ah non !

P. : Ah si ! Par exemple, j'avais pas compris, il m'a dit : « P., vous vous êtes reporté à la définition ? » Je réponds « Non. » Il dit souvent : « Ça ne se comprend pas, on l'apprend. »

Du sens et de la simulation du sens 205

Alors voilà. Vous avez entendu comme moi, en particulier que : « Ça ne se comprend pas, on l'apprend », « Vous n'avez rien à comprendre, vous apprenez, c'est tout ». Alors rien d'étonnant bien sûr à ce que ça rentre, si ça peut, par une oreille, ça sorte par l'autre, sans *rester* dans l'entendement qui n'est là que comme entrepôt de marchandise périssable et de toute façon vouée à la destruction, à l'anéantissement. Problème familial, puisque les parents, résignés à être témoins de ces douleurs spécifiques qui accompagnent la leçon apprise par cœur, conviés à faire réciter ces fameuses définitions, en viennent eux aussi à ne plus souhaiter que le petit ou la petite garde en tête la succession de mots et de signes intacte jusqu'au lendemain, interro comprise.

Les compromissions maintenant.
Une définition, de toute façon, c'est du pas-de-sens au départ. La simulation pour l'élève est dans le transfert de signifiants, sans signifiés, qui donnent l'illusion d'un mouvement de sens : valeur absolue de a, c'est $|a|$, ou bien $|a|$ c'est sup $\{a, -a\}$, etc. Qu'est-ce qu'un *dugong*? Un gros lamantin. Et un gros lamantin ? C'est un dugong. Voilà bien de la science. Et si dans quelques jours vous « pensez » qu'un dugong est un lamantin gras, ou un gramantin las, ou un grand lomatin, eh bien il n'y paraîtra que sur votre questionneur, si toutefois il connaît la réponse [1].

La simulation du sens pour le professeur, celle qui consiste à en attribuer à la chose récitée ou restituée par l'élève, est appa-

1. Voir, pour le sens du mot, page 212, n. 2.

remment aisée à pratiquer : ou c'est conforme et ça a du sens, ou ça ne l'est pas et ça n'en a pas.

Mais comme le professeur est tout seul à gérer le sens, seul actionnaire d'une société aux productions anarchiques et chaotiques, en réalité c'est bien plus compliqué que ça.

Le plus facile, c'est quand il ne voit, n'entend rien lui-même : la composition de deux applications est une *application associative* ; un triangle isocèle a un *centre* de symétrie ; on appelle *compréhension* d'un ensemble... ; on appelle projection *octogonale* toute *droite* coupant une autre droite, etc. Les pas-de-sens ont produit du non-sens à simulation facile, c'est passé inaperçu et c'est noté.

Mais entre le présumé-juste et le présumé-faux, celui-ci facile à repérer parce que visiblement non conforme et noté zéro, on a le martyre de l'approximatif. Et là, le rétablissement par le professeur du sens qui lui appartient et qu'il lui appartient éventuellement de rétablir dépend de l'énergie du professeur.

Il faut du travail pour rétablir le sens du pas-de-sens de l'énoncé du « *Théroème* de Pythagore » dont ni les lettres ni les

Du sens et de la simulation du sens

mots ne tiennent ensemble. Peut-être que, cinq fois recopié, le ciment du « par cœur » remplacera celui du sens ?

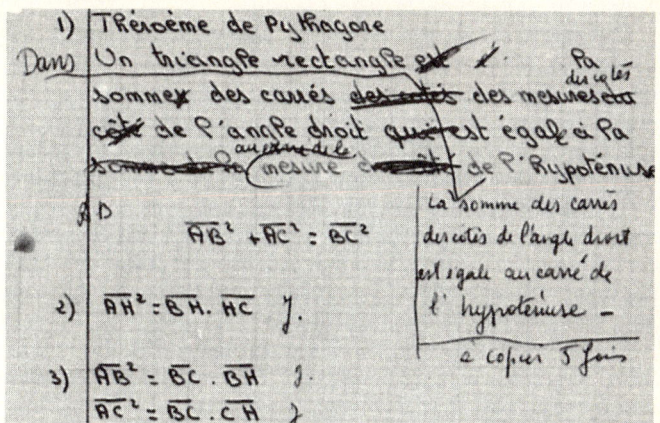

Ainsi l'élève peut bien réciter une suite de phonèmes ou reproduire une série de graphismes dont il ne sait en rien ce qu'ils veulent dire, comme le professeur le sait, lui, il a tout pouvoir pour rétablir de lui-même, ou restaurer une conformité dont la dégradation est parfois plus qu'inquiétante. Un signe deux fois barré, et hop, voilà que le professeur peut à nouveau avoir jouissance du sens dont il est propriétaire, tout en donnant à l'élève, locataire berné parce que constamment expulsé hors du sens, l'illusion qu'il est dedans : deux petits traits rouges et la contradiction flagrante entre les deux parties de la « définition » d'une fonction paire s'évanouit. De plus tout ça vaut 1 point, voici comment, avec un acte notarié, cette escroquerie au sens peut se produire dans la stricte légalité.

J'avoue être dans l'incapacité de comprendre comment les professeurs de mathématiques s'accommodent à longueur de temps de l'existence de *la* contradiction, omniprésente à longueur de pages sous les formes les plus diverses. Nous avons tous « droit » à nos contradictions, « dans nos vies », soit. Mais une pratique des mathématiques *fondée* sur la contradiction, c'est quand même un accommodement non avec le ciel, mais avec l'enfer, celui-là même qui est pavé par endroits de bonnes intentions qui consistent à vouloir accorder des points de « charité » à des enfants qui méritent mieux que cela, mais où le sens supplicié brûle et se dissipe en fumée.

La contradiction, elle, règne partout dans la pratique scolaire effective des mathématiques. Parfois elle est signalée comme telle, mais le plus souvent simplement niée. Et nier une contradiction ne produit pas de sens, hélas ! L'impuissance où est cet élève à simuler du sens n'a d'égale ici que la puissance du professeur à lui supposer une existence et à lui accorder un état civil. 4 points pour une bonne définition du produit de deux puissances d'un même nombre, pas de points pour celle de la

> 2/ Le produit de deux puissances d'un même nombre est encore une puissance de ce nombre et l'exposant est
>
> 4   égale à la somme des exposants

> 3/ La somme de deux puissances d'un même nombre est encore une puissance de ce nombre dont l'exposant est égal au produits des exposants.

somme de deux puissances : or, le produit de ces deux définitions est une annulation du sens, c'est-à-dire la preuve tangible de son inexistence.

Un des processus les plus courants d'erreurs sécrétées par le pas-de-sens est en effet la « déduction » fondée sur les effets de symétrie, ou de miroir : produit donne somme, alors somme donne produit.

La note globale devrait donc être égale à zéro. Mais pas du tout. Sommé de noter par quelque instance, qui se moque de toute logique, le professeur somme zéro et quatre, et trouve quatre.

Tout à l'heure, la contradiction était dans la considération simultanée de deux définitions successives, considération dont une mémoire sélective ou trop faible pour embrasser plus de huit lignes de texte d'un seul coup pourrait être dispensée. Mais que penser quand elle représente le corps même de la réponse ? La puissance d'une puissance n'est pas une puissance. Mais elle

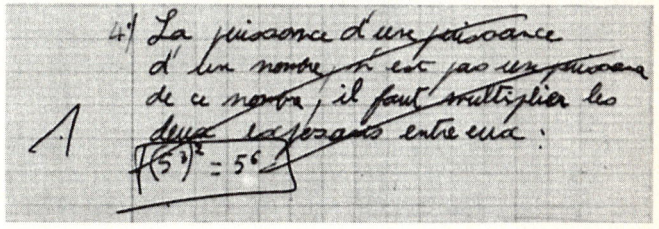

l'est cependant, puisque la recette pour obtenir l'exposant est donnée, ainsi qu'un exemple chiffré qui l'expose aux regards, et qui est lui-même chiffré à un point. Être *et* ne pas être... Puissance, valeur absolue, et bien d'autres ont cette étrange propriété, qui en entraîne une plus étrange encore, mais dont l'étrangeté ne semble apparaître à personne tant elle est masquée par l'habitude : ce tissu de contradictions vaut à son auteur la moyenne. Je suppose que ça veut *moyennement* dire qu'il sait ce qu'est une puissance, qu'il ne sait *moyennement* pas ce que c'est, qu'il résoudra *moyennement* bien un exercice, c'est-à-dire *moyennement* mal le même et que moyennant quelques moyennes du même ordre, cet élève qui ne souhaite guère plus que d'être moyen pourra, comme tout le monde autour de lui en vue de cette fin enviable, fermer les yeux sur les moyens que l'on aura eu d'y parvenir.

Je ne reviens pas ici sur les devoirs, exercices et problèmes truffés de contradictions : 2 points pour avoir résolu $2x = 5$ correctement, zéro point pour avoir incorrectement résolu $-3x = 7$, 4 points pour $4x \leq 7$ juste, zéro pour $5x \leq -3$ faux, etc. Mais que dire quand, de *plus*, les mathématiques se construisent, se *fondent* sur des contradictions, celles des définitions où juste un petit signe, une lettre, un mot viendra faire voler le sens en éclats ? Peut-on imaginer dans quel état se trouve l'entendement d'un élève qui *vit* dans la contradiction, laquelle le cerne de toutes parts ? Tout équivaut à tout, et dans la confusion, la vraie, celle qu'on lui fabrique de signifiants tous équivalents les uns aux autres parce que sans signifiés.

Posons donc ici ce qui éclaire les raisons de la profonde obscurité dans laquelle se débat la pratique mathématique de millions d'élèves aujourd'hui, depuis ceux qui ont la moyenne ou plus, ou quelques exercices faux sur l'ensemble, ou quelques questions bonnes et le reste mauvais, jusqu'à ceux qui donnent, en vrai, ou à travers son équivalent mathématique jusqu'en terminale, l'âge du capitaine, c'est-à-dire les automathes, et parmi eux, les automathes poussés à bout, les « fous ».

Parce que l'enseignement mathématique ne se soucie pas du sens, et ce parce qu'il ne sait pas où il se trouve et à partir de quoi il doit s'élaborer ; parce qu'il ne sait pas que « penser » en mathématiques, c'est d'abord incarner cette pensée dans de la pensée tout court, parce qu'il ne sait pas que cette pensée tout court est indissociable de la langue qu'elle constitue et qui la constitue, langue elle-même faite de deux langues, la maternelle, et l'autre, la véhiculaire, celle du dehors : écoutez donc A [29], vivant exemple, alors qu'il lit une définition, de la douloureuse, de la non pacifique coexistence des trois langues en présence : constitué (seconde langue) valeur absolue (langue mathématique) il ne pige pas (langue maternelle).

Parce que l'enseignement ne sait donc pas que la langue mathématique entretient avec les deux précédentes qui font la langue française des relations nécessaires, mais non suffisantes, qu'il faut l'y enraciner mais non l'y enfermer ; qu'il faut expliciter *toutes* les relations de sens qu'ont entre elles la langue française, complexe, mais langue de tout le monde, et la mathématique, hyper-complexe, mais langue d'à peine quelques-uns, ces deux-là ayant entre elles un énorme contentieux qui apparaît aussitôt qu'on ignore les biens gérés en commun, c'est-à-dire non les signifiants identiques mais les signifiés différents, l'absence de relation étant plus encore une relation à expliciter qu'une relation existante. Loin de mettre en jeu, comme on le croit parfois, des questions de *vocabulaire*, ce sont des nébuleuses de sens qui s'affrontent et qu'il faut « traiter » pour obtenir un univers mathématique de sens, de pensée, et de langue, spécifique et, bien sûr, distinct.

Pour toutes ces raisons donc, et ce, dès l'enfance, comme nous le verrons avec la petite Sophie, les mots de sa langue perdent pour l'enfant les garanties de sens les plus élémentaires. Par conséquent, les notions nouvelles « savantes » ne peuvent « prendre », au sens où on dit que prend une mayonnaise ou un ciment. Une langue qui ne peut prendre, c'est un élève qui ne peut comprendre, et cet élève va se trouver confronté sur l'ensemble de sa scolarité à un corpus de savoir qui n'est en fait qu'un gigantesque pas-de-sens.

Parce que l'école est obligatoire, et les mathématiques — ô combien — aussi, l'élève est donc forcé, contraint à réagir à ce pas-de-sens comme s'il avait du sens, puisqu'il semble en avoir pour ceux qui l'ont, lui, en leur pouvoir. Et qui donnent du sens au pas-de-sens, qui donnent du sens au non-sens de la confusion, au non-sens de la contradiction en quadrillant tout cet espace, en le ratissant, mesurant, découpant *comme si* c'était celui du sens : je veux parler de la note bien sûr qui, en la quantifiant, en la monnayant, donne à la pratique manipulatoire du pas-de-sens un nouveau sens.

Parce qu'ils sont les malheureux objets de cette quantification qu'on appelle pudiquement *évaluation* et qui n'est donc qu'un gigantesque et meurtrier non-sens, parce que cette quantification produit sur leur entourage d'indéniables effets de *réel* — systèmes de punition-récompense quels qu'en soient les lieux d'application, les modalités, l'échelle —, ils sont, pour survivre, forcés de *croire* que les mathématiques, c'est ça : une *discipline* que leur imposent sadiquement les pouvoirs dont ils dépendent et à laquelle ils sont bien forcés de se soumettre s'ils veulent passer en classe supérieure, avoir la paix chez eux, de l'argent de poche, un diplôme, un bac, un métier..., mais une discipline dans laquelle on ne pense pas. Le sens étant inaccessible, la manipulation du pas-de-sens obligatoire, ils croient qu'en apprenant, travaillant, recopiant, récitant le soir pour les reproduire le lendemain les définitions, propriétés, théorèmes et solutions apprises par cœur, on fait la seule chose qu'il y a à faire en mathématiques.

Que les enfants, les élèves, qui sont au pouvoir des adultes puissent *croire* que les mathématiques c'est ça, soit. Et nous allons voir qu'il y a d'autres « raisons ». Mais comment une « nation » tout entière peut-elle accepter ce qui est patent de la pratique quotidienne, scolaire, familiale des mathématiques, qui se tissent dans les soucis de tous les jours que représente la charge d'avoir des enfants, mais qui se trame en haut lieu où on ne veut rien savoir, quels que soient les « projets de société » des ravages produits par ce pseudo-savoir ? Comment une nation tout entière peut-elle accepter, à travers ses enfants, ce que les enfants sont eux obligés d'accepter : que le sens mathématique appartient aux instances professorales, que le sens des mathématiques c'est de représenter une matière scolaire où il ne faut pas chercher à comprendre mais sur laquelle on sera jugé ? Comment la simulation, la dissimulation du sens sont-elles possibles à l'échelle d'une nation, et sans doute de la planète ?

---

1. Solution du « jeu » de la page 198. Les trois mots manquants sont : ontologique (.), étant (..), transcendance (...). Il s'agit d'une phrase de Pierre Trotignon dans son livre sur Heidegger (Paris, PUF, 1965).
2. Un dugong est un genre de mammifère de l'ordre des siréniens habitant l'océan Indien, c'est une sorte de gros lamantin (*Dictionnaire français-français des mots rares et précieux*, Paris, Seghers, 1965).

TROISIÈME PARTIE

Comment le comble du sens peut être vide de sens

9. Du magique en mathématiques

1 Ce que pèsent vingt-six siècles d'histoire.
2 Logico-magique et magico-logique.
3 Deux objets magiques : zéro et un.
4 Pratiques magiques : les problèmes.

1 « **Ne laisse pas le sommeil envahir tes yeux alanguis avant d'avoir procédé à ton examen de conscience quotidien : "En quoi ai-je failli ? Qu'ai-je fait ? Qu'ai-je omis de mon devoir ?" (...) Ces préoccupations te mettront sur la voie de la divine sagesse. Je le jure par celui qui nous a donné la Tetractys, principe de la nature éternelle.** »
Pythagore.

Si on voulait trouver dans l'histoire un personnage qui incarne à lui tout seul l'« esprit » dans lequel sont enseignées les mathématiques au présent comme au passé, il me paraît que nul ne s'y prêterait mieux que Pythagore. On n'imagine pas en effet combien son écrasante figure a pesé sur la philosophie et la science pendant des siècles, et comment elle pèse encore sur tous ceux qui font des mathématiques aujourd'hui, depuis l'académicien des sciences jusqu'à l'enfant qui va, en maternelle, apprendre à compter.

Le pythagorisme aurait fait de Pythagore un demi-dieu qui serait fils d'Apollon ou d'Hermès, qui serait descendu aux Enfers et en serait remonté, qui aurait eu des vies antérieures, capable de prophétiser et dispensateur d'un savoir tombant du ciel, mais destiné à rester secret. « Même si elle est fausse, l'histoire d'Hippase, mis à mort pour avoir trahi un mystère géométrique, a sans doute un fond de vérité [32]. »

Eh bien, il ne serait guère difficile de montrer que ce que l'on croit connaître de l'attitude pythagoricienne a cours aujourd'hui à tous les niveaux de l'enseignement des mathématiques. Impossible, déjà, de se passer de mathématiques pour accéder à un quelconque savoir : « Tout le monde sait que dans l'école de Pythagore la classe des mathématiciens précédait celle des physiciens ; que Platon dans les temps bien postérieurs excluait de ses leçons physiques et métaphysiques ceux qui ignoraient la géométrie. Ce fut enfin ce qui attira cette réponse de Xénocrate [1] à quelqu'un qui se présentait à ses instructions, tout à fait étranger en géométrie et en arithmétique : ''Retirez-vous, lui dit un peu durement le philosophe, *ansas philosophiae non habes.*'' (Tu n'as pas les ''anses'' de la philosophie [2] [12].)

Ne se croirait-on pas dans quelque conseil de classe tout à fait contemporain, où il apparaît que les mathématiques sont l'alpha et l'omega de tout savoir — les sections scientifiques « ouvrent toutes les portes » — et que le pauvre bêta qui n'y parvient pas n'a qu'à aller voir ailleurs ?

« La science du calcul et celle des nombres (...) sont des moyens d'attirer l'âme vers la vérité... » « Il y a chance que ce soit là un des objets d'études à la recherche desquels nous sommes, et qui mènent à l'intellection, mais chance aussi que personne n'en use correctement alors qu'elle est capable absolument d'attirer l'âme dans la direction de l'essence [35]. » Ça, c'est Platon qui le dit. Mais écoutez donc ce que dit en 1979 un monsieur agrégé de mathématiques à qui on demande ce « qu'apporte la mathématique » : « C'est avant tout une école de rigueur, de précision et d'organisation logique. C'est le plus important, même dans l'écriture. Les bons mathématiciens ne sont pas les gens qui écrivent le mieux au sens de Flaubert, de Gide ou de Maupassant, mais ce sont ceux qui essaient de formuler leur pensée de la façon la plus claire et la plus économique (...). Sur le plan pratique, c'est un outil incomparable pour faire le tour d'un problème, quel qu'il soit. Un exemple : en classe préparatoire, on peut avoir à discuter sur ce qu'on appelle les courbes dépendant de paramètres. *Très peu d'élèves en sont réellement capables*. Mais c'est un entraînement remarquable. Je ne vois pas d'autre discipline qui permette cette ''reconnaissance logique'' indépendamment même du problème qu'on traite [3]. »

---

1. Un successeur de Platon professeur à l'Académie.
2. Métaphore exprimant que, sans arithmétique ni géométrie, on n'a pas les moyens de *saisir* la philosophie.
3. Déclaration de Robert Lattès au *Monde de l'Éducation* d'octobre 1979. C'est moi qui souligne.

Du magique en mathématiques

On a bien le sentiment que, depuis Platon, rien n'a changé : seules les mathématiques élèvent l'âme ou permettent de former des individus de quelque valeur, mais très peu sont capables d'en faire. Comme il faut qu'il y ait des gens qui commandent et d'autres qui obéissent, rien d'étonnant à ce que les premiers se recrutent, comme dans la cité platonicienne, parmi ceux qui sont capables, et que les seconds soient les autres. Rien d'étonnant à ce que ceux qui sont dépositaires du savoir soient seuls à connaître les *vraies* raisons des choses. Rien d'étonnant à ce que les mathématiques se pratiquent comme un catéchisme : tout le monde récite la même chose, mais le ciel reconnaît ses élus.

Est-ce intelligent ou bête quand on récite : « abé-au-carré plus acé-au-carré égale bécé-au-carré » ? Y a-t-il plus, là, qu'une utilisation inédite de l'alphabet, qui peut se chiffrer, et encore, faut-il que A, B, C soient bien à leur place, et que ce soit BC qui soit demandé ? Et quand je demande la raison de cette comptine alphabétique, et qu'on me répond « par Pythagore », est-ce très différent du : « Par celui qui nous a transmis la Tetractys, source et racine de la nature éternelle [1] ! » des pythagoriciens jurant, précisément, par leur maître ?

Pourquoi en serait-il autrement ? Ce théorème de Pythagore semble être en effet une émanation du Maître : mystère et boule de gomme. Ça s'apprend par cœur — voyez page 207, comment le pas-de-sens s'est organisé en non-sens qui défie les corrections —, et de toute façon ça s'accepte comme une vérité révélée. Dogme pas mort, même dans ce qui se présente comme une pédagogie de pointe. Il est dit dans les livres de troisième élaborés à partir de cette pédagogie, celle des nouveaux programmes, que : « Les activités qui précèdent mettent en évidence une propriété des longueurs des côtés d'un triangle rectangle. Cette propriété, *que nous allons admettre*, porte le nom de théorème de Pythagore [2]. » Ailleurs, on trouve ceci : « Tu peux considérer

---

1. La Tetractys, ou série de quatre premiers nombres, dont la somme est dix, et qui se représente par le triangle décadique.
2. *Troisième*, Galion, Hatier, OCDL. C'est moi qui souligne. Les activités précédant l'« admission » du théorème ne concernent pas en fait le triangle rectangle, mais le découpage d'un carré de deux façons (avec, encore, des propriétés à admettre).

l'énoncé de Pythagore comme un axiome. » Cet axiome a été *amené* de la façon suivante : il fallait dessiner six triangles rectangles en A, prendre les mesures des côtés, calculer les carrés des nombres trouvés, et on était invité à remarquer quelque chose. On rêve devant cette méthode qui suppose que quelque chose peut se remarquer face à un tableau qui s'est constitué comme celui-ci — la première ligne est fournie par le livre :

	AB	AC	BC	AB^2	AC^2	BC^2
1er triangle	3	4	5	9	16	25
2e triangle	2,5	3,7	4,5	6,25	13,69	20,25
3e triangle	4,3	7	8,1	18,49	49	65,61
4e triangle	3	8	8,7	9	64	75,69

alors que, de toute façon, cette remarquable obscurité qui est toujours celle de la vérification *expérimentale* d'une propriété métrique — ah ces équerres qui glissent, ces « mesures » prises avec des millimètres qui dansent devant un trait lui-même d'un demi-millimètre d'épaisseur — va définitivement se compacifier par l'argument d'autorité : « Tu peux considérer l'énoncé de Pythagore comme un axiome [1]. »

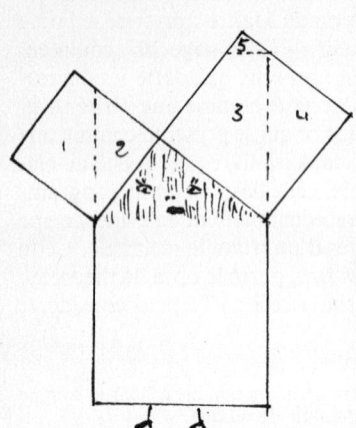

Ailleurs, encore, c'est une « belle Alsacienne » qui présente d'une manière alléchante une manipulation-puzzle dont on conclut le théorème de Pythagore : « Si trois points A, B, C sont les sommets d'un triangle rectangle en A, alors les côtés vérifient $AB^2 + AC^2 = BC^2$ [2]. »

A part ces approches « progressistes » — il en est peut-être d'autres, je n'ai pas lu tous les livres —, on trouve surtout, sagement repris avec plus ou moins de tentatives de

---

1. *Faire des mathématiques*, troisième, Cedic.
2. *Mathématiques*, troisième, Istra.

Du magique en mathématiques

singularisation par rapport aux directives officielles [1], le théorème de Pythagore comme conséquence de la propriété de symétrie du rapport de projection orthogonale, c'est-à-dire comme moment d'une construction qui se veut rigoureuse de la géométrie [2].

Il se trouve que cette construction, si elle l'était, rigoureuse, si elle l'était, esthétique, n'apparaîtrait comme telle, si elle apparaît, qu'aux faiseurs de programmes, peut-être aux faiseurs de livres, aux professeurs, on ne sait pas, mais aux élèves on sait : jamais.

Trouvez-en un, d'élève, qui soit susceptible de vous dire quelque chose d'une construction supposée, d'un projet entrevu alors qu'il a le nez sur son livre, ou sur son cours, et dans ce livre ou dans ce cours, sur un quart de page, une « définition », un « axiome » ou une « déduction », ou une « propriété admise » à laquelle il ne comprend rien. Pythagore, il a l'air de tomber du ciel pour y retourner, et les mathématiques que l'on apprend aujourd'hui, dogmatiques, obscures, mystérieuses, faites d'invocations et d'acceptation docile de la parole du maître, il ne les désavouerait pas. Surtout si c'est son nom qui continue d'être invoqué. Pythagore, il faut le dire. Bien sûr, il faut le dire — mais dire Pythagore avec un triangle bien peu rectangle

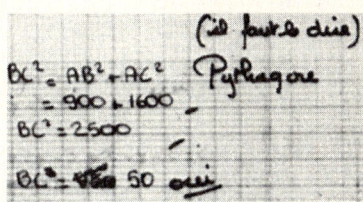

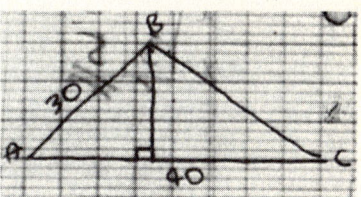

---

1. *Mathématiques*, troisième, groupe d'auteurs, Delagrave, où le théorème arrive comme conséquence de ce que $\cos^2 B + \sin^2 B = 1$.
 Mathématiques, troisième, groupe d'auteurs, Sermap, Hatier, où la relation $BC^2 = AB^2 + AC^2$ est un cas particulier au triangle rectangle de la relation : $BC^2 = AB^2 + AC^2 - 2\,AB.AC \cos BAC$.

2. *Mathématiques*, troisième, Monge, Belin, Mauguin, Istra, Durrande, Technique et Vulgarisation, etc.

en A, il faut le faire. Dire Pythagore avec une parfaite indifférence encore à la place de l'angle droit — car c'est le professeur qui a surchargé A en B et B en A —, une non moins parfaite indifférence à la *logique* de ce que l'on doit trouver, il faut le faire aussi. Et c'est bien ce qui se fait, sinon ce qui se fait de bien, c'est-à-dire de sensé.

Ce qui a du sens, c'est de voir que la pauvre Lisa, car c'est d'elle qu'il s'agit ici, est prisonnière d'une *autre* logique, anté-

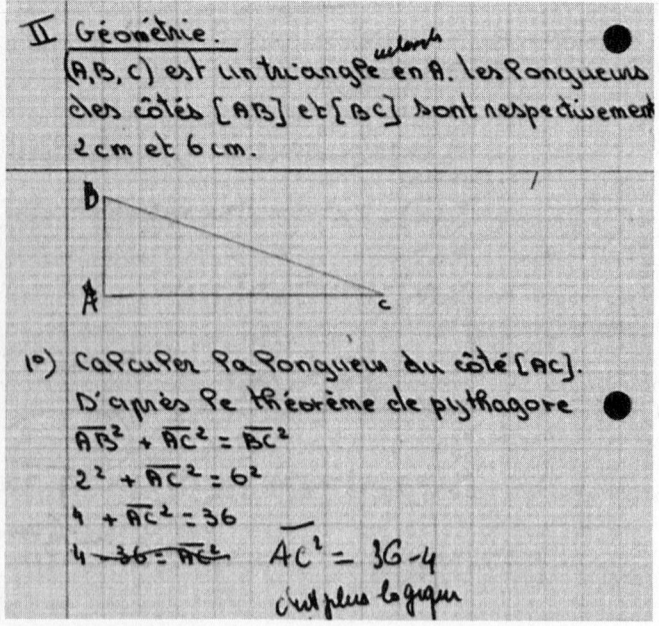

rieure à celle, de toute façon inaccessible, de ce théorème, mais qui l'empêchera en tout cas de procéder, comme les autres, à de simples remplacements de lettres : on aura beau lui faire recopier — c'est encore elle, page 207 —, réciter le texte sacré, le sens en sera inévitablement massacré, et les raisons en sont claires.

Du magique en mathématiques

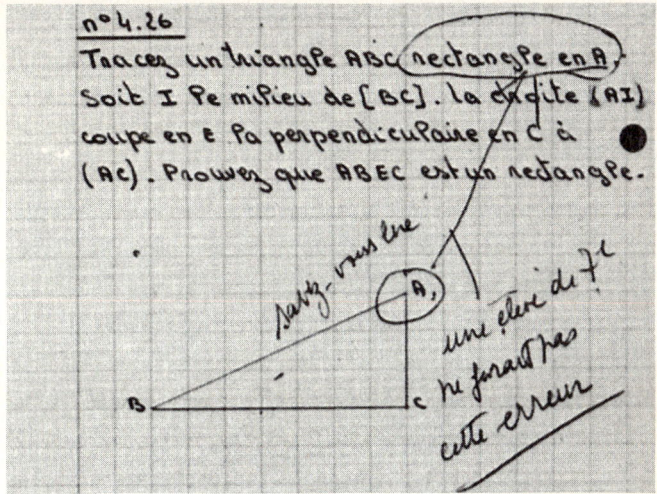

Un élève de septième ne ferait pas cette erreur. Erreur. C'est précisément de ce temps-là, et de temps antérieurs, que cette erreur est tributaire. C'est en ces temps-là que Lisa, comme nombre d'autres enfants, a — trop sagement — appris à dessiner-nommer des triangles, qui se sont trouvés être définitivement « géométrisés [1] » dans une position où l'ordre alphabétique est venu sceller un ordre de significations qui veut que sommet et base soient *vraiment* un sommet et une base. *Donc*, A est *le* sommet, et BC *la* base, et la conséquence de ces deux ordres en produit un troisième, qui est un *ordre figuratif*. Les vrais fondements de la géométrie sont, pour l'instant, ceux-là, il faut le savoir quand on veut édifier quelque théorème que ce soit.

Que faire quand le triangle ABC doit de plus être rectangle ? Comme l'usage de l'équerre se révèle être à peu près aussi aisé que celui d'une poutre en lieu et place de canne, on aime mieux le carrer dans les carreaux, ce qui lui donne cette expres-

---

1. Pour cette expression que j'ai empruntée à Bachelard, voir *Échec et Maths*, le chapitre 3, « Voir ».

sion un peu bourrue, mais satisfaite, parce que *rectangle ou pas*, il conserve *son* sommet et *sa* base.

Est-il vraiment logique, dans une entreprise d'enseignement, d'ignorer ces logiques préexistantes, de les nier ? D'autant que, dès la première interro de définitions, Lisa avait fort honnêtement mis les choses en place. Même si ce curieux segment, issu de B, et dans une situation telle que la reproduisent nombre d'élèves de troisième, ici ambiguë parce que non explicitée par une lettre de plus, tente à n'en point douter une improbable alliance entre pesanteur et hauteur.

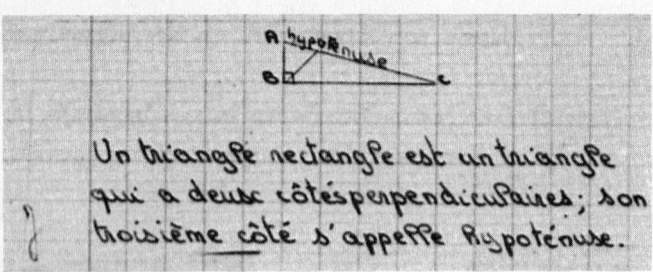

Mais est-il encore logique de parler de logique à propos d'une pratique peut-être fondée sur d'excellentes intentions au départ, qui ont *leur* logique, mais telle qu'il n'en reste plus rien à l'arrivée ?

Pythagore et son théorème, oui ils semblent bien être symboliques de mathématiques qui tomberaient du ciel, où règnent le dogme, la hiérarchie, l'esprit de caste, les plaisanteries entre initiés, le savoir réservé à quelques-uns, et pour ce qui est de la masse, le catéchisme, l'endoctrinement, avec comme moyen implicite de la plier à cet endoctrinement celui qui a depuis toujours fait ses preuves : l'utilisation du magique.

2

> « L'homme aime le merveilleux ; moi-même je me surprends à tout moment sur le point de m'y livrer. »
> Diderot (*Opinion des anciens pythagoriciens*).

Il ne vous viendrait pas à l'esprit qu'en manipulant du pas-de-sens vous pouvez produire du sens, sauf par *miracle* ? Or, imaginez que cette manipulation vous soit imposée, que vous soyez seul, abandonné dans votre entendement, et que ce miracle se produise suffisamment de fois pour que vous vous mettiez à *croire* aux miracles... Imaginez que vous viviez dans un monde où tout se passe à coups d'invocations, d'évocations, de formules rituelles, que des écritures surgissent du néant, que d'autres tombent du ciel ; que le grand manie-tout du sens de ces écritures soit le maître, le magister, le mage qui homologuera les miracles ou y contribuera... Ne serez-vous pas tenté de dire comme tous les autres : « Sésame ouvre-toi » ou « abracadabra », enfin je veux dire « par théorème », « par définition », « par Pythagore »... ? Et vous voilà happé par le magique.

La question du magique est bien complexe en mathématiques.

Nous avons vu comment la langue ordinaire pouvait, par les contraintes de sens qu'elle impose, provoquer des réactions libérant du sens. En mathématiques, la contrainte exercée par le sens, par *la* logique, est si forte — j'entends bien, même en mathématiques « humanisées » les soupirs que l'on pousse parfois quand je dis qu'il n'y a, pour résoudre tel problème, qu'à remettre en marche telle machinerie logique pourtant déjà éprouvée mais par des sujets non encore rompus, c'est le cas de le dire, par et à la logique en question — qu'elle appelle son « contraire » absolu, c'est-à-dire le magique.

Or, du magique, il en existe déjà en mathématiques, qui leur est interne. Magique qui serait de deux sortes : la magie « noble » d'abord, des propriétés merveilleuses, stupéfiantes et admirables des nombres et des figures ; la magie pédagogique ensuite, celle des trucs, des « recettes de cuisine », des formulettes et gris-gris en tous genres.

Mais la contrainte du logique appelle aussi — peut-être surtout — du magique extra-mathématique, libérant de leur contrainte. Surtout quand c'est précisément du mathématique qui peut produire cette magie-là. Et si on pouvait *prouver* que 2 = 6 ? Qu'est-ce que ça serait bien ! « Il s'agit là de la tendance humaine générale à la superstition, à la foi en des miracles [22]. » Et on sait bien que, d'une manière générale, la science sécrète un ensemble de réactions en forme d'irrationalisme, lequel se veut néanmoins, aujourd'hui, lui-même scientifique. Voyez par exemple à ce sujet l'alliance qui s'est faite entre l'« horoscope et l'ordinateur [36] ».

Mais comme la magie extra-mathématique ne *peut* être mathématique, et qu'il y a toujours un truc, quand on « démontre » que 2 est égal à 6 par exemple, eh bien, les gens, quand on le leur dévoile, sont comme ceux qui auraient voulu que la femme du prestidigitateur ait *vraiment* été coupée en morceaux.

Le logique, ainsi, appelle le magique. Magique qui de plus est une tendance bien connue chez les enfants. Si connue que les pédagogues en usent et en abusent, et on ne compte pas les classes enfantines où la multiplication et la division sont présentées à l'aide de méchantes sorcières qui de 3 bonbons en font un, et de gentilles fées qui défont ce vilain travail, et d'un bonbon en font 3 (c'est peut-être le contraire, je ne me souviens plus très bien, le contraire ayant sa logique tout autant).

Si cet exemple d'une complaisance des adultes à mêler dans leurs discours aux enfants du magique de pacotille à du logique de la même eau vous paraît outré, eh bien voyez le Maître pour ce qui est de l'exploration des aptitudes des enfants à *la* logique. Piaget, cité par A.-M. Sandler [37], raconte l'histoire suivante à un enfant de sept ans (donc à un enfant qui n'en est qu'au « stade préopératoire, stade où ''parce que'', ''avant'', ''après'' et ''donc'' sont souvent utilisés par l'enfant sans aucune considération pour leur signification réelle, signification qu'il comprendra seulement vers la fin du stade préopératoire ») :

« Il était une fois un roi et une reine qui habitaient un grand château. Ils avaient trois fils et une fille. Près du château vivait une méchante sorcière qui n'aimait pas les enfants. Un jour elle emmena les enfants royaux au bord de la mer et les changea en quatre beaux cygnes blancs. »

On demande à l'enfant de répéter l'histoire.

Du magique en mathématiques

« Il était une fois quatre cygnes, et il y avait un roi et une reine qui habitaient dans un château et qui avaient un garçon et une fille. Il y avait une sorcière qui n'aimait pas les enfants du roi. Elle voulait leur faire du mal. Ils devinrent des cygnes, et comme cela ils étaient sur la mer. »

Cet exemple montre comment l'enfant de cet âge ne peut comprendre l'histoire qu'au niveau « intuitif » et a du mal à voir clairement la relation de « cause à effet ».

L'ennui avec Piaget et ses stades, c'est que chaque fois qu'il en est illustré un par des exemples, et en particulier pour celui-là, tel le héros de Jerome K. Jerome qui à la lecture d'un dictionnaire médical se trouvait les symptômes de toutes les maladies, ou presque [1], on a l'impression de s'y trouver aussi. Pour ma part, je me sens là, tout à fait préopératoire, parce que les relations de cause à effet m'apparaissent très mal. Si cette sorcière était méchante, pourquoi lui a-t-on confié les enfants, d'autant qu'elle ne les aimait pas ? Ou alors pourquoi les enfants, royaux, n'étaient-ils pas mieux gardés ? Voulait-on, secrètement, s'en débarrasser ? Cette histoire, bien méchante pour les enfants, l'est aussi pour *la* logique et me paraît bien plutôt faire cygne du côté du magique. Dans lequel l'enfant préopératoire se retrouve avec « des » logiques imparables.

D'abord, celle du *flash-back* — il était une fois quatre cygnes et voici leur histoire — et ensuite, mis à part le compte des enfants qui ne semble pas retenir son attention, celle du récit, au moins aussi solide que celle de l'original.

Puisque nous sommes ici dans le logico-magique — soit la recherche de relations logiques dans du magique qu'il ne faut pas confondre, bien sûr, avec le magico-logique, qui serait le magique du logique —, en logico-magique, donc, cet enfant me paraît tout ce qu'il y a d'opératoire, au contraire : une sorcière, qui n'aime pas les enfants, et méchante de surcroît, lui suggère l'additif : « Elle voulait leur faire du mal. » Judicieuse relation de cause à effet.

Ce que par ailleurs le texte original n'indique pas clairement, c'est la relation de cause à effet entre le fait d'emmener les enfants royaux à la mer, et celui de les changer en cygnes. Ils auraient aussi bien pu être changés en dauphins, et on en sait

---

1. Dans *Trois Hommes dans un bateau*.

assez sur ces cétacés pour, dans ce cas, voir s'étoffer encore plus la relation de cause à effet. Eh bien, l'enfant préopératoire l'est moins que l'auteur de l'histoire, parce que cette relation il l'a trouvée : « Les enfants devinrent (*sic*?) des cygnes, et comme cela ils étaient sur la mer. » Il fallait bien expliquer pourquoi ces enfants étaient à la mer, ou sur la mer sans leur mère, au lieu d'être bien au chaud dans leur lit. Eh bien, c'est *parce qu'*ils étaient devenus des cygnes. Vous voyez, tout s'explique en logico-magique. C'est à la portée d'un enfant de sept ans.

Les adultes souvent, donc, utilisent le goût enfantin du magique et la tendance qui n'a pas d'âge à s'y « réfugier » pour y faire jouer une prétendue logique. Opération de séduction, encore, qui consiste à détourner à des fins supposées utiles un fonctionnement spontané et qui, quand il l'est effectivement, cherche lui-même à détourner l'entendement des contraintes subies, et non à en subir de nouvelles, artificiellement produites. Détournement qui en mathématiques a deux inconvénients dont le premier est majeur, et le second tout à fait regrettable : le premier consiste à vouloir éviter de comprendre ; le second est un empêchement à pouvoir apprécier ce que les mathématiques ont de *vraiment* surprenant, voire d'admirable, et que je préfère dorénavant, parce qu'en fait la magie en est exclue, appeler le merveilleux. Le merveilleux mathématique a ceci de surprenant que précisément le magique y produit du logique. Le plus souvent, un logique dû à une logique d'après coup, mais logique quand même *puisque* mathématique.

Donc les choses ne sont pas simples. L'entendement regimbe à entrer dans la contrainte du sens mathématique, mais par ailleurs s'il en pressent le merveilleux et qu'il tente d'entrer dans sa logique, le merveilleux est merveilleux et le logique est rassurant. C'est merveilleux que les trois médianes d'un triangle cncourent en un

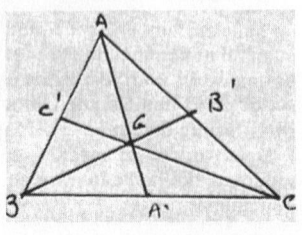

même point, et c'est rassurant parce que c'est *toujours* vrai. C'est merveilleux que les six petits triangles obtenus aient la même aire, et c'est rassurant de pouvoir indéfiniment le démontrer.

Du magique en mathématiques

Ainsi la contrainte qu'exerce le sens trouve, en principe, sa contrepartie de jouissance, et selon que l'un des termes l'emporte sur l'autre s'entretient ou non le désir de faire des mathématiques. Désir qui n'élimine donc pas la contrainte, mais qui trouve les moyens de la surmonter.

Encore faut-il avoir accès au sens.

Mais si cet accès est interdit, si l'entendement s'est mis en souffrance, il n'y a plus que le seul recours au magique.

Recours qui met l'élève face à d'intenses contradictions dont l'une au moins se trouve dans l'abandon à la fois consenti et subi de la faculté de penser. Abandon qui ne se fait pas de plein gré, l'esprit ayant dans l'enfance et l'adolescence la même propension et le même plaisir à se mouvoir que le corps. Mais si des charges sont imposées au corps, son plaisir à se mouvoir peut diminuer jusqu'à « préférer » l'immobilité.

La contrainte « naturelle » qu'exercent les mathématiques est déjà très lourde et produit chez les sujets des tentations magiques qui sont intrinsèques à tout sujet, et qui semble intrinsèquement liées à la matière même. Cela, on ne peut pas l'ignorer dans une entreprise d'enseignement, et nombre de « déductions » ou de régressions se font sur ce mode magique, qui consiste à éviter à l'entendement la prise en charge de données nouvelles, c'est-à-dire de nouvelles contraintes. Il y a donc lieu de le savoir, et de tenter de détourner ce détournement, en amenant l'entendement à bénéficier des contreparties de plaisir ou de jouissance qui lui permettront de les subir.

Mais plutôt que d'alléger les contraintes, la scolarité, hélas, ne fait que les accumuler. Et on n'a affaire, dès la maternelle, sans contrepartie de sens, qu'à du magique.

La grande tristesse du magique pédagogique, c'est donc d'être le seul recours de l'entendement empêché de se mouvoir comme il le pourrait, comme il le devrait. Et en deçà des productions de l'automathe heureux ou malchanceux — depuis celui « transparent » parce qu'il ne commet, quand il ne commet qu'elles, que des erreurs « ordinaires » jusqu'à celui qui, poussé à bout, est rendu opaque, donc visible par un coup de folie —, ce qu'ils ont donc de commun, c'est, incontestablement, l'abandon de la faculté de penser. Deux ordres de magie vont, en gros, se répartir les tâches pour réduire celles de l'entendement à ne plus être que parcellaires, locales, ponctuelles.

3   « **Un bon à quelque chose contre un bon à rien = 1 : 0** »   Georg Christoph Lichtenberg.

Il y a cette magie qui consiste à « déduire » de ce que l'on voit faire des préceptes de conduite, et qui répond à la magie pédagogique de l'implicite. J'en ai donné de très nombreux exemples dans *Échec et Maths* et *Fabrice*, je ne vais l'illustrer ici que par le redoutable pouvoir accordé par l'école à deux petits nombres dont l'un est rien du tout, et dont l'autre est à peine un nombre puisqu'il n'exprime que le singulier, je veux parler du zéro et du un.

Raconter les exploits pédagogiques et pathomagiques du zéro et du un remplirait quelques volumes. Quelques exemples de ceux accomplis par le premier de nos deux héros, soit zéro, font huit pages d'*Échec et Maths* (pages 175-183). Nous le retrouverons aussi plus loin annulant le sens dès la petite enfance.

Les exploits du « un » ne sont pas moins spectaculaires. Le un est un « nombre » qui n'en est jamais un, qui n'est donc jamais nommé. On ne dit pas « un » cent, « un » mille, « un » a et, quand je travaille avec des rééducatrices, plusieurs séances sont à consacrer à la façon dont il y a lieu de considérer le « un » dans l'acquisition de la numération.

Pour les plus grands et selon le niveau, l'explication *des* rôles du un est indispensable, parce que sinon c'est magiquement qu'il apparaît et disparaît dans l'écriture. Cette magie dont nous allons voir les effets poussés à leur comble ne peut se dissiper que par la conjugaison de deux éléments à apporter à l'entendement — qui seront du même ordre pour les questions que pose le zéro dans la résolution des équations — et que voici :

— d'abord, la *nécessité* que l'on aura de *penser* le un comme 1, parce que sinon quelque chose fait défaut : ainsi, selon les besoins, il sera nécessaire de penser le nombre désigné par a :

soit comme $1\,a$ (ou comme $+1\,a$), pour effectuer $3\,a + a$,

soit comme $\dfrac{a}{1}$ (ou comme $+\dfrac{a}{1}$) pour effectuer $\dfrac{a}{3} + a$,

Du magique en mathématiques

soit comme a^1 soit comme $+ 1 a^1$) pour effectuer $a^3 \times a$, ce qui « décore » potentiellement a d'une floraison de 1, comme ceci :
$$\frac{1 a^1}{1}$$

— ensuite par l'incongruité qu'il y aura à le *dire*, parce que justement on ne *dit* pas, on ne *lit* pas $3a + a$ comme trois a plus « un » a, mais qu'il le faudra désormais.

La langue mathématique *savante* éprouve le besoin, la nécessité d'énoncer dans la définition d'un espace vectoriel un axiome fixant le rôle du un dans la multiplication externe. $1 \times \vec{u} = \vec{u}$. En réalité, cet axiome est « présenté » à l'envers. La nécessité est dans le fait de *devoir* penser $\vec{u}$ comme $1 \vec{u}$ pour pouvoir effectuer $\vec{u} + \vec{u}$, ou $\vec{u} + 3\vec{u}$, et que *rien* ne nous dit que $\vec{u}$ est $1\vec{u}$, les nombres et les vecteurs « étant hétérogènes » les uns aux autres.

Eh bien, puisque pour une fois c'est de la langue savante que nous vient la lumière, profitons-en. Je dirai, *par analogie*, que le calcul littéral élémentaire pose des problèmes *pédagogiques* analogues à ceux, mathématiques, que se posent les mathématiques qui viennent d'inventer de nouveaux êtres, et qui cherchent à codifier les règles de calcul. Les nombres, en regard des vecteurs, sont ici l'analogue des deux ordres hétérogènes pour l'élève, celui des nombres parlés (langue maternelle) en regard des lettres (désignations savantes). Cette hétérogénéité est à respecter, et à traiter avec délicatesse au moment de l'explication qui se présente donc comme une nécessité *mathématique*. Pour y parvenir, le recours à des mots de la langue intermédiaire — tels que implicite, explicite — est indispensable : ces notions sont en effet présentes dans la langue maternelle, mais inutilisables, tant qu'elles ne bénéficient pas des qualités opératoires dont dispose le mot propre (notions reprises d'ailleurs par la langue savante quand elle définira des courbes ou fonctions implicites).

Il s'agit donc, encore, toujours de la question de la nécessité d'amener un concept ou une écriture, traitée par le brassage, la circulation des langues, qui fera de ce concept ou de cette écriture des évidences nouvelles, loin de toute magie.

Voyez ce qu'il en est du statut de la nécessité et de l'évidence, avec cet exercice d'*explicitation*, en effet, proposé aux élèves de quatrième qui s'occupent des rationnels ($\mathbb{Q}$: ensemble des rationnels).

« On désigne par $\mathbb{Q}^1$, l'ensemble des rationnels x écrit sous la forme $x = \dfrac{a}{1}$ avec $a \in \mathbb{Z}$. On considère l'application f de $\mathbb{Z}$ dans $\mathbb{Q}^1$ définie par :
$$f : \mathbb{Z} \to \mathbb{Q}^1$$
$$a \mapsto \frac{a}{1}$$

Montrez que f est une bijection de $\mathbb{Z}$ sur $\mathbb{Q}$[1]. »

Lumineusement rationnel, ou rationnellement lumineux ?

En attendant que le un sorte des brumes magiques et incantatoires dans lesquelles il se trouve — et c'est un réel *travail*, j'insiste, le même dans sa visée, mais différent dans son esprit, que d'arriver à $a = \dfrac{a}{1}$ ou $a = a^1$ —, voici quelques-uns des tours de passe-passe qu'il est en mesure de produire.

Pourquoi $-1 + \dfrac{5}{2}$ est-il remplacé par 0 ? Un petit glissement de deux modèles l'un vers l'autre :

$$\frac{a}{b} + 1 = \frac{a}{b} + \frac{a}{a} \text{ et } \frac{a}{b} \times 1 = \frac{a}{b}$$

1, à réduire au même dénominateur que $\dfrac{5}{2}$, se confond avec $\dfrac{5}{2}$, donc $-1 = -\dfrac{5}{2}$ et $-1 + \dfrac{5}{2} = 0$.

Vérification, plus bas, $\dfrac{3}{2} + 1 = \dfrac{3}{2} + \dfrac{3}{2} = \dfrac{6}{2}$.

$$BC^2 = (x'-x)^2 + (y'-y)^2$$
$$BC^2 = \left(-1+\frac{5}{2}\right)^2 + (-2+1)^2$$

faux

$$BC^2 = 0 + 1$$
$$BC = 0 + 1 = \boxed{1}$$

$$CA^2 = (x'-x) + (y'-y)$$
$$CA^2 = \left(\frac{3}{2}+1\right)^2 + (4+2)^2$$
$$CA^2 = \left(\frac{3}{2}+\frac{2}{2}\right)^2 + (4+2)^2$$

---

1. *Quatrième*, Monge, p. 77, n° 36. Il s'agit donc de montrer que les nombres de la forme ou $+\dfrac{3}{1}$ ou $-\dfrac{5}{1}$ ne sont autres que des entiers, tels $+3$ ou -5. Pas de nécessité, la question est prise à l'envers.

Du magique en mathématiques 231

Encore plus fort. L'histoire se passe en trois temps. Le premier est celui d'un contrôle où il est demandé de rappeler la *formule* donnant la somme de quotients n'ayant pas le même dénominateur, et d'effec-

> I Rappeler la formule donnant la somme de quotients n'ayant pas le mê dénominateur puis calculer :
> • $\frac{5}{4} - \frac{2}{3} + 7$
> • $\frac{7}{4} + \frac{5}{3} - 2$
> et $\dfrac{\frac{5}{4} - \frac{2}{3} + 7}{\frac{7}{4} + \frac{5}{3} - 2}$

> Formule
> $x \times y =$
>
> Calculs $\frac{7}{4} + \frac{5}{3} - 2 = \frac{18}{7} - 2 = \frac{16}{7}$ (barré)
>
> $\frac{5}{4} - \frac{2}{3} + 7 = \frac{0}{7} + 7 = \frac{7}{7}$ (barré)
>
> $\dfrac{\frac{5}{4} - \frac{2}{3} + 7}{\frac{7}{4} + \frac{5}{3} - 2} = \dfrac{\frac{0}{7} + 7 = \frac{7}{7}}{\frac{18}{7} - 2 = \frac{16}{7}}$

tuer des calculs. La formule n'est pas sue, et les calculs ratés, et je ne suis pas sûre d'avoir su les déchiffrer. (On peut conjecturer que la fameuse «croix» a produit, en glissant sur l'addition $\frac{7}{4} \bowtie \frac{5}{3} = \frac{(7+3)+(4+5)}{4+3}$ et qu'au lieu de trouver $\frac{19}{7}$, ce soit $\frac{18}{7}$ avec une erreur de calcul. Pour $\frac{5}{4} - \frac{2}{3}$, ce serait plus complexe, on aurait $\frac{(5+3)-(4\times 2)}{4-3}$ *parce que* la multiplication par 2 est un *tropisme*, donc $\frac{0}{1}$.) On peut seulement remarquer que dans ces combinaisons le nombre entier est bien un être auquel il *manque* quelque chose. Difficulté surmontéee en le pensant « sur rien », ou en ne pensant à rien, avec $\frac{18}{7} - 2 = \frac{16}{7}$ et $\frac{0}{1} + 7 = \frac{7}{1}$ (ce 1 là, évidemment, n'étant que le résultat du calcul).

Le deuxième temps est celui de la correction du contrôle : la « formule » est recopiée, et je vous laisse apprécier le style de l'explication qui suit donc on ne peut rien dire, car elle est sans doute « ré-écrite »

par l'élève. Mais ce qui apparaît en tout cas avec « on additionne *jamais* avec un quotient, on *transforme* sous forme *réelle* le quotient », c'est notre fameux 1 avec $7 = \frac{7}{1}$, $2 = \frac{2}{1}$, apparition magique assortie d'une formulation énigmatique et sévère. Les conséquences de cette association seront, sinon incalculables, du moins un défi aux lois ordinaires, et même extraordinaires du calcul.

Le troisième temps, à une semaine d'intervalle, est celui d'un second contrôle, où il se produit de vrais prodiges.

Du magique en mathématiques

Après application correcte de la « formule » pour effectuer la somme de $\frac{4}{15} + \frac{2}{5}$, formule qui est bien le comble de la bêtise — puisqu'en évitant de penser elle évite le calcul « rationnel » de cette somme de rationnels, qui consiste à transformer les $\frac{2}{5}$ en quinzièmes —, notre apprentie sorcière va se trouver devant $\frac{50}{75}$ dont elle croit qu'il faut sans doute les traiter.

Au lieu que + 50 soit égal à $+ \frac{50}{1}$ (ce qui ici n'est évidemment d'aucun intérêt, mais allez priver de son rôle cette « active » qui veut — trop — bien faire) + 50 va se trouver être égal à + 50 + 1. *Donc :*

$$\frac{50}{75} = \frac{50 + 75}{75}$$ (je reviens sur le $\frac{25}{75}$ au lieu de $\frac{125}{75}$ plus bas).

A la suite de ce coup d'essai, il y a plus calé. $\frac{2}{3} \times \frac{2}{5}$: une « formule » a sans doute appris à effectuer le produit des numérateurs entre eux et des dénominateurs entre eux. Mais chacun des termes obtenus se met à vivre sa vie, et la formule du produit, mixée avec celle du quotient (ré-écrite quelques jours auparavant lors de la correction) permet un « passage en haut » du 15. *Donc :*

$$4 = \frac{4}{1},\ 15 = \frac{15}{1}\ \text{et}\ \frac{4}{15} = \frac{4}{1} \times \frac{15}{1} = \frac{60}{1}.$$

Mais 60, non content d'être «sur un» ré-engendre un «plus un» qui en fait soixante et «un» sur «un».

On se dit que là, quelque chose de la réitération mathématique a manifestement été perçu, et ce qu'on ne comprend pas très bien, c'est pourquoi le processus s'arrête. Est-ce parce que le résultat paraît «raisonnablement» gros, ou grand ? Est-ce en raison d'exercices antérieurement faits ne comportant pas *plus* de réitérations ?

Toujours est-il qu'entre la croix de la formule et le 1 flottant qui s'accroche désormais systématiquement à tout quotient, tous ces calculs, ça devient la croix et la bannière. Voyez plutôt.

Le dernier calcul commencé, cette fois parfaitement en accord avec la formule, continue parfaitement en accord avec l'apparence d'une compréhension et les $\frac{59}{21}$ obtenus sont le résultat exact. Hélas, le mieux est l'ennemi du bien, et 59 à nouveau produit la somme fatale, et le résultat ultime $\frac{38}{21}$ livre le secret des $\frac{25}{75}$ précédents. Tout simplement, au lieu d'ajouter les deux nombres du numérateur, elle les a soustraits. Pourquoi ? La porte est ouverte aux conjectures (dans lesquelles il faut glisser, les phénomènes de ce genre ayant toujours plusieurs causes, le fait que devoir et correction de la semaine précédente comportaient une soustraction pour chaque calcul).

4 « **Mathématiques ! Chute au fond du vrai !
Tombeau où descend l'idéal qui rejette le beau !
Dans un coin terrifiant, la magie y végète.** »
V. Hugo.

La deuxième sorte de magie pratiquée quotidiennement est celle, globale, de la résolution d'exercices ou de problèmes.

Apparemment, une différence fondamentale devrait exister entre l'abord du « cours » et celui du problème.

C'est qu'en effet, même si le cours peut parfois ou souvent être présenté comme un problème à résoudre — les définitions du barycentre, de la valeur absolue, la résolution d'équations du second degré, etc. — ce problème n'est là que comme l'équivalent de ce que j'appelle la *nécessité* d'une notion, sa raison d'être. Le problème, que l'on pose, qui se pose, c'est de devoir disposer d'une notion nouvelle, mais cette notion, l'élève ne l'inventera pas, ne la nommera pas, il ne re-fera pas tout seul les mathématiques. Il s'agit bien de *mobiliser* chez lui les éléments porteurs de sens et nécessaires à l'élaboration de la notion nouvelle.

Pour ce qui est du problème au sens habituel du terme, l'incitation à la mobilisation est en principe intrinsèque au texte de l'énoncé. Des questions sont posées, auxquelles il faut répondre. De plus, théoriquement, l'élève est censé disposer de tous les éléments nécessaires à la résolution dudit problème (je ne parle pas des problèmes « ouverts » qui me paraissent, dans l'état actuel des choses, un — dangereux — gadget de plus).

En supposant que ce soit bien le cas, et que l'élève dispose de ces éléments, eh bien le problème, tel qu'en lui-même une longue tradition scolaire l'a pour l'instant figé, est un monde à découvrir, donc à *faire* découvrir à l'élève, car là encore il ne le découvrira pas tout seul.

Ce monde est un monde d'*intentions* implicites, celle du fabricant de l'énoncé qui « souhaite » que les choses soient prises de telle façon plutôt que de telle autre, avec tel déroulement dans l'ordre des questions, parce qu'en fait il a telle *idée* derrière l'énoncé. C'est un monde de logiques *différentes*; mais oui, un problème de construction (supposons le problème résolu !) ne s'aborde pas comme un problème de propositions à démontrer, un problème de propositions à démontrer ne s'aborde pas de la même façon si la proposition est donnée ou à découvrir, on ne calcule pas « dans le même esprit » selon les lieux, etc. Autrement dit, on a affaire à des « logiques locales », et s'y repérer d'emblée est un privilège de qui est familier du lieu mathématique. Sans oublier, bien sûr, que par-dessus tout cela il y a *la* logique du problème, microcosme de savoir potentiel qu'il faut savoir traiter par la série classique de questions que l'on *se* pose : quelles sont les données dont je dispose, quelle est la conclusion à laquelle je veux parvenir, comment les hypothèses en regard de la conclusion à obtenir « appellent-elles » des données qui sont à ma disposition mais que l'énoncé ne révèle pas, etc. ? Autrement dit, et je demande pardon pour l'énormité de l'évidence de ce qui va suivre, la logique du problème est de produire un afflux et une circulation de sens autour d'un énoncé *en relation* avec les questions posées par cet énoncé; afflux et circulation qui, traitées, canalisées, mèneront par principe à la solution; solution dont le mode d'exposition lisse ne ressemblera plus guère au bouillonnement qui l'a produite.

Le paradoxe inhérent à cette situation est que pour résoudre des problèmes il *faut* une familiarité avec les problèmes, mais que pour obtenir cette familiarité il faut résoudre des problèmes. Problème cette fois pédagogique, et ardu, car en mathématiques il s'assortit d'un problème « psychologique » aigu. Au contraire, en effet, des situations extérieurement du même ordre, où « pour pouvoir en faire, il faut en avoir beaucoup fait », tels les mots croisés, souvent donnés en exemple, il ne faut jamais qu'une solution soit donnée à qui n'a pas su *au moins* la chercher; alors qu'il faut, inévitablement, avoir consulté bien des grilles-solutions pour avoir dans son bagage des mots tels que akène, azerole ou iule, providentiels pour le fabricant de grilles, et torturants pour qui ne les connaît pas encore, car il ne peut les inventer. En revanche, avoir affaire à la solution d'un problème qu'on n'a même pas su ou pu chercher non seulement n'aide pas à en trouver d'autres, mais produit l'effet inverse. J'ai pu, en effet, constater dans ce minutieux travail d'obser-

Du magique en mathématiques

vation facilité par le tête-à-tête que, si une raison quelconque ne permet pas de prendre le *temps*, qui peut parfois pour le professeur paraître infini, de laisser le travail de recherche se faire, la réponse apportée, ou apportée trop tôt est un véritable *traumatisme intellectuel*.

Le problème du problème est donc d'une part un problème de *temps* et d'autre part un problème de temps *actif*, effectivement destiné à produire cet afflux et cette circulation de sens sans lesquels, comme dans des processus chimiques où les conditions de température et de pression ne sont pas réunies, le sens de la solution, pour ceux qui ne l'auraient pas trouvée, ne s'amalgamera pas à celui de l'énoncé.

Or, à part quelques lieux, rarissimes, où l'on a conscience de cette nécessité incontournable du *temps* incompressible à accorder à la recherche *guidée* d'un problème, pour apprendre à les « faire », le temps classique, je veux dire celui qui a cours dans les classes, est autre. On préfère assener le traumatisme de la réponse apportée à un énoncé dont le sens ne sera pas parvenu à la conscience, et l'assener à répétition, jusqu'à ce que les solutions se gravent, s'impriment, soient reproductibles par des énoncés similaires ou identiques (on a vu les équations faites et refaites, les catéchismes de résolution appris par cœur). Hélas, le temps de la reproduction est lui-même limité, et on s'étonne que deux semaines plus tard les élèves ne sachent plus « faire » des exercices ou des problèmes qu'ils avaient fini par « savoir faire ».

Ce qui fait qu'après les « on dit que », « on appelle », « on pose que », « on admet que » du cours l'élève a affaire aux « on voit que », « il est évident que », « il suffit de poser que », « transposons », « multiplions par », « changeons de variable », « menons la médiane », etc.

Magie, maître mot de l'implicite de la pédagogie, ou de son absence à être. Et ça ne date pas d'hier. Qu'il s'agisse de leurs plus abstraits théorèmes ou de leur prétention à résoudre les problèmes les plus terre à terre, les mathématiques, pour les élèves, tombent du ciel. Il n'y a donc pas de quoi tomber des nues à les voir donner l'âge du capitaine.

Subvertir les mathématiques « du dedans », c'est à coup sûr ce que ne pouvait faire Flaubert. Il n'y a donc pas de mathématiques dans *Bouvard et Pécuchet*, alors que la géniale bêtise de leur magie est décuplée par la magie bête qui est celle de la façon dont elles sont, depuis toujours, enseignées, et que Flaubert avait, aussi, un compte à régler avec la pédagogie : dans son dernier chapitre, comme le remarque Queneau, « on voit l'erreur d'apprendre se multiplier par l'erreur d'enseigner ». Quel sujet en or, alors, que des mathématiques scolaires, et que l'on peut en effet regretter qu'il n'ait pu l'aborder...

Mais si Flaubert n'a pas su exploiter ce filon à l'échelle de ce qu'est la mine, il n'en a pas moins produit en cadeau pour Caroline cette petite pépite, elle abondamment exploitée et à coup sûr encore exploitable, tant elle est riche d'enseignements sinon sur les mathématiques en tant que telles — il y a les *mots* géométrie, trigonométrie — du moins sur la façon dont elles apparaissent à travers leur enseignement. Et, avec cent quarante ans d'écart, on peut se dire que, à part le fait qu'il existe des IREM pour le constater, rien n'a vraiment changé.

Rien n'a changé dans la nécessité de devoir manipuler du pas-de-sens pour produire du sens. C'est donc un entendement en souffrance qui va faire face à des énoncés de problème, sans autre recours que la croyance magique en guise de pensée.

Le logico-magique, vous vous souvenez? Ce sont les logiques du magique, elles-mêmes sécrétées par l'alliance objective des tendances subjectives, internes, à réagir à *la* logique, et de la nécessité imposée, externe, d'avoir à manipuler du pas-de-sens. Comme la pensée « ordinaire » suppose la circulation du sens, et la possibilité de soutenir un ensemble de significations dans une globalité, et qu'ici elle est impossible, l'entendement en souffrance ne peut plus intervenir que de manière parcellaire : ses activités seront alors strictement localisées, elles ne pourront plus que trier, sélectionner, séparer les significations de telle façon que le sens global ne soit plus sollicité, et donc n'ait pas à souffrir et à faire souffrir.

Dès lors les logiques du magique ne vont plus jouer sur du sens en tant que tel, mais sur des pulsions de sens : et la logique du magique, fondée sur de la croyance, logique qui existe, et qui se manifeste dans les réponses folles ou non sensiques, j'aimerais l'appeler désormais le *principe de cohérence* : de *cohærere*, adhérer ensemble.

10. Pourquoi et comment il est possible de trouver l'âge du capitaine

1 Le principe de cohérence.
2 Ce que cachaient les nénuphars.
3 Des mathématiques mondaines.
4 Ce que révèle l'analyse des erreurs : le poids écrasant du conjoncturel.

1
« **On nous avait donné — pour modérer nos plaisirs de vacances — quelques problèmes à secret dont la solution, je le savais bien, résultait d'une astuce tapie sournoisement dans l'énoncé. Ce dernier présentait un visage bénin et ironique comme une devinette. Il avait pour mission de vous fourvoyer, en désespoir de cause, dans des opérations interminables, dont le résultat (s'il en résultait par hasard quoi que ce fût) était monumentalement absurde. Et le maître vous le démontrait sèchement au tableau. »**
H. Bosco.

Revoyons d'un peu plus près les problèmes donnés aux enfants de Grenoble. Chaque énoncé était complété par la question : « Que penses-tu de ce problème ? » Question, elle, inhabituelle, qui aurait pu leur mettre la puce à l'oreille. Mais les puces étaient plutôt juchées sur les oreilles des professeurs, qui, commentant donc le fait que le nombre des réponses est important et inquiétant, ajoutent :

> Il ne faut cependant pas affirmer trop rapidement que les élèves ne se soucient pas du contenu de l'énoncé. Quelques observations nous montrent qu'en fait il peut être pris en compte bien que l'élève propose un résultat numérique. En voici quelques exemples :

> — A une classe de CE2 nous avons proposé successivement les énoncés numéro 5 puis numéro 6. Sur 28 élèves, 9 ont eu un comportement contradictoire : ils ont affirmé ne pas pouvoir ou ne pas savoir résoudre le problème numéro 5 mais ils ont résolu le problème numéro 6.
>
> Voici quelques exemples de réponses de ces élèves :
>
> | | numéro 5 | numéro 6 |
> |---|---|---|
> | Anne | — comment peut-on savoir l'âge du capitaine ?
 — on ne peut pas le savoir | $\dfrac{\begin{array}{r}7\\ \times\ 4\end{array}}{28}$ la maîtresse a 28 ans |
> | Nathalie | — je ne comprends pas parce que en premier vous avez parlé de moutons et après d'un capitaine
 — je trouve que ce problème est un peu bizarre | — je pense que la maîtresse a 28 ans car j'ai fait $4 \times 7 = 28$
 — je pense que ce problème est assez facile |
> | Peter | — pourquoi on parle de moutons et après on demande l'âge du capitaine ?
 — je pense qu'il est bête parce qu'on parle de moutons et après du capitaine | — je pense que la maîtresse a 28 ans parce que $4 \times 7 = 28$
 — je pense que celui-ci est moins bête que l'autre |

Les élèves, effectivement, se soucient du contenu de l'énoncé, sinon ils ne résoudraient pas les problèmes qu'on leur pose. Simplement il n'y a pas de comportement contradictoire, et s'il fallait une illustration de ce principe de cohérence qui fait adhérer les choses les unes aux autres au sein d'un univers magique, on n'en trouverait pas de meilleure.

J'ai rendu hommage, plus haut, à celui qui avait eu l'idée de génie consistant, à partir d'un texte lui-même génial, à révéler par un préalable non-sens le pas-de-sens de la pratique ordinaire des élèves.

Mais ce que met admirablement en lumière l'énoncé inaugural du jeune Gustave, c'est que, justement, dans un univers où les mots géométrie, trigonométrie, mots mystifiants s'il en est pour qui n'y entend goutte, plantent le décor du magique, univers où par quelque miracle tomberont du ciel des réponses aux questions touchant aux choses de la terre... et de la mer, le principe de cohérence est respecté.

Le non-sens de départ révèle ce qu'il en est de la simulation du sens. Mais cette simulation est elle-même fondée sur le principe de cohérence et, chez Flaubert, pour parler comme les enfants, ça commence par un navire et ça finit par un capitaine. On ne saurait mieux faire tenir ensemble un lieu, même flottant, et son occupant, occupant qui tient à son lieu par une logique et une déonto-logique telle qu'il ne le quitte jamais, même et surtout s'il sombre, fût-ce dans le non-sens. Et Caroline, toute maligne qu'elle était, avec ce navire qui est en *mer*, chargé d'*indigo*, aurait pu n'y voir que du bleu.

L'équipe de l'IREM de Grenoble en rédigeant ses énoncés, et comme on fait de la prose en le sachant ou sans le savoir, s'est trouvée confrontée de gré ou de force à ce principe de cohérence. Mais le *sait*-elle vraiment ?

Curieusement, le seul énoncé qui *n'est pas* sur le modèle de l'âge du capitaine (de Flaubert) est celui de l'âge du capitaine. Quel est l'âge du capitaine ? Question à signification unique, mais aux sens multiples, jusque dans le non-sens.

Ce que les enfants révèlent admirablement, sans l'ombre d'une contradiction, c'est que le non-sens du problème n° 5 n'est pas de la même sorte que celui du n° 6, et donc des autres, ou, en d'autres termes, que le principe de cohérence n'y est pas respecté. Toutes choses qui sont éminemment porteuses de sens.

De quoi parle le problème n° 6 ? D'une classe, de tables de classe, de la maîtresse de la classe. Cette classe d'objets est on ne peut plus *cohérente*, aussi cohérente que celle contenant 12 filles et 13 garçons et une maîtresse, et on pourrait dire que tout ça peut fonctionner magiquement sans l'ombre d'un problème.

Voyons les autres énoncés. La cohérence y est tout aussi parfaite :
    1. sucettes, caramels et papa   ça se tient
    2. moutons, chiens et berger   ça se tient
    3. moutons, chiens et berger   ça se tient.

La vérité qui sort de la bouche de ces enfants est donc que le non-sens d'énoncés divers n'est pas, comme on pourrait le croire, *homogène*.

Voyons maintenant le second lieu d'application du principe de cohérence, à savoir celui du numérique.

J'imagine, ici, que c'est en toute connaissance de cause que les auteurs ont choisi les *nombres* figurant dans leurs énoncés, faisant en sorte qu'ils puissent induire des âges plausibles : un papa de 36 ans (4×9), un berger de 25 ans ($125:5$), une maîtresse de 25 ans ($12 + 13$), un capitaine de 26 ans ($36 - 10$) et une maîtresse de 28 ans (4×7). 25 et 36 jouent des rôles privilégiés, mais ne cherchons pas à savoir pourquoi. On peut plutôt se demander ce qui se serait passé avec un berger à la tête d'un troupeau de 2 907 moutons, assisté de 3 chiens, et l'« expérience » reste peut-être à faire.

Pour ma part, j'en connais les analogues mathématiques. Entre mille autres exemples, il y a celui de l'équation du second degré, quand on veut la résoudre directement (dans $\mathbb{R}$), par factorisation. Si on tombe sur l'expression $(x + 2)^2 + 7$, par exemple, il vous sera répondu qu'on ne peut pas factoriser. Mais si on s'avise de donner un énoncé qui amène à $(x + 2)^2 + 9$, alors là, tout change, on factorise, on résout. L'« impossibilité » n'était pas celle qu'on croyait (c'est parce que 7 n'est pas un carré parfait).

Avec 2 907 moutons et 3 chiens, certains enfants répondraient peut-être qu'ils ne savent pas, ou ne peuvent pas faire le problème, mais pas pour les raisons que l'on pourrait imaginer. On ne leur aura pas donné les « bons » nombres, sans présumer, bien sûr, du comportement de ceux qui, s'ils ne sont pas effrayés par ces nombres, ne le seront pas plus de trouver à ce berger, parce qu'il a 3 chiens, l'âge de Mathusalem [1].

C'est justement ça qu'il a fait, le jeune Gustave. Il a sadiquement rendu son problème très difficile, sinon infaisable. Il n'était pas prof de maths, au contraire, et les nombres, il n'y voyait que du feu. Évidemment, en combinant 200, 12 et 3 1/4, on peut toujours trouver un âge. Mais il faudrait « barbouiller du papier avec des chiffres » et cette nécessité implicite rend bien compte de la façon dont il s'en est « fait crever » de chiffres. Et dont les enfants des écoles s'en font crever aussi, quand il y a des virgules, des divisions à virgules, des fractions et toute cette arithmétique qui hante leurs cauchemars.

---

1. Mathusalem vécut jusqu'à 969 ans.

Comment il est possible de trouver l'âge du capitaine 243

Il y a ainsi *deux* cohérences qui coexistent, ce qui ne saurait mieux être exprimé que par deux des enfants de Grenoble, l'un comme l'autre interrogés sur ce qu'ils « pensaient » des problèmes qu'ils venaient de résoudre.

D'abord celui-ci, qui répond :

« Le capitaine du bateau a 26 ans...

Je trouve que c'est bien, mais je ne vois pas quel rapport entre des moutons et un capitaine » (c'est moi qui souligne).

Je trouve que c'est bien : approbation des bons nombres, cohérence numérique respectée. Cohérence dont l'existence permet de corriger ce qui est défaillant dans l'autre : je ne vois pas quel rapport...

Ensuite cet élève de CM1 « interviewé » à propos de l'énoncé n° 2.

(Après un temps d'hésitation) :
Élève — Ce problème est difficile... J'avais pas réfléchi qu'on pouvait faire 125 divisé par 5.
Maître — Tu aurais pu faire une addition ?
Élève — Oui.
Maître — Combien tu aurais trouvé ?
Élève — 130.
Maître — Tu aurais pu faire une soustraction ?
Élève — J'aurais trouvé 120.
Maître — Quel est l'âge du berger ?
(silence) Pourquoi fais-tu une division ? (silence)
Élève — Je sais pas (silence) parce que 125 + 5 = 130 et c'est un peu gros et 125 − 5 = 120 c'est gros aussi tandis que 125 : 5 = 25 ça va mais je ne sais pas si c'est juste.
Maître — Pourquoi tu hésites ? tu es pas sûre que c'est 25 ans ?
Élève — Je pense que c'est 25 ans.

Voilà, c'est clair. C'est difficile parce que ce qu'exige un âge plausible est difficile : « faire une division », ce qui de mémoire d'élève de communale n'a jamais engendré la joie. Le « je ne sais pas si c'est juste » est ambigu : on ne sait pas de la justesse de quel « résultat » il s'agit, la possibilité de justesse d'une division — du calcul du quotient — étant précisément divisée pour les enfants en trop de justesses partielles pour ne pas les mettre, à peu près toujours, en état d'insécurité.

Essayons à ce propos de voir d'un peu plus près ce qu'il en

est de la cohérence numérique, c'est-à-dire du traitement des nombres car il y a une distinction à établir entre ces problèmes-ci, les non sensiques et les problèmes ordinaires, distinction qui nous éclairera peut-être sur les relations qu'entretiennent les deux cohérences, relations qui contiennent celles que peuvent avoir un énoncé et sa solution.

Dans les problèmes « ordinaires », la cohérence des éléments du texte — ou de l'histoire — est évidemment respectée. Depuis qu'il y a des problèmes à résoudre, que les trains se croisent, que les robinets fuient, que les ménagères nourrissent leurs familles, etc., tous problèmes qui sont évidemment ceux auxquels un enfant est confronté dans sa vie quotidienne, informé qu'il est de ce qu'un train arrive en sens inverse à une vitesse qu'on lui a dite, passionné qu'il est de prévoir à quel moment il va croiser celui dans lequel il se trouve et dont la vitesse lui a également été gracieusement communiquée, fasciné qu'il est par le supplice qu'inflige la goutte d'eau au lavabo ou à la baignoire, préoccupé qu'il est du budget familial et du cours du plat de côtes ou de la cote des primeurs, depuis donc qu'il y a des problèmes à résoudre, l'enfant, qui est malin, a vite fait de comprendre que tous ces artifices, toutes ces histoires ne sont là **que** pour lui faire « faire » des additions, soustractions, multiplications, divisions.

Il a donc amplement l'habitude de la cohérence, dans l'artificiel, le truqué, le fabriqué d'un texte.

Il cherchera, mais cette fois à tâtons, l'heure du croisement, le volume d'eau pure écoulée en pure perte, ce que coûte à sa fausse mère d'avoir à le nourrir avec ses faux frères. Ce qu'il *doit* trouver, il n'en a pas idée, et pour cause, et la seule chose qui le guide dans sa « recherche » est la sollicitation, par certains signes du texte faisant office de signaux, de souvenirs de solutions de problèmes antérieurement faits en classe, et dont plusieurs combinaisons seront possibles. Il est donc souvent difficile de déchiffrer des « solutions » apportées à des problèmes si on ne sait rien de l'activité récente de la classe, et éventuellement ancienne.

Ici, forcément — dans les énoncés non sensiques —, la mémoire ne joue pas. Mais les textes étant d'une grande simplicité et les questions posées tout à fait accessibles, le traitement numérique pourra être en prise directe sur ladite question,

Comment il est possible de trouver l'âge du capitaine

et les nombres du texte pourront donc être mis sans « brouillage » aucun au service de la plausibilité du résultat.

On voit ainsi que d'un texte à l'autre les pulsions de sens sont pour ainsi dire collectées, canalisées différemment et produisent des comportements différents. On pourrait dire qu'il y a plus de sens dans les hésitations et finalement la décision prise d'attribuer 25 ans au berger que dans une réponse où virgule et prix de revient s'emmêlant on trouve catégoriquement que le cochon vaut 12 300 francs, ce qui en définitive ne fait qu'assimiler le comportement de ce bon père de famille à celui d'un cochon de payant. Autrement dit, il y a plus de sens qui circule dans le non-sens de l'histoire des moutons que dans le sens supposé de l'histoire du cochon. Et si vous êtes alléché par la suite — rôtis, jambons, saucisses et saucissons — c'est que vous avez du nez, les enfants en font des ragoûts tout à fait savoureux.

---

14. 15 Un père de famille achète un cochon de 160 kilogrammes ; il le paye 7,50 francs le kilogramme et il a 300 francs de frais (tueur, chauffage de la cuisine, ingrédients, transport). Quel est le prix de revient ? Dans le cochon il y a 15 % de déchets. Quel est le poids de viande comestible ? Les 4 jambons représentent 25 % de la viande et ils perdent 5 % de leur poids en séchant. Quel est le poids du jambon bon à consommer ? Les rôtis pèsent 32 kilogrammes, les saucisses et saucissons pèsent 30 kilogrammes et perdent 5 kilogrammes en séchant. Il y a 20 kilogrammes de pâté et le reste sert au salé.

Quelle économie peut espérer cette famille si le jambon se vend 44 francs le kilogramme ; le rôti 25 francs, la saucisse 18 francs, le pâté 16 francs, le salé 14 francs ? Quelle est l'économie réelle, sachant qu'un jambon a été jeté et que 4 kilogrammes de pâté étaient avariés ?

Le possible et l'impossible, le sens et le non-sens ne sont pas du tout distribués comme on pourrait le penser à partir de sa propre rationalité, c'est-à-dire d'une rationalité « ordinaire ». « En » mathématiques — ou du moins en tout ce qu'on appelle de ce nom dans la scolarité — nous sommes constamment dans l'extra-ordinaire, et les mêmes éléments de sens s'organisent de façons complètement différentes ici et maintenant. Si on veut donc bien ne pas confondre le *cohérent*, qui suppose des associations, des adhérences, et le *logique* qui suppose des enchaînements, des déductions, on voit que l'activité de l'entendement, faute de pouvoir organiser des enchaînements se réduit à produire un certain nombre d'assemblages cohérents, mais isolés les uns des autres, et qui, eux, tiennent ensemble par la croyance que « c'est ça les mathématiques ».

En particulier pour ce qui est de la résolution des problèmes, l'assemblage « énoncé » et l'assemblage « solution » dans tous les cas sont indépendants, et ne tiennent que par contiguïté. Contiguïté souvent inapparente pour un œil rationnel, celui qui verrait côte à côte une malle et une branche de thym comme n'ayant aucune raison de l'être : quelque hasard les aura rapprochés, et aucune personne sensée n'irait chercher une « relation de cause à effet ». Si la malle est au bord d'un quai, alors là, on pense tenir la réponse, elle embarque, ou débarque, c'est évident. Eh bien, les « raisons », dans les deux cas, sont identiques :

malle à bar, et bar à thym
ou malle à bar, et bar à quai.

Si j'avais voulu rendre les choses un peu plus difficiles, je vous aurais proposé malle et mare, car

malle à bar, baratin et tintamarre

et il ne faut pas s'offusquer des approximations, ça n'est pas autre chose qu'un des fonctionnements d'un entendement empêché de fonctionner normalement. J'ajoute que par ailleurs, évidemment, ces associations à la marabout-de-ficelle sont tout ce qu'il y a de « normal » et génératrices de plaisir. Mais, en mathématiques, on pourrait s'attendre à autre chose.

Eh bien, pas du tout. « Vous ne répondez pas à la question posée », dit le professeur, lisant la réponse à partir de sa rationalité. Sans doute a-t-il raison, mais il ne sait pas que la réponse, aussi, a ses raisons. Il ne sait pas que « droite » mène tout droit à « point », que 2 droites donnent droit à 2 points, qu'une réponse possible aurait été « par 2 points passe *une* droite et *une* seule » mais que le mot *plan* incline l'élève à en produire une adaptation originale, prouvant que la question a bien été lue : car de l'inéluctable « quand *une* droite passe par 2 points d'un plan elle est entièrement contenue dans ce plan » il est fait une tentative de généralisation à 2 droites, comme les impose l'énoncé de la question. Tentative à laquelle l'orthographe et la grammaire apportent une caution quelque peu hasardeuse,

Comment il est possible de trouver l'âge du capitaine

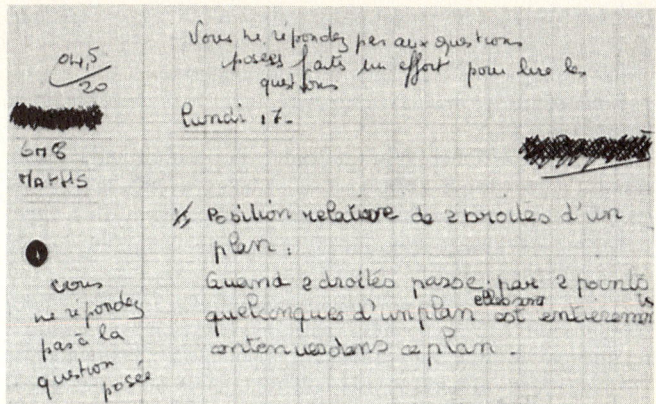

trahissant, peut-être, l'incertitude du bien-fondé de ladite généralisation : le « passe » passe tout seul du fait de l'homophonie du singulier et du pluriel, mais le « est » original coexiste sans être barré avec le « elles sont ». On ne saurait mieux rendre à la fois quelque chose des mécanismes associatifs et — dans une sorte de « prudence », de façon de donner à lire plusieurs versions possibles — montrer que le sens est l'affaire du professeur et qu'il n'a qu'à s'en débrouiller.

Parmi mes premiers étonnements, il y avait ceux que produisaient, à la question « Comment sont les droites D et D'? », les réponses : « parallèles », réponses que le haussement d'un sourcil interrogateur faisait rectifier en « perpendiculaires ». Sécantes est un mot-trou, parallèle et perpendiculaire ont la faveur des mémoires, l'une amène l'autre, et réciproquement. Au point que cette association soit devenue un moyen de

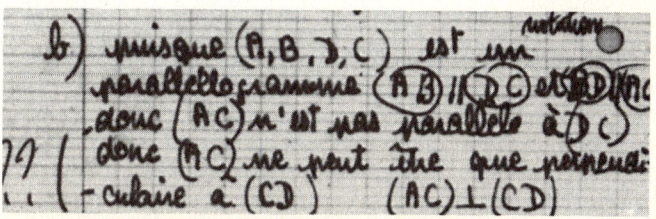

démonstration. (AC) n'est pas parallèle à (DC) DONC (AC) ne peut être que perpendiculaire à (CD). CQFD.

Revenons à nos moutons, et à nos cochons.

Pour résumer, nous avons assisté, en gros, à deux sortes de comportements :

— le comportement mouton, qui met en jeu, quand l'enfant répond à un énoncé non sensique : une cohérence des termes de l'énoncé, une possibilité de traitement cohérent de l'appareillage numérique. Connexion entre les deux : limpidité du sens de la question posée ;

— le comportement cochon qui met en jeu, quand l'enfant répond à un énoncé censé être sensé : la cohérence d'un énoncé tel que les fabrique immuablement la pédagogie, traitement de l'appareillage numérique à la cohérence plus ou moins apparente. Connexion entre les deux : associations complexes de réactions à des signaux et de souvenirs de pratiques antérieures.

2

« Le couchant dardait ses rayons suprêmes
Et le vent berçait les nénuphars blêmes.
Les grands nénuphars entre les roseaux
Tristement luisaient sur les calmes eaux. »
P. Verlaine.

Mais il y a d'autres cas. Les cas à la Woody Allen, dont on raconte qu'il a remis au goût de son humour cette très vieille histoire de rabbin devenu fou, et parcourant les rues de son village en répétant : « J'ai des réponses, qui a des questions ? »

Il y a donc les cas où les élèves cherchent des questions pour des réponses qu'ils ont déjà. Officiellement, bien sûr, ça ne se présente pas sous cette forme, mais c'est bien comme cela que ça se passe.

Officiellement, il s'agit d'« inventer » un problème. Petite torture supplémentaire à laquelle sont soumis les élèves en pédagogie de pointe, à laquelle les plus malins sacrifient à moindre prix en remplaçant les pommes de terre par des carottes, les trains par des voitures, la baignoire par un bassin. En général on est si content qu'ils aient « inventé » un problème qu'on n'y regarde pas trop pour ce qui est de la solution préfabriquée, qui selon le remplacement effectué n'est pas forcément adéquate. Et j'ai vu, de mes yeux vu, une classe active pétrifiée par l'intensité de l'exaspération tranquillement manifestée par une petite fille à qui on demandait depuis un moment d'inventer un problème de soustraction : « 10 personnes sont sur la tour Eiffel, 3 tombent. Combien en reste-t-il ? »

Officieusement, le problème du problème m'est constamment posé. Il est en effet plus que fréquent que mes élèves arrivent en me disant qu'ils n'ont pas compris un exercice ou un problème. Je demande évidemment lequel, et là, on cherche, on fouille, on n'a plus la feuille, on a oublié le livre... « Mais je sais la solution. — Ah bon ? — Oui. » Et je vois en effet se révéler sur la feuille blanche, comme si la main qui écrivait ne faisait autre chose que repasser sur des traces laissées par de l'encre sympathique, la solution d'un problème sans énoncé, qui devient l'énoncé d'un curieux problème, dont la solution serait de retrouver l'énoncé.

Pourquoi la solution est-elle retenue, et pas l'énoncé ? Je ne parle même pas, bien sûr, de relation logique entre l'une et l'autre, de relation d'effet à cause, mais simplement d'un travail de la mémoire qui serait équivalent pour l'une comme pour l'autre.

C'est un nouvel exemple, toujours fourni par l'IREM de Grenoble, qui va peut-être nous donner la réponse. Je cite d'abord les commentaires qui le précèdent, et qui suivent directement l'interview de la page 243 :

> Ces résultats nous ont conduits à nous poser des questions sur la façon dont un énoncé de problème est perçu par les élèves. En particulier, nous nous sommes demandé pourquoi, dans les conditions où cette épreuve s'est déroulée, c'est-à-dire en classe et sous forme d'un travail écrit, un si grand nombre d'enfants (127 sur 171 au CE et 23 sur 118 au CM) a pris au sérieux nos énoncés de problèmes «absurdes».
>
> Il faut bien admettre soit que celui-ci ne leur a pas semblé absurde, soit qu'ils ne se sont pas occupés de la pertinence des données par rapport à la question posée. La deuxième hypothèse semble confirmée par le fait que, lorsqu'on demande à des enfants d'inventer des problèmes, on constate qu'ils respectent toujours la cohérence de la forme, mais pas toujours la cohérence logique. Voici, à titre d'exemple, un cas extrême. Il s'agit d'un problème créé et résolu par un enfant de sixième. On constate bien que seules les formes sont respectées.

Le cas est extrême en effet (voir copie ci-dessous). Mais comme tous les cas extrêmes il est significatif de ce qui se passe dans ceux qui ne le sont pas. Une chose cependant me chagrine particulièrement dans le commentaire qui précède, c'est que l'on puisse penser que les enfants « inventent » des problèmes, et qu'en particulier celui-ci ait pu être « créé et résolu ». J'aime-

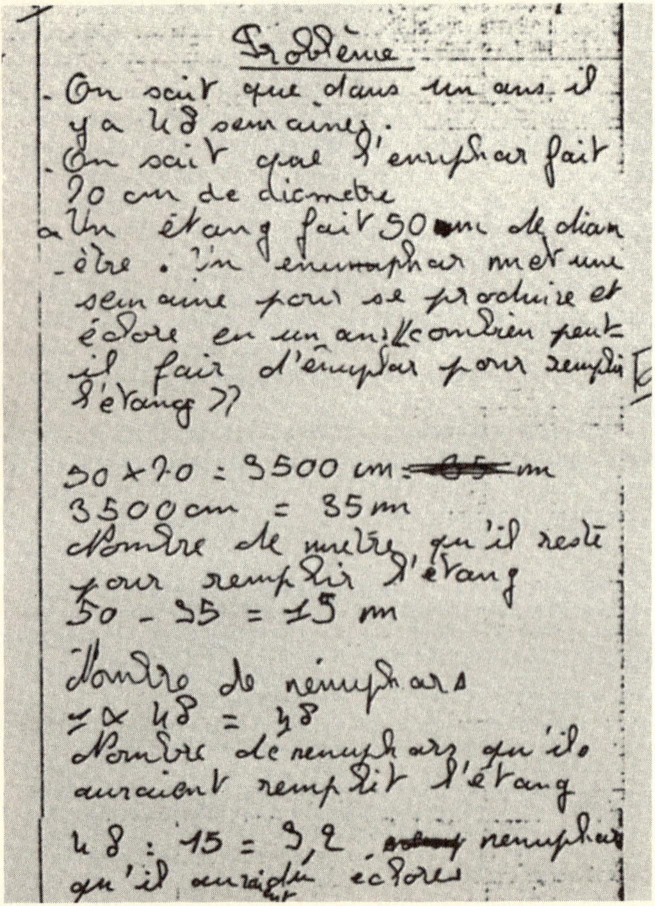

> **Problème**
>
> - On sait que dans un ans il y a 48 semaines.
> - On sait que l'enuphar fait 70 cm de diametre
> - Un étang fait 50 m de diametre. Un enuphar met une semaine pour se produire et éclore en un ans. Combien peut-il fair d'enuphar pour remplir l'étang ??
>
> $50 \times 70 = 3500$ cm = ~~35 m~~
> 3500 cm = 35 m
> Nombre de metres qu'il reste pour remplir l'étang
> $50 - 35 = 15$ m
>
> Nombre de nénuphars
> $1 \times 48 = 48$
> Nombre de nenuphars qu'ils auraient remplit l'étang
>
> $48 : 15 = 3,2$ nenuphars qu'il aurait éclore

Comment il est possible de trouver l'âge du capitaine

rais bien rencontrer un jour un enfant qui crée des problèmes, autres par exemple que susciter des chahuts en classe ou tabasser sa petite sœur. Quant à imaginer une seconde qu'un élève de sixième, même s'il vit dans une maison construite sur pilotis au milieu d'un étang, crée un problème de nénuphars parce qu'il se sent cerné donc concerné, il faut vraiment, j'en demande pardon à la très respectable équipe de l'IREM de Grenoble conceptrice et rédactrice de ce qui précède et parfaitement anonyme qui plus est, il faut vraiment, donc, être naïf.

Les nénuphars ont depuis bien longtemps partie liée avec le folklore des mathématiques « récréatives » et amusantes, et tout le monde s'est entendu un jour poser le problème du nénuphar qui, doublant son étendue — son aire — chaque jour recouvre complètement un étang en un mois de 30 jours. Question : au bout de combien de temps aura-t-il recouvert la moitié de l'étang ?

Ici, j'avoue que j'aurais été curieuse de voir l'original qui sans aucun doute est à l'origine de cette « création ». Original lui-même « créé » à partir de ce grand classique merveilleusement et poétiquement irréaliste, mais apparemment surgi tout hérissé de chiffres du cerveau de son re-créateur : s'est-il vraiment transformé en un problème de rond (l'étang) à recouvrir avec des ronds (les nénuphars) et d'irréaliste, devenu irréalisable, sauf par les vertus d'une division telle qu'une aire (celle de l'étang) divisée par une aire (celle d'un nénuphar) donne un nombre, qui, lui, n'a l'air de rien, on s'en aperçoit aisément. Mais comme ici on n'est sûr de rien, ni dans l'espace ni dans le temps — ces années de 48 semaines... —, venons-en à ce qui saute aux yeux quand on examine d'un peu près le texte, et qui explique en grande partie toutes ces « solutions » qui traînent dans la tête des élèves, orphelines des énoncés qui les ont engendrées.

Vous ne voyez pas ? Vous ne trouvez pas ? C'est pourtant clair comme un nénuphar au milieu d'un étang. Non ? Alors voilà. Et pardon pour ceux à qui ça peut paraître évident.

Que sont les nénuphars de la « solution » ? Des *nénuphars*, à trois reprises, sans exception.

Que sont les nénuphars de l'« énoncé » ? Des *énuphars*, à trois reprises et sans exception. Pourquoi ?

Connaissez-vous l'histoire de Toto ? Qui comptait : « Un arbre, deux narbres, trois... — Non, Toto, pas deux narbres, deux arbres... — Ah bon... Alors deux arbres, trois arbres, quatre zarbres, cinq... — Non, Toto, pas quatre *zarbres*, quatre arbres... — Ah bon... Quatre arbres, cinq trarbres, six... — Non, Toto ! », etc.

Bruno fait comme Toto, sauf qu'au lieu de procéder par prothèse, c'est par aphérèse [1]. Or, l'histoire de Toto traduit sur le mode plaisant des mots d'enfants le rapport d'étrangeté que ledit enfant comme tous les autres entretient dans son entendement aux mots de sa propre langue à cause des formations phonétiques troublantes telles que celles-ci, et autres « monstres oraux » (voir « Entendre-Dire », dans *Échec et Maths*). Ce rapport fluctuant se stabilise par l'écriture, et c'est alors seulement qu'un noisetier cesse d'être un oisetier, et de produire des oiseaux plutôt que des noisettes [2].

Eh bien voilà. Cette histoire de nénuphars est bête comme chou. La « solution », parce que reproduisant des mots qui ont *été écrits* de sa propre main par Bruno, est régie par quelque chose qui est de l'ordre d'une logique graphique et photographique, une grapho-logique, alors que l'énoncé, généralement seulement lu, donc ouï — même si c'est « du dedans », et c'est « du dedans qu'il est inventé », donc ouï —, obéit à une autre logique, une phono-logique.

Voyez, ici, la question écrite à partir de l'oral : quand-i-t'on que A est sous-ensemble de B ? Quand i-t'on qu'un entier x est multiple d'un entier y ? Et le rétablissement de l'écrit. *On dit* qu'un ensemble A, etc.

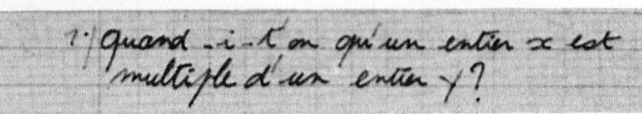

---

1. Prothèse et aphérèse sont ce qu'on appelle en linguistique des métaplasmes (voir page 14) et représentent respectivement l'addition ou la suppression d'un phonème au signifiant initial.
2. Dans *Dis-moi Daphnéo*, poème de M. God.

Comment il est possible de trouver l'âge du capitaine

> 5
>
> aussi
>
> 2) quand-i-l on que A est
> sous ensemble de B ? On dit qu'un
> ensemble est sous ensemble quand
> les éléments de l'ensemble A sont
> dans l'ensemble B

Les logiques que ce petit texte fait éclore avec ses nénuphars, différentes selon qu'il s'agit d'énoncé ou de solution, révèlent donc ces petites choses toutes simples, et que nous savions déjà : d'abord la dissociation qui, pour un élève, existe *de fait* au départ — il suffit d'avoir subi un tout petit peu de scolarité — entre un énoncé et la production ou reproduction de sa solution ; ensuite le fait, et cause du précédent, que dans le premier il se produit des phénomènes associatifs ressortissant à une logique qui mime celle de la parole sans la reproduire pour autant, puisque les textes sont en langue hybride, alors que dans le second il s'agit d'une logique de l'*écriture* ; enfin le fait, en relation avec les deux précédents, que les logiques reliant un énoncé à sa solution n'ont pas grand-chose à voir avec *la* logique, en particulier celle des relations de cause à effet.

C'est donc à l'éclatement de *la* logique, précisément, s'il y en avait eu une, que l'on assiste : elle se retrouve en débris, en bribes de logiques parcellaires et hétérogènes, les associations de sons ne jouant pas de la même façon que des associations de graphismes, les termes transitifs manquants étant donc de sortes différentes, la mémoire ne jouant pas de la même façon sur le parlé et sur l'écrit, sur le familier et sur l'étranger, sur la langue « ordinaire » et sur le numérique ou le figuratif... Les graphismes et les sons non seulement ne se répondent plus, mais ne répondent plus de rien, et l'analyse de cette montagne de débris accouche de cette souris : ce qui est là, éclaté en pièces détachées, c'est ce qui aurait pu être la logique d'un *texte*. La logique d'un texte, *texte mathématique* y compris, c'est dans son sens étymologique ce qui fait tenir ensemble un nombre fini de mots et de signes d'une langue et, quand cette logique a disparu, et que les mots ne tiennent plus ensemble, qu'ils se suivent sans soutien syntaxique et sémantique, on a affaire à ce qu'on appelle la pathologie du langage, et que je préfère ici appeler la pathologie de la langue, car ce n'est pas le sujet qui est atteint mais l'objet dont il disposait — sa langue — et celui dont il aurait dû disposer — la langue du savoir.

Si on avait l'équivalent en « français » du texte produit par Bruno, ou de tonnes de copies de mathématiques trois fois anéanties, par la note, détruites de la main des élèves, évacuées de la mémoire des enseignants, on y lirait des manifestations flagrantes d'aphasie, de dysphasie, de paraphasie, de jargonaphasie... Parce qu'on a empêché son entendement de fonctionner de manière ordinaire, on obtient le fou. Seulement ce fou étant sélectif dans sa folie, et ne produisant de textes insanes qu'en mathématiques, c'est donc là qu'on lui aura rendu impossible la production de textes sensés.

Hérodote raconte que Cyrus roi de Perse, dans sa marche sur Babylone, entra dans une rage terrible contre le fleuve Gynde (affluent du Tigre) parce qu'un de ses chevaux s'y était noyé. Pour s'en venger, Cyrus immobilisa son armée, la « disposa en moitiés, l'une sur chaque rive, fit tracer de chaque côté cent quatre-vingts canaux orientés en tous sens et les fit creuser ». Le Gynde, ainsi transformé en trois cent soixante minuscules ruisselets inoffensifs, fut puni.

Je ne sais pas si l'enseignement des mathématiques a à se venger de quelque chose, mais incontestablement, au lieu de laisser le fleuve du sens prendre sa source dans la langue maternelle, grossir petit à petit des affluents de sens portés par la langue de l'école et de ceux de la langue du savoir mathématique, au lieu d'accompagner ce fleuve alors devenu puissant dans l'irrigation qui ne pourrait manquer de se faire des entendements de tous les enfants de France et de Navarre, d'utiliser sa force, sa dynamique, son énergie pour produire du savoir accompagné de la jouissance de savoir, il mobilise une armée, et quelle armée, qui ne fait pas autre chose que de diviser, ramifier, éparpiller, disperser le sens, même courant, en minuscules ruisselets inefficaces et impuissants.

Tout ce sens perdu, tout ce travail de part et d'autre pour aboutir à une simulation du sens, plus ou moins réussie ou plus ou moins ratée, quelle perte d'énergie, que d'efforts pour, non pas rien, mais des dégâts, des échecs...

Ces énoncés non sensiques, j'ai un moment regretté de ne pas avoir eu, moi aussi, l'idée de les donner. Mais en réalité je ne pouvais guère y penser, étant le témoin permanent de ce que, de la maternelle à la terminale, les élèves se débattent dans du pas-de-sens, pas-de-sens dans lequel sens et non-sens seraient strictement équivalents. Mais une rééducatrice de mes amies a eu, elle aussi, l'idée de ces fameux énoncés, mais « en situation » : ce jour-là était un 1er avril, et dans les mailles des textes proposés frétillaient des poissons de toutes les couleurs. Elle m'a avoué que ce jour-là avait été le plus triste de sa vie professionnelle et que ce qui aurait dû être un jeu avait tourné à la tragédie, celle dont nous ne cessons de nous occuper : tous les enfants, un par un, avaient répondu avec une bonne volonté et un empressement consternants.

Je crois donc que la vérification du pas-de-sens de départ par le non-sens des énoncés proposés est facile, et reproductible à volonté, avec d'autant plus de facilité qu'ils se chargent de termes et de signes spécifiques. Mais le pas-de-sens n'est pas non plus très difficile à déceler, nous l'avons vu, à partir du sens — ou ce qui est présumé être du sens —, c'est-à-dire dans les situations ordinaires de la pratique des élèves. Le non-sens est toujours tapi quelque part, détruisant par sa seule présence le sens — présumé lui aussi — des réponses *justes* à un exercice ou à un problème. Et quand ce non-sens ne figure pas sur la copie — car il est des mémoires prodigieuses, des automathes aux machineries exceptionnelles, qui mettent leurs bénéficiaires en mesure de restituer de pleines pages d'hiéroglyphes —, on s'aperçoit par des questions *orales* sur le *pourquoi* de leurs écritures qu'ils ne peuvent pas en donner un mot d'explication. A part, bien sûr, le « On a appris comme ça », ou « J'applique la définition », « Je remplace dans la formule » et ainsi de suite. A part l'infime exception de ceux qui comprennent ce qu'ils font, on ne sait trop comment dans les circonstances actuelles, que sont les forts-en-maths, les formulateurs dont on se demande comment ils peuvent remplir des pages entières de signes dont ils savent seulement comment ils s'enchaînent les uns aux autres, mais jamais pourquoi. Comment ils peuvent réciter, énoncer théorèmes et définitions qui pourraient aussi bien vouloir dire le contraire de ce qu'ils disent sans en être affectés.

A l'inverse, pourquoi des mémoires parfois hors du commun ne peuvent pas se charger de la reproduction de textes mathématiques ?

3

> « Les mathématiques sont une bien belle science. Mais les mathématiques ne valent souvent pas le diable. Il en va presque pour les mathématiques comme pour la théologie. De même que les hommes qui s'adonnent à cette dernière, pour peu qu'ils exercent une fonction publique, prétendent avoir un crédit particulier de sainteté et une plus étroite parenté avec Dieu, quoiqu'il y ait parmi eux d'authentiques vauriens, de même les soi-disant mathématiciens exigent bien souvent d'être tenus pour de profonds penseurs, bien que ce soit chez eux qu'on trouve les têtes les plus encombrées de fatras, incapables de faire une besogne quelconque dès qu'elle demande de la réflexion et qu'elle ne peut se réduire immédiatement à cette facile combinaison de signes qui est l'œuvre de la routine, plus que de la pensée. »
> Georg Christoph Lichtenberg.

Les mathématiques telles qu'on les a toujours enseignées sont — sauf cas exceptionnels —, au sens où l'entendait Flaubert, le comble de la bêtise. Que sont donc ces forts-en-maths ? Intelligents ou bêtes ? A l'inverse, que sont les nuls-en-maths ? Bêtes ou intelligents ?

Il me paraît ardu de juger de l'intelligence des uns comme des autres à partir des mathématiques. Mais pour ce qui est de leur pratique, efficace ou non, dans les circonstances actuelles, quelques éléments peuvent peut-être l'éclairer.

Daniel Lacombe dit à propos des facilités qu'affichent pour les mathématiques certains enfants quelque chose qui rejoint le sentiment que j'ai souvent éprouvé, d'une sorte de rapport *mondain* qu'ils auraient à la langue. Vous savez, ces gens qui ont toujours de quoi meubler le silence, qui prennent un air entendu sans que le sens du propos soit forcément parvenu à leur entendement, ou qui répètent des choses ouïes sur la musique, la littérature ou la science sans avoir entendu, lu ou su de quoi ils parlaient.

Eh bien, la mondanité, ça se suce souvent avec le lait, et la langue de la mondanité, de l'indifférence aux mots, la langue des mots utilisés pour paraître et non pour être, elle peut se confondre avec la langue maternelle. On trouve donc cette aisance à entrer dans une langue qui ne vous est rien, qui ne vous dit rien, mais qui vous permet, ô combien, de paraître, chez des êtres jeunes (pas les tout-petits qui ont quelques années devant eux avant d'être éventuellement happés par l'attrait du vide). Quand il m'arrive d'en rencontrer, à leur entrée au lycée, ou adolescents, il y a, si je puis dire, encore quelque chose à faire ; il faut couler dans les mots le « plomb du sens », retrouver quelque chose de leur *gravité*, faire en sorte qu'il ne soit plus possible de parler pour ne *rien* dire. Ceux-là n'ont aucun mal à manier du pas-de-sens, à combler le vide d'une « recherche » supposée avec le vide de phrases qui, s'enchaînant directement à la question posée sans laisser leur chance à quelques secondes de silence, sont telles que : « Alors je dois démontrer que les trois droites sont concourantes... Si on me le demande c'est que ça doit être possible... ? Faut que je considère D_1, D_2, D_3... alors je les considère... Peut-être qu'il faut que je mène une parallèle à D_1... Pourquoi ? Parce qu'il est arrivé qu'en menant une parallèle et en utilisant Thalès... Euh... Mais on peut sans doute faire autrement », etc. Un peu de mémoire, un peu d'habileté, cette merveilleuse indifférence, et hop, le tour est joué, et parfois il réussit.

A l'opposé de cette indifférence, il y a tous ceux dont la *sensibilité* à la langue est forte, et parfois si forte qu'on les retrouve meurtris, eux, par le traitement meurtrier infligé par l'école à la langue et aux langues. Ces enfants sont parfois pauvres ou très pauvres en mots — les fameux milieux défavorisés — et précisément, ils y tiennent tout à fait, et voyez-les réagir si vous dites un mot pour un autre. De toute façon, quels que soient les milieux, je ne peux que confirmer « ce qui se dit » de l'appauvrissement général de la langue, ce qui la met d'autant plus en péril quand on méconnaît la relation de besoin et de plaisir que conserve néanmoins avec elle chaque sujet. Et plus cette relation, qui n'est autre qu'une relation au sens, est forte, plus sera douloureusement affecté celui qui sera confronté au pas-de-sens, et contraint à le manipuler.

La souffrance de Bouvard et Pécuchet, c'est celle de Flaubert de « n'avoir su vivre mondainement la bêtise [38] ». On retrouve dans l'énoncé du jeune Gustave, en plus de tout ce qu'il nous a révélé et a révélé au grand jour de la bêtise comble de l'intelligence, qui boucle, qui bloque, qui paralyse l'entendement, cette intolérance qui ne fait que renforcer la première des formes que prend cette intelligence-bête quand l'intelligence se renforce elle-même de n'être qu'intelligence entre gens du même monde, intelligence à usage privé, celle du clin d'œil et de l'air donc entendu. Est-ce que ça ne fait pas *chic* de préciser — en données « inutiles » — que le grand mât est cassé, que le vent souffle N.-E.-E. et que le mousse se trouve sur le gaillard d'avant ?

Eh bien, rien n'a changé de ce que le jeune bachelier a ressenti dans sa scolarité du *style* des problèmes dû à ce que les faiseurs d'énoncés les font pour eux, les font entre eux, en jouissent entre eux et, chose peut-être nouvelle, y font preuve d'un humour qui les réjouit à l'évidence et dont vous allez pouvoir juger. Quant à l'élève confronté à cet énoncé où sur une carte « imaginaire » il faut, grâce à des courbes de niveau, trouver l'altitude du Pic Hacyett, alors qu'on dispose de celles du Bois Tonvin et de la Ferme Tombec [1], je ne l'ai jamais vu sourire. Déboussolé, peut-être ?

Dans le même manuel, la présentation de la valeur absolue se fait de la manière suivante :

Valeur absolue
Présentation : le graphique peut servir à trouver la définition de la valeur absolue. Voici comment utiliser ce graphique pour obtenir la valeur absolue d'un nombre. Le nombre choisi est repéré sur l'axe O*x*. De l'axe O*x* on remonte verticalement sur le

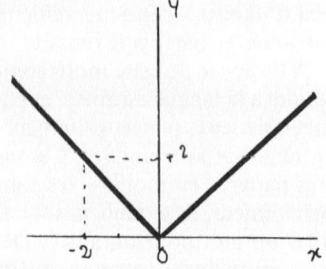

Le V de la valeur absolue.

---

1. *Mathématiques*, cinquième, Istra.

Comment il est possible de trouver l'âge du capitaine

« V ». Ensuite on repart horizontalement sur l'axe O*y*. Par exemple on peut lire ainsi que la valeur absolue de (− 2) est (+ 2).

Il y avait le V de la victoire, il y a maintenant celui de la Valeur Absolue. En fait c'est celui de la Verve Absconse des auteurs, je défie l'entendement le mieux fait de quelque élève de cinquième de pouvoir grimper sur le Pic de la compréhension, et faire autre chose que Fermer son bec sur ce qu'est une valeur absolue, sauf à le rouvrir et Boire pour oublier.

Ici, « Monsieur Obtus affirme que tout diamètre passant par le milieu d'une corde est perpendiculaire à cette corde. Mademoiselle Aigu affirme que c'est faux. Qui a raison[1]? ».

Une fois de plus, il ne faut pas se fier aux apparences. Car ce monsieur a beau s'appeler Obtus, c'est lui qui a raison, et c'est donc cette demoiselle dont on aurait pu croire qu'elle devait son nom aux conquêtes du féminisme qui en réalité a tort. Rien n'a donc changé sous le soleil de la misogynie mathématique.

Sont-ce bien ces considérations, ou d'analogues que souhaitent produire les auteurs de l'énoncé? Quand on essaie d'apprendre à un élève à *lire* scrupuleusement un énoncé mot par mot, et qu'il se met à chercher pourquoi monsieur s'appelle Obtus et mademoiselle Aigu et en quoi cela vient renseigner sur leur différend, on ne peut que regretter qu'ils ne s'appellent pas Dupont et Durand comme tout le monde, même si ça fait moins chic, et plus populo.

Ici on lit que « $\mathbb{N}$ c'est l'ensemble des nombres naturels : ils sont appelés ainsi parce que tu les as utilisés naturellement, presque sans t'en apercevoir : 0, 1, 2, 3, 4,... 82,... 103[2] ».

Sans doute est-ce pour cela que les élèves soit ne savent pas ce que sont les naturels, soit quand ils réfléchissent vous disent : « Ben, c'est des nombres ordinaires, quoi, deux virgule soixante-quinze, trois quarts... »

Ceux qui les ont utilisés naturellement sans qu'on puisse savoir si c'était sans s'en apercevoir devaient être ces ancêtres des temps préhistoriques qui ne comptaient que des objets *de nature*, et pas encore *de culture* puisqu'ils n'en avaient pas. Ce qui est naturel pour le petit culturé, même inculte, c'est le décimal, le fragmenté, le tout-venant de la quantité.

---

1. *Mathématiques*, troisième, Sermap, Hatier.
2. *Faire des mathématiques*, sixième, Cedic.

Mais c'est dans le même manuel que nature et culture vont s'allier contre nature dans ce très curieux énoncé :

« *Au poste à essence.*

Dans un certain pays, l'essence coûte 2,23 francs le litre. *Mais les distributeurs n'indiquent que des nombres naturels* » (c'est moi qui souligne). Suivent toutes sortes de questions, et l'élève, dont je vous rappelle qu'il est en sixième et vit dans un pays dont la civilisation se manifeste entre autres et parmi d'autres en ceci que des marchands qui voudraient vendre leur essence 10 centimes de moins au litre provoquent des conflits à l'échelon national, l'élève, donc, si par hasard ces histoires d'essence avaient pour lui quelque intérêt, doit répondre si, dans ces conditions, on a intérêt à prendre plutôt 9,4 litres que 9,5 litres (pour 9,4 litres, il faudrait payer normalement $9,4 \times 2,23$, soit 20,962 francs, ce qui, *naturellement*, fait 20 francs, alors que pour 9,5 litres, normalement ça fait $9,5 \times 2,23$, soit 21,185 francs, ce qui naturellement fait 21 francs. Alors 1 franc de plus pour 1 décilitre de plus, il vaut mieux risquer la panne sèche et faire, naturellement, des économies).

Vous pouvez ainsi vérifier par vous-même que, si on chasse le naturel, il revient au galop. Pas à cheval, mais en voiture. Mais ce qui fuit, avec toute cette essence, c'est le sens, qui se perd dans la gratuité — si l'on peut dire — d'un exercice qui a, comme on peut le constater, le naturel et la nécessité d'être des activités quotidiennes d'enfants de douze ans.

C'est sur la même page du même naturel qu'il est demandé, sachant qu'il pousse de 0,1 mm à 0,2 mm par jour, de trouver l'encadrement de l'augmentation de la longueur d'un ongle en une semaine, un mois, un an... Je suppose que cette problématique, illustrée quelques pages auparavant par le comptage des cheveux d'un camarade (« Choisis un camarade : isole 1 cm² de ses cheveux ; compte le nombre de ses cheveux sur ce cm² ; évalue l'aire de sa partie chevelue », etc.), ou par l'évaluation pour chacun de la place de son nombril (nombril et nombre d'or : « 1. Mesure de taille t ; la hauteur de ton nombril au-dessus du sol h ; 2. avec les mesures de tes camarades, fais un tableau », etc.), correspond à la conscience aiguë de ce que l'exploitation du corps était absente dans la fabrication des grosses têtes. Le corps aussi c'est naturel. Et ça fait des mathématiques naturelles que de mathématiser son corps avec sa tête... Et j'espère que vous verrez d'un autre œil, si par hasard ils tombent sous vos yeux, ces jets simultanés, paraboliques, liquides et dorés dont les petits garçons aiment parfois à comparer les trajectoires, les points d'arrivée au sol et autres qualités intrinsèques ou extrinsèques. Il suffirait de faire des graphiques, de faire des tableaux et l'on aurait une mathématique qui, là, coule de source.

Des exemples comme ceux-là d'une pédagogie de professeurs pour professeurs entre professeurs, pour se marrer entre soi, font que parler du sentiment d'exclusion que peut ressentir l'élève face à un univers qui est l'artifice même devient un hyper-euphémisme. Non seulement il est largué pour ce qui est du sens, mais en plus, ce qui peut lui apparaître de l'esprit — dans tous les sens du terme — de ces mathématiques-chic les vide *a priori* de leur sens.

Pour ce qui est de l'esprit, l'exemple vient de haut. Raymond Queneau, admirateur inconditionnel de Bourbaki, raconte qu'une coquille repérée dans le manuel de l'illustre auteur y avait été laissé exprès « pour distraire un peu le lecteur au passage ». Au lieu « d'ensemble filtrant à gauche et à droite », il y avait « ensemble flirtant à droite et à gauche... ».

Les mathématiques semblent tomber du ciel, depuis Pythagore, sans aucun changement dans l'idéologie qu'elles véhiculent, dogmatisme, ordre, miracle, esprit de caste, savoir pour initiés. Ce qui évidemment n'a pas été sans produire quelques mouvements de réaction. Mais lesquels ! Sous prétexte de ne plus vouloir les exposer de façon dogmatique — mais elles le sont restées —, la pédagogie se regarde le nombril pour voir ce qui pourrait en sortir de concret. Et l'être ainsi conçu et, hélas, enfanté est un monstre, un monstre épistémologique.

Je ne reviens pas sur ces mathématiques actives, progressives, libérales dont j'ai abondamment montré ailleurs qu'elles enferment un peu plus l'enfant dans l'angoisse de l'incompréhension, de la pseudo-liberté. Le faux concret, l'artifice qui emprisonne l'esprit dans les choses, qui chosifie la pensée et l'empêche de se mouvoir ont été dénoncés et combattus de manière plus que probante [40]. Mais si le recul est suffisant aujourd'hui pour que l'on sache, encore une fois sans arriver à s'en dépêtrer, que *la* mathématique exposée de façon tradi-

14.14 Pour calculer l'impôt sur le revenu, on calcule d'abord le montant du revenu global imposable ; ce montant est 71,28 % du montant des salaires. Puis, on calcule le nombre de parts pour une famille : le père compte pour une part, la mère pour une autre part, chaque enfant pour une demi-part. Le montant du revenu imposable pour chaque part s'obtient en divisant le montant du revenu imposable par le nombre de parts. Puis, on utilise les pourcentages suivants pour chaque tranche de parts.

1re tranche jusqu'à 6725 : 0 %; 2e tranche de 6725 à 7050 : 5 %; 3e tranche de 7050 à 8450 : 10 %; 4e tranche de 8450 à 13400 : 15 %; 5e tranche de 13400 à 17575 : 20 %; 6e tranche de 17575 à 22150 : 25 %; 7e tranche de 22150 à 26775 : 30 %.

EXEMPLE : Une famille de 5 enfants a un montant de salaire de 100000 francs ; quel est le montant de l'impôt ?
Le montant du revenu global imposable est de :
100 000 × 0,7128 = 71 280.
Le nombre de parts est : 1 + 1 + 5 × 0,5 = 4,5 parts.
Le montant du revenu imposable pour une part est : 71 280 : 4,5 = 15 840.
L'impôt pour une part est de :
6725 × 0 + (7050 − 6725) × 0,05 + (8450 − 7050) × 0,1 + (13 400 − 8450) × 0,15 + (15 840 − 13 400) × 0,2 = 0 + 325 × 0,05 + 1400 × 0,1 + 4950 × 0,15 + 2440 × 0,2 = 0 + 16,25 + 140 + 742,50 + 488 = 1386,75.

L'impôt pour une part est de : 1386,75 francs.
L'impôt pour 4,5 parts est de :
1386,75 × 4,5 = 6240,375 francs.
Donc l'impôt pour cette famille est de : 6240 francs.

14.11 (suite) Une autre fois, il achète pour 780 francs de marchandises ; on lui fait la même ristourne. Combien dépense-t-il effectivement ? Une autre fois, il paye un achat 2 432 francs ; on lui a fait la même ristourne. Quel était le montant de cet achat ?

14.20 Le père de Laurent a fait changer l'huile de sa voiture, il a aussi fait changer les plaquettes de frein avant et un pneu. Reproduire, en la complétant, la facture du garagiste :

Désignation	Montant	
	Francs	Centimes
1 jeu de plaquettes de frein avant	135	60
Main-d'œuvre : 3 heures à		
31,20 francs l'heure		
4 litres d'huile à 21,50 francs le bidon de 2 litres		
Main-d'œuvre pour changer l'huile et graissage	10	90
1 pneu	85	60
Main-d'œuvre à $\frac{1}{4}$ d'heure à		
31,20 francs l'heure		
TOTAL		
T.V.A. 17,60 %		
Net à payer		

14.14 (suite) Utiliser l'exemple précédent pour répondre aux questions suivantes :
Quel est l'impôt d'une famille sans enfant qui a gagné 63 000 francs ?
Quel est l'impôt d'une famille de 3 enfants qui a gagné 85 000 francs ?
Quel est le salaire d'une famille de 2 enfants qui a un impôt de 9 000 francs ?
Quel est le salaire d'une famille de 7 enfants qui a un impôt de 12 000 francs ?

14.11 Un client achète 1 550 francs de marchandises ; il paye 1 472,5 francs parce qu'on lui a fait une ristourne. Quel est le montant de cette ristourne ? Quel est le pourcentage sur le prix de vente de cette ristourne ?

La T.V.A. est une taxe, ici, de 17,60 % sur le total de la facture que le client doit payer en plus.
Le père de Laurent a calculé que les dépenses d'essence, d'entretien, d'assurance et l'amortissement du prix d'achat de la voiture, lui revenaient en tout à 600 francs par mois. Il parcourt 15 000 kilomètres dans l'année. A combien lui revient le kilomètre parcouru ?

14.13 La sécurité sociale verse les 80 % des dépenses de pharmacie, et une mutuelle verse les 20 % de ce qui reste à payer. Un malade a 108,50 francs de pharmacie. Combien dépense-t-il effectivement ? Un malade a 14,70 francs de dépense effective pour pharmacie. Quel était le montant de son ordonnance ?

C 38 Une facture d'eau

Contrôle la facture ci-dessous. En particulier, écris le calcul dont 127,76 est le résultat.

RELEVÉ D'EAU

DATE DU RELEVÉ		RELEVÉ DES COMPTEURS		CONSOMMATIONS			REDEVANCE FONDS NATIONAL		Taxe d'Assainissement		FRAIS ENTRETIEN LOCATION	SOMMES DUES
		ANCIEN	NOUVEAU	M³	PRIX	MONTANT	PRIX M³	MONTANT	PRIX M³	MONTANT		
F°	24 11 5	781	838	57	1,200	68,40	0,065	3,70	0,800	45,60	10,06	12 776
C°												
										MONTANT TOTAL A PAYER		12 776

tionnelle n'est pas faite pour être entendue du commun des mortels, en revanche nous sommes trop plongés dans l'idéologie utilitariste, progressiste, créativiste, spontanéiste, naturaliste, interdisciplinariste, gadgétiste, et j'en passe évidement, pour que la bêtise, cette fois à l'état pur, apparaisse comme telle : non plus bêtise de l'intelligence laissant bête celui qui ne peut accéder à cette intelligence, réservée à quelques-uns qui, le sachant ou pas, ne tiennent pas à transmettre leur savoir, mais bêtise organique et organisée de qui ne veut ou ne peut voir les contradictions et les contre-indications d'une pratique fondée sur des aberrations épistémologiques, auxquelles il faut ajouter celles que représentent, de façon massive, la psychologie piagétienne et la survivance, sans l'ombre d'un changement, d'un corpus « mathématique » primaire correspondant à l'antique certificat d'études. Tout en proclamant bruyamment que le monde a changé, on continue de voir, dans les petits septièmes et sixièmes, des chefs de famille en puissance et des épouses avisées dans leur gestion du ménage.

Tout le monde passe des commandes, vérifie des factures, contrôle la Sécurité sociale, planche sur les impôts, et je vous laisse juge de la pertinence de ces questions posées à des enfants de onze à douze ans.

Baptiser « mathématiques » ce que j'ai appelé du « quantitatif » dans *Fabrice*, qui n'est autre que la nécessité de quantifier, de chiffrer les échanges, le maniement de l'argent que rend indispensable toute vie en société, et faire coexister cette pratique qui n'a rien de mathématique avec des mathématiques tombées du ciel, c'est fabriquer ce monstre épistémologique qui dévore le sens et avec lui l'entendement des enfants des écoles.

Ce rapport à la quantité, indispensable au processus de socialisation de tout sujet, *n'a pas besoin de l'école* pour s'établir. Ce ne sont pas les problèmes caricaturaux que posent les livres et dont le peu de vraisemblance est rendu en un an caduc par l'évolution économique (le litre d'essence à 2,23 francs !) qui aideront, plus de dix ans plus tard, les commerçants à établir leur prix de revient, le contribuable à remplir sa feuille d'impôts, l'assuré à remplir une feuille de maladie, la mère de famille à gérer un budget. Ce que l'école devrait prioritairement enseigner, c'est le maniement mathématique du numérique, qui le rendrait apte à servir tant au mathématique qu'au quantitatif ; et si elle veut contribuer à la formation du futur citoyen, elle devrait s'aviser qu'une scolarité qui a changé dans sa temporalité, au sein d'un monde qui a changé dans les exigences qu'il impose à qui doit s'y adapter, *impose* une « initiation » au quantitatif beaucoup plus tardive, à la formule beaucoup plus souple, et surtout soigneusement séparée du mathématique.

Peut-être éviterait-on ce qui se passe aujourd'hui pour d'anciens enfants des écoles devenus citoyennes ou citoyens : pour ne pas avoir digéré la bouillie qu'elles les contraignent d'avaler de force et à un âge où elle n'est d'aucune nécessité ni interne ni externe, pour avoir donc rejeté le quantitatif avec le mathématique, ils sont à ce point « dégoûtés des chiffres » qu'on peut vraiment dire que tous ceux-là, pour qui toute activité de gestion quelle qu'elle soit et à quelque niveau que ce soit est un supplice et un handicap dans leur vie sociale, ont été *désocialisés par l'école*.

Vous voyez que parler de démesure à propos de l'échec en maths n'est pas un vain mot.

4

« **Un enfant intelligent élevé avec un idiot pourrait devenir idiot. L'homme est si perfectible et si corruptible qu'il peut se rendre idiot par raison.** » Georg Christoph Lichtenberg.

Alors voilà. L'analyse des erreurs qui devait les répartir en structurelles et conjoncturelles nous montre que le poids du conjoncturel est écrasant, qu'il oblige bien à prendre en compte le fonctionnement d'ensemble de l'énorme complexe qu'est l'enseignement des mathématiques.

Le structurel, c'est ce que peut produire de spécifique ce qui est pressenti du mathématique, le « désir que ce soit comme ça » ; c'est aussi ce que produisent pendant toute période d'initiation — et peut-être plus tard — les chocs entre les langues, les rencontres entre signifiants, le fonctionnement involontaire de l'entendement qui associe à sa guise, qui « analogise », qui « se raconte » à sa manière, en son langage, ce qu'il a vu et entendu et restitue donc sa version des thèmes proposés, version qui est le plus souvent une invitation déguisée à approfondir le thème, à le rendre sensible, à le faire accéder à une évidence interne ; c'est aussi une tendance naturelle au magique qui propose des déductions, des extrapolations destinées à soulager la contrainte qu'exerce, inévitablement, le mathématique sur l'entendement.

Le conjoncturel, c'est d'abord l'ignorance de l'existence et de l'essence du structurel. Méconnaissance qui va figer, crisper, halluciner une dynamique du sens en pathologie du sens.

Pathologie du sens qui va s'entretenir de la simulation du sens, se fonder sur une pratique tissée de contradictions, se conforter d'idéologies chacune en soi redoutable et, quand elles règnent ensemble, tellement antinomiques qu'elles excluent d'avance toute logique, toute épistémologique, s'imposer par la répression des entendements dans un paysage et un climat que régissent le magique, la mode, la mondanité.

Dans la fuite en avant constante des conceptions pseudo-psychopédagogiques freinée par l'inertie latente des mentalités, l'invariant est le piétinement sur place de l'échec, c'est-à-dire l'impossibilité de donner du sens quel qu'il soit aux mathématiques, sinon celui du rôle qu'on leur fait jouer comme empêchant l'accession aux diplômes, les choix de professions, les choix de vie. Et le pouvoir, quel qu'il soit, manque du plus élémentaire discernement consistant à tirer la leçon de ce gigantesque échec dans le temps et l'espace. Le pouvoir, quel qu'il soit, a lui aussi peur de ne pas *être à la mode*, peur de ne pas être dans le coup de la modernité, quitte à payer, ou plutôt à faire payer le coût de sa pusillanimité à des générations d'enfants qui seront sacrifiés au paraître. Pour masquer encore cet échec, cette faillite de l'enseignement, le pouvoir quel qu'il soit est prêt aujourd'hui à remplacer des hommes par des machines parce que les machines c'est plus que la mode, c'est la loi inexorable de l'envahissement marchand, qui décide en lieu et place d'un pouvoir sans pouvoir face à celui des marchands. Qu'on puisse « faire des choses intéressantes » avec des ordinateurs est certain. Mais *jamais* un ordinateur ne disposera de la possibilité de répondre aux *questions* que sont les erreurs. Jamais un ordinateur ne pourra prévoir *tous* les assemblages de sens possibles que crée la conjonction des trois langues, jamais un ordinateur ne pourra les faire circuler, jamais il ne remplacera la parole, ne déjouera l'imprévu, ne disposera de la capacité d'*entendre* ce qui a été entendu. Une machine peut entraîner, exercer un esprit *déjà* formé à ce à quoi il s'entraîne ou s'exerce ; elle ne peut pas l'y *initier*, à moins d'en faire une autre machine, et peut-être est-ce ce que l'on poursuit, obscurément, comme projet.

Jamais, en tout cas, une machine ne viendra à bout d'une situation d'échec. Je sais bien que des enfants ont répondu qu'au moins « elles » — les machines — ne s'énervaient pas quand on se trompait plusieurs fois de suite. Qu'il faille en passer par la machine pour savoir ce qu'il pourrait en être de l'« humain » en matière de pédagogie en dit long. Mais si elle est « humaine », si elle n'affiche pas minable, ou horreur, parce qu'on l'aura bien voulu — elle ne s'énerve pas, jusqu'à quand ? —, elle restera désespérément *bête* devant la raison d'*être* d'une erreur, renverra à plus haut, à la définition, et si elle finit par refouler l'erreur ici et maintenant, celle-ci se reproduira ailleurs et plus tard. De toute façon, on ne voit pas comment une machine serait plus intelligente que ceux qui ont conçu son programme. Ce qui nous ramène aux problèmes précédents.

Le pouvoir quel qu'il soit, s'il veut que cesse l'hécatombe, devrait enfin chercher à savoir ce qu'il en est du *sens*, sans se laisser abuser par les gadgets en tous genres qu'on lui promène devant les yeux. Le pouvoir quel qu'il soit devrait chercher à savoir ce qu'il en est de la pratique mathématique de millions d'élèves dans ce dernier cinquième du dernier siècle du second millénaire : manipuler du pas-de-sens en croyant magiquement que ça va produire du sens. Et voici pourquoi des enfants sensés peuvent donner l'âge du capitaine, voici pourquoi on peut être sain d'esprit mais « fou » en mathématiques.

Le pouvoir quel qu'il soit devrait se résigner à accepter de *savoir* que la destruction du sens s'opère dès la maternelle. Que la scolarité primaire est un sas d'où le sens non seulement ne sort pas indemne, mais dont parfois il ne sort pas du tout. C'est dans le primaire, avec des enfants qui n'ont aucun moyen de se défendre, que pèse la somme écrasante de toute la bêtise accumulée en mathématiques par les mathématiques et à cause des mathématiques : la langue inaccessible, l'idéologie excluant le sujet, les pédagogies contradictoires ou inexistantes renforçant cette exclusion. Ceux qui s'en sortent ont une sacrée santé, ou plutôt ce sont ceux qui de toute façon s'en sortiraient même si l'examen de mathématiques final était remplacé par la récitation du Bottin à l'envers. Pourquoi de toute façon ? C'est peut-être une des composantes les plus caractéristiques de ce qu'on peut appeler aujourd'hui — sauf exceptions bien sûr — l'appartenance à des classes privilégiées.

Mais cela ne suffit pas, loin de là, les chiffres de l'échec sont là pour le prouver. La grande égalité des enfants face à l'enseignement, c'est celle des traumatismes qu'on leur inflige. Les inégalités, elles, apparaissent dans la possibilité qu'ils ont de les encaisser. Mais est-il bien nécessaire de pratiquer la sélection par la destruction du sens dans l'œuf ? De ne garder, dès la maternelle, que ceux qui seront les plus aptes à la simulation réussie du sens par indifférence, docilité ou quelque autre privilège ? D'accepter que soient peu à peu considérés comme inadaptés ceux qui ne s'adaptent pas, en effet, qui n'acceptent pas que l'école leur dérobe leurs trésors de sens, pour les remplacer par le toc du pas-de-sens ?

Alors si on veut savoir ce qui est infligé à tous les petits, et que certains supportent, et d'autres non, si on veut savoir la réalité de ce que *tous* subissent qui fera plus ou moins de dégâts selon les organismes et leur « environnement » et laissera plus ou moins de traces, il n'est que d'assister, de compatir aux malheurs de Sophie.

QUATRIÈME PARTIE

De l'enfance malheureuse du sens

11. Les malheurs de Sophie

1 Des enfants et des académiciens.
2 Un savoir d'avant le savoir.
3 L'école ou la perte d'un savoir.
4 La langue enseigne.
5 Le dix des radis.
6 Les erreurs de Sophie.
7 Zéro, ou le naufrage du sens.

1 « **Pour élever un enfant, il faudrait le comprendre, et comment le comprendre quand on n'est plus un enfant ?** »   J. Chardonne.

« **Il est plus facile de réussir la quadrature du cercle que d'avoir raison d'un mathématicien.** »
A. de Morgan.

Ce que l'histoire de Sophie va nous montrer, c'est que c'est bien sur les tout-petits que s'accumulent tous les effets de l'ignorance où l'on est de la façon dont fonctionne l'entendement en mathématiques, et en particulier celui des enfants.

Il n'est d'ailleurs pas sûr que l'on considère qu'ils en ont un, avant un âge avancé. L'enseignement primaire, parrainé par la psychologie de Piaget, fait manipuler des objets aux enfants, leur fait entourer des « ensembles » hétéroclites, tracer des flèches entre un canard et un carré, un lapin et un rond, et semble tuer le temps en expériences destinées à savoir à quel moment les « performances » des petits enfants se distingueront vraiment de celles d'un grand primate. Mais par ailleurs les mathématiques restent une religion, et il n'y a aucune raison pour qu'elle ne se pratique pas dès la maternelle selon un rite mis au point dès Pythagore : les enfants qui entourent des ensembles, tracent des flèches, font des mathématiques qui, de là-haut, se voient comme telles. Qu'eux ne sachent pas ce qu'ils font va de soi, ça s'est dit plus tard, dans une autre religion, et aujourd'hui, en 1984, il n'est pas sûr qu'ils aient *voix* à quelque chapitre que ce soit, de mathématiques en particulier. Donc, entre Piaget et Pythagore une curieuse alliance se fait pour que l'enfant soit soumis dès le départ à une sorte d'écartèlement dû à sa triste condition d'être inachevé prétendant accéder à un savoir, lui, achevé.

Dire que cette contradiction n'apparaît pas au pédagogue serait mentir. Écoutez plutôt ce qu'en dit le livre du maître de la classe de Sophie [1] en introduction à un paragraphe destiné à proposer des méthodes de « mathématisation du réel » : « *A priori*, l'enseignant ne peut être que très embarrassé car il devra élaborer une pédagogie tenant compte à la fois de la nature de la mathématique et de celle de l'enfant. Or, si la mathématique est, par essence, abstraite et déductive, les psychologues nous apprennent que l'enfant est incapable de raisonnement logique, dépourvu d'esprit de synthèse et qu'il a sur le monde une vue essentiellement subjective. Alors comment faire ? »

Comment faire ? Comment faire pour que les enfants cessent d'être ces enquiquineurs dont ne savent *quoi* faire les pédagogues ? Eh bien, d'abord se débarrasser de Piaget et de Pythagore, de P et P, des deux pépés, pépés terribles que leur alliance à travers les siècles transforme en bourreaux d'enfants. Comment faire ? Commencer par secouer le cocotier, et fort, pour que la psychologie cesse d'encombrer la tête des enseignants, et que les mathématiques cessent de tomber du ciel pour être réservées à quelques élus.

Il est vrai que c'est un sacré travail : ces quelques lignes, extraites d'un texte produit en 1978 par les académiciens des sciences, grand-paternellement penchés sur des programmes de quatrième, troisième, une fois de plus « en gestation » — ils ne l'étaient, cette fois, que depuis dix-huit mois —, vous prouveront qu'on peut être académicien des sciences et néanmoins pratiquer la logique du chaudron [2]. Voici donc quelques extraits de « remarques plus particulières concernant l'enseignement de la géométrie ».

« La géométrie plane euclidienne, on le sait aujourd'hui, n'est autre en fin de compte que l'étude d'un espace affine associé

---

1. « Math et Calcul », C.E. Eiler, Hachette.
2. C'est l'histoire que raconte Freud.

à un espace vectoriel réel de dimension deux, muni d'un produit scalaire défini positif. Mais il va de soi que ce n'est pas de cette façon que la géométrie peut être présentée à un enfant de treize ans (...).

« Il n'est pas question de donner à l'élève une présentation axiomatique de la géométrie (...).

« S'il convient d'éviter une présentation axiomatique, il est en revanche indispensable que le maître possède sur les matières enseignées dans ces deux classes une vue d'ensemble cohérente. Autrement dit, il faut qu'il connaisse une ou plusieurs manières d'axiomatiser la géométrie plane euclidienne à la fin de, etc. (...).

« Enfin, il faut se garder de présenter à l'élève des axiomatiques incomplètes comme celle qui était proposée dans l'avant-projet de programme et qui a provoqué un tollé général. »

Il est sûrement difficile de produire une axiomatique consistante des vues que ces messieurs ont de la fonction de l'axiomatique en pédagogie des mathématiques. Mais de toute façon, ce qu'on voit mal, c'est le pourquoi de tous ces battage, tollé et tintouin pour enseigner quelque chose qui *de toute façon* ne sera pas de la vraie géométrie, puisque s'adressant à des enfants de treize ans. Alors, à sept ans, l'enfant est incapable de raisonnement logique et dépourvu d'esprit de synthèse, à treize, incapable d'apprécier la vraie géométrie, et plus tard encore à dix-huit ou dix-neuf ans, généralement incapable, souvenez-vous (page 216), de discuter les vrais problèmes, ceux qui mettent en jeu l'esprit de rigueur, de précision, d'organisation logique, etc., ceux de courbes dépendant de paramètres.

Puisque l'austérité est de rigueur, je propose qu'on confie aux meilleurs des psychologues le soin de déceler dès l'enfance les quelques enfants qui sont vraiment capables de faire des mathématiques et qu'on les confie aux meilleurs professeurs de mathématiques — les meilleurs de chaque sorte étant sûrement reconnaissables à quelque signe que l'on saura bien, avec un programme de recherche judicieusement conçu, déceler. Et pour ce qui est de tous les autres, il y a sûrement mieux à faire que de leur faire perdre un temps qui de toute façon vaut de l'argent.

Tout ça pour dire que Sophie, elle est mal partie.

2

> « Il n'y a pas dans l'établissement de la connaissance d'instant zéro où rien n'existerait encore et où on serait libre de commencer selon des normes inconditionnelles. L'homme qui s'engage dans la connaissance a toujours un passé de savoir, passé qui lui fournit les moyens mêmes de sa recherche. »   F. Gonseth.

> « ... écarter la fiction du moment-zéro de la connaissance, du moment où la connaissance se constituerait sans prendre appui sur une connaissance préalable. »   F. Gonseth.

Sophie, ainsi que tous les petits enfants de France et de Navarre, est mal partie. Car s'il est un temps de la vie des sujets durant lequel la méconnaissance de l'existence, de la « texture » ou des processus de fonctionnement de l'entendement par ceux qui sont chargés d'enseignement peut produire d'irréversibles dommages, c'est bien celui de l'enfance.

L'entendement d'un enfant, comme celui de quiconque, est bien *saturé* : mais il ne l'est que par des signes phoniques, ceux qu'utilise la parole, et ces signes sont encore relativement rares. C'est ce qui permet de croire d'une manière générale qu'on va enseigner dans le vide et construire à partir de rien, et même le souhaiter, ce qui porte bien la méconnaissance des phénomènes d'apprentissage à son comble. (Voir dans *Échec et Maths*, page 140, le « regret » de ce que la « comptine » soit déjà en place avant que l'enfant arrive à l'école.)

Construire du sens *dans* du sens pose donc à la maternelle, de façon constitutive, la question de la prise en compte, précisément, de la langue maternelle de l'enfant, parce que c'est le moment essentiel où vont se confondre les processus de socialisation et d'entendement, et que va se poser de façon cruciale la question de la *garantie* du sens.

La langue maternelle est bien le réservoir des garanties du sens : le sens s'y est constitué de façon extraordinairement complexe à partir de confirmations, de contradictions, de juxtapositions, de proximités, d'à-peu-près, de recoupements, de déductions, d'ajustements, et surtout d'un questionnement constant, le « qu'est-ce que ça veut dire » enfantin qui selon les cas peut apparaître aux adultes attendrissant, intéressant ou agaçant surtout, par exemple, quand on a le sentiment d'y avoir « mille » fois répondu. Pourtant ce qu'il faudrait percevoir dans ce questionnement répétitif c'est qu'il se reproduit parce que de nouveaux éléments ayant été apportés entre-temps à l'entendement, ayant transformé sa *densité*, la même question prend, chaque nouvelle fois, une gravité nouvelle.

Je ne sais plus qui a dit que le progrès d'un savoir n'était pas autre chose que la formulation de *mêmes questions* dans des contextes sans cesse différents. On ne saurait mieux dire, tant d'un point de vue phylo- qu'ontogénétique. On voit, bien sûr, quand ces questions sont celles de ces petits métaphysiciens que sont tous les enfants — qu'est-ce que la vie, la mort ou l'être ? — ce qu'il en est quand les petits Jean-Paul ou Martin s'appellent Sartre ou Heidegger. Mais on voit aussi quand elles procèdent d'une curiosité non moins universellement enfantine — qu'est-ce qu'un nombre, qu'une droite, que l'infini ? — ce qu'il en est quand les petits Richard, David ou Georg s'appellent Dedekind, Hilbert ou Cantor.

Bien sûr, un enfant ne se demandera pas ce qu'est une équation différentielle puisqu'il n'en aura jamais entendu parler. Mais si on veut qu'il se le demande un jour, il faut le mettre en mesure d'*entendre* d'ici à là ce qui va donner à son entendement la densité nécessaire pour produire à la fois cette curiosité et les moyens de l'assouvir.

Reprenons donc la question de la langue maternelle du point de vue, cette fois, de ce qui, reconnu, va permettre l'enracinement du savoir numérique, et méconnu le compromettra, l'empêchera au point de le rendre impossible : je veux parler de la présence dans cette langue, et donc dans l'entendement, d'expressions rendant compte de la quantité et de l'ordre, ce que j'ai appelé dans *Fabrice* la langue numérale [1].

Dans ce rapport au sens qui à chaque instant cherche et trouve sans cesse ses garanties, mais dont les garanties sont fluctuantes,

---

1. J'appelle « numérique » l'expression chiffrée des nombres : vingt est en numéral, 20 en numérique, dans le système décimal.

évolutives, sujettes à des réajustements, la langue numérale a un statut tout à fait particulier.

Elle fournit, dans les registres du cardinal comme de l'ordinal, des garanties **immuables**, et, autant dire, pour chaque sujet, éternelles, puisqu'elles l'accompagnent sa vie durant.

Pour ce qui est du cardinal, l'immuable garantie de sens est fournie par le corps même du sujet. Deux, cinq, dix et vingt sont des mots dont le sens est *incarné* : deux yeux, deux oreilles, deux mains, deux pieds, cinq doigts, dix doigts, et peut-être vingt doigts et orteils.

Les animaux, familiers ou non, fournissent l'incarnation et la garantie du quatre, par l'homogénéité des quatre membres perçus comme quatre pattes : chien, chat, lapin, mouton, veau, vache et autres habitants du bestiaire réel ou imaginaire qui fait partie du monde enfantin.

Pour ce qui est de l'ordinal, il se fixe dans la seule suite de mots, le seul *texte* qui n'est sujet à *aucune* variation, et dont l'ordre arbitraire, inaugural de tous les ordres à venir, mathématiques y compris, et qui, eux, ne seront plus arbitraires, n'est *jamais* sujet à contestation. A celui-là même qui hausserait les épaules avec indifférence devant un « 2 = 6 » en le commentant par un « pourquoi pas », il ne viendrait pas à l'esprit de remplacer deux par six dans la comptine, pas plus qu'à aucun enfant d'ailleurs. Alors que sont souvent contestées les désignations d'objets en calcul ou en mathématiques — pourquoi ça s'appelle comme ça ? — il n'est *jamais* demandé pourquoi deux se dit deux, six se dit six, et pourquoi trois vient après deux et sept après six.

Deux garanties fondamentales sont donc en place, qui pour les « petits nombres » vont très vite se renforcer l'une l'autre pour n'en faire qu'une seule. Trois sera toujours entre deux et quatre, six après cinq, et le texte de la langue ordinale et la chair de la langue cardinale ne feront qu'un seul tissu pour la trame du sens.

Tissu qui couvre encore une aire restreinte pour ce qui est du nombre de significations mises en jeu, mais tissu d'une solidité et d'une extensivité extrêmes. Car si cette aire est restreinte du point de vue des significations qu'elle recouvre, c'est précisément en raison même du type des garanties de sens qu'elles offrent, qui sont donc incarnées dans un système de représen-

Les malheurs de Sophie

tations et de succession. Un petit enfant sait montrer cinq, six, avec ses doigts, comptera pour huit, mais saura tout de suite replier un petit doigt pour neuf, le déplier pour dix. Le champ est donc restreint, mais les certitudes telles qu'il semble bien que tout le système de certitudes ultérieures qu'édifiera l'entendement dans quelque domaine que ce soit se fonde *là*, dans le lieu numéral, celui de l'enfance de la certitude, celle du deux et deux qui font toujours quatre, de l'« aussi clair que deux et deux font quatre ».

La langue numérale « restreinte » est celle que l'enfant peut donc entendre et *parler* lui-même. Elle a donc une importance gigantesque tant pour ce qu'elle permettra d'obtenir par extension que pour la fonction de référence qu'elle jouera vis-à-vis du sentiment de sécurité, de certitude que peut apporter le sens de la langue tout court.

Mais la langue numérale « généralisée » qui est celle que l'enfant entend sans pouvoir la parler n'est pas moins riche de sens, et ne sature pas moins son entendement. Tous les mots de la quantité sont là, ceux qui évaluent le prix des choses, leur poids, leur volume, qui disent les distances, qui repèrent une adresse, une date. L'énorme rumeur de la langue continue de faire une place à part à la langue de la quantité, et paradoxalement, cette langue de la quantité, limitée par les choses, va, parce qu'elle est une langue, c'est-à-dire système de signes, en se libérant des choses, c'est-à-dire en fonctionnant pour elle-même, donner une idée du « beaucoup », du « très grand ». Les enfants, pour exprimer ce qui est hors de portée du comptage, inventent volontiers des juxtapositions telles que « douze-quatorze », « six-vingt », etc., montrant par là qu'ils ont bien « senti », c'est-à-dire entendu quelque chose de la constitution de cette langue.

On dispose donc, avant même que l'enfant prenne un crayon pour apprendre à tracer les chiffres, de plusieurs couples conceptuels potentiels présents dans son entendement, soit, au moins : le cardinal et l'ordinal, le comptable ou le non-comptable, en relation avec ce qui est connu des désignations primaires et perçu des juxtapositions. Toute cette accumulation de *significations* (la langue restreinte) et de *sens* (la langue généralisée) constitue une réserve et un potentiel de production de sens qui n'est autre que sa spécificité : ce que j'appelle la dynamique de la langue numérale est son aptitude à *enseigner* par elle-même le numérique, lequel apportera par la maniabilité de ses signes des significations au « numéral généralisé », lesquelles se reverseront au profit du numérique, etc.

Tout ceci, évidemment, dans un monde où le numéral qui sature l'entendement de l'enfant serait pris en compte et entretiendrait des relations harmonieuses avec le numérique qu'il va apprendre. Or ni l'une ni l'autre de ces conditions ne sont réalisées, car on ne veut rien savoir ni du savoir de l'enfant qui arrive à l'école, ni du fait que, notre langue numérale étant ce qu'elle est, l'apprentissage du numérique tel qu'il se fait sur les cent premiers nombres met le sens dans un péril mortel.

Le péril vient évidemment des contradictions où va être mis l'entendement aussitôt que va surgir l'écriture chiffrée. L'enfant va manifester la gêne, au sens fort, où sera mis son entendement par les erreurs qu'il fera. Ces erreurs, comme toutes les erreurs, sont des questions. Pourquoi « deux », c'est-à-dire 2, ne *s'entend*-il plus dans « douze », ou « vingt » alors qu'il se voit, donc s'entend dans 12 ou 20 ? Pourquoi alors que trente, c'« est » 30, et trois c'est 3, trente-trois n'est pas 303 ? Pourquoi alors que quatre, c'est 4, et vingt c'est 20, quatre-vingts n'est pas 420 ? Pourquoi alors que soixante, c'est 60, et seize c'est 16, soixante-seize c'est 76 ? Questions-erreurs ou erreurs-questions dont nous allons voir qu'elles vont se renforcer et s'angoisser du fait d'autres contradictions venant de plus haut, et encore d'autres venant d'ailleurs. Questions dont l'importance et la légitimité, la difficulté sont telles qu'on ne peut que crier au miracle quand on voit que, sans qu'aucune réponse leur soit apportée, certains enfants arrivent à s'en tirer. Ça n'est pas sans dommages, mais ça ne se verra pas trop.

Sophie, elle, n'arrive pas à s'en tirer, et les dommages sont tout ce qu'il y a de visible.

3 « **Un maître d'école ou un professeur ne peut élever des individus ; il n'élève que des espèces.** » Georg Christoph Lichtenberg.

Sophie est une petite fille qui, à huit ans, a déjà eu des malheurs puisqu'elle est en CE1 et « peine » en calcul. Elle a donc déjà une histoire riche en rencontres de psychologues, lesquels semblent se ranger en gros en deux catégories : ceux qui pensent qu'« elle a des problèmes », et ceux qui pensent qu'elle ne devrait pas en avoir. Je ne retiens pas autre chose de ce que l'on m'en a dit, qui équivaut à rien par l'annulation des thèses en présence.

En attendant, cette petite fille, c'est du vif-argent qui se coule et se moule dans toutes les directions, sauf la verticale, aussitôt qu'elle est soumise à la contrainte qui consiste à rester quelque temps assise sur une chaise. Ce ne sont que stylos qui tombent, crayons qui roulent, cahiers qui glissent comme s'ils étaient animés d'intentions dissuasives, manifestations inutiles en regard de l'évidence de la stratégie dissuasive explicitement adoptée par Sophie : elle consiste à éviter de répondre à mes questions ou à m'empêcher de les re-poser ou d'en poser de nouvelles en me soumettant, moi, à un feu roulant d'interrogations qui semblent procéder d'une minutieuse tentative d'inventaire de tous les objets qui nous entourent. Curiosité excessive et défensive, qui n'est ici qu'hypertrophie d'une curiosité réelle, agitation qui n'est que rapidité naturelle devenue chaotique. Grande richesse de vocabulaire, mais l'écrit est malhabile, les mouvements saccadés alors que la parole est aisée, agile et susceptible de mobiliser plusieurs ordres d'objets ou d'idées presque simultanément.

Arriver à poursuivre l'objectif qu'on s'est fixé est dans ces conditions pour le moins aléatoire. C'est à la troisième séance que Sophie, dont les démêlés avec le sens sont à l'évidence à l'origine de toute cette agitation, sera nettement plus calme. Je la verrai en tout onze fois.

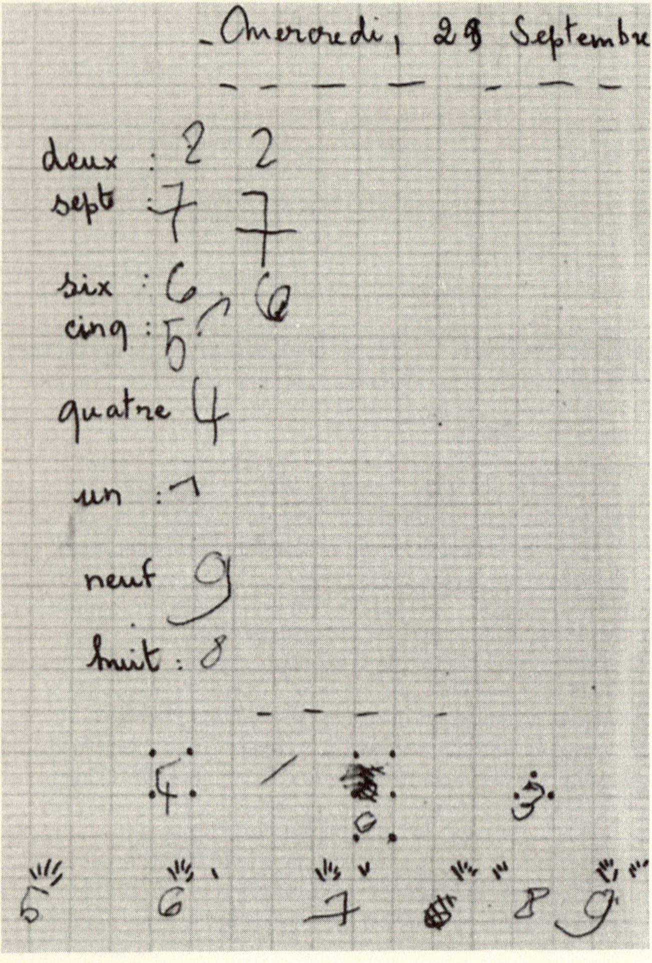

280 — *De l'enfance malheureuse du sens*

Mercredi, 29 Septembre

deux : 2   2
sept : 7   7
six : 6   6
cinq : 5
quatre 4

un : 1

neuf 9

huit : 8

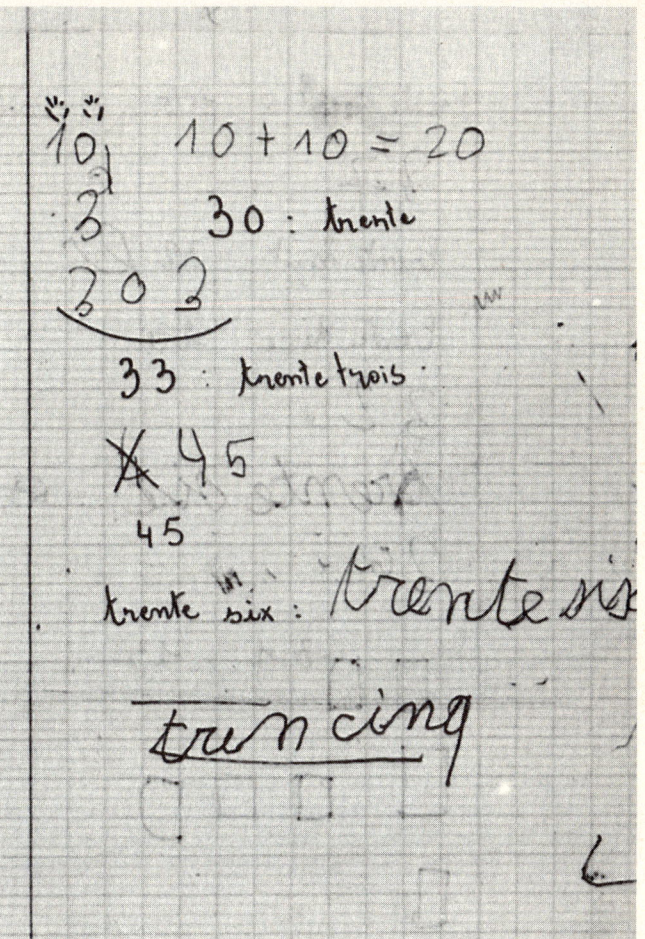

Première séance : après avoir vérifié que les neuf premiers nombres correspondaient bien à leur écriture chiffrée, c'est-à-dire à la correspondance des signifiants numéraux-numériques, je cherche à savoir s'il y a pour chaque couple un signifié, cardinal de préférence, en lui demandant de me «montrer» ces nombres avec ses doigts ou de les reconnaître si je les lui montre avec les miens. Répugnance évidente face à l'une et l'autre tentative, et quand elle y consent, c'est pour, à chaque fois, recompter les cinq doigts d'une main quand il s'agit de nombres entre cinq et dix. Non seulement elle semble ne plus avoir la «pulsion» cardinale — pas une fois elle n'essaiera de me montrer une collection de doigts —, mais la garantie du cinq a disparu, elle ne *sait* pas ou ne veut pas savoir qu'elle a cinq doigts à l'une ou l'autre de ses deux mains.

Raisons

Elles sont de deux ordres :

1. Défense faite par l'école de se servir de ses doigts,

2. utilisation d'une pédagogie donnant des nombres des représentations matérielles ou dessinées indifférenciées, ce qui fait que, rien ne distinguant six de cinq ou de sept, cinq n'a plus d'image.

La défense de se servir de ses doigts, quand elle produit des inhibitions suffisamment fortes pour que l'invitation à s'en servir chez moi de façon protégée et justifiée par le fait qu'«on va s'en servir pour apprendre à ne plus en avoir besoin» freine et compromette les effets souhaités — la perception globale des nombres jusqu'à dix —, m'amène à «désaffectiviser» la question en proposant après quelques images neutres — des configurations de points — des pictogrammes de doigts, et là les choses se passent beaucoup mieux : 5, 6, 7 sont vus globalement, elle se trompe pour huit et compte 5, 6, 7, 8, et compte de la même façon pour 9.

Arrivée à dix, elle me dit savoir l'écrire, et me propose, en prime, $10 + 10 = 20$ que je ne lui demandais évidemment pas, mais «la maîtresse l'a écrit au tableau», et de toute façon elle est censée savoir écrire les nombres, paraît-il, jusqu'à 59.

Je lui fais écrire 3, j'écris trente en deux écritures, et lui demande d'écrire trente-trois : apparaît alors le classique 303.

On essaie alors de débrouiller les significations différentes des deux 3, celui qui dit «vraiment» 3 — comme 3 doigts —

Les malheurs de Sophie

et celui qui dit 3 fois les dix doigts, donc trente. Mais pour ça j'ai besoin de ses doigts ou des miens et elle fait, pour utiliser les siens, preuve d'une inertie d'autant plus insurmontable que la séance touche à sa fin et qu'elle est fatiguée, quant aux miens ils semblent à peu près transparents.

J'essaie quand même — puisqu'elle est censée « savoir » les écrire, ces nombres — de lui dicter un quarante-cinq qu'elle écrit correctement et que je réécris après elle en *disant* quarante alors que j'écris le 4 et cinq en écrivant le 5. Et aussitôt après, lui demande l'écriture (chiffrée) de trente-six : et obtiens sans pouvoir la retenir ni la dissuader la reproduction appliquée de mon trente-six. Je lui dis alors que c'est très bien, mais que, puisqu'on a écrit trente-trois et quarante-cinq en chiffres, pourquoi elle n'écrirait pas par exemple trente-cinq en chiffres aussi, nombre que je ne fais que dicter sans l'écrire, le poids des mots s'avérant trop déterminant. Elle remue, s'agite, lâche son feutre bleu pour se précipiter sur un feutre noir, dit « d'accord » et écrit un trente-cinq... en mots, un peu mutilé par précipitation, mais parfaitement explicite ; comme le seront avant que j'aie le temps de dire un mot : le 2 qu'elle réécrit en noir, le 7 et le 6, et elle aurait continué si je ne l'avais pas arrêtée : explicites de ce qu'est devenu, aussitôt qu'on essaie de faire fonctionner l'entendement, le statut de la certitude : pure tautologie. Mon trente-six écrit ne peut produire que son trente-six, mon trente-cinq oral que son tren(te)-cinq, et deux c'est 2 et 2 c'est 2, et sept c'est 7 et 7 c'est 7, et six c'est 6 et 6 c'est 6...

Raisons

Elles sont complexes :

1. Il y a toujours une légère ou appréciable antériorité de l'apprentissage de la lecture-écriture des mots de la langue ordinaire par rapport à celui des chiffres, et si elle n'est pas dans les programmes, elle est dans les faits. Souvent des enfants savent lire et écrire avant d'avoir « acquis » la lecture-écriture des nombres, le décalage dans le temps est soit léger, soit important comme pour Sophie.

2. De toute façon, le « volume » de ce qui est brassé du point de vue de la langue ordinaire l'emporte, et de loin, sur celui de la numérale numérique, privilégiant les faits de langue par rapport au fait « mathématique », ce qui est tout à fait légitime, mais lourd de conséquences du point de vue de l'apprentissage de cette langue numérique qui se trouve donc être seconde par rapport à la langue tout court — qui inclut la numérale — en temps, et dans le temps.

Quels sont les processus qu'implique pour l'entendement la lecture-écriture des mots ? Pour le moins, une correspondance bi-univoque entre ce qui se dit et s'écrit, une fois bien sûr qu'ont été digérées les lettres et leurs assemblages, y compris ceux qui sont arbitraires tels que o «eau, au», etc. : correspondance bi-univoque entre ce qui se *dit* et ce qui s'*écrit*, correspondance **syllabique** et non alphabétique.

Il y a donc pour les enfants qui savent lire une mise en relation du signifiant phonique et du signifiant graphique lesquels vont désigner le même signifié dans les modalités qui pour chaque langue sont les siennes. Pour que s'identifient le signe acoustique et le signe graphique — c'est-à-dire pour que les signifiants oraux et écrits aient même signifié — les livres regorgent de représentations et d'images : mot «table» et dessin de table, mot souris et dessin de souris, etc., qui apportent des garanties dont on va petit à petit se passer.

Ces garanties jouent, en particulier, sur les assemblages de mots. Une «souris grise» est une souris qui *est* grise ; un ballon rouge est un ballon qui est rouge. Parfois l'image garantit le sens d'une phrase entière : Toto tient le ballon rouge...

Les premiers mots numéraux — jusqu'à neuf — prolongent la correspondance mot parlé/mot écrit par un signe supplémentaire, le chiffre-nombre. Les nombres ont donc cette particularité étonnante d'être les *seuls* éléments de la langue à avoir *deux* signifiants graphiques distincts pour un signifiant acoustique et un signifié identiques. Neuf et 9 se *disent* neuf, et ont pour signifié le nombre neuf.

Qu'en est-il de ce signifié, c'est-à-dire de ce que représente neuf ? L'enseignement actuel proscrivant les doigts, aucune *image* globale de *quantité* d'unités ne se présente. Imaginons que nous disions ou écrivions un nombre à un enfant qui apprend à lire et écrire les nombres. Comme les représentations qu'on lui en a données sont non organisées, en désordre, ou en files de points ou de perles ou même joliment arrangées par la géométrie mais non repérables du premier coup, l'évocation de quantité devient difficile, sinon impossible. Voyez plutôt la débauche d'imagination dont font preuve les pédagogues — en

Les malheurs de Sophie

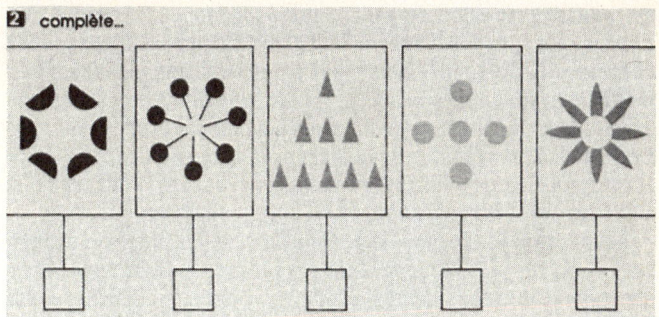

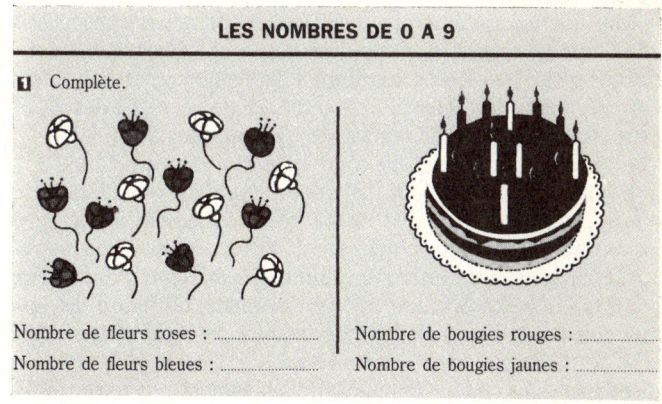

Cours préparatoire et en Cours élémentaire un — pour forcer l'enfant à compter, à compter, à compter [1]...

Compter *amène* à sept, huit ou neuf, mais neuf, dit ou écrit, renvoie à quoi? Bientôt à rien de *cardinal*, à rien d'incarné. SEULS les doigts peuvent apporter au mot numéral, au signe numérique ce qui est accordé au mot tout court: un signifié. Alors que le mot « table » évoque la chose table, et que la chose

---

[1]. Il s'agit des livres de Cours préparatoire (CP) et de Cours élémentaire première année (CE1) de la collection « Math et calcul », Hachette, d'où sont tirés tous les exemples qui suivent, car ce sont les livres qu'a eus successivement Sophie.

est associée au mot, le mot « huit » prononcé « comme ça » n'évoquera que 8 et 8 se lira huit. Le mot sans image acquiert comme pseudo-signification son équivalent chiffré, et au lieu de la relation bien connue entre un signifiant et un signifié appartenant à des univers hétérogènes, ici il s'établit une relation entre *deux signifiants*, univers homogène où un autre signifiant tient lieu de signifié, et, ce faisant, sature l'univers de la signification en l'excluant.

La relation entre deux signifiants en lieu et place de signification ou de sens, tout le destin tragique des mathématiques à venir est déjà là : nous l'avons vu, page 205, à propos des définitions. Transfert de signifiants qui simule le sens, mais pas-de-sens en réalité, et pour le reste consulter les modes d'emploi.

Mais les règles d'emploi des chiffres ont du mal à passer, vous allez voir pourquoi. Car aussitôt que sont dépassés les nombres à un chiffre — les programmes du Cours préparatoire, très curieusement, découpent l'apprentissage de l'écriture des nombres en trois étapes, de 0 à 20, de 21 à 69, puis de 70 à 99 —, l'enfant va se trouver face à de violentes contradictions.

Le rabattement l'un sur l'autre de deux signifiants à signifié confus ou absent — neuf c'est 9 et réciproquement — va, avec les nombres de deux chiffres, se renforcer de dix à seize, conférant ainsi aux chiffres un **statut alphabétique**. Pour mieux comprendre ce qu'il en est de ce phénomène, reprenons les termes mêmes de Saussure, sur l'arbitraire du signe : « Le principe fondamental de l'arbitraire du signe n'empêche pas de distinguer dans chaque langue ce qui est radicalement arbitraire, c'est-à-dire immotivé, de ce qui ne l'est que relativement. Une partie seulement des signes est absolument arbitraire : chez d'autres intervient un phénomène qui permet de reconnaître des degrés dans l'arbitraire sans le supprimer : *le signe peut être relativement motivé.*

« Ainsi *vingt* est immotivé, mais *dix-neuf* ne l'est pas au même degré, parce qu'il évoque les termes dont il se compose, par exemple *dix-neuf*, *vingt-neuf*, *dix-huit*, *soixante-dix*, etc. ; pris séparément, *dix* et *neuf* sont sur le même pied que *vingt*, mais *dix-neuf* représente un cas de motivation relative [41]. »

La grande merveille de l'écriture numérique des entiers naturels c'est que, une fois accepté l'arbitraire des dix premiers signes, leurs juxtapositions ne seront *jamais* immotivées :

2 signifiera toujours « deux quelque chose » qu'il s'agisse de 2 « uns », de centaines, de millions ou de trillions. On a le temps, pour que le sens de ce « 2 quelque chose » s'étende à 2 dixièmes, ou millièmes, cinquièmes, puis encore à signifier des demis, puis deux facteurs (a^2), etc.

Pour l'instant, ce deux qui est 2, et réciproquement, fait que quand l'enfant *voit* 2 il *entend* deux. Arrivent 12 et 20, soit *douze* et *vingt*. Du 2 mais plus de *deux*. Déferlent donc 10, 11, 12, 13, 14, 15, 16 où *rien* ne s'entend plus de ce qu'il était entendu qu'il fallait entendre et reproduire, entendre un pour 1, écrire 1 pour un, entendre six pour 6, écrire 6 pour six. Le numéral complètement immotivé, de *dix*, *onze*, *douze*, *treize*, *quatorze*, *quinze*, *seize* va démotiver l'écriture du 10, 11, 12, 13, 14, 15, 16, pour en faire donc l'équivalent d'une écriture alphabétique, littérale. Puisque a, u, juxtaposés donnent au, ou a, n, an, pourquoi pas 1, 2, douze, ou 2, 0, vingt ? Les sept premiers mots numéraux qui viennent après 9 avec leur équivalent chiffré au signifiant acoustique identique vont conforter l'enfant dans l'idée que des signifiants graphiques chiffrés, *comme les lettres*, vont produire un signifiant nouveau.

A tout ceci on me répondra, scandalisé, qu'on enseigne à l'enfant la *numération*, et donc un *système* d'écriture, et que, voyons, le 1 de *dix*, *onze*, etc., c'est « une » dizaine... Eh bien vous allez voir les moyens que l'on donne à l'enfant de repérer que *dix*, c'est 1 quelque chose.

Le nombre dix, base 10, on est en Cours préparatoire.

1. La consigne est la suivante (voir page 288) :

« Chaque ensemble compte un objet de plus que le précédent. Dessine les objets et complète les étiquettes-nombres. »

L'enfant a donc à dessiner huit, puis neuf, puis dix objets (ce qui en fait vingt-sept) pour en arriver, après avoir « étiqueté » j'imagine les ensembles des signifiants numériques 8, 9, à *dix*, numéral, où *dix* objets vont flotter dans un cadre. Comme il y a des cadres partout, j'imagine que ce n'est pas lui qui « fera » 1. Le tout, évidemment, s'obtenant par un laborieux comptage, l'enfant devant sans cesse vérifier qu'il y en a bien un de plus...

2. La consigne est la suivante :

« Complète à dix. »

Cette fois la dizaine tient à un fil. Est-ce le 1 fil ? Comptage, comptage, et encore comptage.

70 le nombre dix, base dix N18

1 complète...

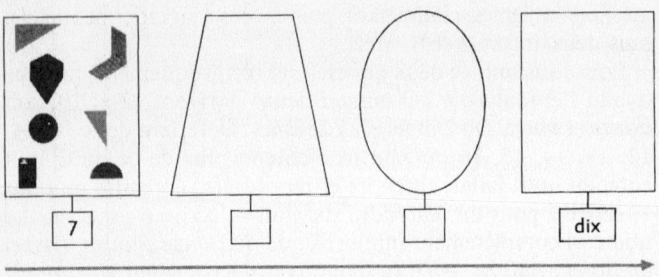

2 complète...

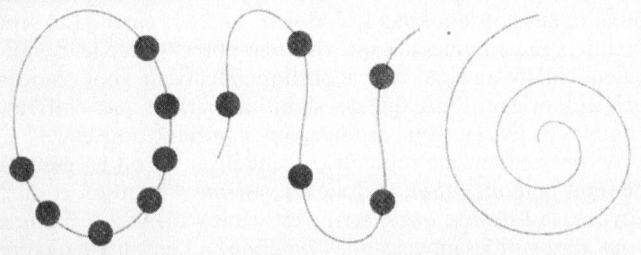

3 groupe...

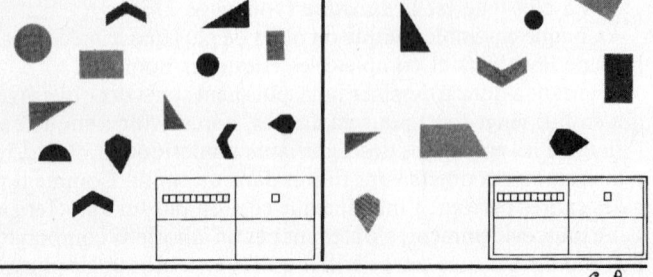

Les malheurs de Sophie

3. La consigne est la suivante :

« Groupe les objets dix par dix, puis complète le tableau. »

Ce qu'on trouve évidemment le plus souvent dans le tableau c'est 10-3 et 10 tout seul. Toujours pour les mêmes raisons.

L'erreur pédagogique essentielle, ici, est que l'enfant ne peut se dépêtrer du comptage, englué qu'il est dans l'ordinal qui donnera même statut à neuf, dix, onze... Où donc est le 1 fondateur du dix, où est le 1 quelque chose immédiatement visible en quantité, lisible, et dont il faudra justifier qu'il ne s'entend pas, mais qu'il se voit, et donc qu'il *peut* s'entendre autrement ? Rien ici ne vient justifier le « 1 » dizaine qui n'apparaît pas, ce qui paraît c'est le dix, accidentel, anecdotique.

Voyez plutôt ce qu'en révèle la petite Angela, petite fille d'une intelligence et vivacité extrêmes, que j'ai, exceptionnellement, accepté d'accompagner dès le début de sa scolarité « pour que l'école ne l'abîme pas ». Et en effet. Son groupement par « dix » lui fait sagement mettre un 1 dans la première case, et en comptant — quoi au fait ? qu'est-ce qui peut bien être compté dans ce fouillis ? — ce qui « reste », onze, 11, dans la seconde. Il est clair que graphismes numériques et numéraux jouent le même rôle et que la notion de *système* ne risque pas d'apparaître dans la méconnaissance où l'on est tant de ses raisons d'être que de ses relations avec l'entendement.

Car, non contente d'ignorer ses propres erreurs, la pédagogie va s'abandonner à ses folies. A la fiche d'*avant*, on aura écrit 10 pour signifier trois, quatre ou cinq. Mais si. Jugez plutôt, en déchiffrant la consigne.

« Bases.

Écris le *nombre* de fruits dans les bases indiquées (voir page suivante). Que constates-tu ?

Dans chaque tableau, on écrit le même *nombre* 10 (lire un-zéro) alors que le *nombre* de fruits change. »

On dira donc un-zéro pour quatre mais pas un-zéro pour dix, puisque c'est dix. Par ailleurs, c'est moi qui souligne le mot nombre pour vous inciter à apprécier la clarté dans laquelle baigne la question.

Ce n'est pas tout. Folie pour folie, celle dont nous nous occupons étant, au sens propre et figuré, celle des grandeurs et trahissant chez tout décideur de programmes de la maternelle et

290 — *De l'enfance malheureuse du sens*

N19   base dix, nombres de dix à vingt   **77**

1   écris...

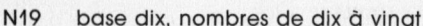

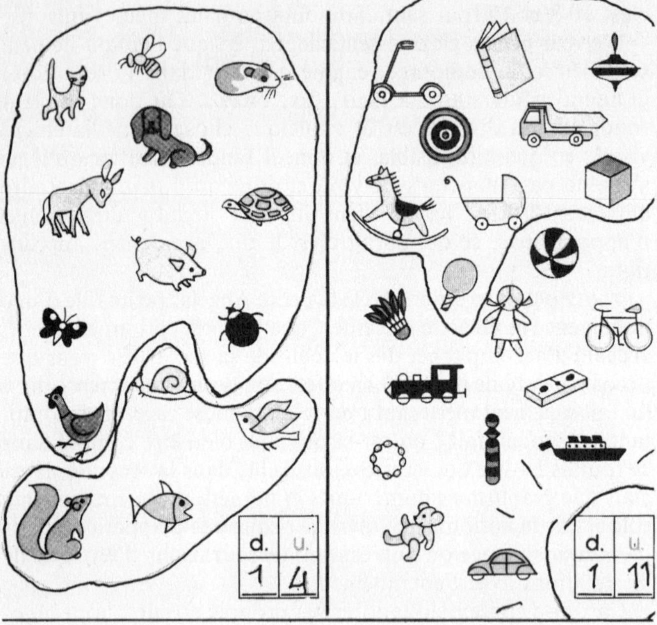

d.	u.
1	4

d.	u.
1	11

N17   bases (révision)   **69**

1   écris...

base trois

base quatre

base cinq

Les malheurs de Sophie 291

●	(1,2)
▲	(2,4)
■	(3,2)

	1	2	3	4	5	6
1		●				
2						

donc d'écriveur de livres le désir secret de se voir en académicien des sciences lui-même gestionnaire de tout le Savoir mathématique tombant du ciel, eh bien, voyez à quoi servent les chiffres. Ce repérage d'une case par deux chiffres par des enfants pour lesquels ni la quantité ni sa traduction chiffrée ne sont encore en place, c'est vraiment un des plus sûrs moyens de repérer au moins une des cases que la Pédagogie s'accorde en moins.

Dans cette confusion effroyable vont arriver les dix-sept, dix-huit, dix-neuf. Coups de tonnerre dans le ciel des petits serins, qui avaient associé aux mots numéraux de un à seize les « mots » numériques de 1 à 16. Leur entendement brutalement réveillé par la reproduction de deux signes déjà entendus va devoir se rendre compte à lui-même de cette nouvelle rupture avec la seule chose dont on était sûr : cette correspondance de un-1 à seize-16, les signifiants numériques à deux chiffres étant aussi insécables que les numéraux.

La rupture, c'est donc l'apparition de signes *relativement motivés* — et il est bien intéressant que Saussure ait justement pris comme exemple *dix-neuf* — qui va faire apparaître l'écriture *numérique*, elle, comme totalement immotivée : dix-neuf ne s'écrit pas 109.

L'oscillation va ainsi être constante entre les signifiants numéraux *immotivés*, qui vont conforter le statut alphabétique des chiffres, vingt-20, trente-30, quarante-40, cinquante-50, soixante-60, et ceux qui *relativement motivés* vont démotiver l'écriture numérique : trente-trois n'est pas 303.

Voici pourquoi le champ de la pseudo-signification qui n'est qu'échange de signifiants se rétrécit encore. Ce que fait savoir Sophie par son comportement et qui apparaît maintenant avec une merveilleuse et tragique évidence, c'est que, tout ce qu'elle peut garantir, parce que c'est tout ce qui lui *reste* de garantie possible, c'est pour les mots numéraux composés leur pure et simple reproduction : trente-six ne peut garantir que trente-six et trente-cinq que trente-cinq. Aucune traduction chiffrée n'est possible sans causer des dommages à l'entendement. Sauf celle, bien sûr, dont Sophie signale l'existence en dupliquant leur écriture : seules les écritures numériques à un chiffre offrent quelque sécurité puisque là-dessus, au moins, tout le monde semble d'accord. Donc deux c'est 2, et 2 c'est 2, six c'est 6, et 6 c'est 6...

J'ai grand-pitié de la façon dont le sens est en souffrance chez cette si intelligente petite fille, et admirative de la belle santé dont elle fait preuve dans la bagarre — inégale — qui l'oppose à un univers qui ne veut rien savoir de ce qu'il lui impose. Tout ce qu'elle peut « faire », puisqu'elle n'est évidemment pas en mesure d'exprimer l'injustice dont elle est victime, c'est soit de s'« agiter » comme elle s'agite, soit de prendre des initiatives comme celles qu'elle a prises, soit d'opposer une inertie frontale, aussi significative que le reste de son comportement des sévices infligés à son entendement.

Pour qu'elle ne parte pas sans quelques confirmations, fussent-elles mécaniques, de ce qu'elle « sait », je lui propose de corriger d'éventuelles erreurs que je ferais en écrivant en chiffres, à mon tour, des nombres écrits en mots. Comme cela se produit ordinairement, l'idée l'amuse et la remobilise pour les quelques minutes qui restent. Elle repart donc après quelques « réussites », elle soulagée d'en avoir fini, mais pas trop mécontente apparemment de notre échange, et moi sans l'ombre d'une illusion sur les derniers « bons » résultats obtenus, aussi instables, au sens chimique du terme, que des composés dont les composants favorisent la décomposition en éléments — enfin — simples.

4

> « Pour un esprit scientifique, toute connaissance est une réponse à une question. S'il n'y a pas de question, il ne peut y avoir de connaissance scientifique. Rien ne va de soi. Rien n'est donné. Tout est construit. »
> G. Bachelard.

> « L'intelligence des langues sert comme d'introduction à toutes les sciences. » Ch. Rollin.

En résumé, ce qui apparaît déjà, et qui est essentiel, car c'est un processus qui va se reproduire au cours de la scolarité identique dans son principe et variable dans ses modalités, c'est que :

— La façon dont réagit un entendement à n'importe quel âge est fonction de sa saturation, et de sa densité de saturation. Les erreurs rendent compte de ce qui s'y trouve *déjà* et non de ce qui manque. Ici, en particulier.

Il y a un savoir premier, porté par la parole, en particulier l'usage numéral de la langue maternelle, où le parlé du nombre n'est autre que l'incarné.

La lecture et l'écriture de la langue sont des phénomènes seconds par rapport à la parole, posant en ceci des problèmes spécifiques que les spécialistes connaissent bien. *Mais* il arrive un moment où langues parlée et écrite vont former un système cohérent : c'est le cas pour Sophie, et pour tous les enfants qui savent lire et écrire. Ce système de la langue écrite-parlée étant précisément un *système* va imprégner de sa logique propre l'écrit-parlé quel qu'il soit, logique d'assemblages graphiques, phoniques ou sémantiques.

L'apprentissage du numérique est second par rapport au phénomène lui-même second de l'écrit de la langue : il sera donc tributaire des logiques préexistantes, qui vont constituer une sorte de tribunal devant lequel comparaîtra toute production nouvelle d'écrit-parlé.

Les erreurs sont donc bien des questions posées sur la raison d'*être* et les modalités d'existence d'un *nouveau* système, qui vient doubler le premier sans coïncider avec lui. Alors, second système, et système second, pour quoi faire, et pourquoi comme cela ?

Vous allez voir que la Pédagogie, pour méconnaître la question, va y répondre par d'autres erreurs et d'autres folies. Avec, en place centrale, la contradiction qui consiste à « présenter » le système numérique en niant tous ses liens avec le système numéral, et en faisant en même temps tout pour les confondre.

Je suis donc amenée à « désalphabétiser » les chiffres, à restaurer, à réincarner le numéral et, pour construire du sens *dans* du sens, à faire en sorte que ce soit la *langue* numérale qui enseigne. Car « la langue enseigne », comme il a été constaté ailleurs, la langue, « matière d'aucune discipline » à moins d'être aussi bien la « discipline de toute matière, de tout matériau et de toute procédure d'enseignement [1] [42] », et la langue enseigne ici, *encore plus* qu'ailleurs.

Système de significations inclus dans un système de signes beaucoup plus vaste, la langue numérale *rend compte*, au sens propre du terme, du *système décimal* dans lequel s'écrira le numérique *décimal* qui se trouve être le véhicule universel de la quantité chiffrée. Ce qui veut dire que dans tous les pays du monde le signifiant numérique lu ou vu dans n'importe quel lieu par n'importe qui, indigène ou étranger, renvoie à la même quantité que chacun entendra dans *sa* propre langue. Et s'il se trouve un lieu où on vous annonce un prix, une mesure ou une quantité quelconque en base deux, trois, quatre ou cinq, il faut le faire savoir : on y enverrait les enfants de bonne famille, comme on les envoie en pays étranger pour en apprendre la langue. Et si la question m'intéresse, c'est parce que dans un de ces lieux où la pédagogie de pointe avale et reproduit en l'embellissant la démagogie de pointe, la maîtresse, en toute bonne conscience, pensait qu'en rompant les enfants aux bases — ce qui fut fait en effet — elle les « préparait » pour la base 10, dont elle leur avait annoncé qu'il se trouvait que c'était elle qu'on utilisait en France.

---

1. « La langue enseigne », titre d'un ensemble de notes suggérées à Jean-Luc Nancy par le thème général des *Cahiers critiques de la littérature*, *La Langue dans l'enseignement*, et suscitées par la tentative menée en 1976 avec Bernadette Gromer d'un travail de philosophie et de littérature dans une classe de cinquième, travail qui s'est avéré n'avoir eu lieu ni sur le terrain de la « philosophie », ni sur celui de la « littérature », mais sur celui de la langue. Voir aussi pour cette tentative [43].

L'enfer des mathématiques du ciel est pavé, comme on le voit, de bonnes intentions. Par quelle aberration maintient-on les bases pour *commencer* à apprendre à écrire les nombres, même si aujourd'hui c'est fait comme ça, rapidement, en passant ? Faire *dire* et écrire un-zéro à un enfant qui voit trois, quatre ou cinq et ne pas faire *voir* le *un* de dix, ne rien donner à entendre, ne pas permettre que *les* bases deviennent un jeu parce que la base de base, celle qui permet en étant parlée, incarnée, écrite, de comprendre sans douleur ce qu'est un *système* de numération, et donc d'être extrapolée, désincarnée en n'importe quel autre système, c'est vraiment empêcher tout accès au savoir et à la jouissance du savoir. Et c'est tuer, dans l'œuf et sans nécessité, la relation fondamentale pour l'édification du sens entre les mots et les choses.

Le numérique décimal n'étant donc pas accidentel, la nécessité de désalphabétiser les chiffres urgente, je fais avec Sophie ce qu'il faudrait, bien sûr, faire avec tous les enfants, avant d'attendre qu'on les abîme. Pour que la coupure entre chiffres et lettres soit établie, explicitée, exploitée, pour que le 10 soit compris comme ré-utilisant le 1 à de nouvelles fins et que la systématicité du procédé apparaisse, c'est tout de suite qu'il faut apprendre à écrire 20, 30, 40, 50, 60. Même en s'arrêtant provisoirement là en raison de ce qu'est la matérialité de notre langue numérale, voir réapparaître le 1, 2, 3, 4, 5, 6 avec de nouvelles significations, mais obtenues de la même façon, 1 « dix », 2 « dix », 3 « dix », ..., le 1 correspondant à 1 fois les dix doigts, le 2 à 2 fois, etc. *Nombres* de dizaines qui sont donc nombres d'entités nouvelles, pictogrammes des dix doigts ou gestes consistant à les montrer. Ce nouveau comptage nécessitant pour les 1, 2, 3..., un moyen les distinguant des 1, 2, 3, ..., « ordinaires », on adopte pour cette signification nouvelle la seconde place, la première étant soit vide — c'est le zéro — soit reprise par les « vrais » 1, 2, 3, etc.

Bien avant que la classe les ait abordés, la petite Angela savait lire-écrire n'importe quel nombre jusqu'à 69, hors de tout comptage, révélant par ses hésitations, à la lecture des nombres ou à leur écriture sous la dictée — et jamais « au montrage » —, que les seules difficultés à surmonter sont bien celles qui mettent face à face des arbitraires ou des à-peu-près sonores et des constructions numériques rigoureuses, rassurantes. C'est que la langue enseigne le décimal, bien sûr, mais comme une personne qui s'amuserait à parsemer son enseignement de pièges, énigmes et cocasseries en tous genres.

Il y a d'abord cette formidable érosion subie par des mots que le latin avait relativement motivés : 20, 30, 40, 50, 60, 70, 80, 90 sont tous régulièrement construits sur des préfixes indiquant 2, 3, 4... 9, et un même mot pour indiquer la dizaine : vi/ginti, tri/ginta, quadra/ginta, quinqua/ginta, sexa/ginta, septua/ginta, octo/ginta, nona/ginta. *Ginti*, dérivé de k'mti, lui-même déformation de dkomt, dek'm, racine commune des mots signifiant *dix* dans les langues indo-européennes (d'où déca, decem, dix, etc.). La langue latine enseignerait donc aisément le décimal par ses noms de dizaines relativement motivés. A défaut d'enseigner aux toutes petites filles le latin qui leur enseignerait le décimal, j'essaie de leur donner à entendre ce qui d'une juste construction sonore nous parvient encore à travers cette étrange chambre d'écho que lui ont imposée les défilés labyrinthiques de l'espace et du temps. Avec les ente, ante, entendre la répétition de la dizaine et les trr..., quar..., cinqu..., soiss..., deviner, ou entendre les trois, quatre — cinq a un statut privilégié et on lui rend grâce de si peu se dissimuler à nos oreilles — ou six. Il y a donc lieu pour jouer avec tout ce matériau de produire des *termes transitifs* qui sont ceux-là mêmes que l'histoire a déformés, soit deux dix, trois dix, etc.

Eh bien, vingt résiste, pour la bonne raison qu'il n'y a pas moyen d'y entendre raison. Alors qu'elle saura lire et écrire sous la dictée tous les trente, quarante, cinquante et quelque, Angela hésitera à lire-écrire vingt et quelques, alors que montrés avec les doigts ils seront transcrits sans hésitation. Comme dirait Saussure, *vingt* est sur le même pied que dix et neuf : avec sa très lointaine justification — vi-k'mti, qui produit le vi-ginti latin contracté en vinti, vint puis vingt — vingt, signifiant archidéformé, apparaît comme radicalement arbitraire, et son statut de nouvelle unité, la vingtaine, n'y est sans doute pas pour rien.

Ainsi les enfants dont la pédagogie n'a pas encore abîmé l'entendement rendent compte d'un arbitraire qui ne *devrait* pas être, mais qui est. Il suffit pour calmer ce petit scandale d'abonder dans ce sens : quand l'écriture numérique évoque effectivement son signifié, *vingt* est plus difficile à entendre que trente ou quarante, cinquante ou soixante. C'est comme ça, et le pseudo-savoir des enfants qui « savent écrire jusqu'à vingt » est un leurre, qui ne fait que masquer les difficultés réelles, dont nous n'avons pas fini de faire le tour.

Et c'est là qu'on se prend à rêver d'une école qui saurait préserver cette grande merveille qu'est l'entendement d'un enfant. Voyez ce dont est capable celui d'Angela.

Il y a bien longtemps, bien sûr, que j'essaie de donner à entendre ce qui peut s'entendre de la formation initiale, relativement motivée, elle aussi, des mots de onze à seize. Avec les petits, on les appelait des mots « cachottiers » (voir dans *Fabrice*, « Camille », p. 124-128). Et sur le modèle des bienheureux dix-sept, dix-huit, dix-neuf, où tout se dit et donc s'entend, on essayait d'entendre dix un, dix deux, dix trois... dix six. Comment ? Par des rapprochements sonores qui devaient faciliter l'évocation des nombres mis en jeu : le... *zzze* de la dizaine, et puis *on* comme un, *dou* comme deux, *trei* comme trois, *quator* comme quatre, *quin* comme « cin*que* », *sei* comme six.

Avec les autres enfants, déjà martyrisés par les contradictions auxquelles ils sont soumis, même s'ils ont l'air de ne pas s'en porter plus mal, les termes transitifs dix un, dix deux, etc., représentaient un tel soulagement que, ni eux ni moi, pour des raisons que l'on va voir, ne nous étions avisés de quelque chose, que, tranquillement, Angela va me faire découvrir, alors qu'il y a si longtemps, pour moi qui cherche à donner à entendre, que cela aurait dû se donner à voir à mes yeux.

Pourquoi les déformations morphologiques des mots composés s'arrêtent à *seize*, je me le suis bien évidemment demandé, me réservant de remettre à plus tard le travail que cela supposait de chercher la réponse, dont j'imaginais qu'elle devait rendre compte d'une utilisation bien plus fréquente des nombres jusqu'à seize, donc d'une usure, et puis peut-être que seize avait du fait de ce qu'il était ($16 = 2^4$) le statut d'une sorte d'unité.

Mais quand Angela m'a posé sa question, j'ai senti une *émotion* m'envahir, caractéristique de celle qui accompagne les « pourquoi » dont on sait qu'ils vous mettent en jeu, parce qu'ils ont à voir avec *votre* désir de savoir, désir qui, éveillé ou réveillé, va donc vous mener inexorablement vers les laborieuses mais prodigieuses jouissances du sens.

Angela, donc, après s'être amusée du... zzze de la dizzzaine, et qui évoque donc le dix, me dit :
— Mais pourquoi le dix tu le dis pas après ?
— Après quoi ?
— Parce que treizzze ça veut dire trois, et puis dix *après* ?
— Euh... oui.

Il a fallu donc que je convienne que, oui, il faudrait plutôt dire un-dix, deux-dix, trois-dix, ..., six-dix, et puis... *dix*-sept, *dix*-huit, *dix*-neuf. Et voilà que la question n'était plus de chercher les raisons d'une déformation des mots, mais qu'à l'évidence cette déformation cachait une *autre* formation. Pourquoi cette brutale rupture, pourquoi un avant et un après *seize*, alors que le souvenir des étymologies recherchées en leur temps me paraissait, pour le latin, garantir une régularité dans la motivation relative ? Et pourquoi n'avais-je pas plus tôt repéré ce qui aurait dû me sauter aux yeux comme aux oreilles ?

En cèci, la réponse était facile. Et je retrouvais d'un seul coup toutes les gênes que j'avais éprouvées, et écartées, dans cette entreprise qui, consistant à donner à *entendre*, ferait entendre « trois dix » pour trente, et « trois-dix » pour treize, « quatre dix » pour quarante et « quatre-dix » pour quatorze, etc., et irait donc à l'encontre du résultat souhaité. Le « dix-sept » fournissait un excellent modèle de termes transitifs, permettant d'ignorer cette situation inconfortable.

Il allait falloir désormais y faire face. A cause d'Angela, et grâce à elle, trouver moyen de séparer trente de treize, quarante de quatorze..., tout en donnant à entendre ce qui les rapprochait. Et s'attendre, donc, à des collusions qui sont peut-être les « vraies » erreurs qui rendent compte de la vérité de la langue numérale.

Langue qui n'en finit pas d'enseigner à qui s'interroge sur son sens sa propre et passionnante histoire, celle de l'entendement humain aux prises avec les nombres. Raconter ici ce qu'il advint de la tentative de répondre au : pourquoi y a-t-il un avant et un après *seize* ferait un livre à soi tout seul. Tout ce que je peux dire, c'est que cela m'a fait découvrir l'existence de pôles d'attraction par rapport auxquels les mots s'étaient phonétiquement organisés, rendant compte de *pulsions* de désignations dirigées vers du solide, de l'incarné, du visible : des doigts, des mains, des mains et des pieds : on retrouve déposées dans les mots les strates des désignations forgées dans l'enfance, le passé archaïque de l'humanité, qui font irrésistiblement penser aux processus qu'utilise le petit humain pour se repérer dans la quantité. Quand il oscille autour de 5, pour évaluer 4 ou 6, quand il abaisse un petit doigt, ou deux, pour rendre compte de 9 ou de 8, il rend compte à sa manière de la force de ces unités incarnées, qui se sont donc incarnées dans la langue (les mots pour dire 5 renvoient tous à des doigts ou à une main, et entre 5 et 10, les désignations sont happées soit par le 5, soit par le 10 : en latin, par exemple, c'est dès le sept [*septem*] que la contagion du dix [*decem*] est décelable), et de leur pouvoir organisateur parce que organique, et de la logique que peut représenter un bond en avant suivi d'un retour en arrière, plutôt que celui d'un trajet fait pas à pas, un par un.

Les désignations montrent donc bien l'existence de « pôles cardinaux », et l'utilisation pour l'ordinal de deux ordres, avant, après. En italien, il y a bien un avant et après seize, mais en espagnol la rupture est à *quinze*, unité cardinale de trois mains (quinze, *quin-ce*, mais seize, *diez y seis*, soit dix et six), d'autres langues n'ont pas cette coupure.

Tout ceci ne pouvait que me conforter dans l'idée qui s'était lentement précisée, puis imposée, puis justifiée à travers ma pratique que l'apprentissage heureux et efficace de notre système de numération supposait la tentative de faire coexister numéral et numérique, c'est-à-dire faire exister l'un avec l'autre, et même l'un par l'autre, *deux* ordres de discours, pourvus de deux « logiques » complètement différentes : l'une, celle de la désignation numérale, correspondant à la collusion mots-quantité représentée fera appel pour se dire à des pulsions mettant en jeu de l'incarné — collusion donc entre langue numérale et images de doigts —, c'est donc la logique « désordonnée » du cardinal ; l'autre, celle de la succession numérique correspondant au comptage *un* par *un* visible dans l'écriture de la suite chiffrée des nombres, donc parfaitement cohérente dans ce qui va se *lire* de chiffré, mais pas dans ce qui va se *dire*, logique « divisée », donc, de l'ordinal.

Apprendre aux enfants à lire et écrire les nombres, c'est faire face à cette hétérogénéité de fait, c'est faire *apprécier*, au sens propre et figuré, l'ordre par le désordre, et le désordre par l'ordre. Et pour y parvenir la matière et le matériel sont surabondants : la langue, les doigts, les chiffres.

5 « **Radis : botanique. Genre de crucifère dont plusieurs variétés sont cultivées pour leurs racines comestibles comme plante potagère.** »

Pour que l'école ait quelque chance d'apprendre aux enfants à lire et écrire les nombres sans dommage pour eux, il faudrait donc qu'elle se résigne à jeter tout son matériel au feu, qu'elle ose *penser* que trente 30 et quarante 40 peuvent s'apprendre avant vingt 20, que dix 10 ne s'en comprendra que mieux, qu'écrire trente-cinq et quarante-neuf préparera dix-sept et dix-neuf lesquels permettront d'entendre ce que cachent onze, douze..., seize, que compter pendant tout ce temps-là n'est pas contre-indiqué pour faire « prendre » tout ça, et que l'ordre imposé aujourd'hui, méconnaissance totale de toutes ces questions à l'appui, c'est le désordre absolu pour l'entendement, c'est-à-dire sa paralysie, et éventuellement sa mort. Pour que l'école ait quelque chance d'apprendre aux enfants à lire et écrire les nombres, il faudrait qu'elle sorte du redoutable chaos conceptuel où l'ont précipitée les psychologues et les académiciens qui lui font imposer aux enfants le désordre pédagogique absolu : celui qui consiste à tout écraser, à tout masquer, à tout homogénéiser. Voyez cette page où sont assassinés « les nombres de 0 à 20 » : volonté absurde de ne rien vouloir savoir des doigts, donc de la dizaine — qui donc empêchera les enfants de *compter* les petits rectangles, ou les boules, ou d'écrire 103 ou 104, ou de *compter* désespérément les perles, non du collier, mais du carcan pédagogique ?... —, ignorance du statut différent de seize, douze, vingt et de dix-sept, et donc production de tout ce que j'ai décrit plus haut d'angoisses, de contradictions, d'assimilation du numérique à l'alphabétique, etc.

Il est certain que rien qu'à voir ce qui les attend de un à vingt, les enfants sont mal partis. Et pour l'instant, les institutrices, les instituteurs les mieux intentionnés sont impuissants. Les plus compétents d'entre eux — mais ils seraient, là, compétents à partir de quel miracle qui leur ferait « créer » un savoir qu'on

Les malheurs de Sophie   301

LES NOMBRES DE 0 A 20

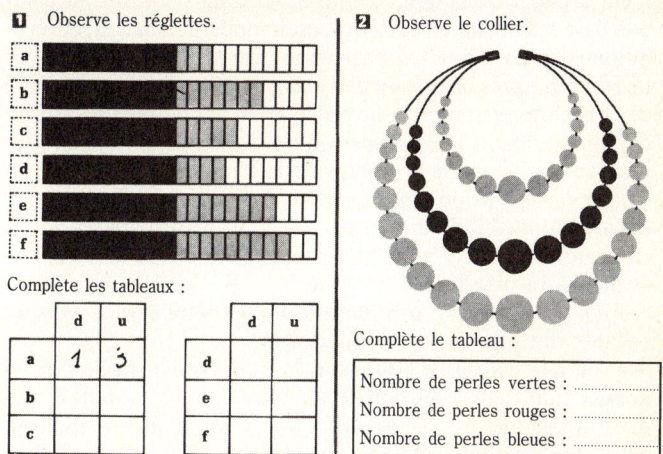

1 Observe les réglettes.

Complète les tableaux :

	d	u
a	1	3
b		
c		

	d	u
d		
e		
f		

2 Observe le collier.

Complète le tableau :

Nombre de perles vertes : ....
Nombre de perles rouges : ....
Nombre de perles bleues : ....

3 Complète le tableau.

●●●●●●●●●● ●●	10 + 2	12	douze
●●●●●●●●●● ●●●●●			
	10 + 7		
		14	
			seize

ne leur a pas transmis, que les conditions de leur pratique ne leur permettent pas de découvrir, et qui, y parviendraient-ils, les amèneraient à des transgressions inimaginables — peuvent sans doute limiter les dégâts. Par gentillesse, attention portée aux enfants, compassion un peu aveugle à ce qui leur arrive, mais sans l'ombre d'une idée sur la façon dont fonctionne leur entendement.

Pour que l'école ait quelque chance d'apprendre aux enfants à lire et écrire les nombres, il serait temps qu'en haut lieu on mette les pépés terribles hors d'état de nuire, et que l'enseignement à partir de la langue et avec les doigts soit instauré sur une base *scientifique*. Voici qui serait moderne, mais si, et révolutionnaire, dans tous les sens du mot, car la révolution, ce serait de revenir, après beaucoup d'événements théoriques, à la vérité de la notion de nombre telle qu'en rendent compte un système de numération et une langue fondés sur le fait des dix doigts ; mais ce serait aussi la lutte à mener et à gagner contre l'oppression et la répression bêtes que l'école du siècle dernier exerce encore aujourd'hui dans les classes en transformant les doigts en organes honteux qu'il faut soustraire à la vue à tout prix, et même au prix fort.

Plus personne aujourd'hui n'a honte d'être sexué, mais les enfants ont honte d'avoir dix doigts.

C'est parce qu'il est honteux d'avoir dix doigts que les pédagogues font fleurir des bottes calibrées de radis — dont il faudra, à chaque fois, *compter* qu'il y en a dix — qui ont exactement autant de naturel que les roses et les choux qui fleurissaient dans les fables pudibondes destinées à dissimuler la vérité aux enfants. Qu'est-ce donc qui va par dix ? Les ra-dis,

LES NOMBRES DE 0 A 100

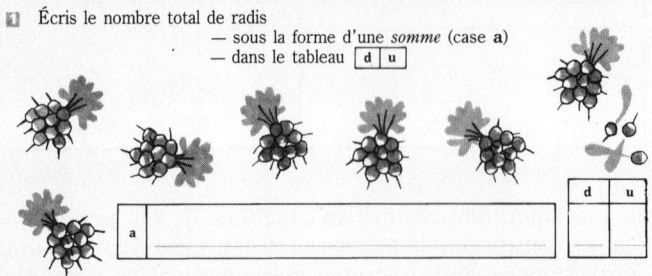

par-di ! Alors, on ne leur cache plus aujourd'hui qu'ils sortent d'un ventre maternel dans lequel ils sont restés quelque temps en gestation, mais on continue de les empêcher de connaître et reconnaître la matrice du système dans lequel ils parlent et vont écrire les nombres ?

Cette révolution qu'il faut mener contre l'obscurantisme, l'ignorance et l'oppression, si on y parvenait, eh bien, comme pour l'autre, la grande, tous les pays nous l'envieraient. Et la copieraient, et on souhaiterait déjà qu'ils le fassent en préservant leur spécificité, car si l'échec est mondial, c'est que la méconnaissance de l'importance constitutive de la langue en matière de calcul ou de mathématiques est à la même échelle. Chaque pays aurait, selon *sa* langue, à faire coexister, s'étayer, s'exalter l'une l'autre les logiques du numéral et du numérique, l'invariant mondial, qui pourrait apparaître au cours des séances d'un congrès du même nom, sans justifier pour autant que se déplacent tant d'éminentes personnalités depuis leur lieu d'origine, étant que chaque sujet, en quelque endroit de la planète qu'il apparaisse, est un sujet parlant, pourvu de dix doigts, d'autant d'orteils, et doué d'entendement.

Voyez ce petit sujet américain de cinq ans, qui compte, raconte Hassler Whitney [1], *twenty nine*, *twenty ten*, *twenty eleven*... Alors, sujet à une « erreur » de comptage, ou sujet de sa langue numérale ? N'y a-t-il pas là, si la force de cette langue est méconnue — il est probable que les « *eleven, twelve* », qui vont moins loin que nos onze, douze... seize, suffisent à perturber la signification du 1 de la dizaine et produisent des phénomènes analogues à ceux qui se passent en français —, de quoi produire des conflits, dont on ne peut que souhaiter que l'entendement de l'enfant sorte indemne...

En attendant cette improbable parce que trop dérangeante révolution, j'essaie donc de réparer les dommages subis par l'entendement de Sophie.

Les deuxième et troisième séances se passent donc dans ce qui est pour moi la routine de la restauration du sens. Et il semble bien en effet que d'entendre ce que cachaient tous ces mots produit son effet habituel puisque la troisième fois je marque sur sa fiche : beaucoup plus calme.

Mais je marque aussi, pour le même jour, parce que correspondant à une réponse orale, une petite égalité de rien du tout,

---

1. Mathématicien américain, professeur à l'Institute for Advanced Study à Princeton, New Jersey.

qui n'est rien d'autre dans ce calme à peine instauré qu'une déclaration de guerre. Un long conflit allait en effet se reconduire sur cinq séances : les quatrième, cinquième, sixième, une trêve pour la septième, et retour en force sur les huitième et neuvième. Et quand je vous aurai dit que la petite égalité c'était $1 + 1 = 11$, vous devinerez sans peine que le conflit a éclaté, s'est maintenu, pour heureusement finir par se dénouer à propos de l'addition.

6

« **Le seul moyen qu'ait le petit enfant d'étendre son empire sur les choses qu'il ne sait pas manier est de savoir manier les personnes.** »
P. Guillaume.

Voici, avant d'en parler, les erreurs faites par Sophie, au compte desquelles je fais figurer les « identités » telles que $2 + 0 = 2 + 0$ ou $35 = 35$ puisqu'elles correspondent à autre chose que la réponse souhaitée (le $9 + 1 = 10$ n'est évidemment pas une erreur, mais pris dans un « paquet », numéroté 11).

4ᵉ séance	$29 + 1 = 21$	(1)
	$2 + 2 = 3$	(2)
	$5 + 2 = 3$	(3)
5ᵉ séance	$2 + 2 = 2$	(4)
	$11 = 10$	(5)
	$21 = 2$	(6)
	$24 = 2$	(7)
	$35 = 35$	(8)
6ᵉ séance	$5 + 2 = 3$	(9)
8ᵉ séance	$5 + 2 = 3$	
	$7 + 1 = 10$	
	$9 + 1 = 10$	(11)
	$4 + 1 = 10$	
	$6 + 1 = 10$	

Les malheurs de Sophie

9e séance	10 + 3 = 4	(12)
	1 + 3 = 13 (corrigé en 4)	(13)
	5 + 1 = 16	(14)
	7 + 1 = 7	(15)
	6 + 1 = 6	(16)
	3 + 1 = 13	(17)
	10 + 3 = 12	(18)
	10 + 7 = 8	(19)
	7 + 1 = 17	(20)

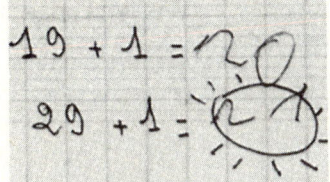
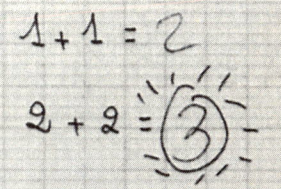

Les erreurs en 1 et 2 ne sont pas trop difficiles à comprendre : l'école proposant systématiquement le + 1, je le fais donc aussi. On obtient ainsi des résultats qui sont un leurre du point de vue de la « technique », mais qui, s'ils sont destinés à expliciter ce qui se passe quand on « récite » la comptine, peuvent donner à entendre quelque chose de l'opération.

C'est après une série de... + 1 justes — et en particulier 19 + 1 = 20 — que Sophie produit ce 29 + 1 = 21. Il se trouve que jusque-là je l'avais aidée en explicitant justement ce + 1 comme devant amener le nombre qui vient « juste après », et que je lui avais fait traduire chaque somme proposée. Là, j'écris, en énonçant « vingt-neuf plus un », et le vingt et un rend compte à la fois de l'inconfort qu'il y aurait à répondre vingt-dix (tentation qui ne se produit pas pour dix-neuf plus un, dix-dix ne ressemblant à rien d'entendu) et de celui qu'il y a à passer d'un nombre de dizaines à un autre par un procédé *autre* que la comptine (auquel, toute seule, elle n'a pas recours). Ce qui apparaît comme quelque chose de perçu de l'addition, mais tombant mal à propos, et qui prend toute la place à cause des inconvénients cités plus haut, c'est le **principe de juxtaposition**. En effaçant le neuf de vingt-neuf, on a bien : vingt plus un égalent vingt et un.

On corrige — recours à la comptine — et j'essaie de mettre en place une autre voie qui ne serait plus celle du comptage, celle des doubles. Obtenues par des collections de doigts appariées, les sommes sont tout de suite lisibles. Mais en « commençant » par 1 + 1, j'ai l'air de recommencer une série de ... + 1, ce que me signale Sophie qui, bien que plus calme, ne *me* fera grâce de rien, pas plus qu'aux autres. Son 3 boudeur m'amuse, et on continue.

On est « en retard » par rapport à la classe, ô combien, mais enfin, quand après avoir réussi les « doubles » jusqu'à 9 + 9 = 18, je lui fais écrire les nombres, tous justes pour la reposer un peu de l'addition qui n'a pas l'air de la séduire particulièrement et que j'y reviens — parce qu'on est en retard — avec un 5 + 1 = 6, son 5 + 2 = 3 (troisième erreur) ne m'alerte

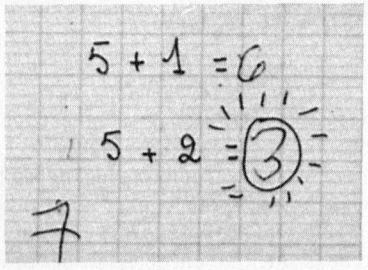

pas particulièrement. Je *sais* qu'elle *sait* que 5 + 2 ne « fait » pas 3. J'entoure donc son 3 de piquants, elle rectifie par un 7, et, à la page d'après, le 5 + 2 reproposé donne directement 7. On pourrait donc penser — et c'est ce que j'ai cru — que cette « erreur » a l'air d'être de celles qui ne veulent pas dire grand-chose. Eh bien, en matière d'erreur, chaque fois que l'on pense comme cela, on a tort. D'autant que ladite erreur va se reproduire deux fois, ce sera la seule de la sixième séance, et elle sera inaugurale de la huitième. A ce compte-là, ce n'est plus une erreur, c'est un message chiffré.

J'ai souvent intitulé des conférences ou des interventions quand elles traitaient plus précisément de l'enseignement primaire : « Pourquoi deux plus trois ne font pas cinq ». On pourrait en se demandant de façon équivalente pourquoi « cinq plus deux font trois » savoir ce qu'il en est des malheurs de Sophie, lesquels ne sont autres que ceux que lui inflige en toute bonne

Les malheurs de Sophie

conscience l'école primaire moderne, progressiste et éclairée où elle a la chance d'apprendre à lire, écrire les nombres, et à les additionner. (Voir page 309.)

Les malheurs de Sophie sont ceux, à la mode d'aujourd'hui près, qu'a dû connaître le jeune Gustave (Flaubert). Et cette enfant, supérieurement intelligente, a trouvé pour survivre aux agressions dont elle s'est trouvée être l'objet un comportement qui ressemble singulièrement à celui du jeune, puis moins jeune garçon livré à la bêtise des savoirs en général, et du savoir mathématique en particulier. La fuite quand elle est possible, et sinon la provocation : se *faire* bête, pour que toute la bêtise dont on vous écrase apparaisse en clair.

La bêtise dont Sophie renvoie les effets est la somme des deux bêtises que nous avons déjà rencontrées : bêtise d'un savoir achevé, présenté dans son état ultime, donc suprêmement bête, à des enfants qui n'ont *aucun* moyen d'apprécier la compacité du sens qui est censé leur être offert ; bêtise de la pédagogie, qui, pour faire attrayant et moderne, achèvera le savoir achevé par ses contradictions. Les deux pépés terribles sont bien là, en pleine action.

Voyons la première bêtise. Saviez-vous ce que sont ces nombres que Sophie tente si péniblement de lire et écrire ? Des ENTIERS NATURELS (vous savez, ces fameux nombres qu'on utilise si *naturellement*, sans s'en apercevoir...), c'est-à-dire depuis peu les éléments d'un ensemble désigné par la lettre $\mathbb{N}$ ($\mathbb{N}$ comme naturels, naturellement) et qui *muni*, comme on dit, de l'opération d'addition, présente cette particularité d'être doté d'une structure « lâche ». Alors que tous ceux qui viennent « après » lui en mathématiques en auront de « vrais », groupes, anneaux ou corps ($\mathbb{N}$, +), lui n'est qu'un monoïde commutatif unitaire, disposant d'un bon ordre compatible avec l'addition. Vous ne savez pas ce qu'est un monoïde ? Eh bien, c'est un magma associatif unitaire. Qu'est-ce que tout cela veut dire ? Eh bien que l'addition des naturels est une loi de composition interne — à chaque couple de naturels correspond par l'addition un unique naturel qui est leur somme —, qu'elle est associative, qu'elle possède un élément neutre qui est zéro, elle est commutative, et compatible avec la relation de bon ordre qui existe sur $\mathbb{N}$.

Comme dirait un académicien des sciences, on sait maintenant ce que c'est que $\mathbb{N}$ (c'est-à-dire tout ce qui a été dit plus

308   *De l'enfance malheureuse du sens*

PROPRIÉTÉS DE L'ADDITION

1 Reproduis la table ci-contre.

   a Inscris le nombre qui convient dans chaque case.

   b Exprime les nombres inscrits dans les cases rouges sous la forme des sommes convenables. Même travail pour les nombres inscrits dans les cases bleues. Que constates-tu ? Trouve d'autres exemples.

   c Exprime les nombres inscrits dans les cases vertes sous la forme des sommes convenables. Que constates-tu ?

Complète.

3 + ... = 3   ..... + 5 = 5
6 + ... = 6   ..... + 10 = 10

2 Calcule le nombre de points.

   a Première manière :

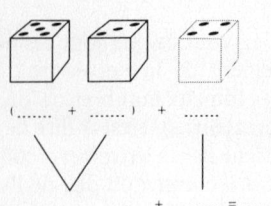

(...... + ...) + ...

\\ /

...... + ... = ...

   b Deuxième manière :

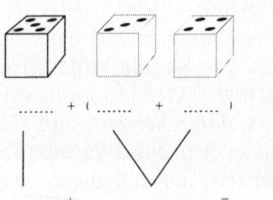

...... + (...... + ...)

| \\/

...... + ... = ...

3 Reproduis les cases **a** et **b** et mets le signe convenable (< ou >).

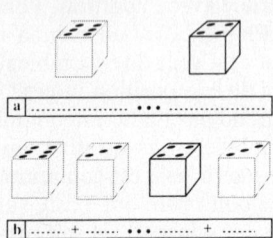

| a | .... ••• .... |

| b | .... + ... ••• .... + ... |

4 Reproduis les cases **a**, **b** et **c**.
Écris les nombres et mets le signe convenable.

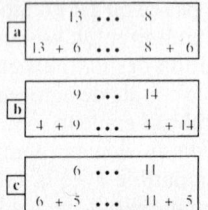

| a | 13 ••• 8 |
| | 13 + 6 ••• 8 + 6 |

| b | 9 ••• 14 |
| | 4 + 9 ••• 4 + 14 |

| c | 6 ••• 11 |
| | 6 + 5 ••• 11 + 5 |

Les malheurs de Sophie

haut). Mais il va de soi que ce n'est pas comme ça qu'on peut le présenter aux enfants. N'empêche. C'est **comme ça** qu'on le présentera aux enfants. Pas en paroles, mais en actes, jugez plutôt (voir page ci-contre).

Une seule page du livre de Sophie concentre sur les nombres naturels tout le savoir que l'homme de moins en moins naturel a accumulé depuis l'homme primitif qui utilisait les naturels sans le savoir, mais naturellement, jusqu'à celui d'aujourd'hui. Un savoir bon chic bon genre qui s'acquiert en inscrivant le nombre qui *convient* dans chaque case (a), en exprimant les nombres inscrits dans les cases rouges sous la forme des sommes *convenables* (b) et en recommençant pour les cases vertes avec toujours les sommes *convenables* (c). Il convient aussi, à partir des cases rouges et bleues, de constater la commutativité, à partir des cases vertes de constater l'existence d'un élément neutre. Il convient d'encaisser poliment l'agressivité redoublée de cet élément neutre en complétant du plein avec du vide, et en trouvant ça tout naturel.

Bien qu'issue d'un coup de dés, l'associativité n'est pas, comme vous le voyez ici, laissée au hasard. La relation d'ordre, et sa compatibilité de bon aloi avec l'addition non plus, les signes convenables en rendront compte.

Vous voyez, tout est bien là. Que les enfants soient hors du sens importe peu. Ce sont des enfants — s'ils ne savent pas ce qu'ils font, il suffit qu'on le sache en haut lieu. Ce qui importe, c'est que le moindre académicien des Sciences puisse embrasser d'un seul coup d'œil sur cette page aux fraîches couleurs d'enfance les grâces un peu molles mais convenables de cette structure naturelle des naturels, et se sentir aussi à l'aise — bien qu'attendri — à s'imaginer en culottes courtes sur les bancs du CE1 que siégeant à l'Académie.

Mais la réciproque ne semble pas être vraie. Les enfants, déjà pas à l'aise sur les bancs du CE, ne semblent guère pouvoir prendre le chemin de l'Académie pour discuter avec ses occupants de l'esthétique de $\mathbb{N}$. Mais à défaut d'avoir les moyens de cette discussion-là, ils ont peut-être, par leurs actes, ceux de les faire réfléchir sur le *sens* que peut avoir une entreprise de transmission du sens quand elle produit les effets qu'elle produit. Effets dont le sens devrait être à la portée d'un académicien moyen.

Comment un enfant du CE1 poserait-il des questions sur le *sens*, c'est-à-dire sur la raison d'être des choses qu'on lui fait faire, quand ces choses sont ressenties, obscurément, comme inutiles ou absurdes ? L'insolence supposée que représenterait cette mise en cause explicite est remplacée par l'insolence des réponses : il s'agit bien sûr de celles dont nous cherchons à comprendre ce qu'elles veulent dire, telles que le $5 + 2 = 3$ avec ses répétitions insistantes, et puis aussi le $2 + 0 = 2 + 0$, le $21 = 2 + 1$, etc., et puis le « paquet » du numéro 11, qui carrément m'a fait beaucoup rire. J'ai tout entouré de piquants, mais Sophie était un peu désarçonnée de la gaieté qu'elle provoquait. Forcément, quand une si petite fille dit, à sa façon, merde à tout un système d'enseignement, c'est drôle.

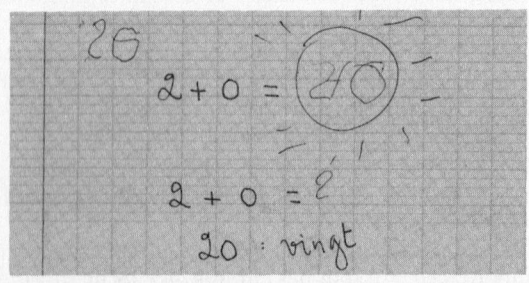

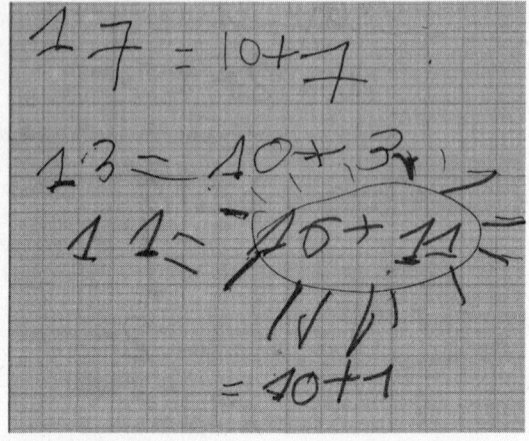

Les malheurs de Sophie

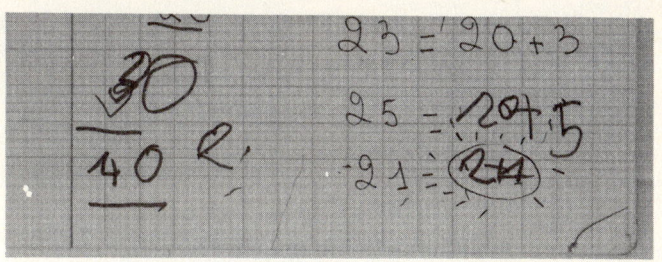

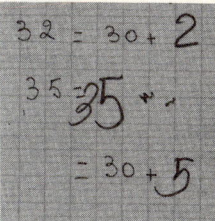

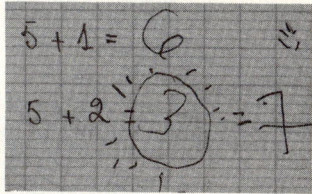

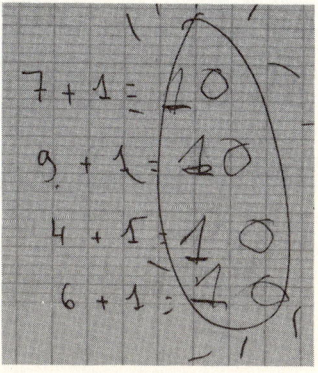

312 *De l'enfance malheureuse du sens*

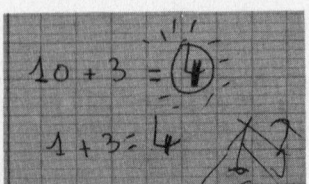
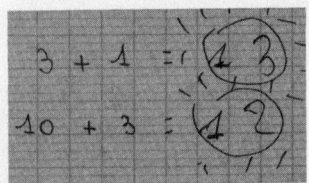
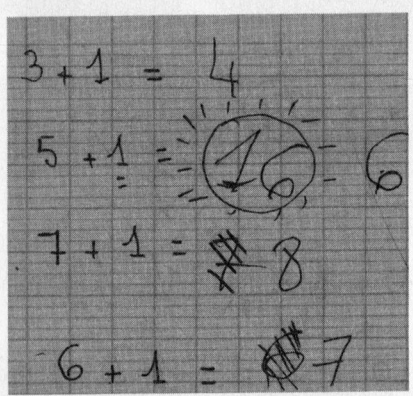
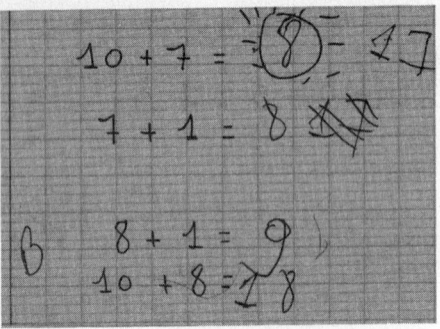

La bêtise pédagogique, c'est un système, déjà, dans lequel la langue en tant que telle est niée, langue numérale y compris. Soit. C'est déjà bien ennuyeux nous l'avons vu, et lourd de conséquences qui peuvent être dramatiques.

Mais supposons qu'un enfant « s'en sorte », et arrive à écrire les nombres. Cette activité a encore un *sens*, malgré les difficultés et les échecs éventuels, dans la mesure où elle est encore activité de langue : écrire en numérique, c'est *traduire* du numéral, et le numéral, même infirme, même réduit à l'ordinal, ça a encore du sens.

Ce qui est beaucoup plus ennuyeux, c'est que la langue numérale soit niée *aussi* en tant que langue *déjà* mathématisée, c'est-à-dire constituée à partir des deux opérations « structurantes » que sont l'addition et la multiplication. C'est qu'en effet la langue opère et calcule, et rien qu'à l'utiliser on additionne et multiplie avec elle comme M. Jourdain faisait de la prose, sans le savoir.

Plutôt que d'apprendre que la prose est de la prose, un moyen serait de faire parler le sujet en vers, pour lui apprendre, *après*, que la prose est ce qu'elle est. C'est à peu près les extrêmes où mena le mathématisme des années de la réforme : d'*abord* les ensembles, *puis* les bijections entre ensembles, *puis* les cardinaux, *puis* la réunion des ensembles menant à... l'addition. Ce plan valable de 7 à 77 ans a les avantages suivants :

« *a*. Les propriétés de l'**addition** des entiers naturels résultent alors très simplement de celles de la **réunion**. N'est-ce pas simple, clair et précis ?

« *b*. Un autre avantage : les propriétés de l'addition ne se déduisent pas de la numération, c'est-à-dire de la façon dont on écrit les entiers. Pourquoi est-ce un avantage ? Parce que, lorsqu'on écrit 25 (dans le système à base dix), cela signifie $(2 \times 10) + 5$, c'est-à-dire que l'on connaît déjà l'addition et la multiplication !

« Pourquoi s'étonner alors que, dans la présentation classique, le jeune ''élève'' ne s'y retrouve pas [1] ? »

L'ennui c'est que la présentation moderne n'ayant pas mieux permis au jeune élève de s'y retrouver, les réunions d'ensem-

---

1. Paul Vissio, *Aujourd'hui les mathématiques*, initiation, Paris, Bordas, 1972.

bles ont disparu, prohibées par les nouveaux nouveaux programmes. Mais on n'en continue pas moins de préférer ne rien savoir du savoir déjà en place *dans* la langue, et donc dans l'entendement, qui permettrait de construire du sens *dans* du sens, d'utiliser une dynamique déjà en place qui fournit en bien des cas des réponses avec des sommes existantes et précalculées, et qu'il n'y a donc plus qu'à cueillir à l'oreille, et donc à l'entendement.

C'est quand la langue ne calcule pas « toute seule » qu'il faut donc faire, soi-même, le travail, et il apparaît alors comme nécessaire, et il y en a, bien sûr : mais on est en terrain déjà connu, et, **surtout**, ce connu, reconnu, ne viendra pas s'interposer comme il le fera s'il est méconnu. Entre une « extrapolation », une « reprise-extension » d'un savoir déjà en place, et un savoir « présenté » comme nouveau, il y a la différence qui consiste à travailler *avec* l'entendement, ou *contre* lui.

Le déjà-savoir de l'addition est donc contenu dans le principe de juxtaposition des mots numéraux — comme celui de la multiplication est contenu dans le « comptage par ». Et si on ne commence pas par élucider ce qui se passe là, ce principe de juxtaposition va venir obscurcir les autres processus, non perçus comme *autres* dans leur signification.

C'est bien ce qui se produit d'une manière générale : des vacillements, des hésitations sont perceptibles chez tous les enfants qui « encaissent » l'addition, dus à ce que les tropismes du voir, de l'entendre, ou du dire « combien ça fait », ne sont plus exploités de manière différente, et fonctionnent de manière anarchique. Quand l'addition finit par « prendre », c'est que le « dire » de la comptine a tout envahi, qu'il a rendu sourd et aveugle, et ce sont ces enfants qui « techniquement » savent calculer mais réfléchissent longuement ou demandent à « poser l'opération » pour savoir ce que font soixante plus seize, quand il ne s'agit pas de trente plus huit. Ce sont les mêmes qui sauront plus tard calculer 354 + 432 mais ne sauront pas que trois cent cinquante-quatre n'est autre, déjà, que trois *fois* cent, *plus* cinq *fois* dix *plus* quatre.

Mais pour Sophie, comme pour tant d'autres, l'addition ne « prend » pas comme ça. Le terrain est déjà trop miné, et elle va voir défiler tant de juxtapositions — dont certaines ne seront que les folies d'une pédagogie déchaînée dans la gratuité d'une

Les malheurs de Sophie 315

science bon marché — qu'elle va manifester ce brouillage immédiatement par sa réponse orale à mon « un plus un » (1 + 1) interrogatif : « Ça fait "onze" (11). » Ces réponses qui apparaissent souvent chez les enfants comme un jeu ou un défi — du genre « deux et deux ça fait vingt-deux » — ne sont pas autre chose que l'expression du malaise produit par un principe de juxtaposition non explicité, non élucidé, non différencié. Pourquoi

	vingt	et	deux	« ça fait »	vingt-deux
et	2	+	2	« ça ne fait pas »	2 2 ?

Pourquoi pas en effet, d'autant que tout est fait pour que l'élève ordinaire du Cours préparatoire et élémentaire y perde son — éventuel — latin, le numéral bien sûr...

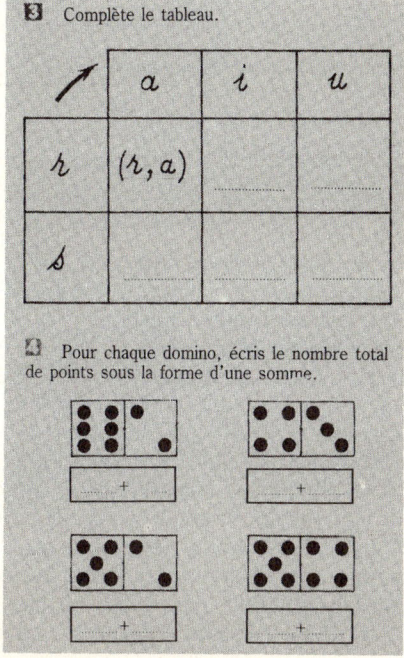

De l'enfance malheureuse du sens

Sophie doit être exaspérée. Alors qu'elle a à peu près réussi à se décider à montrer ses doigts, et des nombres de doigts par la même occasion, et que trente-cinq était bien compris comme « trente et cinq », quarante-trois comme « quarante et trois », voici qu'on lui fait écrire sans la prévenir des « et » qui ne s'entendent plus, ni par l'ouïe ni par la vue. Et des « et » elle en a vu de toutes les couleurs, voyez plutôt.

Là il s'agit d'écrire le nombre *total* de points des dominos. Comment? Sous forme de somme : un ET qui s'explicite par +, mais qui n'aboutira pas.

Quelques pages plus loin, il s'agit d'*observer* les dominos, et d'écrire les couples : procédé de juxtaposition inabouti, et

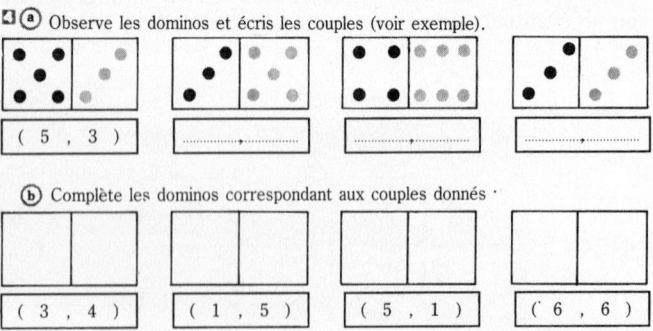

pour cause, il ne s'agit *plus* de somme. Mais la virgule, le croirait-on, suggère aux enfants, par son sens préexistant, l'idée d'accumulation, d'ajout : qu'il s'agisse de propositions, dans le discours, ou de ces textes auxquels ils ont très vite affaire, du genre : Marie, Lucie, Valérie et Hélène vont à l'école... ; ou bien Toto pour son goûter a eu un petit pain, une tablette de chocolat et une banane. Il est bien évident que le sens du dernier « et » est équivalent à celui des virgules qui le précèdent. Donc la virgule a déjà du sens, celui d'une séparation des termes indiquant leur juxtaposition, leur accumulation.

Témoin cette petite histoire, arrivée à Florent, malheureux petit héros de l'aventure déjà racontée dans *Fabrice*, mais pas dans toutes ses innombrables péripéties, puisque celle-ci n'y figure pas : il était question de « traduire » un énoncé qui

Les malheurs de Sophie

comportait, je crois, un prix d'achat ET un bénéfice. Une fois émergés du bourbier prolixe du texte, avec deux nombres figurant côte à côte sur la page du cahier, et dont une pénible analyse de la nécessité où étaient les commerçants de gagner leur vie nous avait convaincus qu'il fallait les ajouter, et face au mutisme du petit Florent qui, ayant cette fois-ci sa mère dans le dos — situation dans laquelle je n'ai jamais accepté de mettre les enfants —, se cantonnait dans un silence prudent, je demande par quel signe on peut traduire ce « et ». Était-ce la nouveauté de la formulation — alors que ce qu'on lui demande d'habitude c'est : « Quelle est l'opération qu'il faut faire ? » —, toujours est-il qu'il commence par répondre qu'il ne sait pas. Crissement des jupes de la maman, qui le fait se raviser, d'autant que pour contrebalancer cette fâcheuse intervention, je lui dis : « Mais bien sûr que tu sais… » Réflexion, battement de cils, et puis timidement… : « Il faut mettre une virgule ? »

Cette fois, la jupe et sa propriétaire, d'indignation, manquent s'envoler au plafond. Événement qui, pour moi, reste lié à la « découverte » du sens de la virgule.

Sens qu'elle conserve dans l'écriture des « nombres à virgule » puisqu'elle sépare et juxtapose, qu'elle conserve dans l'écriture des ensembles donnés en extension : A = {a, b, c, d}. Se pose donc à nouveau la question de la « spécification » des signes par l'écriture mathématique, des signes qu'elle emprunte à la langue ordinaire et utilise en second, problème central dont nous ne cessons de voir qu'à l'ignorer ses effets, soit directs, soit analogiques, sont désastreux. En tout cas, le nombre à deux virgules qui ponctue, littéralement, le décompte des unités successives n'est pas plus scandaleux — ici en sixième — que les deux nombres sommés par une virgule : il suffit de recueillir le sens produit, de le légitimer puis faire apparaître ce qui de cette écriture ne convient pas en vue de la signification recherchée — équivocité, ambiguïté ou parfois pur arbitraire — et d'en proposer une sur laquelle s'est établi un consensus. L'écriture « erronée » s'évacue alors dans une parfaite sérénité, et ne laisse de traces que dans mes carnets, qui me servent de mémoire. Car sinon je ne pourrais qu'oublier toutes les inventions d'écritures auxquelles j'assiste tous les jours.

Ici, le pédagogue va abonder dans le sens de la virgule « et ». Voyez plutôt le tableau page 317 qui jouxte les juxtapositions de nombres : r, virgule, a. Mais qu'a-t-on appris à l'enfant en lui apprenant à lire ? r, a : ra ; r, i : ri ; r, u : ru.

Alors ? Après l'offensive généralisée de tous les processus qui ont alphabétisé les écritures numériques et que nous avons vu sans les avoir pour autant tous recensés, après que les deux places nécessaires à l'écriture d'un nombre à deux chiffres eurent été envahies par des chiffres à signification sans cesse différente, le tout sans aucune nécessité, avec r, a = ra, qui est vrai, avec cinquante et trois cinquante-trois, qui est vrai, avec ⋰ ⋱ (5,3) qui ne veut *pas* dire cinq et trois mais qui le dit quand même, et qui plus est reproduit un 5 rouge et un 3 bleu comme les écritures de dizaines et d'unités, avec la non-explication des juxtapositions de mots qui ne produisent pas des juxtapositions de chiffres, la non-explication des juxtapositions de chiffres qui ne produisent pas des juxtapositions de mots, l'absence de tout signifié numérique, l'insistance à assimiler le « et » à une virgule, etc., eh bien voilà

$$5, 3 = 5 \text{ et } 3 = 5 + 3 = 53,$$

il est inévitable que les compositions ou décompositions de nombres ne se fassent pas sur le mode de la juxtaposition ou séparation de ses constituants : deux signes côte à côte — comme deux lettres, ou deux mots côte à côte — tout un assemblage, lequel se désassemble comme il s'est assemblé. D'où :

$$21 = 2 + 1 \quad (6)$$
$$24 = 2 + 4 \quad (7)$$
$$1 + 3 = 13 \quad (13)$$

Mais comme, de plus, on aura fait « constater » que $5 + 3$ et $3 + 5$ c'est la même chose, on bénéficie d'associations plus subtiles :

$$3 + 1 = 13 \ (17)$$
$$7 + 1 = 17 \ (20)$$

Les malheurs de Sophie

Toutes ces avanies faites gratuitement à l'entendement d'un enfant, vous le voyez, coûtent cher au sens. Mais celles qu'on va lui faire pour *rien*, pour le *rien du tout* du cardinal, pour l'absence à être de l'ordinal, on ne pourra pas dire que c'est rien : on pourra constater au contraire qu'elles vont finir de faire basculer tout dans rien, tout anéantir de ce qui restait des miettes du sens, tout annuler. Ce rien du tout, c'est bien sûr le zéro.

7

« **Nous aurons à nous deux de l'esprit pour quarante, vous comme quatre et moi comme zéro.** »
Bouttlers (à une dame qui lui demandait pourquoi il n'était pas de l'Académie).

Le zéro est déjà bien malade à être alphabétisé par l'écriture non élucidée des 10-dix, vingt-20, et encore plus pour s'être retrouvé en tant que un-zéro du « 10 » de 3, 4 ou 5 : sa fonction de *marquage* d'une case vide n'est évidemment pas perçue. Elle risque de ne pas l'être pour un moment, tant que sa nécessité d'être n'apparaît pas.

Eh bien, ce que la pédagogie imagine de plus subtil et de plus scientifique, c'est, après avoir extrait la notion de nombre de collections plus ou moins nommables d'objets, mais d'objets *visibles* parce que dessinés, ou tangibles parce que manipulés, c'est de faire voir l'invisible aux enfants et de leur faire toucher l'inexistence du doigt. Beau projet métaphysique dont vous avez vu les fastes se déployer plus haut. Il va de soi que zéro *est* un nombre : c'est le nombre, évident, de bateaux à voile blanche, dont il est évident qu'il faut se demander combien il y en a : c'est le nombre, évident, d'objets inexistants auxquels on fait une place toute naturelle auprès d'objets, eux, existants.

Donc il est tout aussi naturel d'additionner zéro à n'importe quel nombre, et de « constater », « sommes convenables » à l'appui, que c'est comme si on n'avait rien fait. Ce qui, en mathématiques, est vrai, mais dans la pratique est faux, parce

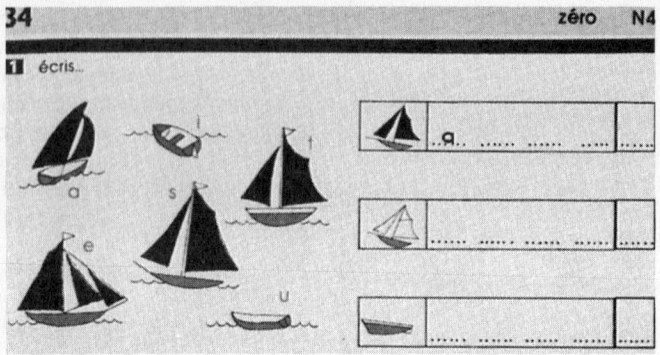

que ce zéro qui tombe du ciel sur la tête des élèves sans même être mûr fait de sacrés dégâts.

Est-ce que c'est *neutre* de demander de compléter 3 pour « faire » 3 ? Qu'est-ce qui peut bien rendre sensible la nécessité de concevoir 3 comme étant égal à 3 + 0 ? 5 francs, ça fait donc une pièce de 5 francs *plus* une pièce de zéro ? 3 jetons ça fait un tas de 3 jetons et un tas de zéro ? Ça se voit où, les tas de zéro objets ? Et pour les bâtonnets ? Les radis ? Les perles ? La perle, en fait, est là : ne pas savoir, quand on est chargé d'enseigner, que le zéro nombre, onto- et phylogénétiquement, est un concept limite, à manier avec précaution, et que, loin d'être le premier nombre, il serait plutôt, si je puis dire, le dernier à pouvoir être conçu. Il pourra être conçu dans une nécessité à être qui lui fera accorder le statut de nombre, assorti cependant d'un sentiment de réserve dû au fait qu'il n'est pas un nombre comme les autres. On n'imagine pas le soulagement ressenti par les élèves de sixième quand on leur annonce que zéro n'a pas toujours été considéré comme un nombre, « naturel » de surcroît : vous voyez, vous, l'homme primitif s'en retournant bredouille dans sa caverne conjugale et racontant à sa femme primitive qu'il rapporte de la chasse zéro bison... Si les bisons étaient déjà futés, les hommes ne l'étaient pas encore assez pour désigner le rien par quelque chose.

Additionner sans nécessité un zéro créé lui-même sans nécessité à un nombre quelconque, c'est déjà hypothéquer toute la procédure. Mais demander aux enfants — exiger d'eux — de

Les malheurs de Sophie

décomposer un nombre en deux *parties* dont l'une serait faite de rien, comme dans cette page, où ça commence à 1, 1 = 0 + 1, et 1 = 1 + 0 (on regrette que les auteurs n'aient pas eu le courage de leurs convictions et n'aient pas commencé par décomposer le *premier* nombre, zéro, en 0 = 0 + 0), c'est vraiment taxer toute cette activité oiseuse de nullité.

2 Écris de toutes les façons possibles chaque nombre donné sous la forme d'une somme de *deux nombres* (voir exemples).

1	2	3	4	5	6	7	8	9	10
0+1									
1+0									

La nécessité de prendre en compte le rien, elle est ailleurs, et si on ne le fait pas, le drame que représente la dualité numéral-numérique touche ici à la tragédie. Supposons donc que zéro ait quelque raison d'être : zéro, 0 ; un mot parlé, deux signes écrits. Les deux se lisent, se disent, et l'équivalence se fait entre les deux signifiants, comme entre trois et 3.

Mais pour zéro, 0, voyez ce qui se passe.

0 : il va s'écrire, sans se dire, dans 20, 30, etc.

Zéro : il va se dire sans s'écrire, dans le calcul :

de 3 + 0 = 3 (trois plus zéro égale trois)

ou de 0 + 3 = 3 (zéro plus trois égale trois)

et, pire, de 10 + 0 = 10 et 0 + 10 = 10.

Si donc zéro tombe du ciel sans aucune raison d'être, zéro, signe évanouissant sous sa forme, soit sonore, soit graphique, zéro produit des angoisses relatives à sa propre existence, et par contagion, à ce qui s'évanouit, disparaît à la vue ou à l'ouïe, en particulier le dix-10, qui devient neutre, lui aussi, ou se «décompose» en deux éléments neutres, le 1 et le 0.

La certitude tautologique de la simple réécriture

$$2 + 0 = 2 + 0 \qquad (4)$$

est là pour contrebalancer l'incertitude de ce qu'il faut répondre : 2, ou 20 ?

$$35 = 35 \qquad (8)$$

en fin de séance, est là pour les mêmes raisons, alors qu'on essaie de restituer ce qui s'entend — mais hélas ne se voit pas — dans 29, 32 (soit 20 + 9, 30 + 2), et ce zéro évanouissant est bien plus angoissant à ramener de soi-même dans l'écriture. Ce qui explique aussi les « décompositions » de 21 et 24 en 2 + 1 et 2 + 4, déjà vues plus haut, qui sont du même jour.

Le zéro évanouissant produit :

$$10 + 3 = 4 \quad (12)$$
$$10 + 7 = 8 \quad (19)$$

Le dix et le un éléments neutres produisent :

$$11 = 10 + 11 \quad (5)$$
$$7 + 1 = 7 \quad (15)$$
$$6 + 1 = 6 \quad (16)$$

et par « transitivité », dix et un se confondent, d'où :

$$5 + 1 = 16 \quad (14)$$

Je n'ai pas très bien compris le :

$$10 + 3 = 12 \quad (18)$$

mais pour ce qui est du « paquet » du 11, il correspond à ce que j'ai dit plus haut : une exaspération produite par une activité répétitive, obsessionnelle, sans nécessité, sans signification, consistant à manier des signes sans signifiés : Sophie faisant ce jour-là la « décomposition du 10 ». Façon comme une autre de me l'annoncer.

Car entre-temps on travaillait. Avec de bons, ou fort bons résultats, qui lui valaient des « bien » et des « très bien ». Les erreurs de Sophie relativement ou complètement incompréhensibles dans le contexte restreint de notre travail étaient, par la façon dont une petite fille plus qu'intelligente faisait la bête, une manière de me faire savoir ce qu'était sa pâtée quotidienne, dont il devenait manifeste qu'elle était, pour le moins, indigeste.

Alors, ce 5 + 2 = 3, c'est, pathétiquement, une façon de traduire toute l'absurdité, la gratuité, le non-sens déjà mis en place par l'école. Ah, l'ensemble des naturels muni de l'addition est un monoïde commutatif pourvu d'une relation de bon ordre compatible avec ladite addition — voyez ici comme un zéro inexistant doit être déclaré et noté *plus petit* que 1, etc. — eh bien, soit. Apprenez ce qu'il en est pour Sophie de l'essence de ce monoïde : pour un magma associatif, c'est un magma associatif, il regorge d'éléments neutres, et tout s'associe et tout se noie dans une indifférenciation qui ne marque plus, à partir

Les malheurs de Sophie

3 observe et continue...

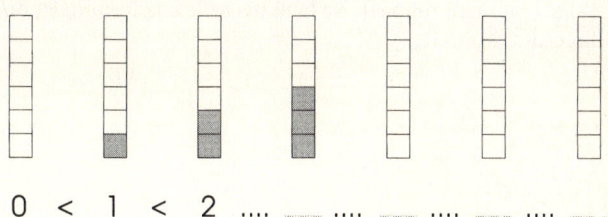

de l'abolition du sens, que la survie du procédé. L'addition, présentée comme nous l'avons vue, dans l'ensemble des naturels tels qu'ils sont apparus dans l'écriture et le sens, les munit donc de cette structure unique qui fait que :

si $a + b = c$, alors $b + c = a$, $a + c = b$,

avec, bien sûr, $b + a = c$, $c + b = a$ et $c + a = b$ pour cause de commutativité.

Si on ne perdait là que la structure du monoïde, ce ne serait pas grave. Mais le naufrage du monoïde, qui est celui de l'enseignement du numérique, entraîne, hélas, celui du numéral, et là les dommages subis sont autrement plus graves.

Si deux, si quatre n'ont plus de sens, que devient l'essence du sens ? Que deviendra l'aussi clair que deux et deux font quatre ? Si deux, si quatre, si cinq, si dix n'ont plus de sens, si les mots de la langue dont la garantie de sens était incarnée ne garantissent plus rien, comment se fier à *quelque mot que ce soit* de la langue ? Comment réagir autrement que par l'angoisse, la révolte, le refus, l'inertie ou l'indifférence ?

Peut-être que maintenant que vous avez constaté avec quelle gigantesque entreprise de destruction du sens se confondait le « projet » de scolarité mathématique, et comment cette destruction du sens pouvait toucher, atteindre le noyau du sens ailleurs qu'en mathématiques, dans le lieu même de la langue « ordinaire », comment cette entreprise entreprend l'enfant dès son entrée à l'école et ne le lâche qu'à la sortie s'il n'a pas lâché avant, peut-être que maintenant vous comprenez comment sont rendus fous des enfants qui ne sont pas fous, comment peuvent tous les jours être produites des milliers de réponses folles, et comment on peut, de la maternelle à la terminale, donner l'âge du capitaine.

CONCLUSION

L'épreuve du vide, ou à la recherche du sens perdu

1 L'ordre du vide.
2 La consistance du vide.
3 L'horreur du vide.
4 Zéro annule tout.
5 Zéro n'annule rien.
6 Les vraies questions.

1 « La nature a horreur du vide. »

Alors voilà. Si la vérité sort de la bouche des enfants, la vérité que révèlent les erreurs enfantines en mathématiques est d'une sévérité absolue : des centaines de milliers d'élèves, dont les têtes bien que et parce que déjà pleines de vu et d'entendu ne demandent qu'à être ornées et emplies de savoir, sont plongés malgré eux dans un vide conceptuel qui désemplit les têtes de ce qui s'y trouvait déjà « sans rien mettre à la place », détruit le rapport de confiance qu'ils avaient à leur propre langue, et les met au mieux dans un état d'indifférence par rapport au savoir, au pire dans un état de révolte.

Quand on ne fait pas de grande école ou de fac de maths, que sait-on de mathématique, six mois ou un an après sa sortie de l'école, du collège ou du lycée ? Que sait-on *des* mathématiques ? Que reste-t-il des définitions et formules apprises par cœur, des exercices faits et refaits ? Où sont passés tout ce temps, cette sueur et ces larmes ?

Rien. Il ne reste rien de tout cela. Car on ne peut guère trouver à l'arrivée que ce qui se trouvait être au départ, c'est-à-dire rien, le vide, un enseignement qui ne s'adresse à personne, ou du moins pas à ceux qui sont là pour apprendre, et qui non seulement ne parvient pas à surmonter l'asservissement mental, le carcan magique mis en place depuis Pythagore, mais qui ne fait que le renforcer. Avec Pythagore à un bout, et Bourbaki à l'autre, la tradition est maintenue de l'enseignement-religion qui sacrifie le libre fonctionnement d'un entendement à la récitation d'un catéchisme formel et rituel, à la docilité, à la simulation du sens — ceci pendant que les grands prêtres se marrent dans leur coin.

Car ils se marrent. Voyez plutôt ce qu'il en est des exemples donnés par Bourbaki dans les *Éléments*, ouvrage requérant pour être lu « quelque contention d'esprit [24] », exemples que le lecteur attend anxieusement pour rafraîchir un entendement asséché par l'aridité de la théorie. Donc pour illustrer la notion de fonction :

« L'ensemble vide est un graphe fonctionnel ; toute fonction dont le graphe est vide a pour ensemble de définition et pour ensemble des valeurs l'ensemble vide ; celle de ces fonctions dont l'ensemble d'arrivée est vide [autrement dit la fonction ($\emptyset$, $\emptyset$, $\emptyset$)] est appelée la fonction vide [1]. »

Comment appelle-t-on la fonction qui *fait* le vide dans les têtes, par mathématiques interposées ? Le mathématisme, ici dans le rite bourbakiste ? A-t-on vraiment affaire au comble de l'intelligence, au comble de la bêtise, ou au comble du vide ?

Mathématisme et psychologisme ont entraîné l'enseignement des mathématiques dans un vide conceptuel dont il aura du mal à se remettre : vingt-cinq siècles de croyance que ce savoir tombe du ciel directement dans la tête de quelques sujets privilégiés, plus quelques décennies de prolifération puis d'hypertrophie de cette fausse science qu'est la « psychologie cognitive », et on a affaire au vide, au nul, au néant.

Et à l'hécatombe. L'invention de cette absurdité qu'est « l'esprit logique » a certainement contribué à décimer plusieurs générations d'enfants parfaitement doués pour faire des mathématiques, mais dont on exigeait d'eux qu'ils se comportassent selon un modèle inexistant.

---

1. Nicolas Bourbaki, *Éléments de mathématiques*, Paris, Hermann, 1970, E, II, 14.

Conclusion

Il est tout à fait stupéfiant de constater que cette alliance du mathématisme et du psychologisme triomphe aujourd'hui avec, à son actif, des monceaux de victimes, et qu'elle n'est pas remise en question. Que l'on continuera à faire « faire » des choses aux enfants en « éliminant le langage » pour être sûr d'être compris d'eux d'une part, et de tester au plus près leur « esprit logique » d'autre part. Que l'on continuera d'exposer des mathématiques dans une langue inaccessible à l'entendement et comme un savoir achevé, un savoir bête et qui em-bête, où tous les objets sont rangés, époussetés, mis en ordre : l'ordre zéro, l'ordre un…, petitazéro, petibézéro, … petitaun, petitbéun…

Comment est-il encore possible d'ignorer aujourd'hui qu'une logique, quelle qu'elle soit, n'existe pas en dehors d'un discours dont elle peut au mieux être un type d'armature ? Comment ne s'est-on pas aperçu que les « consignes minimales » que l'on donne aux enfants n'éliminent « le langage » que de la bouche de celui qui l'énonce, et non de la tête de l'enfant, qui ne fera que ce que son entendement lui *dira* de faire, à travers ce qu'il aura entendu qu'on lui aura dit de faire ? Il y a *toujours*, dans une tête qui fonctionne, de la parole qui résonne. Et voici à ce propos une bien jolie histoire — dont je ne sais malheureusement plus qui l'a racontée « dans le poste » au sujet d'un film tourné sur Tintin. Un petit garçon interrogé sur ce qu'il en pensait par Hergé lui-même lui aurait répondu : « C'est très bien, ça m'a beaucoup plu, mais le capitaine Haddock, *il a pas la même voix que dans le livre.* »

La psychologie a entraîné l'enseignement des mathématiques dans le vide parce que, au vide de l'esprit logique inexistant, elle a sacrifié le plein de l'entendement dont elle n'a pas idée, ce qui est ennuyeux parce que c'est tout ce dont le sujet parlant dispose pour apprendre, et qu'il n'y a donc guère autre chose à prendre en compte pour enseigner.

C'est *avec* la parole qui résonne, dont on s'est assuré qu'elle a bien été *entendue*, qu'on peut susciter, faire élaborer ou produire la parole qui raisonne, le discours dont *les* logiques se mettront au service d'*une* logique, quelle qu'elle soit. De même qu'il est prouvé qu'à la naissance tout sujet est potentiellement apte à parler n'importe quelle langue, mais qu'aussitôt qu'il s'est parlé au-dessus de son berceau du finnois, de l'hindi ou du volapük des déterminations sont en place qui le rendront apte à parler finnois, hindi ou volapük, de même, une fois la détermination langagière en place, c'est une organisation du sens qu'apporte une langue, une «topotropie» de la pensée, mais *dans* cette organisation, *dans* l'ensemble des directions que peut prendre la pensée à partir de l'ensemble des lieux de cette langue se trouvent potentiellement inclus les modes de penser *tous* les savoirs. On ne pense pas en français comme en anglais, mais les deux langues permettront aux petits Français ou aux petits Anglais de penser tout court, et donc de penser l'histoire, la botanique, la physique, l'archéologie ou les mathématiques. Si un sujet, un jour, pense «en philosophe», ou «en physicien», ou «en historien», c'est précisément parce qu'il aura surdéterminé son mode de pensée pour avoir longtemps et constamment exercé sa pensée sur un savoir à la langue, donc aux logiques déterminées.

Il est un peu consternant d'avoir à rappeler de telles évidences, mais on est tellement loin de cette réalité dans l'enseignement des mathématiques qu'on s'y trouve contraint. Et pour essayer de me faire entendre des praticiens des mathématiques je dirai que le «langage mathématique» est une arithmétique du discours tout court qui ne peut trouver sa consistance en lui-même. Pour qu'il y ait pensée mathématique, il faut qu'il y ait pensée tout court, *s'appliquant* aux objets mathématiques, et ceci ne peut se produire hors du champ de la langue, et de ce qu'elle peut ou non donner à entendre.

2

> « Le zéro n'est pas du même genre que les nombres, parce que étant multiplié il ne peut les surpasser ; de sorte que c'est un véritable indivisible de nombre, comme l'indivisible est un véritable zéro d'étendue. » Pascal.

Il est à la fois tout à fait significatif *et* symbolique que l'enseignement saccage une bonne partie de ce qu'il enseigne parce qu'il veut commencer à zéro et par zéro, et qu'il se met de façon ostensible et visible sous le signe du vide.

Une fois, c'est cet enfant qui arrive arrêté par la première question petita d'un exercice de géométrie consistant à mener d'un point A une parallèle à une droite D : petita, donc, granta est *sur* la droite D. Eh bien, en raison du peu de raison de petita, il n'y aura pas de petitbé.

Une autre fois, c'est cet élève de première mis en demeure d'apprendre et de comprendre ce qu'est une limite, et il n'est déjà pas facile de comprendre *pourquoi* la notion de limite se construit *autour* de zéro — « Une fonction f admet la limite zéro quand x tend vers zéro si, etc. » — avec pour premier exemple de fonction ayant pour limite zéro pour x égal à zéro... la fonction nulle [1]. Qui enfante, toute nulle qu'elle est, cinq *autres* fonctions nulles, dont la limite en zéro est également zéro, mais nulle compréhension (voir page 330).

Une autre fois encore, l'étude des fonctions affines amène comme exemple :

« fo : I → $\mathbb{R}$

   x → 0 appelée fonction nulle sur I,

et qui est telle que : $f(x) = 0x + 0$:

fo est à la fois constante et linéaire sur I [2]. »

« Donc elle est affine ? » demande l'élève.

Cette fonction nulle est un gouffre, puisque c'est encore elle

---

1. *Mathématiques*, première A et B, Pierre Louquet, Armand Colin.
2. *Thèmes mathématiques*, seconde, Fernand Nathan.

4° EXEMPLES

a) La fonction nulle définie par :
$$\forall x \in \mathbb{R}, f(x) = 0 \quad (E = \mathbb{R})$$

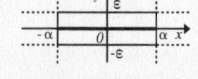

tend vers 0 quand x tend vers 0.
En effet, il suffit de prendre arbitrairement $\alpha > 0$ pour que l'énoncé
$\forall x \in \mathbb{R}, |x| < \alpha \implies |f(x)| < \varepsilon$ soit vrai.

On a le même résultat pour les fonctions nulles définies successivement par :

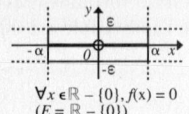
$\forall x \in \mathbb{R} - \{0\}, f(x) = 0$
$(E = \mathbb{R} - \{0\})$

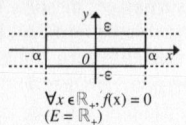
$\forall x \in \mathbb{R}_+, f(x) = 0$
$(E = \mathbb{R}_+)$

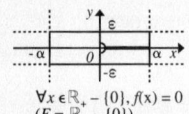
$\forall x \in \mathbb{R}_+ - \{0\}, f(x) = 0$
$(E = \mathbb{R}_+ - \{0\})$

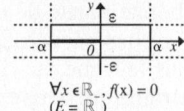
$\forall x \in \mathbb{R}_-, f(x) = 0$
$(E = \mathbb{R}_-)$

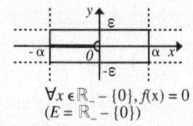
$\forall x \in \mathbb{R}_- - \{0\}, f(x) = 0$
$(E = \mathbb{R}_- - \{0\})$

qui sert de premier exemple de fonction différentiable[1]. C'est toujours elle qui sert de premier exemple-objet d'étude et aussitôt après la définition dans ce cours soigneusement pris, mais incompris, sur les fonctions polynômes.

> II) **Polynôme nul :**
>
> 1) Si tous les coefficients sont nuls la fonction polynôme associée est l'application nulle de $\mathbb{R}$ vers $\mathbb{R}$
>
> $f : \mathbb{R} \longrightarrow \mathbb{R}$
> $\quad\quad x \longrightarrow 0$

Une autre nullité intéressante est celle du vecteur nul, *jamais* justifié dans sa paradoxale existence, et donc traité en zéro sans le moindre scrupule, vous l'avez vu page 11, par un minable à qui l'on aura laissé passer par ailleurs un $\vec{GA} + \vec{GC} = 0$ et qui risque donc de le rester. Là où les choses deviennent particulièrement opaques, c'est quand il intervient comme ceci :

---

1. Je n'ai malheureusement pas noté la référence.

« Les vecteurs $\vec{AB}$ et $\vec{CD}$ sont orthogonaux *lorsque l'un d'eux est nul*, ou sinon lorsque les droites (AB) et (CD) sont perpendiculaires [1]. »

C'est moi qui souligne pour vous, mais le soulignement est inutile pour l'élève qui le fait de lui-même, pétrifié qu'il est par ces *deux* vecteurs orthogonaux alors qu'il n'y en a plus d'abord qu'un seul.

La formulation peut se faire encore plus pétrifiante, parce que plus péremptoire : « On dit qu'un vecteur $\vec{u}$ est orthogonal à un vecteur $\vec{v}$ *si et seulement si l'un au moins de ces deux vecteurs* est nul, ou si, dans le cas où aucun de ces deux vecteurs n'est nul, la direction de $\vec{u}$ est orthogonale à la direction de $\vec{v}$ [2]. »

Vous avez bien lu. Un équivalent de cette définition serait, par exemple, ceci :

« On dit que M. et Mme Dupont ont été unis par les liens du mariage si et seulement si :
M. Dupont est veuf de Mme Dupont,
ou si Mme Dupont est veuve de M. Dupont,
ou si M. et Mme Dupont étant tous les deux en vie, ils disposent d'une fiche d'état civil attestant que... etc. »

On peut faire mieux. Comme $\vec{u}$ est orthogonal à $\vec{v}$ si *l'un au moins* des deux vecteurs est nul, ceci fait qu'ils peuvent l'être tous les deux, c'est-à-dire qu'il n'y en a plus qu'un seul, et même qu'il n'y en a plus aucun, et que ce vecteur absent est orthogonal à lui-même. Premier exemple d'orthogonalité de *deux* vecteurs, dans un livre dont je n'ai, hélas, pas noté la référence, *le* vecteur nul.

Le couteau sans lame auquel il manque le manche, vous trouverez ça en mathématiques. Mais pourquoi le retransformer en instrument meurtrier pour l'entendement, au lieu de s'amuser de cet objet si drôle, quand il apparaît comme une inévitable « excroissance » tératologique — si l'on peut dire — du concept *normal* ?

$\vec{AB}$ et $\vec{CD}$ sont orthogonaux : à la bonne heure, l'orthogonalité inscrite dans le mot (du grec *orthos*, droit, et *gonia*, angle) et reproduite par le dessin peut faire l'objet d'une définition.

Si A et B, progressivement « se rapprochant » l'un de l'autre finissent par être confondus, il se perd incontestablement quel-

---

1. *Mathématiques*, troisième, Sermap-Hatier.
2. *Mathématiques*, troisième, Nathan. C'est moi qui souligne.

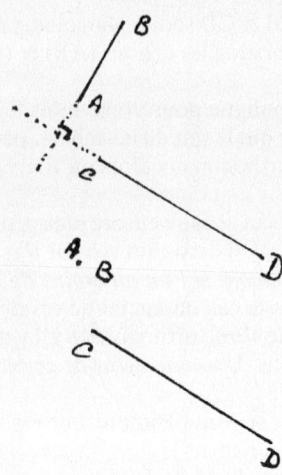

que chose du sens, qu'il faut donc solliciter comme dans tous les cas limites, avec précautions. Cas limites encore beaucoup plus faciles à admettre à partir de l'*écriture* plutôt que du dessin, quand la garantie de l'orthogonalité est celle d'une *formule* (soit celle obtenue à partir des normes $\|\vec{u} + \vec{v}\|^2 = \|\vec{u}\|^2 + \|\vec{v}\|^2$ soit celle du produit scalaire, $XX + YY = 0$) et que cette formule reste vraie si par extraordinaire l'un des deux vecteurs « devenait » nul. Remarque que font parfois certains auteurs hors définition, mais juste après elle et dans le plus grand sérieux. Alors qu'il y a de quoi s'esclaffer, s'esbaudir de ce que, si on prend en compte la définition du vecteur nul *et* de l'orthogonalité, ce vecteur nul, pure créature mathématique hors de tout sens commun, est orthogonal à tout vecteur du plan, y compris à lui-même...

Mais faire porter l'attention, dans une définition et d'entrée de jeu, sur le vecteur nul et, du coup, lui faire porter tout le sens de cette définition — on dit des choses importantes en premier —, c'est vraiment une étrange façon de présenter les choses à quelqu'un qui, ne sachant pas encore que les mathématiques ont une fascination-répulsion pour le nul, le vide, et sont obsédées par son irruption subreptice ou orchestrée dans un texte qui en sera déstabilisé ou exalté, ne verra dans le nul ou le vide quels qu'ils soient que le *rien* dont il se demandera seulement pourquoi il faut le prendre en compte ou le couper en quatre.

Or, s'il le faut, c'est parce que les livres sont écrits par des professeurs à l'intention d'autres professeurs : pour ce qui est des définitions, fini de rigoler. Il s'agit de « couvrir » du savoir mathématique, et non de se faire entendre par l'élève. Imaginez qu'un collègue grincheux, teigneux vienne reprocher à une définition d'avoir négligé de mettre en bonne place et au bon moment le vecteur nul ! Ce serait un livre entier entaché de nullité.

C'est au point que, pour ne rien perdre de sa substantifique-mathématique-moelle, le vecteur-non-nul (c'est pareil pour l'ensemble-non-vide) est devenu une entité porteuse du brouillage caractéristique de la précision inutile, voire maniaque et ridicule. Ce n'est déjà pas rien d'avoir à décortiquer, avant même d'aborder la question posée par le problème, *les questions* soulevées par une formulation telle que celle-ci pour qui ose les poser... : « Soient A et B deux points distincts, et un vecteur $\vec{v}$ non nul, quel est... etc [1]. » — Qu'est-ce que ça veut dire : distincts ? — Ça veut dire que A et B ne sont pas confondus. — Pourquoi ? — Comment pourquoi ? — Pourquoi A et B seraient confondus ? — Eh bien, des fois que tu aurais eu l'idée de ne marquer qu'*un* seul point et que tu l'appelles à la fois A et puis aussi B. — Ah... j'y aurais pas pensé. — En effet... — Et pourquoi y disent que $\vec{u}$ est non nul ? — Eh bien, sans doute pour deux raisons : la première doit être en relation avec la solution du problème, mais on ne s'en apercevra que lorsqu'on l'aura résolu [2]. La deuxième, c'est que tu pourrais, comme ça, décider que $\vec{u}$, c'est le vecteur nul et c'est quand même un cas très particulier... — Ah... Ben non, j'y aurais pas pensé.

On comprend ça. Avec l'énoncé précédent, *personne* n'aurait pensé à faire la figure que voici : •AB
$\vec{u}$

---

1. *Mathématiques*, troisième, Mauguin, n°s 12-39.
2. L'énoncé se termine ainsi : quel est l'ensemble des points M tel que $\vec{MA} + \vec{MB} = \vec{u}$. Mais précisément, pourquoi ne pas laisser $\vec{u} = \vec{0}$ intervenir dans une éventuelle discussion ?

Et tous ces mots inutiles font cette langue lourde comme plomb, qui ne s'adresse à personne. Que pensez-vous, par exemple, de cet énoncé : « Soit $\vec{u}$ un vecteur non nul tel que $\|\vec{u}\| = 2$. On pose..., etc. » ?

Il est bien évident que je ne saurais méconnaître l'importance mathématique de l'ensemble vide, du vecteur nul, du zéro, de la fonction nulle, de la pente nulle, de la courbure nulle, de la puissance nulle... Mais il ne faudrait pas non plus méconnaître les effets *traumatisants* qu'ils produisent sur les entendements quand ils sont assenés en premier, dans l'ordre, cet ordre devant, de plus, être accepté comme *naturel*, alors que la nécessité interne qui les a fait produire comme concepts limites et comme *outils* n'a pas été créée.

Je disais plus haut que le zéro, le nul, le vide étaient significatifs et symboliques de ce qui se passe pour l'enseignement des mathématiques. Et en effet. La façon de les traiter marque bien la méconnaissance où l'on est des questions que pose la transmission de ce savoir : l'ordre zéro du zéro montre bien que ce savoir, bête comme un savoir achevé, est un monument de sens hostile à qui voudrait y entrer ; mais, arriverait-on au zéro de manière récurrente qu'il reste que les formulations *organisées* à partir du zéro, du vide, du nul sont des formulations savantes, qui supposent un travail sur *les* langues, destiné à construire du sens dans du sens. Sinon *elles sont entendues en langue ordinaire*, et annulent le sens.

Conclusion 335

3   « **Il n'y a pas de néant. Zéro n'existe pas. Tout est quelque chose... Rien n'est rien.** »
V. Hugo.

Les « concepts limites », déjà, sont difficiles à encaisser : la nature a horreur du vide, l'entendement des enfants aussi. Tenez, voyez celui-ci pour qui un secteur angulaire ne peut pas être nul, c'est-à-dire réduit à une demi-droite, et dont la question — l'erreur-question — sera annulée par un zéro.

> IV Non, il n'existe pas de secteur angulaire qui est
> une demi droite car un secteur angulaire est toujours
> 0 fait d'au moins deux demie droites.

Avec Thierry, ce sont d'âpres discussions qui ont fini par lui faire admettre les écritures a^1 et a^0. Écoutez plutôt, après que la définition de a^n a été retrouvée-parlée, les mots savants « facteur » et « produit » incarnés dans le sens ordinaire puis repris en langue savante, les opérations dans un « nouvel univers de nombres » où ils seraient tous exprimés par la puissance d'un même nombre de base, a par exemple, explicitées — l'addition étant « proposée » comme la multiplication, l'exponentiation, la division —, et enfin la traduction du produit par la somme des exposants — vue et revue sur divers exemples — rendue parlante sous la forme :
$$a^m \times a^n = a^{m+n}$$
« Je vais te poser des questions un peu curieuses, d'abord, parce qu'on va donc imaginer qu'on vit dans ce monde où tous les nombres s'expriment uniquement en puissances de a, et ensuite parce qu'elles vont se présenter ''à l'envers''. Alors d'abord, suppose que je te demande par quelle puissance de a il faut multiplier a^3 pour obtenir a^5 ? Par quoi remplacerais-

tu mon point d'interrogation ? (j'écris $a^3 + a^? = a^5$).» Le remplacement se fait par 2, sans difficulté. Mais quand je repose ma question : « Par quelle puissance de a faut-il multiplier a^3 pour obtenir a^4 ($a^3 + a^? = a^4$)», alors là, constatez, mon point d'interrogation disparaît sous une rature qui abolit la puissance « y faut pas de puissance ».

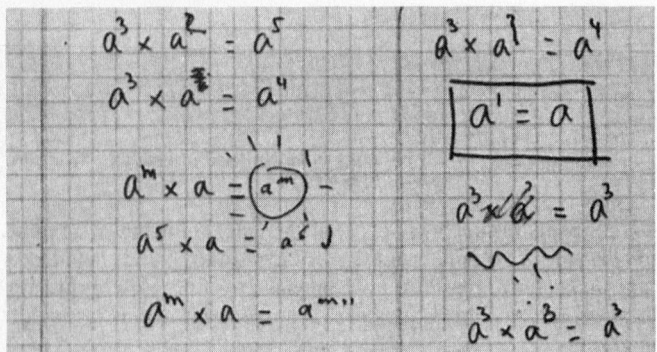

« Bien. Alors je te propose d'effectuer $a^m \times a$. (Ce qui est fait et se voit entouré de piquants.) — Pourquoi, c'est pas ça ? — Tu vas voir. Si on calcule $a^5 \times a$, on trouve ? — a^6. — a^6, ça fait bien *un* facteur de plus que a^5 ? — Oui. — Et pour $a^m \times a$? — Ah oui, aussi. — Donc ? — Oui, ça fait a^{m+1}. — Eh bien, tu vois, si tu n'avais pas massacré mon point d'interrogation, tu ne te serais peut-être pas exposé à cette mésaventure. — Pourquoi ? — Parce que, voilà ce que j'essayais de te proposer : par rapport à la formule générale $a^m \times a^n = a^{m+n}$, *ce que tu avais à effectuer $a^m \times a =$ est comme déséquilibré.* — Oui mais a n'est pas une puissance. — Tu as parfaitement raison (on avait bien insisté sur le fait que l'écriture d'une puissance était le ''le raccourci'' d'un *produit* de facteurs). Pour qu'il y ait un exposant, il faut qu'il y ait un produit, c'est-à-dire au moins ? — Deux facteurs. — D'accord. Mais là, on va déborder la définition parce qu'on veut essayer, je te l'ai dit, de fabriquer ''un monde où on pourrait s'exprimer rien qu'en puissances de a'' et que, dans ce monde, on veut prolonger l'efficacité de la formule. Alors pour que a, tout seul, dans le produit $a^m \times a$ ne produise pas un "trou" par rapport à cette formule, on va lui accorder une puissance bien qu'il n'y ait plus de produit. Ce serait quoi cette puissance ? — Un. — Tu es convaincu ? — Euh... ouais. — Écoute, je suis bien d'accord que si on rencontre a dans une expression comme "$a + b$", ou "$ax + b$", on ne le pensera pas comme a^1. Mais si on a à effectuer un produit comme $a^m \times a$, tu vois que c'est commode... — D'accord. — Bon, eh bien accroche-toi, parce que maintenant ça va être encore plus extraordinaire. Suppose que, toujours dans ce monde peuplé de puissances de a, je te demande par quelle puissance de a il faut multiplier a^3 pour obtenir a^3 ($a^3 \times a^? = a^3$) ? »

Alors là, réaction immédiate, et quasiment violente : mon $a^?$ *et* le signe de multiplication sont littéralement anéantis, au point de provoquer une pseudo-indignation chez moi, que je marque par une sinusoïde et des points d'exclamation.

« Mais tu exagères, tu pourrais essayer de répondre à ma question même si elle te paraît idiote au premier abord ! — Mais... y faut multiplier par rien... Y faut pas multiplier a^3... sinon ça sera plus a^3... »

Convaincre de la nécessité à *être* de a^0, parce qu'on veut, « dans un monde peuplé de puissances de a », disposer d'un élément neutre, eh bien cela ne va pas de soi. Voyez par vous-même : alors que l'on *vient* d'être sensible au fait qu'un facteur de plus se traduit par un changement pour l'exposant il est *impossible* de ne pas « ressentir » ce $a^3 \times a^? = a^3$ comme impossible, du fait de la *présence matérielle* de ce $a^?$ quand il sera remplacé par a^0. Posez-le comme « convention », et les puissances négatives aussi, et vous imposez des écritures magiques, et obtenez une annulation du sens.

Cette annulation du sens, on l'a au sens propre quand la formulation savante utilise donc, **sans prévenir** qu'elle est savante, le nul comme **traduction** d'un discours « ordinaire » ou « semi-savant » qui, eux, sont ou seraient éventuellement consistants pour l'entendement. Pour ne pas nous quitter sur du vide, qui n'est évidemment pas celui des mathématiques, mais celui de la façon dont elles sont depuis trop longtemps enseignées, examinons d'un peu plus près ce qui se passe pour Thierry, Lisa, Christian et une foule d'autres à propos des équations (chapitre 4).

4

> « ... ces opérations algébriques compliquées dont le résultat doit être zéro. » J.-P. Sartre.

> « L'épicier qui pèse quelque chose doit mettre la mesure inconnue d'un côté et la mesure connue de l'autre, tout comme un algébriste. »
> Georg Christoph Lichtenberg.

Il est hors de question que Thierry et Lisa comprennent ce qu'on leur fait faire. Les petites flèches porteuses des opérations à effectuer pour le premier, le plan de bataille immuable pour l'autre sont des agents de paralysie pour l'entendement. Éliminer « tout langage » comme en faire l'instrument d'injonctions dont l'entendement n'aura pas à décider de la *nécessité*, c'est de toute façon être hors du sens. Il reste, pour eux deux, que ces approches opposées produisent le même effet, une mécanique fragile où le seul « voir » tient lieu de tout, comme pour cet élève qui me disait « savoir » résoudre des équations et qui face à :
$$13x - 5 = 3x$$
dit que, ça, il ne sait pas. Ce qu'il savait, c'était résoudre :
$$13x - 5 = 3x + 2.$$

Automathes donc, aux performances limitées et menacées par la première forme « pas pareille », la première « formulation » pas pareille. Soit. On appelle ça des « savoir-faire ».

Christian, en revanche, semblait avoir compris quelque chose à la résolution de l'équation (du premier degré) peut-être parce qu'il avait pressenti ce qu'*était* une équation. Son insistance à parler d'équilibrage (p. 105) dans une langue nouvelle, mixte, mais parfaitement compréhensible (le « on ajoute 3^{-1} », le « 3 que $\times \frac{1}{3}$ », le « 6 que $\times \frac{1}{3} = 2$ »), ses vérifications minutieuses ponctuées de « donc » montrent à l'évidence qu'il a compris qu'il fallait trouver une valeur de la variable pour que l'égalité soit « équilibrée », c'est-à-dire vraie. C'est suffisamment peu courant pour être souligné.

Conclusion 339

Alors que se passe-t-il pour lui et pour les autres à un moment donné ? A un moment donné, en effet, l'automathe perd ses automathismes, et celui qui comprenait, sa compréhension. Ce moment, qui marque une régression *généralisée* pour la masse des élèves, et dont les professeurs n'ont pas pu ne pas s'apercevoir même s'ils ne savent pas à quoi l'attribuer, c'est, inéluctablement, que cela se manifeste de façon voyante ou pas, celui du « égale zéro ».

Si je pouvais risquer une métaphore — de plus — je dirais qu'une des « pièces » principales de l'entendement est une sorte d'organe jouant le rôle de filtre. On ne perçoit pas l'existence d'un filtre, ou d'un filet quand le liquide, le fluide s'écoulent et passent. Mais si l'un ou l'autre retient dans sa texture ou dans ses mailles quelque matière ou créature, son existence est, pour ainsi dire, prouvée. Eh bien, quand le sens d'une formulation, d'un texte traverse cet organe-filtre sans être retenu, on appelle cela la compréhension. On ne saura rien de ce qui s'est passé *au-delà* du filtre, de la ré-action du sens ancien déjà en place au sens nouveau, de leurs modalités de coexistence, des concentrations, des agglomérats, des phagocytages qui se seront produits. Mais quand le sens est *retenu* par l'organe-filtre, organe vivant et rétractile, qui se sera resserré sous l'effet de quelque agent astringent, eh bien il se produit des erreurs : phénomènes identiques à ceux de la compréhension, mais qui se produisent *sur* le filtre, au lieu de se produire au-delà.

Belle occasion pour en savoir sur le savoir, et se rendre compte de l'effet constricteur d'une langue savante utilisée sans précaution parce qu'on ne sait pas qu'elle existe en tant que telle. Alors, il n'y a qu'à constater : le « égale zéro » ne passe pas.

Écoutez-le, cet entendement qui proteste : P_1, P_2, P_3 étant des polynômes, il veut bien s'attaquer à la résolution de $P_1 = 2 P_3$ — sans y parvenir puisque $x^2 + x^2$ « fera » $2x^4$, mais enfin... Il veut bien, aussi, essayer de résoudre $P_2 = P_1 + 3 P_3$, comme vous l'avez vu, page 77, avec les aléas que

---

On donne les polynômes :
$P_1 = 2x^2 - 3x + 4$
$P_2 = 5x^2 - 7$
$P_3 = x^2 - 3x + 13$.

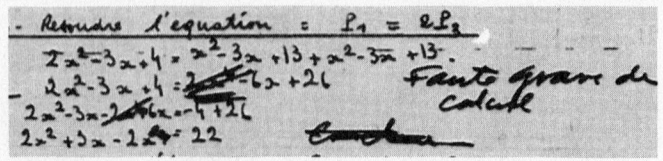

comportent les calculs. Mais résoudre $2\,P_1 + P_2 = 0$, ou $P_1 = P_3 = 0$, *impossible*, dit-il.

Que ce soit sous sa forme scolaire — celle-ci —, sous forme mondaine : « Ah vous faites des maths, alors dites-moi, est-ce que $ax^2 + bx + c$ est toujours égal à zéro ? » — , ou révélé par un humoriste qui pouvait s'en amuser « du dedans », et qui exprime par la bouche de Scholastique, servante du savant Cosinus, ce que « le bon peuple » pense, qui « n'arrive pas à comprendre l'utilité qu'il peut y avoir à écrire des tas de choses pour arriver à mettre dans le bout : = 0 [31] », les preuves sont là de ce que ce « égale zéro » ne passe pas.

C'est « en 1631 que l'Anglais Thomas Harriot [1] eut l'idée ingénieuse de mettre toute équation sous la forme d'un polynôme égal à 0 : idée féconde car elle conduisit Harriot au théorème suivant que nous pouvons appeler aujourd'hui le théorème de mise en facteurs : si a est une racine d'une équation, $x - a$ est un facteur de polynôme qui représente l'équation. Ce fait

---

1. Thomas Harriot, mathématicien surtout algébriste anglais, 1560-1621. Il s'agit donc sans doute d'une publication posthume.

fondamental réduisit la solution d'une équation quelconque à un problème de mise en facteurs... (...) [13]. »

Ce que pourrait apporter l'histoire des mathématiques à leur enseignement est d'une fécondité et d'une portée considérables et je me propose d'y revenir ailleurs. Mais il est en tout cas un enseignement qu'elle peut facilement apporter à ceux qui enseignent, et qui est dans la fameuse comparaison des relations onto- et phylogénétiques d'accès à un concept.

Quand un concept a mis du temps, ou beaucoup de temps, à émerger historiquement, **et** qu'il n'est pas tombé dans le savoir commun, c'est-à-dire n'a pas trouvé la possibilité d'être exprimé dans la langue commune, il résistera aux sujets, et nécessitera pour être entendu d'eux les sauts qualitatifs requis par l'accès à la formulation savante, et donc à son sens. Par exemple il n'en va pas de même pour les nombres irrationnels et les nombres négatifs, ceux-ci étant dans le savoir commun, et les premiers, non, et il n'en va pas de même pour les équations « ordinaires » et celles — même si ce sont les mêmes — qui se servent du « $= 0$ ».

« Ce fait fondamental », cette autre façon de dire les choses a mis près de trente siècles à se trouver, puisque l'algèbre babylonienne (XVe siècle avant Jésus-Christ) ne connaît pas le zéro, et que trois « géants » de l'algèbre, Diophante le Grec (IIe siècle), Al Howarezmi l'Arabe (IXe siècle), François Viète le Français (1540-1630) n'y avaient pas « pensé ». Ce qui mérite quelque attention.

Le signe = renvoie de par les langues qu'il met en jeu — pour nous, celle de tout le monde, la commune, et celle de la communale, c'est-à-dire de l'école primaire — soit à un sentiment d'équilibrage, de « balance », soit à celui de l'aboutissement d'un calcul : autrement dit à une signification soit statique, soit dynamique.

Dans le premier cas, l'idée d'équation peut souvent être comprise « en gros » — c'est le cas de Christian —, dans le second, elle bloque l'accès à toute la procédure d'équilibrage, précisément, équilibrage auquel l'algèbre doit son nom : *al gabr*, premier mot du livre d'Al Howarezmi qui veut précisément suggérer l'idée de remplissage, raboutement, ré-équilibrage...

Quand on écrit... $= 0$, la première notion s'évanouit, l'équilibrage n'a plus de sens — il n'y a plus de matière à équilibrer —

et il ne reste plus que le « ça fait, ou ça doit faire zéro » du calcul. Or, dans la mesure où le calcul est *impossible* — des lettres moins ou plus d'autres lettres et moins ou plus des nombres — ça ne *peut* pas « faire » zéro. Ainsi cet élève (p. 81) saura « résoudre » l'« égale zéro » de facteurs tels que $x \pm a = 0$, par un remplacement simple, mais affirmera que « $2x - 14$ ne peut être égal à zéro » parce que l'expression suggère un calcul, processus que nous retrouverons plus loin chez Lisa.

5
« **Zéro en soi est synonyme de rien ; mais l'acte d'écrire ce zéro est un acte positif qui signifie que, dans tous les cas, toute relation d'égalité entre grandeurs satisfait à une opération qui les annule simultanément, et qui est la même pour tous.** »
P. Valéry.

Voici donc quelques-uns des éléments de sens que je suis amenée à proposer à *tous* mes élèves, fussent-ils en terminale. Vous pouvez vérifier que des démarches consistant à utiliser « la formule » pour résoudre des équations telles que $x^2 - 3x = 0$ ou $x^2 + 4 = 0$, qui montrent que l'essentiel de ce qui a été trouvé par Thomas Harriot il y a plus de 350 ans n'est pas compris, ont quotidiennement cours dans les classes de seconde, première et terminale de 1984.

C'est toujours après des exploits comme ceux-ci, montrant le grand désarroi de ne plus pouvoir résoudre « avec les x d'un

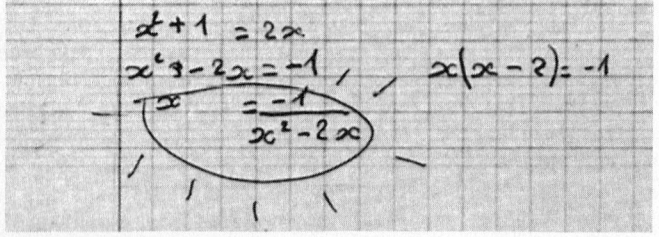

Conclusion

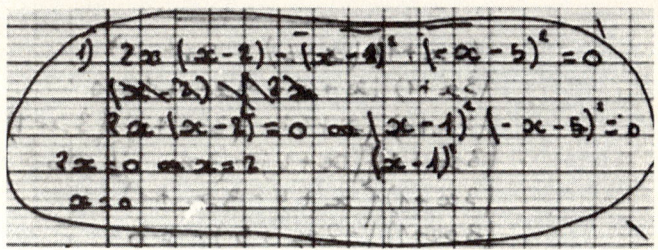

côté et les nombres de l'autre », ou celui que produit le « égale zéro » qui annule tout, que commence l'entretien.

Je m'assure toujours, évidemment, que le sens d'une équation ordinaire est bien compris, et les procédures d'équilibrage aussi. Et puis...

« ... Alors suppose que dans une équation où il y avait toutes sortes de calculs à effectuer, nous les ayons tous faits, et puis voilà, d'un côté on a "les x", et de l'autre les nombres, et ça donne par exemple :
$$x^2 + 10x = 39$$

Tu te souviens de ce que c'était, résoudre une équation ? — Trouver x. — On avait dit ça de façon un peu plus savante. — Oui. Trouver la valeur de x pour que le résultat soit juste. — On avait justement dit qu'il fallait voir autre chose qu'un résultat juste ou faux dans une équation. C'était ? —... — On avait construit l'idée d'équation sur celle... — Ah oui, d'égalité.

— Alors ? — Trouver la valeur de x pour que l'égalité soit vraie. — Très bien. Alors ici, si je traduis en français, il faudrait trouver la valeur de la variable — ou de l'inconnue si tu préfères — pour qu'en ajoutant son carré à dix fois sa valeur, on trouve 39. Qu'est-ce qu'on peut faire ? »

Parfois il y en a qui « devinent » ($x = 3$) et je les « coince » en leur disant qu'il y a une autre valeur, et que celle-là, ils ne la devineront pas. Donc on continue.

« Comme justement des x^2 et des x, ça ne "fait" rien du tout, tu vois qu'au lieu d'une équation à résoudre tranquillement comme on savait le faire, ça devient une devinette. Si on avait un carré seulement égal à quelque chose, on saurait ? — Oui. — Par exemple, $x^2 = 36$? — Ça fait $x = +6$ ou $x = 6$. — Bien, mais ici on a affaire à un mélange. Alors on est obligé de recourir à un moyen savant, qui ne s'est trouvé que très tard, il n'y a même pas quatre siècles... — Et avant ? — Eh bien avant, on se débrouillait, je te montrerai, par des méthodes toujours d'équilibrage qui ont d'ailleurs donné son nom à l'algèbre... — Ah pourquoi ? — C'est un mathématicien arabe du IXe siècle, Al Howarezmi, qui a écrit un manuel au titre arabe un peu long — ça s'appelait *Al djabr w'al mugabalah*, ce qui décrit les opérations qu'on faisait d'ailleurs depuis les Grecs pour résoudre les équations et qui sont celles que tu connais... Alors tu vois, son nom, déformé, a donné le mot algorithme... — Je sais, c'est pour faire les divisions. (Je ris, c'est rare que le mot soit connu... Par ailleurs, on m'avait envoyé cet adolescent en me disant qu'il était passionné d'histoire.) — Oui, ça désigne un processus qui se répète... Et puis le début du titre, déformé lui aussi, a donné le mot *algèbre*. — Ah. — Alors revenons à notre problème... L'équilibrage, la forme A = B ne nous donnent rien ici, tu es d'accord... — Oui. (Certains répondent qu'il faut mettre en facteur. Je demande quoi ? x. On le fait, et on analyse l'impasse, $x(x + 10) = 39$, souvenir, bien sûr, de la factorisation non digérée.) Alors on va réviser notre façon de procéder, et on va s'exprimer de façon savante. Quel âge as-tu ? — (Surprise.) Quinze ans. — Et ton meilleur ami ? — Euh... quinze ans aussi. — Suppose que tu veuilles dire — je sais bien que ce n'est une raison ni indispensable ni suffisante — mais supposons que tu veuilles dire que tu t'entends bien avec lui parce qu'il a quinze ans aussi. Comment tu le dirais ?

— Ben... Que c'est parce que nous avons le même âge. — Bien sûr... Il ne te viendrait pas à l'esprit de dire : "On s'entend bien parce que notre différence d'âge est nulle" ? (Rires.) — Ah ben non. — Tu as bien raison, parce que ce serait un peu ridicule... Mais dans l'autre sens, bien sûr, ce n'est pas ridicule... On peut dire, par exemple, qu'on s'entend bien malgré une grande différence d'âge... Donc, quand *il n'y a pas de différence*, on n'en parle pas pour dire qu'elle est nulle... — Non. — Eh bien c'est ça qu'on va faire avec notre équation, mais on ne sera pas du tout ridicules, au contraire. Au lieu de dire que A doit être égal à B, on va dire que leur différence doit être nulle, ce qui est une autre façon de dire la même chose. D'accord ? — D'accord, mais pourquoi... — Justement... Si on fait ça, c'est qu'on a une idée derrière la tête pour résoudre. Donc, d'abord, tu es bien d'accord que vouloir que $x^2 + 10x$ soit égal à 39 ou que $x^2 + 10x - 39$ soit égal à zéro, c'est vouloir la même chose ? — Oui. — Alors voilà l'idée : $x^2 + 10x - 39$, c'est une expression de quel degré ? — Deuxième. — Un deuxième degré, ça provient de quoi ? — Je ne sais pas. — Mais si, tu as obtenu des dizaines de fois des expressions comme celles-là, où il y a des x^2, des x... Par quels calculs ? — Des additions, des soustractions... — Oui. Attends, reprenons autrement. Notre variable, ou inconnue, c'est quoi dans l'équation ? — C'est x. (Certains pensent parfois qu'il y a deux inconnues, x et x^2.) — Bien. Alors, à partir de x, comment obtient-on des x^2 ? — Par une multiplication. — Alors une expression comme celle-ci, tu vois de quoi elle pourrait provenir ? — Ah oui... la distributivité. — C'est ça. Tu te souviens comment on appelait des expressions comme $2x + 3$, ou $x - 1$... — Des... binômes du premier degré. — Voilà. Alors imagine qu'il soit possible de retrouver les deux binômes dont le produit a pour résultat $x^2 + 10x - 39$, d'abord parce qu'ils existent, et ensuite parce qu'on connaît une méthode. Là il se trouve qu'ils existent et que je les connais, ce sont $x - 3$ et $x + 13$. Si tu veux vérifie que ce sont bien eux... (Il vérifie.) Alors l'idée, c'est donc de remplacer une question par une autre. Au lieu de chercher les valeurs de la variable pour lesquelles $x^2 + 10x$ est égal à 39, on n'a plus qu'à les chercher pour que le produit de $x - 3$ par $x + 13$ soit nul... — Ah... Pour qu'un produit de facteurs soit nul, il faut et il suffit qu'un des facteurs soit nul... — (Je ris.)

C'est ça. Donc ici... Il suffit que ? — $x - 3$ soit égal à zéro, ou $x + 13$ égal à zéro. — C'est ça. Donc (j'écris) on obtient à la place de notre équation devinette du second degré deux petites équations du premier degré de rien du tout, bien faciles à résoudre. — Oui, ça fait 3 et -13. — C'est ça. Donc, je récapitule (et j'inscris alors tous les signes d'équivalence logique qui n'y étaient pas encore) la vérité de $x^2 + 10x = 39$ est celle de $x^2 + 10x - 39 = 0$, qui est celle de $(x - 3)(x + 13) = 0$ qui est celle soit de $x - 3 = 0$, soit de $x + 13 = 0$, qui se produisent si on remplace x par 3 ou par -13. Alors on va vérifier. Tu veux bien remplacer x par 3 puis par -13, pour voir si on a trouvé le nombre dont le carré ajouté à dix fois sa valeur donne 39 ? (Il vérifie.) Tu vois donc qu'aussitôt qu'une équation n'est plus du premier degré le problème de sa résolution est remplacé par un autre, qui consiste à... — Factoriser... Mais comment on peut trouver la factorisation ? »

Et à partir de là, selon les niveaux, on « révise » les processus de factorisation, procède par complétion du carré, etc.

Aussitôt que le zéro, parce qu'on *voit* quelque chose égal à zéro, n'annule plus le sens d'une expression parce qu'on a compris que cette *forme* ne fait que traduire une égalité « consistante », où quelque chose est égal à quelque chose, les procédures associées peuvent prendre du sens. Le zéro, ce n'est pas tout, il y a bien d'autres questions qui entrent en jeu dans la résolution des équations, mais sans l'élucidation de l'« égale zéro », sans le saut qualitatif qui permet à l'entendement de l'entendre non plus en langue ordinaire mais en langue savante, on n'a rien. Voici pourquoi Thierry à qui on a tout de suite « appris » à résoudre l'équation *du premier degré* sous sa forme achevée, c'est-à-dire la plus bête, $ax + b = 0$, n'avait aucune chance de comprendre ce qu'il faisait. Voici pourquoi Lisa, qui « savait » utiliser un processus-catéchisme pour résoudre le premier degré, s'en trouve bien empêchée pour le second puisque ce n'est plus la même chose, et que c'est même contradictoire (« Transposez les inconnus dans l'un des membres... »), et se trouve donc régresser pour les premiers degrés qui la renvoient aux processus archaïques de calcul : $x - 3$ s'annule pour $x = 3$, mais $5x + 4$ renvoie à un sentiment d'annulation diffus, donc $x = 0$ (voir page 98). Voici pourquoi il n'y a aucune « confusion » entre les opérations quand, indifféremment, les termes

Conclusion

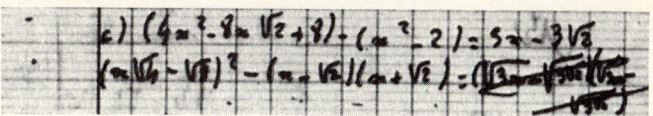

d'un produit, d'une somme, d'une différence sont voués à une annulation systématique. Voici pourquoi la factorisation, dont on ne voit pas la raison d'*être*, vit une vie autonome, et donc, selon les tempéraments « forcera » une expression, dans sa totalité ou par fragments, ou se réitérera comme ici où la « pulsion » factorisante s'exalte du savoir récent des racines carrées. Voici pourquoi Christian qui n'a compris qu'une chose, c'est qu'il fallait trouver zéro, mais sans savoir pourquoi malgré les discours savants sur le degré, ne s'y retrouve plus et essaie désespérément de revenir à des processus connus, « les x d'un côté, les nombres de l'autre » (voir page 113), et est amené à des régressions-forçages pour obtenir ce qu'il souhaite, avec $3x^2 - 10x = 16x$ (soit x^2 remplacé par $2x$, etc.). Voici pourquoi des régressions de *tous* ordres se produisent, des pulsions de sens fragmentaires vivent une vie anarchique, chaotique, forçant les choses à être autrement qu'elles sont, parce que précisément, telles qu'elles sont, elles n'ont aucune existence. Voici pourquoi donc des supposés « savoir-faire » se trouvent être entachés de nullité, et que des centaines de milliers d'élèves font chaque année des progrès à rebours.

6

« Si je me trompe, je suis. Car, certes, celui qui n'est pas ne peut pas se tromper : et j'existe par le fait même que je me trompe. »
Saint Augustin.

« *Fatum*, disent les Latins : c'était dit ; *mektoub*, disent les Arabes : c'était écrit. (...) La fatalité, c'est le triomphe du langage. »
J.-M. Domenach.

C'est l'espace d'une encyclopédie qui serait nécessaire pour recenser et démonter les questions que posent les erreurs des élèves. Pour donner d'autres exemples de la façon dont fonctionne l'entendement, d'autres exemples de la coexistence heureuse ou malheureuse des langues, d'autres exemples de la façon dont on peut ou doit, avec la parole qui résonne, produire du discours qui raisonne... Vous voyez qu'à prendre en compte la *réalité* de ces phénomènes, on peut produire, même à partir du vide, du nul, du néant où a été plongé l'entendement depuis trop longtemps en mathématiques, du plein, du consistant. C'est donc un champ gigantesque qu'occupent les questions que posent les erreurs des élèves, celui de la problématique globale de l'enseignement des mathématiques.

Toutes ces questions pour l'instant se résument en une seule, dont on ne comprend pas qu'elle ne soit pas le fondement même de toute réflexion, de toute problématique de l'enseignement des mathématiques, et qui n'est autre que celle de la transmissibilité de ce savoir. De la maternelle à la terminale, les mathématiques n'arrivent pas à se faire entendre. N'est-il pas temps de se demander pourquoi, et de se demander *comment* il est possible de les faire entendre, comprendre à des centaines de milliers d'enfants parfaitement aptes à y parvenir ?

Ce n'est que lorsqu'on saura quelque chose de cette question qui n'est qu'un gigantesque, essentiel, vital préliminaire, que les deux vraies questions qui peuvent engager des actions efficaces pourront être posées, celles de la nécessité à être des mathé-

Conclusion

matiques dans un enseignement aujourd'hui. Relation de nécessité *externe* qu'entretient le sujet socialisé avec des mathématiques qui ne seraient ni confondues avec le quantitatif, ni instrument de sélection : qu'en est-il des besoins *réels* de mathématiques dans la pratique des professions, donc dans ce qu'il s'impose dans l'enseignement de volume et de contenu selon le choix des sujets ? Relation de nécessité *interne* qu'entretient le sujet avec un savoir : qu'en est-il d'une *culture* mathématique que l'école a le devoir de dispenser, culture porteuse d'enrichissement intellectuel et de jouissance pour l'entendement ?

Quand on saura répondre à ces deux questions, ce sera pour comprendre qu'il faut tout changer. Mais comme pour *savoir* y répondre il faut d'abord savoir répondre à la question préliminaire, on ne peut qu'en déduire qu'il ne faut, surtout pour l'instant, rien changer, car cela ne servira une fois de plus à rien.

Ce qu'il faut tout de suite changer, ce ne sont pas les choses, mais le regard, l'écoute portés sur les choses et les gens. Il faut donc d'abord, tout de suite, que l'on se donne les moyens d'entendre, de comprendre ce qu'il en est des entendements des élèves aux prises avec les mathématiques : prendre en compte les erreurs, et en apprendre, à travers des analyses qui ne seraient hypothéquées ni de mathématisme ni de psychologisme, ce qu'il en est de la nature et des modalités de transmission de ce savoir.

Il faudrait donc que cesse cette simulation du sens indigne de l'état de civilisation où se trouve, par ailleurs, un pays tout entier. Il faut éviter à des centaines de milliers d'enfants les souffrances inutiles que leur inflige par tout un corps d'État interposé l'alliance des deux pépés terribles qui ont massivement contribué à vider l'enseignement des mathématiques de son sens. Et cela, il est possible de le changer tout de suite, en portant une attention efficace aux erreurs, attention qui arracherait les enfants à l'incroyable état d'abandon dans lequel ils se trouvent en mathématiques.

« *Fatum*, disent les Latins : c'était dit ; *mektoub*, disent les Arabes : c'était écrit. La fatalité, c'est le triomphe du langage. »

Et en effet : que le dit, que l'écrit perdent leur sens, et cette fatalité est celle que nous connaissons aujourd'hui, celle de l'échec. Que le dit, que l'écrit soient nourris, irrigués de sens, parce que l'on aura compris qu'il n'existe, hors de son *entendement*, aucun autre mode d'accès à un savoir, et des millions d'élèves retrouveraient confiance dans le sens de *leur* langue, et dans celui des langues de savoir : la fatalité deviendrait alors effectivement triomphe, celui de la pensée, et indissociable d'elle, celui de la liberté de penser.

Références bibliographiques

1. Lucienne Felix, « Éducation et Mathématique », *Le Courrier de la recherche pédagogique*, n° 27.
2. E. Hasaerts von Gertruden, « Dyscalculie d'évolution », *Revue de neuropsychiatrie infantile*, n° 18.
3. Équipe « Élémentaire » de l'IREM de Grenoble, *Quel est l'âge du capitaine ?*, bulletin n° 323 de l'APMEP.
4. Alain Bouvier, *Que nous apprennent les erreurs de nos élèves ?*, bulletin n° 335 de l'APMEP.
5. Josette Adda, *Étude de cas : la réforme des « mathématiques modernes »*, communication au colloque sur les réformes éducatives, Actes *in* bulletin AFEC, mai 1981.
6. Gaston Bachelard, *La Formation de l'esprit scientifique*, Paris, Vrin, 1970.
7. Fréderic Gaussen, « L'erreur retrouvée », article paru dans *Le Monde Dimanche*, 27 décembre 1981.
8. Maurice Lecat, *Erreurs des mathématiciens des origines à nos jours*, Bruxelles, Castaigne, 1935.
9. E.T. Bell, *La Mathématique, reine et servante des Sciences*, Paris, Payot, 1953.
10. Jean-Paul Colette, *Histoire des mathématiques*, Québec, Éditions du Renouveau pédagogique, 1973 et 1979.
11. Zeuthen, *Histoire des mathématiques dans l'Antiquité et le Moyen Age*, Paris, Gauthier-Villars, 1902.
12. Montucla, *Histoire des mathématiques*, Paris, Blanchard, 1968.
13. Tobias Dantzig, *Le Nombre, langage de la science*, Paris, Blanchard, 1974.
14. René Dugas, *Essai sur l'incompréhension mathématique*, Paris, Vuibert, 1940.
15. Jean-Victor Poncelet, *Traité des propriétés projectives des figures*, Paris, Gauthier-Villars, 1865.
16. Florian Cajori, *History of Mathematics*, New York, Chelsea, 1980.

17. Louis Duvert, *Une exploitation du devoir : la « fiche d'observation »*, mathématique active en seconde, bulletin n° 43 de l'APMEP.
18. David Cohen, « Comment fabriquer des génies en mathématiques », *Psychologie*, n° 106, novembre 1976.
19. Condillac, *Art de penser*, in *Œuvres philosophiques de Condillac*, Paris, PUF, 1947-1951.
20. Stella Baruk, « Terminologie », *Art Press*, n° 31, juillet-août 1979, numéro spécial *La Question de la science*.
21. Stella Baruk, « Lettre ouverte au ministre de l'Éducation nationale », *Le Débat*, n° 18, Paris, Gallimard, janvier 1982.
22. Sigmund Freud, *Rêve et Occultisme*, Nouvelles conférences sur la psychanalyse, Paris, Gallimard, 1936.
23. Gustave Flaubert, *Correspondance*, Paris, Gallimard, Bibliothèque de la Pléiade, 1973-1980.
24. Raymond Queneau, « Préface à *Bouvard et Pécuchet* », *Bâtons, Chiffres et Lettres*, Paris, Gallimard, 1965.
25. Juliette Grange, « Les deux colonnes », *Bouvard et Pécuchet centenaires*, Paris, Le Seuil, « La Bibliothèque d'Ornicar », 1981.
26. Serge Lang, « Que fait un mathématicien pur et pourquoi ? », *Revue du palais de la Découverte*, n° 94, janvier 1982.
27. Morris Kline, « Les Fondements des mathématiques », n° 54, *La Recherche*, mars 1975.
28. *Mots*, série de brochures éditée par l'APMEP.
29. « Paroles de gosses », *Impascience*, n°s 4-5, spécial maths, Édition Solin, printemps 1976.
30. Platon, *Théétète*, Paris, Gallimard, Bibliothèque de la Pléiade, 1950.
31. Christophe, *L'Idée fixe du savant Cosinus*, Paris, Armand Colin, « Le livre de poche », 1965.
32. Léon Robin, *La Pensée grecque et les Origines de l'esprit scientifique*, Paris, Albin Michel, 1963 et 1973.
33. Jean-Pierre Vernant, *Les Origines de la pensée grecque*, Paris, PUF, 1975.
34. Jean-François Revel, *Histoire de la philosophie occidentale. Penseurs grecs et latins*, Paris, Stock, 1968.

35. Platon, *La République*, Paris, Gallimard, Bibliothèque de la Pléiade, 1950.
36. Jean-Marc Lévy-Leblond, *L'Esprit de sel*, Paris, Fayard, 1981.
37. Anne-Marie Sandler, « L'apport de Piaget à la psychanalyse », *Revue française de psychanalyse*, Paris, PUF, mars-avril 1976.
38. Antoine Compagnon, « Comme si le cœur de l'humanité tout entière avait battu dans sa poitrine », *Bouvard et Pécuchet centenaires*, Paris, Le Seuil, « La Bibliothèque d'Ornicar », 1981.
39. Raymond Queneau, « Mathématiciens, précurseurs, encyclopédistes », *Bords*, Paris, Hermann, 1963-1978.
40. Josette Adda, *Travaux sur les difficultés inhérentes aux mathématiques et sur les causes et manifestations, phénomènes d'incompréhensions* : thèse de doctorat d'État, Paris-VII, novembre 1976.
41. Ferdinand de Saussure, *Cours de linguistique générale*, Paris, Payot, 1983.
42. Jean-Luc Nancy, « La langue enseigne », *Cahiers critiques de la littérature*, n° 5, Éditions Contraste, automne 1978.
43. *Qui a peur de la philosophie ?*, Paris, Flammarion, coll. « Champs », 1977.

Table

Avant-propos 7

Introduction. **De quelques effets de la pratique ordinaire et scolaire des mathématiques** 9

PREMIÈRE PARTIE

De l'erreur

1. De quelques erreurs peu banales 25

   1. Des petits enseignés 25
   2. ... aux enseignants 29
   3. ... pour qui les mathématiques ont-elles du sens ? 31

2. L'erreur, une incontournable réalité 37

   1. Un invariant de la pratique des mathématiques, celle des écoliers 37
   2. ... de quiconque en général, et des mathématiciens en particulier 42
   3. Un phénomène qu'il faut prendre en compte, aux raisons d'être structurelles et conjoncturelles .. 50

3. De quelques jugements erronés portés sur l'erreur 55

   1. Erreur humaine ? 55
   2. ... ou erreur-horreur ? 58
   3. Erreurs inévitables de cancres ? 67
   4. ... ou erreurs évitables de bons élèves ? 72
   5. Un mode courant de mésinterprétation des erreurs : le mathématisme 76
   6. L'erreur : réponse *et* question, mouvement normal de l'esprit 81

4. Ce qu'il en est de nier, mépriser ou mésinterpréter les erreurs 89

L'impossible refuge des équations 89
1. Thierry 90
2. Lisa 93
3. Christian 104

DEUXIÈME PARTIE

De l'entendement

5. De l'existence de l'entendement et de ses relations avec le sens 117

1. Entendement, sens et soumission au sens 119
2. Souffrances et jouissances de l'entendement : un sujet exemplaire, Gustave Flaubert 127
3. « Faire » des mathématiques : comble de l'intelligence ou comble de la bêtise ? 130

6. Des exigences de l'entendement dans ses relations avec le sens 143

1. Les trois langues 143
2. Une définition claire : valeur absolue de x 145
3. Le dit de l'entendement 150
4. Valeur absolue de x, ou les pouvoirs de la parole 156
5. Sauts qualitatifs, ou comment on peut, ou non, construire du sens dans du sens 168
6. Pour penser en mathématique, le nécessaire brassage de trois langues 176

7. Langue maternelle, ou mère des langues 181

1. Témoins cités : Oresme, Poincaré 181
2. Éric, ou de l'abandon 184
3. De l'abandon à la « folie » 191

8. Du sens et de la simulation du sens 195

  1. Sens ; pas-de-sens ; non-sens 195
  2. Comment la manipulation du pas-de-sens produit du non-sens 200

TROISIÈME PARTIE

*Comment le comble du sens
peut être vide de sens*

9. Du magique en mathématiques 215

  1. Ce que pèsent vingt-six siècles d'histoire 215
  2. Logico-magique et magico-logique 223
  3. Deux objets magiques : zéro et un 228
  4. Pratiques magiques : les problèmes 235

10. Pourquoi et comment il est possible de trouver l'âge du capitaine 239

  1. Le principe de cohérence 239
  2. Ce que cachaient les nénuphars 248
  3. Des mathématiques mondaines 256
  4. Ce que révèle l'analyse des erreurs : le poids écrasant du conjoncturel 265

QUATRIÈME PARTIE

De l'enfance malheureuse du sens

11. Les malheurs de Sophie 271

  1. Des enfants et des académiciens 271
  2. Un savoir d'avant le savoir 274
  3. L'école ou la perte d'un savoir 279
  4. La langue enseigne 293
  5. Le dix des radis 300
  6. Les erreurs de Sophie 304
  7. Zéro, ou le naufrage du sens 319

Conclusion. **L'épreuve du vide, ou à la recherche du sens perdu** 325

    1. L'ordre du vide 325
    2. La consistance du vide 329
    3. L'horreur du vide 335
    4. Zéro annule tout 338
    5. Zéro n'annule rien 342
    6. Les vraies questions 348

Références bibliographiques 351

IMPRESSION : NORMANDIE ROTO IMPRESSION S.A.S À LONRAI
DÉPÔT LÉGAL : SEPTEMBRE 1992. N° 18301-6 (102477)
IMPRIMÉ EN FRANCE

Collection Points

SÉRIE SCIENCES

dirigée par Jean-Marc Lévy-Leblond et Christophe Bonneuil

S1. La Recherche en biologie moléculaire
    ouvrage collectif
S2. Des astres, de la vie et des hommes
    par Robert Jastrow (épuisé)
S3. (Auto)critique de la science
    par Alain Jaubert et Jean-Marc Lévy-Leblond
S4. Le Dossier électronucléaire
    par le syndicat CFDT de l'Énergie atomique
S5. Une révolution dans les sciences de la Terre
    par Anthony Hallam
S6. Jeux avec l'infini, *par Rózsa Péter*
S7. La Recherche en astrophysique, *ouvrage collectif*
    (nouvelle édition)
S8. La Recherche en neurobiologie *(épuisé)*
    (voir nouvelle édition, S 57)
S9. La Science chinoise et l'Occident
    par Joseph Needham
S10. Les Origines de la vie, *par Joël de Rosnay*
S11. Échec et Maths, *par Stella Baruk*
S12. L'Oreille et le Langage
     par Alfred Tomatis (nouvelle édition)
S13. Les Énergies du Soleil, *par Pierre Audibert
     en collaboration avec Danielle Rouard*
S14. Cosmic Connection ou l'Appel des étoiles
     par Carl Sagan
S15. Les Ingénieurs de la Renaissance, *par Bertrand Gille*
S16. La Vie de la cellule à l'homme, *par Max de Ceccatty*
S17. La Recherche en éthologie, *ouvrage collectif*
S18. Le Darwinisme aujourd'hui, *ouvrage collectif*
S19. Einstein, créateur et rebelle, *par Banesh Hoffmann*
S20. Les Trois Premières Minutes de l'Univers
     par Steven Weinberg
S21. Les Nombres et leurs mystères
     par André Warusfel
S22. La Recherche sur les énergies nouvelles
     ouvrage collectif
S23. La Nature de la physique, *par Richard Feynman*
S24. La Matière aujourd'hui, *par Émile Noël et al.*
S25. La Recherche sur les grandes maladies
     ouvrage collectif

- S26. L'Étrange Histoire des quanta
  par Banesh Hoffmann et Michel Paty
- S27. Éloge de la différence, *par Albert Jacquard*
- S28. La Lumière, *par Bernard Maitte*
- S29. Penser les mathématiques, *ouvrage collectif*
- S30. La Recherche sur le cancer, *ouvrage collectif*
- S31. L'Énergie verte, *par Laurent Piermont*
- S32. Naissance de l'homme, *par Robert Clarke*
- S33. Recherche et Technologie
  Actes du Colloque national
- S34. La Recherche en physique nucléaire
  ouvrage collectif
- S35. Marie Curie, *par Robert Reid*
- S36. L'Espace et le Temps aujourd'hui
  ouvrage collectif
- S37. La Recherche en histoire des sciences
  ouvrage collectif
- S38. Petite Logique des forces, *par Paul Sandori*
- S39. L'Esprit de sel, *par Jean-Marc Lévy-Leblond*
- S40. Le Dossier de l'Énergie
  par le Groupe confédéral Énergie (CFDT)
- S41. Comprendre notre cerveau
  par Jacques-Michel Robert
- S42. La Radioactivité artificielle
  par Monique Bordry et Pierre Radvanyi
- S43. Darwin et les Grandes Énigmes de la vie
  par Stephen Jay Gould
- S44. Au péril de la science ?, *par Albert Jacquard*
- S45. La Recherche sur la génétique et l'hérédité
  ouvrage collectif
- S46. Le Monde quantique, *ouvrage collectif*
- S47. Une histoire de la physique et de la chimie
  par Jean Rosmorduc
- S48. Le Fil du temps, *par André Leroi-Gourhan*
- S49. Une histoire des mathématiques
  par Amy Dahan-Dalmedico et Jeanne Peiffer
- S50. Les Structures du hasard, *par Jean-Louis Boursin*
- S51. Entre le cristal et la fumée, *par Henri Atlan*
- S52. La Recherche en intelligence artificielle
  ouvrage collectif
- S53. Le Calcul, l'Imprévu, *par Ivar Ekeland*
- S54. Le Sexe et l'Innovation, *par André Langaney*
- S55. Patience dans l'azur, *par Hubert Reeves*
- S56. Contre la méthode, *par Paul Feyerabend*
- S57. La Recherche en neurobiologie
  ouvrage collectif
- S58. La Recherche en paléontologie
  ouvrage collectif

- S59. La Symétrie aujourd'hui, *ouvrage collectif*
- S60. Le Paranormal, *par Henri Broch*
- S61. Petit Guide du ciel, *par A. Jouin et B. Pellequer*
- S62. Une histoire de l'astronomie
  par Jean-Pierre Verdet
- S63. L'Homme re-naturé, *par Jean-Marie Pelt*
- S64. Science avec conscience, *par Edgar Morin*
- S65. Une histoire de l'informatique
  par Philippe Breton
- S66. Une histoire de la géologie, *par Gabriel Gohau*
- S67. Une histoire des techniques, *par Bruno Jacomy*
- S68. L'Héritage de la liberté, *par Albert Jacquard*
- S69. Le Hasard aujourd'hui, *ouvrage collectif*
- S70. L'Évolution humaine, *par Roger Lewin*
- S71. Quand les poules auront des dents
  par Stephen Jay Gould
- S72. La Recherche sur les origines de l'univers
  par La Recherche
- S73. L'Aventure du vivant, *par Joël de Rosnay*
- S74. Invitation à la philosophie des sciences
  par Bruno Jarrosson
- S75. La Mémoire de la Terre, *ouvrage collectif*
- S76. Quoi ! C'est ça, le Big-Bang ?
  par Sidney Harris
- S77. Des technologies pour demain, *ouvrage collectif*
- S78. Physique quantique et Représentation du monde
  par Erwin Schrödinger
- S79. La Machine univers, *par Pierre Lévy*
- S80. Chaos et Déterminisme, *textes présentés et réunis
  par A. Dahan-Dalmedico, J.-L. Chabert et K. Chemla*
- S81. Une histoire de la raison, *par François Châtelet*
  (entretiens avec Émile Noël)
- S82. Galilée, *par Ludovico Geymonat*
- S83. L'Age du capitaine, *par Stella Baruk*
- S84. L'Heure de s'enivrer, *par Hubert Reeves*
- S85. Les Trous noirs, *par Jean-Pierre Luminet*
- S86. Lumière et Matière, *par Richard Feynman*
- S87. Le Sourire du flamant rose
  par Stephen Jay Gould
- S88. L'Homme et le Climat, *par Jacques Labeyrie*
- S89. Invitation à la science de l'écologie
  par Paul Colinvaux
- S90. Les Technologies de l'intelligence
  par Pierre Lévy
- S91. Le Hasard au quotidien, *par José Rose*
- S92. Une histoire de la science grecque
  par Geoffrey E. R. Lloyd
- S93. La Science sauvage, *ouvrage collectif*

S94. Qu'est-ce que la vie ?, *par Erwin Schrödinger*
S95. Les Origines de la physique moderne, *par I. Bernard Cohen*
S96. Une histoire de l'écologie, *par Jean-Paul Deléage*
S97. L'Univers ambidextre, *par Martin Gardner*
S98. La Souris truquée, *par William Broad et Nicholas Wade*
S99. A tort et à raison, *par Henri Atlan*
S100. Poussières d'étoiles, *par Hubert Reeves*
S101. Fabrice ou l'École des mathématiques, *par Stella Baruk*
S102. Les Sciences de la forme aujourd'hui, *ouvrage collectif*
S103. L'Empire des techniques, *ouvrage collectif*
S104. Invitation aux mathématiques, *par Michael Guillen*
S105. Les Sciences de l'imprécis, *par Abraham A. Moles*
S106. Voyage chez les babouins, *par Shirley C. Strum*
S107. Invitation à la physique, *par Yoav Ben-Dov*
S108. Le Nombre d'or, *par Marguerite Neveux*
S109. L'Intelligence de l'animal, *par Jacques Vauclair*
S110. Les Grandes Expériences scientifiques
par Michel Rival
S111. Invitation aux sciences cognitives, *par Francisco J. Varela*
S112. Les Planètes, *par Daniel Benest*
S113. Les Étoiles, *par Dominique Proust*
S114. Petites Leçons de sociologie des sciences
par Bruno Latour
S115. Adieu la Raison, *par Paul Feyerabend*
S116. Les Sciences de la prévision, *collectif*
S117. Les Comètes et les Astéroïdes
par A.-Chantal Levasseur-Legourd
S118. Invitation à la théorie de l'information
par Emmanuel Dion
S119. Les Galaxies, *par Dominique Proust*
S120. Petit Guide de la Préhistoire, *par Jacques Pernaud-Orliac*
S121. La Foire aux dinosaures, *par Stephen Jay Gould*
S122. Le Théorème de Gödel, *par Ernest Nagel / James R. Newman
Kurt Gödel / Jean-Yves Girard*
S123. Le Noir de la nuit, *par Edward Harrison*
S124. Microcosmos, Le Peuple de l'herbe
par Claude Nuridsany et Marie Pérennou
S125. La Baignoire d'Archimède
par Sven Ortoli et Nicolas Witkowski
S126. Longitude, *par Dava Sobel*
S127. Petit Guide de la Terre, *par Nelly Cabanes*
S128. La vie est belle, *par Stephen Jay Gould*
S129. Histoire mondiale des sciences, *par Colin Ronan*
S130. Dernières Nouvelles du cosmos.
Vers la première seconde, *par Hubert Reeves*
S131. La Machine de Turing
par Alan Turing et Jean-Yves Girard
S132. Comment fabriquer un dinosaure
par Rob DeSalle et David Lindley

- S133. La Mort des dinosaures, *par Charles Frankel*
- S134. L'Univers des particules, *par Michel Crozon*
- S135. La Première Seconde, *par Hubert Reeves*
- S136. Au hasard, *par Ivar Ekeland*
- S137. Comme les huit doigts de la main
  par Stephen Jay Gould
- S138. Des Grenouilles et des Hommes, *par Jacques Testart*
- S139. Dialogue sur les deux grands systèmes du monde
  par Galileo Galilée

Collection Points

SÉRIE ESSAIS

1. Histoire du surréalisme, *par Maurice Nadeau*
2. Une théorie scientifique de la culture
   par Bronislaw Malinowski
3. Malraux, Camus, Sartre, Bernanos, *par Emmanuel Mounier*
4. L'Homme unidimensionnel, *par Herbert Marcuse* (épuisé)
5. Écrits I, *par Jacques Lacan*
6. Le Phénomène humain, *par Pierre Teilhard de Chardin*
7. Les Cols blancs, *par C. Wright Mills*
8. Littérature et Sensation. Stendhal, Flaubert
   par Jean-Pierre Richard
9. La Nature dé-naturée, *par Jean Dorst*
10. Mythologies, *par Roland Barthes*
11. Le Nouveau Théâtre américain
    par Franck Jotterand (épuisé)
12. Morphologie du conte, *par Vladimir Propp*
13. L'Action sociale, *par Guy Rocher*
14. L'Organisation sociale, *par Guy Rocher*
15. Le Changement social, *par Guy Rocher*
17. Essais de linguistique générale
    par Roman Jakobson (épuisé)
18. La Philosophie critique de l'histoire, *par Raymond Aron*
19. Essais de sociologie, *par Marcel Mauss*
20. La Part maudite, *par Georges Bataille* (épuisé)
21. Écrits II, *par Jacques Lacan*
22. Éros et Civilisation, *par Herbert Marcuse* (épuisé)
23. Histoire du roman français depuis 1918
    par Claude-Edmonde Magny
24. L'Écriture et l'Expérience des limites
    par Philippe Sollers
25. La Charte d'Athènes, *par Le Corbusier*
26. Peau noire, Masques blancs, *par Frantz Fanon*
27. Anthropologie, *par Edward Sapir*
28. Le Phénomène bureaucratique, *par Michel Crozier*
29. Vers une civilisation des loisirs ?, *par Joffre Dumazedier*
30. Pour une bibliothèque scientifique
    par François Russo (épuisé)
31. Lecture de Brecht, *par Bernard Dort*
32. Ville et Révolution, *par Anatole Kopp*
33. Mise en scène de Phèdre, *par Jean-Louis Barrault*
34. Les Stars, *par Edgar Morin*
35. Le Degré zéro de l'écriture
    suivi de Nouveaux Essais critiques, *par Roland Barthes*

36. Libérer l'avenir, *par Ivan Illich*
37. Structure et Fonction dans la société primitive
    par A. R. Radcliffe-Brown
38. Les Droits de l'écrivain, *par Alexandre Soljenitsyne*
39. Le Retour du tragique, *par Jean-Marie Domenach*
41. La Concurrence capitaliste
    par Jean Cartell et Pierre-Yves Cossé (épuisé)
42. Mise en scène d'Othello, *par Constantin Stanislavski*
43. Le Hasard et la Nécessité, *par Jacques Monod*
44. Le Structuralisme en linguistique, *par Oswald Ducrot*
45. Le Structuralisme : Poétique, *par Tzvetan Todorov*
46. Le Structuralisme en anthropologie, *par Dan Sperber*
47. Le Structuralisme en psychanalyse, *par Moustapha Safouan*
48. Le Structuralisme : Philosophie, *par François Wahl*
49. Le Cas Dominique, *par Françoise Dolto*
51. Trois Essais sur le comportement animal et humain
    par Konrad Lorenz
52. Le Droit à la ville, *suivi de* Espace et Politique
    par Henri Lefebvre
53. Poèmes, *par Léopold Sédar Senghor*
54. Les Élégies de Duino, *suivi de* Les Sonnets à Orphée
    par Rainer Maria Rilke (édition bilingue)
55. Pour la sociologie, *par Alain Touraine*
56. Traité du caractère, *par Emmanuel Mounier*
57. L'Enfant, sa « maladie » et les autres, *par Maud Mannoni*
58. Langage et Connaissance, *par Adam Schaff*
59. Une saison au Congo, *par Aimé Césaire*
61. Psychanalyser, *par Serge Leclaire*
63. Mort de la famille, *par David Cooper*
64. A quoi sert la Bourse ?, *par Jean-Claude Leconte* (épuisé)
65. La Convivialité, *par Ivan Illich*
66. L'Idéologie structuraliste, *par Henri Lefebvre*
67. La Vérité des prix, *par Hubert Lévy-Lambert* (épuisé)
68. Pour Gramsci, *par Maria-Antonietta Macciocchi*
69. Psychanalyse et Pédiatrie, *par Françoise Dolto*
70. S/Z, *par Roland Barthes*
71. Poésie et Profondeur, *par Jean-Pierre Richard*
72. Le Sauvage et l'Ordinateur, *par Jean-Marie Domenach*
73. Introduction à la littérature fantastique
    par Tzvetan Todorov
74. Figures I, *par Gérard Genette*
75. Dix Grandes Notions de la sociologie, *par Jean Cazeneuve*
76. Mary Barnes, un voyage à travers la folie
    par Mary Barnes et Joseph Berke
77. L'Homme et la Mort, *par Edgar Morin*
78. Poétique du récit, *par Roland Barthes,
    Wayne Booth, Wolfgang Kayser et Philippe Hamon*

79. Les Libérateurs de l'amour, *par Alexandrian*
80. Le Macroscope, *par Joël de Rosnay*
81. Délivrance, *par Maurice Clavel et Philippe Sollers*
82. Système de la peinture, *par Marcelin Pleynet*
83. Pour comprendre les média, *par M. McLuhan*
84. L'Invasion pharmaceutique
    par Jean-Pierre Dupuy et Serge Karsenty
85. Huit Questions de poétique, *par Roman Jakobson*
86. Lectures du désir, *par Raymond Jean*
87. Le Traître, *par André Gorz*
88. Psychiatrie et Antipsychiatrie, *par David Cooper*
89. La Dimension cachée, *par Edward T. Hall*
90. Les Vivants et la Mort, *par Jean Ziegler*
91. L'Unité de l'homme, *par le Centre Royaumont*
    1. Le primate et l'homme
    par E. Morin et M. Piattelli-Palmarini
92. L'Unité de l'homme, *par le Centre Royaumont*
    2. Le cerveau humain
    par E. Morin et M. Piattelli-Palmarini
93. L'Unité de l'homme, *par le Centre Royaumont*
    3. Pour une anthropologie fondamentale
    par E. Morin et M. Piattelli-Palmarini
94. Pensées, *par Blaise Pascal*
95. L'Exil intérieur, *par Roland Jaccard*
96. Semeiotiké, recherches pour une sémanalyse
    par Julia Kristeva
97. Sur Racine, *par Roland Barthes*
98. Structures syntaxiques, *par Noam Chomsky*
99. Le Psychiatre, son « fou » et la psychanalyse
    par Maud Mannoni
100. L'Écriture et la Différence, *par Jacques Derrida*
101. Le Pouvoir africain, *par Jean Ziegler*
102. Une logique de la communication
    par P. Watzlawick, J. Helmick Beavin, Don D. Jackson
103. Sémantique de la poésie, *par T. Todorov, W. Empson,*
    J. Cohen, G. Hartman, F. Rigolot
104. De la France, *par Maria-Antonietta Macciocchi*
105. Small is beautiful, *par E. F. Schumacher*
106. Figures II, *par Gérard Genette*
107. L'Œuvre ouverte, *par Umberto Eco*
108. L'Urbanisme, *par Françoise Choay*
109. Le Paradigme perdu, *par Edgar Morin*
110. Dictionnaire encyclopédique des sciences du langage
    par Oswald Ducrot et Tzvetan Todorov
111. L'Évangile au risque de la psychanalyse, tome 1
    par Françoise Dolto
112. Un enfant dans l'asile, *par Jean Sandretto*

113. Recherche de Proust, *ouvrage collectif*
114. La Question homosexuelle
    par Marc Oraison
115. De la psychose paranoïaque dans ses rapports
    avec la personnalité, *par Jacques Lacan*
116. Sade, Fourier, Loyola, *par Roland Barthes*
117. Une société sans école, *par Ivan Illich*
118. Mauvaises Pensées d'un travailleur social
    par Jean-Marie Geng
119. Albert Camus, *par Herbert R. Lottman*
120. Poétique de la prose, *par Tzvetan Todorov*
121. Théorie d'ensemble, *par Tel Quel*
122. Némésis médicale, *par Ivan Illich*
123. La Méthode
    1. La nature de la nature, *par Edgar Morin*
124. Le Désir et la Perversion, *ouvrage collectif*
125. Le Langage, cet inconnu, *par Julia Kristeva*
126. On tue un enfant, *par Serge Leclaire*
127. Essais critiques, *par Roland Barthes*
128. Le Je-ne-sais-quoi et le Presque-rien
    1. La manière et l'occasion, *par Vladimir Jankélévitch*
129. L'Analyse structurale du récit, Communications 8
    ouvrage collectif
130. Changements, Paradoxes et Psychothérapie
    par P. Watzlawick, J. Weakland et R. Fisch
131. Onze Études sur la poésie moderne
    par Jean-Pierre Richard
132. L'Enfant arriéré et sa mère, *par Maud Mannoni*
133. La Prairie perdue (Le Roman américain)
    par Jacques Cabau
134. Le Je-ne-sais-quoi et le Presque-rien
    2. La méconnaissance, *par Vladimir Jankélévitch*
135. Le Plaisir du texte, *par Roland Barthes*
136. La Nouvelle Communication, *ouvrage collectif*
137. Le Vif du sujet, *par Edgar Morin*
138. Théories du langage, Théories de l'apprentissage
    par le Centre Royaumont
139. Baudelaire, la Femme et Dieu, *par Pierre Emmanuel*
140. Autisme et Psychose de l'enfant, *par Frances Tustin*
141. Le Harem et les Cousins, *par Germaine Tillion*
142. Littérature et Réalité, *ouvrage collectif*
143. La Rumeur d'Orléans, *par Edgar Morin*
144. Partage des femmes, *par Eugénie Lemoine-Luccioni*
145. L'Évangile au risque de la psychanalyse, tome 2
    par Françoise Dolto
146. Rhétorique générale, *par le Groupe µ*
147. Système de la mode, *par Roland Barthes*

148. Démasquer le réel, *par Serge Leclaire*
149. Le Juif imaginaire, *par Alain Finkielkraut*
150. Travail de Flaubert, *ouvrage collectif*
151. Journal de Californie, *par Edgar Morin*
152. Pouvoirs de l'horreur, *par Julia Kristeva*
153. Introduction à la philosophie de l'histoire de Hegel
    par Jean Hyppolite
154. La Foi au risque de la psychanalyse
    par Françoise Dolto et Gérard Sévérin
155. Un lieu pour vivre, *par Maud Mannoni*
156. Scandale de la vérité, *suivi de* Nous autres Français
    par Georges Bernanos
157. Enquête sur les idées contemporaines
    par Jean-Marie Domenach
158. L'Affaire Jésus, *par Henri Guillemin*
159. Paroles d'étranger, *par Élie Wiesel*
160. Le Langage silencieux, *par Edward T. Hall*
161. La Rive gauche, *par Herbert R. Lottman*
162. La Réalité de la réalité, *par Paul Watzlawick*
163. Les Chemins de la vie, *par Joël de Rosnay*
164. Dandies, *par Roger Kempf*
165. Histoire personnelle de la France, *par François George*
166. La Puissance et la Fragilité, *par Jean Hamburger*
167. Le Traité du sablier, *par Ernst Jünger*
168. Pensée de Rousseau, *ouvrage collectif*
169. La Violence du calme, *par Viviane Forrester*
170. Pour sortir du XXe siècle, *par Edgar Morin*
171. La Communication, Hermès I, *par Michel Serres*
172. Sexualités occidentales, Communications 35
    ouvrage collectif
173. Lettre aux Anglais, *par Georges Bernanos*
174. La Révolution du langage poétique, *par Julia Kristeva*
175. La Méthode
    2. La vie de la vie, *par Edgar Morin*
176. Théories du symbole, *par Tzvetan Todorov*
177. Mémoires d'un névropathe, *par Daniel Paul Schreber*
178. Les Indes, *par Édouard Glissant*
179. Clefs pour l'Imaginaire ou l'Autre Scène
    par Octave Mannoni
180. La Sociologie des organisations, *par Philippe Bernoux*
181. Théorie des genres, *ouvrage collectif*
182. Le Je-ne-sais-quoi et le Presque-rien
    3. La volonté de vouloir, *par Vladimir Jankélévitch*
183. Le Traité du rebelle, *par Ernst Jünger*
184. Un homme en trop, *par Claude Lefort*
185. Théâtres, *par Bernard Dort*
186. Le Langage du changement, *par Paul Watzlawick*

187. Lettre ouverte à Freud, *par Lou Andreas-Salomé*
188. La Notion de littérature, *par Tzvetan Todorov*
189. Choix de poèmes, *par Jean-Claude Renard*
190. Le Langage et son double, *par Julien Green*
191. Au-delà de la culture, *par Edward T. Hall*
192. Au jeu du désir, *par Françoise Dolto*
193. Le Cerveau planétaire, *par Joël de Rosnay*
194. Suite anglaise, *par Julien Green*
195. Michelet, *par Roland Barthes*
196. Hugo, *par Henri Guillemin*
197. Zola, *par Marc Bernard*
198. Apollinaire, *par Pascal Pia*
199. Paris, *par Julien Green*
200. Voltaire, *par René Pomeau*
201. Montesquieu, *par Jean Starobinski*
202. Anthologie de la peur, *par Éric Jourdan*
203. Le Paradoxe de la morale, *par Vladimir Jankélévitch*
204. Saint-Exupéry, *par Luc Estang*
205. Leçon, *par Roland Barthes*
206. François Mauriac
    1. Le sondeur d'abîmes (1885-1933), *par Jean Lacouture*
207. François Mauriac
    2. Un citoyen du siècle (1933-1970), *par Jean Lacouture*
208. Proust et le Monde sensible, *par Jean-Pierre Richard*
209. Nus, Féroces et Anthropophages, *par Hans Staden*
210. Œuvre poétique, *par Léopold Sédar Senghor*
211. Les Sociologies contemporaines, *par Pierre Ansart*
212. Le Nouveau Roman, *par Jean Ricardou*
213. Le Monde d'Ulysse, *par Moses I. Finley*
214. Les Enfants d'Athéna, *par Nicole Loraux*
215. La Grèce ancienne, tome 1
    par Jean-Pierre Vernant et Pierre Vidal-Naquet
216. Rhétorique de la poésie, *par le Groupe µ*
217. Le Séminaire. Livre XI, *par Jacques Lacan*
218. Don Juan ou Pavlov
    par Claude Bonnange et Chantal Thomas
219. L'Aventure sémiologique, *par Roland Barthes*
220. Séminaire de psychanalyse d'enfants, tome 1
    par Françoise Dolto
221. Séminaire de psychanalyse d'enfants, tome 2
    par Françoise Dolto
222. Séminaire de psychanalyse d'enfants
    tome 3, Inconscient et destins, *par Françoise Dolto*
223. État modeste, État moderne, *par Michel Crozier*
224. Vide et Plein, *par François Cheng*
225. Le Père : acte de naissance, *par Bernard This*
226. La Conquête de l'Amérique, *par Tzvetan Todorov*

227. Temps et Récit, tome 1, *par Paul Ricœur*
228. Temps et Récit, tome 2, *par Paul Ricœur*
229. Temps et Récit, tome 3, *par Paul Ricœur*
230. Essais sur l'individualisme, *par Louis Dumont*
231. Histoire de l'architecture et de l'urbanisme modernes
    1. Idéologies et pionniers (1800-1910), *par Michel Ragon*
232. Histoire de l'architecture et de l'urbanisme modernes
    2. Naissance de la cité moderne (1900-1940)
    par Michel Ragon
233. Histoire de l'architecture et de l'urbanisme modernes
    3. De Brasilia au post-modernisme (1940-1991)
    par Michel Ragon
234. La Grèce ancienne, tome 2
    par Jean-Pierre Vernant et Pierre Vidal-Naquet
235. Quand dire, c'est faire, *par J. L. Austin*
236. La Méthode
    3. La Connaissance de la Connaissance, *par Edgar Morin*
237. Pour comprendre *Hamlet*, *par John Dover Wilson*
238. Une place pour le père, *par Aldo Naouri*
239. L'Obvie et l'Obtus, *par Roland Barthes*
241. L'Idéologie, *par Raymond Boudon*
242. L'Art de se persuader, *par Raymond Boudon*
243. La Crise de l'État-providence, *par Pierre Rosanvallon*
244. L'État, *par Georges Burdeau*
245. L'Homme qui prenait sa femme pour un chapeau
    par Oliver Sacks
246. Les Grecs ont-ils cru à leurs mythes ?, *par Paul Veyne*
247. La Danse de la vie, *par Edward T. Hall*
248. L'Acteur et le Système
    par Michel Crozier et Erhard Friedberg
249. Esthétique et Poétique, *collectif*
250. Nous et les Autres, *par Tzvetan Todorov*
251. L'Image inconsciente du corps, *par Françoise Dolto*
252. Van Gogh ou l'Enterrement dans les blés
    par Viviane Forrester
253. George Sand ou le Scandale de la liberté, *par Joseph Barry*
254. Critique de la communication, *par Lucien Sfez*
255. Les Partis politiques, *par Maurice Duverger*
256. La Grèce ancienne, tome 3
    par Jean-Pierre Vernant et Pierre Vidal-Naquet
257. Palimpsestes, *par Gérard Genette*
258. Le Bruissement de la langue, *par Roland Barthes*
259. Relations internationales
    1. Questions régionales, *par Philippe Moreau Defarges*
260. Relations internationales
    2. Questions mondiales, *par Philippe Moreau Defarges*
261. Voici le temps du monde fini, *par Albert Jacquard*

262. Les Anciens Grecs, *par Moses I. Finley*
263. L'Éveil, *par Oliver Sacks*
264. La Vie politique en France, *ouvrage collectif*
265. La Dissémination, *par Jacques Derrida*
266. Un enfant psychotique, *par Anny Cordié*
267. La Culture au pluriel, *par Michel de Certeau*
268. La Logique de l'honneur, *par Philippe d'Iribarne*
269. Bloc-notes, tome 1 (1952-1957), *par François Mauriac*
270. Bloc-notes, tome 2 (1958-1960), *par François Mauriac*
271. Bloc-notes, tome 3 (1961-1964), *par François Mauriac*
272. Bloc-notes, tome 4 (1965-1967), *par François Mauriac*
273. Bloc-notes, tome 5 (1968-1970), *par François Mauriac*
274. Face au racisme
    1. Les moyens d'agir
    sous la direction de Pierre-André Taguieff
275. Face au racisme
    2. Analyses, hypothèses, perspectives
    sous la direction de Pierre-André Taguieff
276. Sociologie, *par Edgar Morin*
277. Les Sommets de l'État, *par Pierre Birnbaum*
278. Lire aux éclats, *par Marc-Alain Ouaknin*
279. L'Entreprise à l'écoute, *par Michel Crozier*
280. Nouveau Code pénal
    présentation et notes de Me Henri Leclerc
281. La Prise de parole, *par Michel de Certeau*
282. Mahomet, *par Maxime Rodinson*
283. Autocritique, *par Edgar Morin*
284. Être chrétien, *par Hans Küng*
285. A quoi rêvent les années 90 ?, *par Pascale Weil*
286. La Laïcité française, *par Jean Boussinesq*
287. L'Invention du social, *par Jacques Donzelot*
288. L'Union européenne, *par Pascal Fontaine*
289. La Société contre nature, *par Serge Moscovici*
290. Les Régimes politiques occidentaux
    par Jean-Louis Quermonne
291. Éducation impossible, *par Maud Mannoni*
292. Introduction à la géopolitique, *par Philippe Moreau Defarges*
293. Les Grandes Crises internationales et le Droit
    par Gilbert Guillaume
294. Les Langues du Paradis, *par Maurice Olender*
295. Face à l'extrême, *par Tzvetan Todorov*
296. Écrits logiques et philosophiques, *par Gottlob Frege*
297. Recherches rhétoriques, Communications 16
    ouvrage collectif
298. De l'interprétation, *par Paul Ricœur*
299. De la parole comme d'une molécule
    par Boris Cyrulnik

300. Introduction à une science du langage
   par Jean-Claude Milner
301. Les Juifs, la Mémoire et le Présent, *par Pierre Vidal-Naquet*
302. Les Assassins de la mémoire, *par Pierre Vidal-Naquet*
303. La Méthode
   4. Les idées, *par Edgar Morin*
304. Pour lire Jacques Lacan, *par Philippe Julien*
305. Événements I
   Psychopathologie du quotidien, *par Daniel Sibony*
306. Événements II
   Psychopathologie du quotidien, *par Daniel Sibony*
307. Les Origines du totalitarisme
   Le système totalitaire, *par Hannah Arendt*
308. La Sociologie des entreprises, *par Philippe Bernoux*
309. Vers une écologie de l'esprit 1.
   par Gregory Bateson
310. Les Démocraties, *par Olivier Duhamel*
311. Histoire constitutionnelle de la France
   par Olivier Duhamel
312. Droit constitutionnel, *par Olivier Duhamel*
313. Que veut une femme ?, *par Serge André*
314. Histoire de la révolution russe
   1. Février, *par Léon Trotsky*
315. Histoire de la révolution russe
   2. Octobre, *par Léon Trotsky*
316. La Société bloquée, *par Michel Crozier*
317. Le Corps, *par Michel Bernard*
318. Introduction à l'étude de la parenté
   par Christian Ghasarian
319. La Constitution, *introduction et commentaires*
   par Guy Carcassonne
320. Introduction à la politique
   par Dominique Chagnollaud
321. L'Invention de l'Europe, *par Emmanuel Todd*
322. La Naissance de l'histoire (tome 1), *par François Châtelet*
323. La Naissance de l'histoire (tome 2), *par François Châtelet*
324. L'Art de bâtir les villes, *par Camillo Sitte*
325. L'Invention de la réalité
   sous la direction de Paul Watzlawick
326. Le Pacte autobiographique, *par Philippe Lejeune*
327. L'Imprescriptible, *par Vladimir Jankélévitch*
328. Libertés et Droits fondamentaux
   sous la direction de Mireille Delmas-Marty
   et Claude Lucas de Leyssac
329. Penser au Moyen Age, *par Alain de Libera*
330. Soi-Même comme un autre, *par Paul Ricœur*
331. Raisons pratiques, *par Pierre Bourdieu*

332. L'Écriture poétique chinoise, *par François Cheng*
333. Machiavel et la Fragilité du politique
    par Paul Valadier
334. Code de déontologie médicale, *par Louis René*
335. Lumière, Commencement, Liberté
    par Robert Misrahi
336. Les Miettes philosophiques, *par Søren Kierkegaard*
337. Des yeux pour entendre, *par Oliver Sacks*
338. De la liberté du chrétien *et* Préfaces à la Bible
    par Martin Luther (bilingue)
339. L'Être et l'Essence
    par Thomas d'Aquin et Dietrich de Freiberg (bilingue)
340. Les Deux États, *par Bertrand Badie*
341. Le Pouvoir et la Règle, *par Erhard Friedberg*
342. Introduction élémentaire au droit
    par Jean-Pierre Hue
343. Science politique
    1. La Démocratie, *par Philippe Braud*
344. Science politique
    2. L'État, *par Philippe Braud*
345. Le Destin des immigrés, *par Emmanuel Todd*
346. La Psychologie sociale, *par Gustave-Nicolas Fischer*
347. La Métaphore vive, *par Paul Ricœur*
348. Les Trois Monothéismes, *par Daniel Sibony*
349. Éloge du quotidien. Essai sur la peinture
    hollandaise du XVIIIe siècle, *par Tzvetan Todorov*
350. Le Temps du désir. Essai sur le corps et la parole
    par Denis Vasse
351. La Recherche de la langue parfaite dans la culture européenne
    par Umberto Eco
352. Esquisses pyrrhoniennes, *par Pierre Pellegrin*
353. De l'ontologie, *par Jeremy Bentham*
354. Théorie de la justice, *par John Rawls*
355. De la naissance des dieux à la naissance du Christ
    par Eugen Drewermann
356. L'Impérialisme, *par Hannah Arendt*
357. Entre-Deux, *par Daniel Sibony*
358. Paul Ricœur, *par Olivier Mongin*
359. La Nouvelle Question sociale, *par Pierre Rosanvallon*
360. Sur l'antisémitisme, *par Hannah Arendt*
361. La Crise de l'intelligence, *par Michel Crozier*
362. L'Urbanisme face aux villes anciennes
    par Gustavo Giovannoni
363. Le Pardon, *collectif dirigé par Olivier Abel*
364. La Tolérance, *collectif dirigé par Claude Sahel*
365. Introduction à la sociologie politique
    par Jean Baudouin

366. Séminaire, livre I : les écrits techniques de Freud
    par Jacques Lacan
367. Identité et Différence, *par John Locke*
368. Sur la nature ou sur l'étant, la langue de l'être ?
    par Parménide
369. Les Carrefours du labyrinthe, I
    par Cornelius Castoriadis
370. Les Règles de l'art, *par Pierre Bourdieu*
371. La Pragmatique aujourd'hui,
    une nouvelle science de la communication
    par Anne Reboul et Jacques Moeschler
372. La Poétique de Dostoïevski, *par Mikhaïl Bakhtine*
373. L'Amérique latine, *par Alain Rouquié*
374. La Fidélité, *collectif dirigé par Cécile Wajsbrot*
375. Le Courage, *collectif dirigé par Pierre Michel Klein*
376. Le Nouvel Age des inégalités
    par Jean-Paul Fitoussi et Pierre Rosanvallon
377. Du texte à l'action, essais d'herméneutique II
    par Paul Ricœur
378. Madame du Deffand et son monde
    par Benedetta Craveri
379. Rompre les charmes, *par Serge Leclaire*
380. Éthique, *par Spinoza*
381. Introduction à une politique de l'homme,
    par Edgar Morin
382. Lectures 1. Autour du politique
    par Paul Ricœur
383. L'Institution imaginaire de la société
    par Cornelius Castoriadis
384. Essai d'autocritique et autres préfaces
    par Nietzsche
385. Le Capitalisme utopique, *par Pierre Rosanvallon*
386. Mimologiques, *par Gérard Genette*
387. La Jouissance de l'hystérique, *par Lucien Israël*
388. L'Histoire d'Homère à Augustin
    *préfaces et textes d'historiens antiques
    réunis et commentés par François Hartog*
389. Études sur le romantisme, *par Jean-Pierre Richard*
390. Le Respect, *collectif dirigé par Catherine Audard*
391. La Justice, *collectif dirigé par William Baranès
    et Marie-Anne Frison Roche*
392. L'Ombilic et la Voix, *par Denis Vasse*
393. La Théorie comme fiction, *par Maud Mannoni*
394. Don Quichotte ou le roman d'un Juif masqué
    par Ruth Reichelberg
395. Le Grain de la voix, *par Roland Barthes*
396. Critique et Vérité, *par Roland Barthes*

397. Nouveau Dictionnaire encyclopédique des sciences du langage
par Oswald Ducrot et Jean-Marie Schaeffer
398. Encore, *par Jacques Lacan*
399. Domaines de l'homme, *par Cornelius Castoriadis*
400. La Force d'attraction, *par J.-B. Pontalis*
401. Lectures 2, *par Paul Ricœur*
402. Des différentes méthodes du traduire
par Friedrich D. E. Schleiermacher
403. Histoire de la philosophie au XXe siècle
par Christian Delacampagne
404. L'Harmonie des langues, *par Leibniz*
405. Esquisse d'une théorie de la pratique
par Pierre Bourdieu
406. Le XVIIe siècle des moralistes, *par Bérengère Parmentier*
407. Littérature et Engagement, de Pascal à Sartre
par Benoît Denis
408. Marx, une critique de la philosophie
par Isabelle Garo
409. Amour et Désespoir, *par Michel Terestchenko*
410. Les Pratiques de gestion des ressources humaines
par François Pichault et Jean Mizet
411. Précis de sémiotique générale, *par Jean-Marie Klinkenberg*
412. Écrits sur le personnalisme, *par Emmanuel Mounier*
413. Refaire la Renaissance, *par Emmanuel Mounier*
414. Droit constitutionnel, 2. Les démocraties
par Olivier Duhamel
415. Droit humanitaire, *par Mario Bettati*
416. La Violence et la Paix, *par Pierre Hassner*
417. Descartes, *par John Cottingham*
418. Kant, *par Ralph Walker*
419. Marx, *par Terry Eagleton*
420. Socrate, *par Anthony Gottlieb*
421. Platon, *par Bernard Williams*
422. Nietzsche, *par Ronald Hayman*
423. Les Cheveux du baron de Münchhausen
par Paul Watzlawick
424. Husserl et l'Énigme du monde, *par Emmanuel Housset*
425. Sur le caractère national des langues
par Wilhelm von Humboldt
426. La Cour pénale internationale, *par William Bourdon*
427. Justice et Démocratie, *par John Rawls*
428. Perversions, *par Daniel Sibony*
429. La passion d'être un autre, *par Pierre Legendre*
430. Entre mythe et politique, *par Jean-Pierre Vernant*
432. Heidegger. Introduction à une lecture
par Christian Dubois